dtv

Unglaublich, aber wahr: Reichsführer SS Heinrich Himmler war überzeugt, der Ursprung der »arischen Rasse« läge in Tibet. Und so schickte er 1938 eine Expedition aus Bergsteigern, Wissenschaftlern und Forschern in den Himalaja, die das geheime »Ahnenerbe« suchen sollten. Siebzig Jahre später wird der deutsche Historiker und Psychoanalytiker Dr. Decker von einer geheimnisvollen Chinesin nach Tibet gelockt. Er soll das Geheimnis des tibetischen Buddhismus ergründen und eine Aufgabe lösen, die erst vor kurzem einen Professor das Leben gekostet hat. Rasch erkennt Decker, dass es vieles gibt, was der Westen über Tibet nicht weiß. Eine gefährliche Reise beginnt ...

*Tom Kahn* ist das Pseudonym eines Frankfurter Schriftstellers. Studium der Volkswirtschaftslehre und Politikwissenschaft. Abschluss mit einer Diplomarbeit über den Dalai Lama. Verschiedene Tätigkeiten bei Industriefirmen, seit 1999 Barkeeper, Kellner, Koch, Nachtassistent, Gästeführer, Moderator, Abenteurer und Bodyguard.
Weitere Informationen: www.Tomkahn.com

Tom Kahn

# Das Tibetprojekt

Thriller

Deutscher Taschenbuch Verlag

Originalausgabe
Februar 2009

www.dtv.de
Umschlagkonzept: Balk & Brumshagen
Umschlaggestaltung: Kathrin Hörmann unter Verwendung
von Fotos von Laif (Himmel), Corbis/Dean Conger (Lhasa)
und einer Illustration des Autors
Satz: Fotosatz Amann, Aichstetten
Gesetzt aus der Stempel Garamond 10/12,25
Druck und Bindung: Druckerei C. H. Beck, Nördlingen
Gedruckt auf säurefreiem, chlorfrei gebleichtem Papier
Printed in Germany · ISBN 978-3-423-21119-2

*Und der Mensch versuche die Götter nicht,*
*Und begehre nimmer und nimmer zu schauen,*
*Was sie gnädig bedecken mit Nacht und Grauen.*

*Was die heulende Tiefe da unten verhehle,*
*Das erzählt keine lebende glückliche Seele.*

Friedrich Schiller

# Prolog

Ein eiskalter Wind trieb den Schnee durch die Nacht. Schritte eines Menschen, der um sein Leben rannte, hallten durch das uralte Kloster. Doch jedes Geräusch verlor sich draußen, in der Weite des tibetischen Hochlands. Die tödliche Kälte durchdrang alles. Mit weit aufgerissenen Augen lief der Professor durch die düsteren Gänge, stürzte in die Gompa, den Meditationsraum, und warf sich erschöpft auf den Boden.

»Die alten Dämonen … sie leben!«, schrie er, an der Grenze zum Wahnsinn. »Nirgendwo sind wir in Sicherheit.« Er sprang wieder auf, rang nach Luft und blickte verzweifelt um sich. Die Höhenluft war so dünn, dass er kaum atmen konnte.

Es gab für ihn keine Fluchtmöglichkeit mehr. Und keinen Schutz. Nur gleichgültige, kalte Mauern, die schon viel erlebt hatten.

Sehr viel.

Sein Körper war schwach und hatte sich schon längst aufgegeben. Er torkelte umher, stützte sich an der Wand ab. Die Gedanken wurden wirr. Sein verstörtes Gesicht war Ausdruck einer Seele, die das Grauen gesehen hatte. Das archaische Grauen der Menschheit.

*Die Geschichte muss neu geschrieben werden!*

Die Tür wurde aufgetreten, und er erkannte die Umrisse seines Verfolgers. »Die Kamera!«, zischte der Mann.

»Nein, dieses Wissen gehört allen Menschen!«

Der Verfolger kam langsam näher und schob die rechte Hand in seinen Umhang. Wie gelähmt sah der Professor zu, wie der andere die Faust hob, in der ein ritueller Tempeldolch aufblitzte. Als die Waffe eine Sekunde in der Luft verharrte, vor dem Stoß, gefror ihm das Blut in den Adern.

*Mein Gott, das Zeichen! Das Yungdrung!*

Das war das letzte, was er von dieser Welt sah. Als das kalte Schlachtmesser in seine Brust drang, ließen seine Hände die Kamera fallen und er sackte in sich zusammen. Der Verfolger entriss ihm den Apparat. Dann schulterte er den Schwerverletzten und verschwand mit ihm durch eine versteckte Tür. *Sie haben sogar den Geheimgang gefunden,* dachte sein Opfer. Dann verlor der alte Mann das Bewusstsein.

Nach einigen Minuten – oder waren es Stunden? – kam er wieder zu sich. An einem unbekannten Platz, der mit Sicherheit nicht zum Kloster gehörte. War das eine einsame Bushaltestelle? *Mein Gott, ich verblute.* Der Professor lag am Boden, während sich eine rote Lache unter ihm ausbreitete. Aber sein Gehirn arbeitete noch.

*Die Welt muss die Wahrheit erfahren!*

Wie in Trance tauchte er seinen Finger in die klaffende Wunde, bis er sich rot färbte. Er hatte nur noch wenige Sekunden zu leben und spürte den nahenden Tod.

*Was erwartet mich dort?*

Das spielte jetzt keine Rolle mehr. Er hatte etwas ganz anderes am Ende seiner Forschungen und nun seines Lebens gefunden. Das durfte nicht verloren gehen. Mit zitternder Hand und am Boden liegend malte er das Zeichen auf seinen Handrücken.

*Hoffentlich verstehen sie es.*

Schließlich brach er zusammen und schloss für immer die Augen. Sein Ego löste sich langsam im ewigen Nichts auf. Ganz so, wie es die Philosophie der Alten vorhergesagt hatte. Sein letzter Gedanke galt dem Horror, den er entdeckt hatte. Dem äußeren. Und dem inneren.

Dann kam die große Leere.

Das Nichts.

Erster Teil

# Deutschland

*Dass zu frommen Zwecken die Lüge erlaubt ist, das gehört zur Theorie aller Priesterschaften.*

Friedrich Nietzsche

# 1

*»No stop sign … no speed limit …«* Aus den Boxen des Porsche hämmerten AC/DC mit ihrem *Highway to Hell.* Dr. Decker liebte die gute alte Rockmusik aus seinen rebellischen Jugendtagen, wofür er von seinen akademischen Kollegen oft belächelt wurde. Während er den Wagen sicher durch den abendlichen Verkehr steuerte, grölte er den Song gut gelaunt mit. Er konnte nicht ahnen, dass er sich in diesem Moment tatsächlich auf einer Fahrt in die Hölle befand.

Mit quietschenden Reifen und röhrendem Motor bog er seitwärts schleudernd in die Einfahrt vor der ehrwürdigen Alten Oper in Frankfurt. Er war spät dran für eine Talk Show, die live im Fernsehen übertragen werden sollte. Einige Passanten sprangen erschrocken zur Seite, als sie den dunklen Wagen über den Platz auf sich zurasen sahen. Nach bester französischer Manier bremste Decker nicht, sondern hupte nur laut. Elegant driftete er in einer weit gezogenen Kurve über den glatten Boden um den Brunnen. Erst kurz vor dem Eingang kam er zum Stehen.

Der Wagen lauerte wie ein sprungbereites Raubtier in der untergehenden Sonne. Noch im Standgas erfüllte das sonore Brummen des GT 2 Motors die Vorhalle des Bildungstempels. Die Luft über den Kühlrippen der 530 PS starken Rennmaschine flimmerte. Im Gegensatz zu all den anderen ordentlich neben dem Gebäude geparkten Wagen wirkte er wie ein Gefährt aus einer anderen Welt. Natürlich gab es in Frankfurt noch ein paar andere schnelle Wagen dieser Art – aber keinen in solch einer Aufmachung: der original dreifarbigen Camouflage des Heeres. Mit dem Schriftzug *Porsche* in leuchtendem Gelb auf dem Heck. Als er die Tarnbemalung in Auftrag gegeben hatte, war man in Zuffenhausen fassungslos, und um sicherzugehen hatte das Werk dreimal nachgefragt, ob er das denn ernst meine. Seine Antwort war dreimal »na klar«.

Decker stieß die Tür auf und sprang aus dem Wagen. Er zog an seinen Manschetten, rückte seinen dunkelblauen italienischen Maßanzug und die schimmernde Seidenkrawatte zurecht und nahm die Sonnenbrille ab. Ohne sich umzusehen ging er mit kraftvollen Schritten geradewegs die breite Treppe hinauf in die Oper.

Auf seinem Weg nach oben ins Foyer, wo die Sendung stattfinden sollte, dachte er an die Inschrift über dem Giebel des stolzen Hauses im Stil der Neorenaissance: Dem Wahren, Schönen, Guten hatten die Frankfurter Bürger ihren Musentempel geweiht. Ein Bollwerk der Aufklärung und des Humanismus. Das passte zum Thema der heutigen Talk Show. Am Anfang des 21. Jahrhunderts mit all seinen religiösen Strömungen konnte man ruhig einmal wieder daran erinnern, wes Geistes Kind Europa eigentlich war.

Der Moderator der Sendung war ein beliebter und bekannter Nachrichtensprecher. Er schaute nervös auf die Uhr und tauschte fragende Blicke mit dem Aufnahmeleiter. Die Zuschauerreihen waren gefüllt und auch die Gäste waren schon da. Bis auf Dr. Decker. Wo blieb der Kerl nur?

Im Publikum saß auch eine attraktive Chinesin. Anders als die anderen Zuschauer wirkte sie sehr konzentriert. Sie war direkt aus Peking eingeflogen und hatte sich ohne Zwischenaufenthalt in die Alte Oper begeben. Sie wartete vielleicht noch gespannter auf Decker als der Moderator.

Einiges wusste sie schon aus dem Internet. Sie kannte sein Foto, seine Biografie und seine Publikationen. Er schien genau der Mann zu sein, den sie brauchte. Aber ohne persönlichen Eindruck durfte sie nichts unternehmen. Niemand im Saal konnte ahnen, welche Pläne sie im Kopf hatte – und dass sie zum Geheimdienst gehörte.

Als Decker den Saal betrat, atmete nicht nur der Moderator auf. Die Chinesin verfolgte jeden seiner Schritte aufmerksam und versuchte, sich ein Bild von dem Mann zu machen, mit dem sie Kontakt aufnehmen sollte. Er war auf den ersten Blick alles andere als der typische Intellektuelle. Die Fernsehtechniker steckten ihm eilig das Mikrofon an, die Maske puderte ihm das Gesicht, und dann ging es auch schon auf die Bühne.

Decker begrüßte den Gastgeber und die anderen Teilnehmer, die er zumeist von anderen Gelegenheiten schon kannte. Als er seinen Platz einnahm, wurde der Unterschied zu den akademischen Kollegen noch deutlicher. Dr. Decker lebte offensichtlich nicht im Elfenbeinturm der Wissenschaften. Seine hellwachen Augen verrieten nicht nur Intelligenz und Sinn für Ironie, sondern auch eine gewisse Abenteuerlust.

*Außerdem sieht er gut aus mit seinen 43 Jahren,* bemerkte die schlanke Chinesin. Wilde, blonde Lockenmähne, braun gebrannt, sportlich, markantes Gesicht mit feinen Zügen und einem ausgeprägten Kinn. Sinnliche, schön geschwungene Lippen. Sehr selbstbewusst, aber auch sensibel – und ein wenig eitel. *Ein richtiger Indiana Jones*, dachte sie und hob bei dem Gedanken amüsiert einen Mundwinkel an. Warum nicht?

Die Lichter im Saal wurden dunkler und Scheinwerfer erhellten jetzt die Bühne mit den Experten. Aus den Lautsprechern erklangen ein paar Takte Musik, um die Gäste einzustimmen und ihre Gespräche zu beenden. Als Decker die Melodie erkannte, musste er grinsen. Die *Götterdämmerung*. Sehr passend.

»Wir gehen auf Sendung«, sagte der Moderator und wandte sich dann der Kamera mit dem roten Aufnahmelicht zu, die auf ihn gerichtet war. »Guten Abend, verehrte Zuschauer daheim und hier im Saal. Ich begrüße Sie im Foyer der Alten Oper in Frankfurt am Main zu unserer ›Expertenrunde‹. Wir haben heute ein ebenso faszinierendes wie kontroverses Thema: Die Religion. Wir wollen über den Ursprung des Glaubens reden, seine Veränderung in der Geschichte und im Zusammenhang damit auch über die Natur der menschlichen Seele. Ein weitgesteckter Themenkreis. Daher habe ich heute Vertreter unterschiedlicher Fachrichtungen zu mir eingeladen, die ich Ihnen jetzt vorstellen möchte …«

Es war tatsächlich eine illustre Runde: ein Philosoph, ein Theologe, ein Zoologe und ein Paläoanthropologe. »Das sind die, die in Afrika die Skelette unserer ältesten Vorfahren ausgraben«, erklärte der Moderator. Dann kam er zu Decker. »Der letzte Gast meiner heutigen Sendung ist schwer einzuordnen. Er ist zunächst Historiker mit dem Spezialgebiet der Religionsgeschichte. Aber er hat sich einen Namen gemacht, weil er gern unkonventionelle Verbindungen zu anderen Fachrichtungen herstellt. Nicht selten wird er als Enfant terrible bezeichnet. Andere schätzen ihn jedoch genau deshalb.«

Die Chinesin nickte innerlich. Deshalb war sie bei ihrer Recherche auf ihn aufmerksam geworden. Während auf der Bühne die Diskussion mit dem Philosophen begann, schweiften ihre Gedanken ab. Der Philosoph war ein blonder, lockiger Schöngeist, der sich berufen fühlte, nicht nur seine Studentinnen zum Schwärmen zu bringen, sondern der auch politische Ambitionen verfolgte. Aber Hegel und der Weltgeist, das interessierte die chinesische Zuhörerin gar nicht. Sie wartete, bis Decker zu Wort kommen würde. Nur er war für sie von Bedeutung. Sie brauchte jemanden, der anders an die Dinge heranging. Eine Art Freidenker. Jemand, der tiefer blicken konnte als die anderen und der auch vor ungewöhnlichen Methoden nicht zurückschreckte. Es ging darum, ein Geheimnis aufzuspüren, das so tief verborgen war, wie die letzten Winkel der menschlichen Seele. Die chinesischen Forscher hatten sich an dem Projekt die Zähne ausgebissen. Und wertvolle Zeit verloren.

Denn der Auftrag, den sie für Decker hatte, war nur ein Teil eines großen Projekts. Es ging um Weltpolitik. Um viel Geld. Um die gesamten internationalen Beziehungen Chinas, besonders zu Deutschland.

Die Sache hatte allerdings einen Haken. Dr. Decker durfte das alles nicht wissen.

Die Experten waren mittlerweile in einen regen Gedankenaustausch verstrickt und das Publikum lauschte. Die Chinesin hingegen wurde unruhig.

Sie dachte daran, was es bedeuten würde, wenn diese Mission nicht gelang. Jahrelang hatten sie auf eine solche Chance gewartet, und nun war sie da. Mehrere Faktoren kamen wie in einer seltenen Konstellation der Sterne zusammen. Dazu gehörten die Zusammensetzung der amtierenden Bundesregierung – und der Mord an einem Professor. Der Tote war für China ein Wink des Schicksals gewesen. Die Karten waren verteilt, und sie hatten das Ass. Es fehlte nur noch der Experte am Spieltisch. Das könnte Dr. Decker werden.

Nur Zeit hatte sie nicht. Das war das Hauptproblem bei der Sache. Damit die Ergebnisse ihre Wirkung erzielten, mussten sie an einem bestimmten Tag an einem bestimmten Ort vorliegen. Nur dann hatte sie ihre Mission erfolgreich erfüllt, und ihre Auftraggeber waren zufrieden mit ihr.

All ihre Hoffnungen ruhten auf Decker.

Sie hatte nur noch eine Woche.

Der Countdown lief unaufhaltsam.

»Herr Dr. Decker«, sagte der Moderator. »Jetzt haben wir ja schon einige Statements zum heutigen Thema gehört, nun würde uns natürlich auch Ihre Meinung sehr interessieren.« Bei diesen Worten hob die Chinesin den Kopf. Jetzt wurde es spannend.

Dr. Decker ließ seine Blicke über das Publikum wandern, sah dann seine Kollegen an und richtete schließlich sein Wort an den Moderator. »Wir befassen uns heute mit der Natur der menschlichen Seele und ihren Taten. Es wurden gerade die großen Namen der Philosophie und der Literatur angesprochen. Aber können die uns denn die Welt erklären? Schauen Sie doch einfach mal in eine Boulevardzeitung. Was finden Sie dort?«

*»Sex and Crime?«*, warf der Philosoph spöttisch ein. »Ist es das?«

»Ja, genau«, sagte Decker und wandte sich zu ihm um. »Zwei grundlegende Beweggründe unserer Seele, die jeden Tag für Schlagzeilen sorgen. Denken Sie doch nur mal an all die Familiendramen und Greuel in Krisengebieten. Horrortaten, die jede Vorstellung übersteigen. Das ist die Wirklichkeit. Da zeigt sich die Natur des Menschen.«

»Wollen Sie abstreiten, dass wir zugleich auch kultivierte und zivilisierte Wesen sind?«, fragte der Philosoph.

»Sind wir das?« Dr. Decker blickte ihm ernsthaft und fest in die Augen. »Haben Sie sich nicht schon gefragt, warum die schlimmsten Verbrechen und Untaten oft von Menschen mit gutem bürgerlichen Hintergrund begangen werden? Angesehene Persönlichkeiten der Gesellschaft und Geistliche aller Glaubensrichtungen eingeschlossen. Und kennen Sie nicht das Gefühl der völligen Ratlosigkeit, wenn Sie überlegen, wie das alles passieren konnte? Wie viele Berichte über menschliche Greuel enden mit der Bemerkung, es sei einfach nicht zu verstehen.« Er warf einen Blick in die Runde. »Lässt sich dieser alltägliche Wahnsinn mit Vernunft erfassen oder vereinbaren?«

»Wir haben unsere Ansichten zu diesem Punkt bereits dargelegt«, sagte der Theologe, »es ist das Problem der Theodizee, der Frage, wie Gott das Böse in der Welt zulassen kann.«

Der Philosoph nickte zustimmend.

»Sicher. Wir kennen auch die Überlegungen seit Augustinus, ob der menschliche Wille frei ist oder nicht«, sagte Decker. »Ist er frei, ist Gott nicht allmächtig. Und ist er nicht frei, ist das Böse Teil des göttlichen Schaffens. Ich denke aber, Sie verrennen sich am Ende in Widersprüche oder bleiben die Antwort doch schuldig.«

»Haben Sie denn Antworten, Dr. Decker«, fragte der Moderator in dem für Journalisten typisch provokanten Ton.

»Sicher nicht für alles und jeden. Niemand hat das. Zumal jeder das Recht auf seine eigene Weltanschauung hat. Aber ich denke, man kann das Kopfschütteln und die Fassungslosigkeit angesichts der Katastrophen und Tragödien der Erde überwinden. Mehr nicht.«

»Sie meinen, man kann verstehen, was in den Köpfen der Leute vor sich geht?«

»Ja. Und damit den Irrsinn in der Geschichte.«

»Können Sie mir und den Zuschauern das in wenigen Worten erklären?«

Dr. Decker sammelte sich und holte Luft. »Ich will es versuchen. Aber es gibt zunächst ein Problem dabei. Unsere Erziehung. Um die Dinge von einer anderen Seite sehen zu können, muss man sein Selbstbild in Frage stellen. Aber unser Verstand wehrt sich gegen gewisse Einsichten.«

»Können Sie konkreter werden?«, fragte der Moderator.

»Ja, vergessen Sie einfach für einen Moment unsere rationale und harmlose Seite. Die Antworten liegen in den großen, geheimen Gefühlen. Der Weg zu den Antworten ist eine Abenteuerreise durch den unbekannten Dschungel der eigenen Seele. Überall lauern Gefahren und Ängste.«

»Niemand hat Probleme damit zu akzeptieren, dass Liebe und Leidenschaft oder Wut und Hass die Schlagzeilen füllen«, sagte der Moderator.

»Dann akzeptieren Sie immerhin auch, dass der Verstand oder die Selbstbeherrschung sehr oft die Kontrolle über die Gefühle verlieren. Das ist der erste Schritt zum Verstehen«, sagte Decker.

»Und der zweite?«, wollte der Philosoph wissen.

»Das ist die Hauptschwierigkeit. Wenn Sie noch weiter gehen wollen, müssen Sie bereit sein, in dunkle Tiefen hinabzusteigen.«

»Die dunkle Seite der menschlichen Seele?«, fragte der Theologe. »Aber die leugnet doch keiner.«

»Das vielleicht nicht. Aber würden Sie mir zustimmen, dass viele Gefühle uns nicht bewusst sind? Würden Sie mir folgen, wenn ich sage, dass viele unserer Gefühle und Motive sich im Unbewussten verbergen und von dort aus ihr Unwesen treiben?«

»Jetzt beginnt Ihr beliebter Ansatz«, sagte der Moderator.

»Richtig. Und die Erfahrung zeigt, dass der Verstand nur sehr ungern in diese unbewussten Tiefen hinabsteigt.«

»Warum sollte er damit Schwierigkeiten haben, sich in dies dunkle Verlies zu begeben?«, fragte der Philosoph dazwischen.

»Dort unten hat der Verstand keine Kontrolle und nichts zu sagen. Dort im Unbewussten lagern all die Dinge, die nicht sein dürfen. Dort wohnen Dinge, die nicht gedacht und umgesetzt werden dürfen, weil sie uns zu Barbaren und Straftätern machen würden. Da liegen die Verbote und zugleich die größten Sehnsüchte verborgen.«

»Sie meinen, in diesen Tiefen der Seele würden wir dem archaischen Grauen unserer Spezies begegnen?«, fragte der Paläoanthropologe.

»So kann man es sagen. Wenn Sie ein Bild dafür haben möchten, denken sie an das Altargemälde von Bosch in Colmar mit all den gruseligen Monstern, die an dem Menschen zerren. Aber es ist mehr als das«, sagte Decker.

»Ich sehe, worauf sie hinauswollen«, sagte der Zoologe. »Wenn wir uns dorthin begeben, dann müssen wir bereit sein, dem Tier, der Bestie in uns ins Auge zu blicken.«

»So ist es.«

»Aber an dieser Stelle würde ich unseren Philosophen und Theologen recht geben, wenn sie sagen, dass wir doch Intellekt, Religion und Kultur haben, und dass uns das von Tieren unterscheidet«, warf der Moderator ein.

»Kultur und Religion sind nur zwei zaghafte und nicht immer sehr erfolgreiche Versuche unseres Verstandes, dieser Kräfte in uns Herr zu werden. Meist gelingt es nur, sie in einen inneren Kerker zu sperren. Wann immer es die Umstände erlauben, bricht das Tier hervor. Dann werfen wir den dünnen Mantel der Zivilisation ab.«

»Das kann ich bestätigen«, sagte der Paläoanthropologe. »Das Bewusstsein und der Verstand sind immerhin die neuesten Errungenschaften der Evolution und man könnte sagen, sie sind noch im Versuchsstadium. Sie werden oft von den älteren und mächtigeren Schichten der Psyche übermannt. Daher kommen dann die blutrünstigen Schlagzeilen.«

»Sie können sogar noch weiter gehen«, sagte der Zoologe. »Wir kennen durchaus Fälle, wo sogar die normalen Instinkte der Tiere zu versagen scheinen. Enten- und Delfinmännchen zum Beispiel fallen gelegentlich so lange brutal über ihre Weibchen her, dass sie diese im erzwungenen Paarungsakt umbringen.«

Das Publikum staunte.

»Womit wir wieder bei Sex and Crime gelandet wären«, sagte der Moderator, um die Spannung zu mildern. »Diesmal im Tierreich. Ist es das, was dort unten in den alten Schichten unserer Seele lagert? Der Triebtäter in uns?«

»Ja«, sagte Decker. »Es gibt viele Namen dafür. Das Gute und das Böse. Engel und Dämonen. Sexualität und Aggression, die Titanen der menschlichen Seele: Eros und Thanatos.«

»Der Lebens- und der Todestrieb«, sagte der Gastgeber.

»Oder eine schaffende und eine zerstörende Kraft«, fügte Decker hinzu. »Diese zwei Grundkräfte stecken hinter all unserem Streben, von der Kunst bis zum Sport, bis zum niedrigsten Verbrechen. Je nachdem, in welchem Mischungsverhältnis sie auftreten.«

»Und was hat das jetzt mit Religion und unserem heutigen Thema zu tun?«, fragte der Theologe.

»Sehr viel. Aber nur wenn man annimmt, dass nicht Gott den Menschen, sondern der Mensch Gott geschaffen hat. Sie werden dem in keiner Weise zustimmen. Aber wenn wir die Religion als etwas verstehen, das die menschliche Seele hervorgebracht hat, dann verrät Religion viel über ihr Innenleben.«

»Ehe wir jetzt mit der alten unlösbaren Grundsatzdiskussion anfangen, ob es Gott gibt oder nicht, hätte ich noch eine Frage an Sie, Dr. Decker«, griff der Moderator schlichtend ein. »Wenn Sie sagen, diese Triebe agieren unbewusst, wie kann man dann ihr Wirken beweisen?«

»Es gibt Spuren. Man muss sie nur richtig lesen.« Er blickte zu dem Theologen und hob eine Augenbraue. »Nehmen wir zum Beispiel die Religion. Hier kann man wunderschön sehen, wie das Unbewusste arbeitet.«

Der Theologe rutschte auf seinem Stuhl hin und her.

»Betrachten wir den katholischen Gottesdienst«, fuhr Decker fort. »Ich denke da an die Hostien. Wofür stehen sie?«

Die Blicke der Experten gingen alle zu dem Theologen. Dieser sagte unbeirrt: »Sie symbolisieren das Fleisch und das Blut von Jesus Christus, unserem Herrn.«

»Und was macht man damit in der Messe?«, fragte Decker.

»Wir verzehren sie«, sagte der Geistliche misstrauisch.

»Richtig. Sie verzehren Jesus Christus. Wenn wir das einmal nüchtern betrachten«, führte Decker den Gedanken weiter, »erkennen wir darin einen Akt des Kannibalismus.«

»Also das geht jetzt aber zu weit«, sagte der Theologe. »Zu beleidigen brauchen Sie uns wirklich nicht.«

Ein Raunen ging durch die Zuschauer. Auch die Chinesin hörte genau zu. Das bisher Gesagte führte genau in die Richtung, in der sie suchte.

Decker ließ sich nicht weiter beirren. »Die Frage ist, woher kommt das? Welche Vorgeschichte hat dieses Ritual und welche unbewussten Bedürfnisse oder Motive schimmern hier durch?« Decker blickte amüsiert in die flüsternd diskutierenden Zuschauer und dann wieder zu seinen Kollegen. Der Moderator schien für einen Moment die Sprache verloren zu haben.

Decker wartete noch einen Augenblick, bis es wieder ruhiger wurde und fuhr ein wenig im Vorlesungsstil fort: »Nun, in grauer Vorzeit hat unsere Spezies das auch schon gemacht. Nur nicht als Ritual wie heute in der Kirche, sondern als wirkliche Tat irgendwo in der Steppe. Allerdings wurde im ersten Schritt nicht der Sohn verspeist, sondern der Vater von seinen Söhnen. Es ging dabei wie so oft um die Frauen.«

Ein Raunen ging durch die Zuschauer.

»In der Sprache der Zoologen würde man sagen, nachdem die Söhne das dominante Männchen getötet und aufgegessen hatten, gehörten ihnen die Weibchen des Rudels. Allerdings überkam sie nach ihrem Mord so etwas wie ein schlechtes Gewissen. Sie hatten fortan Angst vor der Strafe des strengen Vaters. Also besänftigten sie ihn, beziehungsweise ihre eigene Angst, indem sie ein Totem schufen und ihm Opfer brachten. Und gewisse Frauen waren fortan tabu.«

»So soll das Christentum angefangen haben? Mit einem Mord und anschließendem Kannibalismus?«, fragte der Moderator. »Finden Sie das nicht ein wenig … spekulativ?« Der Theologe war entsetzt und im Publikum schüttelten die meisten ihre Köpfe. Decker ließ das kalt. Er kannte diese Reaktionen.

»Selbst wenn Ihnen das jemand abkaufen wollte, mein lieber junger Freund«, sagte der Theologe. »Das ist doch die Steinzeit, von der Sie da reden. Das hat doch mit dem Christentum nichts zu tun.«

»O doch. Die Angst vor der Strafe eines strengen Gottvaters dürfte für gläubige Christen sehr gegenwärtig sein. Vielleicht sind wir nach Tausenden von Generationen so weit, dass wir den Vater nicht mehr wirklich umbringen würden, aber der Impuls dazu ist noch vorhanden. Er sorgt für das typische diffuse Schuldgefühl der Gläubigen. Und für das Ritual, mit dem sie heute noch wöchentlich den Sohn verspeisen. Es ist die einzig mögliche Sühne der Urtat. Das Opfer. Von der einstigen Tat ist bis heute der unbewusste Wunsch übrig geblieben, es wieder zu tun. Das ist das Entscheidende.«

»Fällt mir auch schwer, das zu glauben«, sagte der Moderator.

Decker ließ die Blicke wandern und sagte: »Ziehen Sie Parallelen. Denken Sie an die alten griechischen Dramen.«

»Sie meinen Ödipus und den nach ihm benannten Komplex?«, fragte der Moderator.

»Genau der. Eine ähnliche Szene. Die Griechen ahnten sicher auch schon, was in ihren und unseren Seelen vor sich geht.«

»Also, mir wären harte Fakten lieber, wenn ich ehrlich bin«, erwiderte der Philosoph.

»Dann müssen Sie sich mal an den Kollegen aus der Paläoanthropologie wenden. Das fällt in seinen Zuständigkeitsbereich«, sagte Decker und grinste.

Der Angesprochene riss die Augen auf: »Wie bitte?«

»Wenn wir davon ausgehen, dass sich die seelischen Strukturen für die griechische Mythologie und das Christentum vor sagen wir 300.000 Jahren zu entwickeln begannen, dann könnte Ihre Zunft vielleicht eines Tages die Beweise dafür liefern.«

»Wie stellen Sie sich das vor?« Der Paläoanthropologe runzelte die Stirn.

»Um bei Ödipus zu bleiben, es geht um die uralte Angst, entmannt zu werden. Die Kastration. Und auch hier dürfte einmal wirklich stattgefunden haben, was sich heute noch als Ahnung in der Seele finden lässt. Ich denke, es gibt Spuren im Sand ihrer Ausgrabungsstätten. Es hat sie nur noch keiner gefunden.«

»Sie meinen Spuren, die Ihre Theorien beweisen? Das ist doch absurd.«

»Nicht unbedingt«, sagte Decker. »Und die Zoologie hat auch einige interessante Fakten auf Lager.«

»Woran denken Sie?«, fragte der Zoologe, der für solche Ansätze ein offenes Ohr hatte.

»An die Bonobos.« Decker musste schmunzeln bei dem Gedanken daran, was jetzt kommen würde.

»Oh, ich sehe.« Der Zoologe grinste ebenfalls. »Das ist natürlich richtig.«

»Vielleicht könnten Sie uns kurz einweihen«, sagte der Moderator etwas ungehalten.

»Die Bonobos sind uns genetisch und in ihrem Verhalten am Nächsten. Sie sind vor allem berühmt in Fachkreisen, weil sie den Slogan *make love not war* in Vollendung leben. Alles wird mit Sex gelöst.«

Das Publikum war amüsiert, manche lachten.

»Das meinte ich jetzt nicht«, sagte Decker, »sondern den Kampf um die Weibchen.«

Der Zoologe wurde ein bisschen rot. »Sie sind gut informiert. Das ist aber wirklich ....« Er zögerte.

»Na, jetzt wollen wir's aber wissen«, insistierte der Moderator. Die Zuschauer lauschten gespannt.

»Okay«, sagte der Zoologe immer noch leicht verlegen. »Das worauf Dr. Decker anspielt, sind Beobachtungen, die den Wettbewerb zweier Männchen um ein Weibchen betreffen. Der Konflikt wird anfangs mit den üblichen Kämpfen ausgetragen, wie man es von vielen Arten kennt. Das Besondere ist nur, dass es im Laufe des Streits gelegentlich zur«, er zögerte, »Entmannung kommt.«

Der Moderator stieß einen Pfiff aus und verzog sein Gesicht. »Sie meinen unsere nächsten Artverwandten kastrieren sich gegenseitig?«

»Das tun sie«, bestätigte der Zoologe verlegen.

»Na bitte, da hätten Sie's live«, sagte Decker.

»Und dafür sollen wir Spuren in Afrika finden?«, spottete der Paläoanthropologe.

»Möglicherweise. Schauen Sie doch gelegentlich mal nach Kratzspuren von Faustkeilen im Genitalbereich der Knochen«, sagte Decker.

»Dann können wir unsere Bücher umschreiben«, sagte der Paläoanthropologe.

»Das ist schon häufiger vorgekommen«, sagte Decker unbeeindruckt.

Der Theologe hatte seit einiger Zeit geschwiegen. Jetzt meldete er sich wieder zu Wort. »Dieser ganze biologistische Unsinn führt uns doch nicht weiter«, sagte er. »Eros und Thanatos – schön und gut. Aber die Kultur und die Kirche haben Menschen doch weit über seine niedrigen Triebe erhoben. Denken Sie an die weltbekannte Sixtinische Kapelle, zum Beispiel. Papst Julius der Große hat sie bei Michelangelo in Auftrag gegeben. Sie ist unbestreitbar eines der größten Kunstwerke der Menschheit.«

»Tja, Herr Dr. Decker? Was sagen Sie dazu?«, fragte der Gastgeber. »Kann Religion doch das Tier in uns überwinden?«

Dr. Decker hob ein wenig die Mundwinkel und sagte: »Das kann ich nicht sehen. Julius der Große hat die Arbeiten an der Kapelle ein Jahr unterbrochen, weil er Eroberungskriege im Namen des Kreuzes geführt hat. Und finanziert wurde das Kunstwerk zum Teil duch die Vergabe von Bordelllizenzen. Oder denken Sie an Papst Alexander VI. mit seinen Mätressen und Orgien. Sie alle wissen, dass die Geschichte der katholischen Kirche in Sachen Sex and Crime nichts zu wünschen übrig lässt. Die Geschichte des Vatikans ist ein wundervolles Beispiel für einen Grundgedanken der Tiefenpsychologie, nämlich die Wiederkehr des Verdrängten. Wie viel Mühe verwenden die Männer um den Petersdom auf die Unterdrückung der eigenen Sexualität und Aggression. Und mit welcher Wucht schlägt es zurück und führt zu all den Exzessen.«

»Unerhört«, kommentierte ein Zuschauer laut dazwischen. Andere im Publikum lachten. Es stimmte.

»Wenn wir schon so weit sind«, sagte der Moderator wieder, »was wäre dann das Phänomen Religion aus Ihrer Sicht?«

»Das wird den Anhängern nicht gefallen«, sagte Decker. »Aber Religion ist technisch gesehen eine Gruppenneurose.«

Wieder kamen Zwischenrufe. Decker machte weiter.

»Die Einzelnen sind unter ihresgleichen und dadurch fühlen sie sich normal. Und was Sie an Ostern und Weihnachten auf dem Petersplatz sehen, trägt die Züge einer Massenhysterie wie bei einem Rockkonzert. Viele Rituale sind nichts anderes als Zwangshandlungen.«

Die ersten Buhrufe flammten auf. Der Moderator befürchtete schon, die Lage könnte eskalieren.

»Wollen Sie vielleicht andeuten, Religion sei eine Krankheit?«, fragte der Theologe verärgert.

»Religion ist ein Heilmittel. Sie hilft mit Problemen der Seele fertig zu werden«, besänftigte Dr. Decker. »Allerdings müsste man es eine Schiefheilung nennen, denn sie funktioniert nur mit Illusionen.«

»Ich höre mir das nicht länger an!«, protestierte der Theologe. Der Moderator holte gerade Luft, um einzuschreiten, als er über den kleinen Knopf im Ohr eine Regieanweisung erhielt. »Wir haben eine Zuschauerfrage«, sagte er in die Runde und deutete dabei ins Publikum. Eine Assistentin war bereits mit einem Mikrofon zu der Dame unterwegs, die die Hand gehoben hatte. Alle Blicke wendeten sich ihr zu. Auch Decker schaute zu ihr herüber – und war fasziniert. Sie war mit Abstand die attraktivste Frau im Saal und offensichtlich Eurasierin, eine Chinesin mit einem westlichen Elternteil.

Die Zuschauerin nahm das Mikro in die Hand und fragte: »Herr Dr. Decker, ist Ihre Methode auf die westliche Hemisphäre beschränkt, oder könnte man Ihre Ansätze auch auf andere Kulturräume anwenden?«

Decker starrte sie gebannt an. Ihre Bewegungen, ihre Kleidung und ihre Stimme verrieten Klasse und Intelligenz. Eine unwiderstehliche Mischung.

»Warum nicht?«, antwortete er. »Woran denken Sie?«

»An den Buddhismus, zum Beispiel?«

Decker wollte die Schöne für sich gewinnen. Seine Gedanken waren ganz und gar nicht mehr bei der Sache. Und während er noch überlegte, wie er die Fragestellerin beeindrucken könnte, nutzte der Philosoph seine Chance.

»Das halte ich für unwahrscheinlich«, sagte er. »Es ist doch eher eine Philosophie und Erkenntnislehre.«

Decker riss sich zusammen. »Aber wir kennen den Buddhismus doch gar nicht richtig«, sagte er mit einem hilflosen Lächeln. »Wer weiß, was passiert, wenn er irgendwo an die Macht kommt?«

Ob dieser Köder genügte, um diese hinreißende Frau zu fesseln?

Nein, es schien nicht so. Die Chinesin gab das Mikro an die Assistentin des Moderators zurück, stand auf und verließ mit einem lässigen Hüftschwung den Saal.

Schockiert und mit lebhaftem Bedauern sah Dr. Decker ihr nach. Für den Rest der Sendung war er zu nichts mehr zu gebrauchen. Das Aufbegehren des Kirchenmannes, die Sticheleien des Philosophen und die provokanten Fragen des Moderators prallten einfach so an ihm ab. Wäre eine Schriftstellerin unter den Gästen der Sendung gewesen, hätte sie bestimmt eine Diagnose für seinen Zustand gehabt: Dr. Decker hatte es schwer erwischt und die Hormone liefen Amok.

Die Chinesin hingegen stand draußen im Foyer und holte tief Luft. Dann griff sie zum Handy. »Ich habe unseren Mann gefunden.«

## 2

Generalmajor Tang betrat mit energischen Schritten die Eingangshalle der deutschen Botschaft in Peking. Die Absätze seiner Schuhe hallten laut auf dem Marmorboden.

»Der Botschafter erwartet Sie in der Bibliothek«, sagte die junge Dame vom Empfang und begleitete ihn zügig hinauf. *Wenn einer der mächtigsten Männer Chinas mitten in der Nacht erscheint, bedeutet das Unheil*, dachte sie und klopfte an die Tür von Graf von Wittenstein. Sie vernahm ein »Herein!«, und öffnete behutsam die Tür. »Exzellenz, Herr Tang ist jetzt da.« Auf das Nicken des Botschafters hin bat sie den Gast hinein.

»Vielen Dank, Exzellenz, dass Sie mich zu so später Stunde noch empfangen.« Tang lächelte angestrengt und verbeugte sich höflich.

In Wirklichkeit hätte er diesen Besuch zu einer weniger ungewöhnlichen Tageszeit machen können, aber sein Instinkt sagte ihm, dass der nächtliche Auftritt dramatischer war. Misstrauisch sah er die dritte Person im Raum an, einen hochgewachsenen Deutschen mit grauem Bürstenhaarschnitt.

»Für Sie immer, Kommandant«, erwiderte der Vertreter der Bundesrepublik und stellte den dritten Mann vor: »Das ist Herr Stahlmann, unser Fachmann für Innere Angelegenheiten.«

Um zu zeigen, dass er mit deutschen Sitten vertraut war, bot Tang Wu dem Diplomaten die Hand an, die dieser mit einem routinierten »Sehr angenehm« ergriff. Der Geheimdienstchef kannte Stahlmann noch nicht persönlich, aber er hatte schon einiges von ihm gehört.

Bei der Durchsicht der Personalpapiere der deutschen Botschaft war ihm dieser Mann sofort ins Auge gefallen, denn seine Position als angeblicher ›Berater für Innere Angelegenheiten‹ schien nicht nur mit umfangreichen Sondervollmachten ausgestattet zu sein, sondern wurde – und das war höchst ungewöhnlich – seit einem Vierteljahrhundert von ein und derselben Person ausgefüllt. Jeder neue Botschafter hatte auch diesen Mann übernommen. Offiziell wurde dieses Vorgehen damit begründet, dass es um die Pflege von gewachsenen Beziehungen ginge. Seltsam nur, dass keine andere westliche Botschaft eine solche Position eingerichtet hatte. Für welche »Inneren Angelegenheiten« war der Mann eigentlich zuständig? Für die inneren Angelegenheiten Deutschlands? Oder womöglich für die seines Gastlandes? Wahrscheinlich war der Kerl ein Mann vom Geheimdienst.

Intern wurde Stahlmann »der Butler« genannt, weil er dem Botschafter das Leben erleichterte, indem er alle heiklen Aufgaben übernahm. Er kannte für alles die richtigen Leute und verfügte über Kontakte bis in die Verbotene Stadt. Vielleicht war er deshalb so unverzichtbar geworden.

Tang Wu passte es allerdings ganz und gar nicht, dass dieser Mann anwesend war. Der Botschafter spürte das und sagte: »Sie können offen reden, Herr Stahlmann ist mein engster Vertrauter und in alle Vorgänge eingeweiht.«

Tang Wu fixierte den Attaché und prüfte sekundenlang seinen Blick. Nach Jahren im Geheimdienst war Misstrauen bei ihm zur Gewohnheit geworden.

»Nun, was verschafft mir die Ehre?«, unterbrach der deutsche Botschafter den Moment der Stille.

Tang Wu ließ vom *Butler* ab und wandte seinen Blick dem Botschafter selbst zu. »Ich bringe leider nichts Gutes. Wir haben einen mysteriösen Mordfall.«

»Das ist sehr bedauerlich«, sagte Graf von Wittenstein höflich, »aber was hat die Vertretung der Bundesrepublik Deutschland damit zu tun?«

»Der Tote ist Deutscher.«

»Ich verstehe. Ja, dafür sind wir wohl zuständig.« Wittenstein vermochte sein Erstaunen nicht ganz zu verbergen. »Ich bin Ihnen sehr dankbar, dass Sie sich persönlich hier herbemüht haben. Ich bin sicher, unsere Konsularabteilung wird sich gleich morgen um den Fall kümmern ...«

»In diesem Fall nicht. Sehen Sie!« Der Kommandant legte ein Foto auf den antiken Tisch.

Der Botschafter warf einen angewiderten Blick auf das krasse Schwarzweiß-Bild. »Ein Toter. Na gut. Aber ich kann nichts Besonderes erkennen«, sagte er schließlich. »Wer war dieser Mann?«

»Ein Religionswissenschaftler. Sein Visum besagt, dass er zu Forschungszwecken im Land war.«

»Ein Religionswissenschaftler? Das ist in der Tat ungewöhnlich. War es ein Raubmord?«

»In der Volksrepublik gibt es so etwas nicht«, sagte Tang mit einem ärgerlichen Knurren. »Ausländer werden in China mit größter Freundlichkeit empfangen, das ist Ihnen doch sicher schon aufgefallen.«

»Ja, selbstverständlich«, besänftigte Wittenstein den

empörten Offizier. »Aber was sollte es sonst für Motive geben?«

»Sehen Sie genauer hin, Exzellenz. Da unten, auf seinem Handrücken.«

Auch der *Butler* trat näher und musterte das Foto angestrengt. Man konnte nur schwer etwas erkennen. Die Aufnahme war nicht ganz scharf und recht dunkel. Aber es erschien deutlich eine geometrische Figur.

»Mein Gott ...« In diesem Augenblick durchfuhr es den Botschafter. Vor seinen Augen stand unerwartet das schuldbeladenste Symbol der deutschen Geschichte.

»Die Vergangenheit holt uns ein.« Der Graf war sichtlich betroffen, eine Reaktion, die man durchaus erwarten würde, überlegte Tang Wu. Ganz anders Stahlmann. Er wirkte unverhältnismäßig angespannt, versuchte aber, sich nichts anmerken zu lassen.

»Der Tote hat es offenbar mit letzter Kraft auf seine Hand gemalt, bevor er starb«, erklärte Tang Wu.

Der Botschafter war immer noch peinlich berührt. »Ich kann mir nicht erklären, wie dieses Schandmal plötzlich in China auftaucht.«

»In der TAR, um genau zu sein«, ergänzte der Kommandant. Die Tibetische Autonome Region, das war der offizielle chinesische Name für Tibet.

Bei diesen Worten war sogar Stahlmann zusammengezuckt. Tang Wu registrierte es mit Genugtuung.

»Verstehe«, sagte der Botschafter. »Wir bewegen uns auf diplomatisch heißem Boden und die Implikationen sind unübersehbar. Berlin würde nicht erfreut sein, davon zu erfahren. Von der Öffentlichkeit ganz zu schweigen.«

Der Graf machte nachdenklich ein paar Schritte zum Fenster. »In einer Woche erwarten wir den Bundeskanzler, den Außenminister und eine Delegation der wichtigsten Vertreter der deutschen Wirtschaft in Peking. Ein Skandal wäre wirklich das letzte, was wir jetzt brauchen!«

»Das sehe ich auch so«, sagte der Geheimdienstchef und betrachtete Stahlmann dabei aus den Augenwinkeln.

»Wer weiß denn bisher von der Sache?«, fragte Stahlmann und spielte den mäßig Interessierten.

»Niemand außer uns dreien. Die Polizisten, die anfangs damit betraut waren, sind zu Verschwiegenheit verpflichtet worden«, sagte Tang Wu.

»Ich danke Ihnen, dass Sie damit zu mir gekommen sind, Kommandant«, sagte der Botschafter. »Ich weiß das Vertrauen zu schätzen. Ich werde mich sofort darum kümmern. Das ist ein Fall von höchster politischer Brisanz für uns.«

*Nicht nur für Sie.* Tang Wu sah den Botschafter durchdringend und erwartungsvoll an.

Wie nicht anders zu erwarten, hatte der Anblick des Hakenkreuzes den empfindlichsten Nerv des Deutschen getroffen und zugleich die unangenehmsten Gefühle bei ihm ausgelöst. Der Botschafter hatte den Köder geschluckt.

Tang Wu erinnerte sich kurz an die Nacht vor vier Tagen zurück, als er das Foto und den Bericht von der örtlichen Dienststelle in Tibet erhalten hatte. Der diensthabende Offizier hatte gut reagiert und die Sache von Anfang an als *streng geheim* eingestuft. Opfer und Tatort gaben dazu Anlass genug. Aber da war dem Agenten das ganze Ausmaß der Sache noch nicht klar gewesen. Trotzdem hatte er die Information im Tagesbericht ans Politbüro und die Ministerien weitergegeben.

Welche Kreise die Affäre dann tatsächlich ziehen sollte, hatte ihn selbst überrascht. Zwei Tage später war er zum Rapport beim Innenminister und dann zu einem Gespräch mit dem Präsidenten persönlich geladen worden. Das war ihm in seiner ganzen Laufbahn noch nie passiert.

Fieberhaft überlegte er, was sich hinter dieser Einladung verbergen könnte.

Dass der Geheimdienst eingeschaltet wurde, war zunächst kein Wunder. Es ging um Tibet. Die Religion und die als »Autonomiebewegung« kaschierten und vom Westen lebhaft geförderten separatistischen Bestrebungen der Tibeter spielten eine Schlüsselrolle nicht nur in Fragen der inneren Sicherheit, sondern auch in der Außenpolitik der Volksrepublik China. Neben dem Streit um Taiwan war Tibet das heißeste Eisen in den internationalen Beziehungen Chinas. Aber warum die Dringlichkeit und warum übernahm der Präsident selbst das Ruder?

Mit diesen Fragen hatte Tang Wu gestern Nachmittag im Gefolge des Innenministers die Machtzentrale Chinas betreten. Hinter den hohen roten Mauern der Verbotenen Stadt gelangte er an den Ort, den man Zhongnanhai nannte, mittlerer und südlicher See. Hier hatte die Kommunistische Partei Chinas ihr Hauptquartier. An diesem verschwiegenen Ort traf sich der Ständige Ausschuss des Politbüros der KP, die mächtigste Instanz im Reich der Mitte. Neun Männer regierten von hier aus China. Ihr Vorsitzender war der Generalsekretär der KP und damit als Parteichef zugleich der Staatschef des bevölkerungsreichsten Landes der Erde.

Der erste Mann Chinas empfing Tang Wu und den Minister in bester Laune. »Das ist ein großer Tag für China!

Kommandant, wir werden Geschichte schreiben.« Er zeigte auf das Foto: »Und das ist der Schlüssel zu allem. Gut, dass Sie es uns geschickt haben.« Er lächelte Tang Wu herzlich an.

Dieser bedankte sich vorsichtig.

»Wir haben lange auf diese Chance gewartet. Aber nun ist sie da«, sagte der Präsident. »Es wird ein Triumph von internationaler Tragweite werden. Wir werden der Welt zeigen, dass China immer noch die alte Kunst der diplomatischen Kriegsführung beherrscht.« Er schritt stolz durch den weiten Raum, dann wandte er sich Tang Wu zu. »Und Sie Kommandant, Sie werden mit dieser ehrenvollen Aufgabe betraut.«

Tang bedankte sich erneut, wusste aber immer noch nicht, um was es eigentlich ging. Der Präsident erkannte seinen fragenden Ausdruck und kam an seinen Tisch zurück. Er deutete auf das Foto. »Sie fragen sich, was ich meine?«

»Ja, Genosse Präsident. Verzeiht meine Unwissenheit.«

»Sie brauchen sich nicht zu entschuldigen. Ausnahmsweise können Sie mal nicht wissen, worum es hier geht. Kaum ein Mensch weiß es. Und das ist genau unser Vorteil. Hören Sie …«

Der Präsident machte einen Ausflug in die alte Geschichte. Er sprach über das alte China und seine lange, lange Beziehung zu den Ländern im Himalaja und den nördlichen Steppenvölkern, besonders aber über Tibet. Als er fertig war, tat sich ein gewaltiges Szenario vor Tangs geistigem Auge auf. Er stand sprachlos vor dem Bild und sagte: »Das ist ein großer Tag für China!«

»Ja«, sagte der Innenminister, »aber nur, wenn wir es richtig einfädeln.«

»Stimmt. Die westliche Welt ist blind und die Meinungen vorgefertigt.«

»Richtig. Aber wenn wir ausgerechnet die Deutschen dazu veranlassen können, die Wahrheit ans Licht zu bringen, dann wird die Welt ihnen zuhören«, sagte der Vorsitzende.

»Aber Genosse Präsident, die Deutschen werden dabei niemals mitspielen. «

»Richtig«, sagte der Innenminister. »Vielleicht nicht, wenn wir ihnen dieses Foto da geben, das Sie aus Tibet erhalten haben. Aber mit diesem ...« Er nahm ein zweites Foto aus seiner Mappe und legte es neben das erste. »Damit, Kommandant, wird Berlin Himmel und Hölle in Bewegung setzen.«

Tang Wu sah sich die beiden Bilder an. Sie waren völlig identisch. Bis auf eine kleine Änderung. Man nahm sie nur wahr, wenn man sie kannte, so geringfügig war sie.

In der Tat hatte das Foto, das er dem deutschen Botschafter vorgelegt hatte, seine Wirkung auch nicht verfehlt.

Bei der Veränderung des Fotos hatten die Spezialisten des Innenministeriums ein glückliches Händchen gehabt. Tang Wu hatte erst eingewendet, dass eine solche Manipulation sofort erkannt werden würde. Aber der Vorsitzende und der Innenminister beruhigten ihn.

»Normalerweise hätten Sie recht, Kommandant. Aber schauen Sie sich mal die Uhr des Professors genau an. So etwas habe ich im Leben noch nie gesehen.«

Tang Wu betrachtete das Bild noch einmal genauer. »Tatsächlich. Ein Wink des Schicksals. Die Uhr ist wie geschaffen für unsere Zwecke.«

»Sie sagen es. Und das werden wir nutzen.«

Tang Wu war ein erfahrener Mann und konnte politische Szenarien gedanklich schnell durchspielen. Er erkannte eine eventuelle Unsicherheit in dem Plan und formulierte sie vorsichtig, ohne seinen Vorgesetzen zu widersprechen. »Was ist, wenn die Deutschen dennoch nicht anbeißen oder nicht wie geplant reagieren. Es ist ein guter Köder, aber die Wirkung muss nicht eintreten.«

Der Präsident antwortete umgehend: »Sie werden darauf reinfallen!«

Für Major Tangs Geschmack kam die Antwort zu schnell und zu sicher. Und so stellte er noch eine Frage: »Werden die Deutschen denn auf diesem Weg an das von uns gewünschte Ziel gelangen?«

»Sie werden!«

Das war aber keineswegs offensichtlich, fand Tang Wu. *In dieser Sache gab es ein großes Geheimnis,* aber Tang wusste, dass es für ihn besser war, jetzt keine weiteren Fragen zu stellen.

»Es ist ein großer Tag für China!«, sagte der Vorsitzende und es klang wie ein Befehl, an dem nicht gezweifelt werden durfte. »Gehen Sie einfach davon aus, dass es funktionieren wird«, sagte er mit kämpferischer Stimme »verstehen Sie denn, worum es hier geht?«

»Selbstverständlich.«

Die Stimme des Präsidenten wurde triumphal, und er ballte die Faust. »Ich will die dummen Gesichter in der UNO sehen, wenn sie merken, dass Seine Scheinheiligkeit sie jahrelang an der Nase herumgeführt hat.« Er schlug vergnügt mit der Hand auf den Tisch. »Diese selbstgerechten Moralapostel werden sich wundern.« Der Vorsitzende wurde schlagartig ernst. »Ich denke, Sie haben alles verstanden. Dann wissen Sie auch, was zu tun ist, Kommandant. An die Arbeit!«

Tang Wu salutierte. »Für China!«

Der Vorsitzende erwiderte den Gruß. »Für China!« Dann drehte Tang Wu sich auf dem Absatz herum und verließ das Büro des Vorsitzenden mit geraden Schritten. Der Innenminister folgte ihm rasch.

Tang hatte das Büro des Vorsitzenden mit dem unsicheren Gefühl verlassen, in die Räder der Weltpolitik geraten zu sein. Er war lange genug im Geschäft, um zu wissen, dass dieser Auftrag ein Schleudersitz für ihn werden könnte – oder der größte Erfolg seiner Karriere. Egal, er hatte keine Wahl und musste nur zusehen, aus dieser Lage unbeschadet rauszukommen. Es blieb jedoch eine Frage völlig offen: *Was hatte dieser Professor eigentlich da oben gefunden, dass er dafür sterben musste?*

Tang Wu hatte sehr wohl bemerkt, dass der Vorsitzende diesen Punkt bewusst umgangen hatte.

Der deutsche Botschafter sah immer noch aus dem Fenster auf das verlassene Gelände seiner Residenz. Seine Gedanken kreisten nur noch um die Frage nach einem Ausweg aus dieser peinlichen Situation. »Ich frage mich, wer uns dabei helfen könnte, die Sache diskret aus der Welt zu schaffen?«

Wie um sich ein letztes Mal zu vergewissern, bevor er die Lawine jetzt ins Rollen brachte, schaute Tang Wu auf das Foto vom Tatort. Er bereitete den nächsten Schritt vor. »Ich empfehle, nicht über offizielle Kanäle zu gehen.«

»Ich stimme Ihnen da völlig zu«, sagte der Botschafter. »Es ist nicht nötig, Berlin damit zu beunruhigen.«

Stahlmann nickte. Für einen Augenblick drifteten die Gedanken des *Butlers* in weite Ferne. Wenn dieser Mord das bedeutete, was er befürchten musste, dann war ihnen jemand auf die Schliche gekommen, und damit galt die höchste Alarmstufe, die sie je hatten. Blieb nur die Frage, wer dieser Professor war.

Hatte er allein gearbeitet oder war er von jemand geschickt worden? Und wenn ja, von wem?

In jedem Fall war alles in Gefahr geraten, wofür sie seit Jahren kämpften. Ihr großes Geheimnis.

Die Entdeckung musste um jeden Preis verhindert werden! Um jeden. Das Gipfeltreffen in einer Woche war dagegen völlig unerheblich. Sollten die Chinesen nur glauben, die Belange der Bundesrepublik Deutschland würden ihn ernsthaft interessieren. Was auch immer dieser Tote herausgefunden hatte, es musste wieder verschwinden. Nur das zählte jetzt. Die Sache verlangte allerdings ein behutsames Vorgehen. Ein falscher Schritt, und sie flogen auf.

Während der Botschafter noch zögerte, machte Stahlmann einen konkreten Vorschlag: »Wir müssten einen außenstehenden Experten einsetzen. Es muss jemand sein, der völlig unabhängig ist und frei operieren kann. Ohne jede Bindungen an Position, Partei oder gesellschaftliche Stellung. Und er muss sich in Politik, Religion und Geschichte gleichermaßen auskennen. Kennen Sie jemanden, der dafür in Frage käme?«

Stahlmann war sehr zufrieden mit sich. So einen Mann gab es nicht. Schon gar in so kurzer Zeit. Er hatte die Ermittlungen damit erfolgreich gebremst.

Tang Wu tat so, als ob er überlegte. Er hatte seine eigenen Vorstellungen über den nächsten Schritt, aber es sollte alles wie eine Entscheidung der Deutschen aussehen. Und wie es aussah, lief alles in die gewünschte Richtung. Den entscheidenden Anruf seiner Agentin in Deutschland hatte er schon heute Morgen erhalten.

Und so sagte er mit einem eifrigen Kopfnicken: »Exzellenz, Herr Dr. Stahlmann, ich stimme dem Vorschlag zu.«

Stahlmann warf Tang einen überraschten Blick zu, aber der Generalmajor ließ sich nicht weiter beirren, sondern schob dem Botschafter einen Zettel mit Namen und Adresse zu. »Ich möchte diesen Mann vorschlagen. Dr. Philipp Decker aus Frankfurt. Er genießt einen ausgezeichneten Ruf.«

»Ein Hochschullehrer?«, fragte Wittenstein. »Ist er denn abkömmlich?«

»Nun, so viel ich weiß, sind in Deutschland gerade Semesterferien«, sagte Tang. »Und Herr Dr. Decker ist vielleicht einer kleinen Exkursion nach Tibet nicht abgeneigt. Allerdings wäre es sicher eine gute Idee, wenn der Herr Botschafter selbst ...«

Wittenstein nahm das Papier und sagte: »Dr. Decker? Na gut. Ich erledige das. Ich fliege gleich mit der nächsten Maschine nach Frankfurt.«

Stahlmann war blass geworden, ließ sich aber nichts anmerken. Wer war dieser Decker? Er hatte noch nie von ihm gehört, aber wenn er wirklich diese Qualifikationen besaß, konnte er ihnen womöglich gefährlich werden.

Nun, im Zweifelsfall musste eben eine radikale Lösung gefunden werden.

Beim Verlassen der deutschen Botschaft griff der chinesische Geheimdienstchef beruhigt nach seinem Handy. »Es gab keine Schwierigkeiten, Genosse Präsident.«

»Sehr gut.« Chinas Staatsoberhaupt legte zufrieden auf. Er sah auf das wunderschöne handgearbeitete Xingqi Brett, dem chinesischen Schachspiel. *Alles nur ein Frage des strategischen Denkens.* Und sein Plan war teuflisch gut.

Der Vorsitzende war alleine in seinem riesigen Büro und schaute aus dem Fenster. Innerlich überblickte er die politische Großwetterkarte, in die er diesen Plan einbetten würde. Er dachte an sich und die Geschichte seines Landes. Er führte die größte Partei der Welt mit 70 Millionen Mitgliedern und entschied über das Wohl und Wehe von 1,3 Milliarden Chinesen. Einem Fünftel der Menschheit. Es herrschte Goldgräberstimmung, und es sah alles so aus, als wäre das Land unaufhaltsam auf dem langen Marsch vorbei an den USA an die Weltspitze. Um die Zahlen der chinesischen Volkswirtschaft beneideten sie Staatsoberhäupter der ganzen Welt. Zurzeit war China die viertgrößte Volkswirtschaft der Welt. Noch. England und Frankreich hatte der Drache mit seinem märchenhaften Wachstum vor Jahren schon überholt. Ihre Land gab den Experten Rätsel auf. Es gab bis heute kein Privateigentum an Grund und Boden. Dennoch waren gewaltige Summen an ausländischen Investitionen in das Reich der Mitte geflossen. Japaner, Amerikaner, Deutsche, alle wollten dabei sein.

Die Zentralbank hatte inzwischen so viel Devisenreserven in ihren Tresoren, dass über das Schicksal der wichtigsten Währung der Welt längst nicht mehr allein in Amerika entschieden wurde.

Niemand verstand, wie sie es machten. Die führenden ökonomischen Theorien des Westens beruhten auf der Annahme, dass allein die Kräfte des Marktes die Wirtschaft vorantreiben und der Staat lediglich dafür zu sorgen hatte, dass der Wettbewerb funktionierte. Aber in seinem Land gab es eine Mischung aus Planwirtschaft und Kapitalismus, die eigentlich gar nicht sein konnte. Aber sie war das eigentliche Erfolgsgeheimnis und sorgte dafür, dass zurzeit in China mehr Wohlstand für mehr Menschen geschaffen wurde als jemals irgendwo zuvor.

Der Vorsitzende lachte. Während ihr im Westen eure Zeit mit sogenannten Reformbemühungen, parlamentarischen Debatten und Talkshows verschwendet, machen wir unsere Arbeit. Als marxistisch-leninistische Partei. Wir setzen das Werk des 1997 verstorbenen Deng Xiaopings fort. *Es ist egal, ob eine Katze weiß oder schwarz ist, Hauptsache sie fängt Mäuse.*

Und sie gingen behutsamer und geschickter vor als die Führer der Sowjetunion, die das Land mit ihrem Rüstungswahnsinn und ihren überstürzten »Reformen« zerstört hatten.

Viel geschickter.

Und sein Plan gehörte dazu. Er hatte die beste Agentin Chinas dafür ausgewählt. Sie war ihr Leben lang und unter seiner persönlichen Anleitung für eine solche Mission ausgebildet worden. Sie kannte als einzige die ganze Wahrheit, denn nur ihr konnte er vertrauen auf dem Schlachtfeld der Diplomatie.

Er schaute sich um, als ob ihn jemand beobachten würde oder seine Gedanken lesen könnte. Dann lächelte er wieder. *Ich werde mich in der Geschichte Chinas verewigen. Und wer hätte gedacht, dass ausgerechnet der Dalai Lama mir dabei nützlich sein würde?*

# 3

Decker schlenderte durch die Reihen der Gäste. Der Presseball war eines der großen gesellschaftlichen Ereignisse des Landes. Er ging davon unbeeindruckt an die Bar, bestellte sich einen Drink und drehte sich zum Saal hin um. Er schmunzelte bei dem Gedanken an den Gesichtsausdruck der Polizisten, als er vorgefahren war. Erstaunt hatten sie auf den sonderbaren Wagen gestarrt, der plötzlich aus der langsam fahrenden Kolonne der üblichen schwarz lackierten Nobelkarossen aufgetaucht war.

Ein alter Freund kam auf Decker zu. »Hey, Dottore«, begrüßte er ihn, »schön, dass du meine Einladung angenommen hast. Wie ich höre, fährst du immer noch diesen abscheulichen Panzer.«

Decker lachte. »Hallo, Thomas. Gut, dich zu sehen.«

Die beiden verband eine lange Männerfreundschaft. Der Journalist bestellte sich ebenfalls einen Drink und sah mit Decker den Leuten zu: »Ist nicht die High Society von New York oder Paris hier, hm?«

»Nicht ganz.«

Sie stießen an.

»Hab dich gestern in der Show gesehen. Wer ist eigentlich dein Schneider?« Der Journalist trank einen Schluck und fuhr fort. »Hat mir aber auch sonst gut gefallen.

Aber es war wie beim letzten Mal – das ist kein Thema für einen Abend.«

Decker nickte. »Ich weiß. Zu komplex. Zu neu. Aber ich freue mich schon, wenn nur einer im Publikum sitzt, der dadurch einen Denkanstoß erfährt und vielleicht selbst mal ein Buch in die Hand nimmt.«

»Idealist.«

»Vielleicht.«

»Die Leute wollen nichts Ungewohntes. Glaub einem alten Hasen. Am Anfang dachte ich auch noch, die Welt wartet auf Erklärungen. Vergiss es, mein Freund.«

»Ich bin sicher, es war nicht ganz umsonst. Cheers.«

»Cheers. Auf so einer Provinzparty kann man sich ja nur besaufen.«

»Das machen Journalisten doch überall.«

Sie musterten eine Weile die Gäste. Irgendwo sahen sie auch den neuen Bundeskanzler und seinen Außenminister mit Begleitung vorbeiziehen. »Die müssen in ein paar Tagen nach Peking. Ist 'ne große Sache mit 'nem riesigen Aufgebot«, erklärte der Journalist.

»Interessiert mich nicht«, murmelte Decker.

Der Redakteur wollte gerade anfangen, den neuesten Tratsch zu erzählen, als sich eine schlanke Asiatin in einem dunkelgrünen Seidenkleid aus der Menge löste und auf sie zu kam. Dem Redakteur verschlug es die Sprache. Sie hätte ein Fotomodell sein können. Aber ihr Gang, ihre Augen und ihre Gesichtszüge verrieten ein anderes Selbstbewusstsein. Der geübte Journalist erkannte sofort, dass sie auf anderen Brettern groß geworden war als dem Catwalk.

Decker erkannte sie sofort wieder. *Na, so ein Zufall.*

Sie stand jetzt vor den beiden Männern und blickte sie einen Moment lang an. Unverschämt selbstsicher.

»Herr Dr. Decker?«, sagte sie mit ruhiger und verführerischer Stimme.

»Sie waren gestern die Zuschauerin mit der Zwischenfrage, richtig?«, fragte er. Decker und sein Freund waren erneut von ihrer Erscheinung gefesselt.

»Ja, Sie haben recht.« Sie machte eine kurze Pause und stellte sich vor. »Ich bin Li Mai. Kulturattaché der chinesischen Botschaft.« Damit drehte sie sich zu dem Redakteur und sagte: »Sie müssen Thomas Reiter sein. Ich habe Ihren Artikel im *Spiegel* über das bevorstehende deutsch-chinesische Gipfeltreffen in Peking gelesen. Sehr interessante Einschätzung und Prognose.«

Der Journalist nickte ihr wortlos zur Begrüßung zu. Er war ebenfalls fasziniert von ihr. Sie strahlte Kultiviertheit aus – und einen Hauch von Verwegenheit. Definitiv kein Model. »Teilen Sie meine Ansichten?«

»Warten wir das Ergebnis ab.« Damit wandte sie sich wieder Decker zu. Aber der Journalist wurde hellhörig. Er hatte in seinem Leben schon häufiger Diplomaten interviewt. Sie wissen viel und reden nicht darüber.

Aber sie lieben Andeutungen.

Diese Chinesin war bestimmt mehr als nur Kulturattaché. Sie war mit allen Wassern gewaschen. Er spürte Macht. Anders als sein Freund Decker, der in Gedanken mehr bei ihrem atemberaubenden Kleid und den darunter versteckten Reizen war.

Reiter stieß Deckers Arm an. *Pass auf!*

Decker quittierte mit einem Gegenstoß.

Die chinesische Agentin tat so, als hätte sie nichts von diesem pubertären Gehabe gemerkt. Sie blickte Decker mit einem provozierenden Lächeln an: »Ist dieses seltsame Gefährt da draußen Ihres?«

»Gefällt es Ihnen?«

»Sie scherzen.«

»Es ist eine Allegorie. Ein künstlerischer Ausdruck für die gebannten Kräfte des Menschen.«

»Des männlichen Menschen.«

»Sinnlichkeit und Kraft. Symbolisch in einer Skulptur erfasst.«

»Ein Kunstwerk? Diese Zuhälterkarre?«

Der Redakteur lachte und nahm amüsiert einen Schluck.

»Ihnen entgeht das Subtile daran«, sagte Decker. Das kleine Geplänkel gefiel ihm.

»Sie meinen den Benzingeruch?«

»Das Archaische in versteckten Formen. Die kosmische Vereinigung zweier Prinzipien.«

Reiter rollte mit den Augen und winkte ab. Decker hingegen starrte Li Mai wie ein hungriger Hirsch an.

Ihr Kleid lag an gewissen Stellen hauteng an und sah aus, als trüge sie nichts darunter. Decker war überwältigt von ihr und seinem ungebremsten Verlangen.

»Vereinigung? Nun mal langsam mein Lieber«, unterbrach der Journalist und sagte zu Li Mai gewandt: »Vielleicht sollte ich Sie vor Dr. Decker warnen. Seine philosophischen Ausführungen haben eine gefährliche Wirkung auf schöne Frauen.«

Und weil er die beiden nicht länger stören wollte, verabschiedete der Journalist sich mit einer leichten Verbeugung.

Li Mai nahm es höflich lächelnd zur Kenntnis. Dann sah sie Decker tief in die Augen. *Das wird ein leichter und angenehmer Auftrag.*

»Kommen Sie.« Er nahm sie am Arm und führte sie auf die Terrasse. Ihre Gläser nahmen sie mit.

»Sie sehen also Ihr Auto als die Domestizierung von Eros und Thanatos an? Eine maschinelle Kulturleistung, sozusagen«, fragte Li Mai, ohne den geringsten Anhauch von Ironie.

»Sie haben in der Talkshow gut aufgepasst.«

»Ja.«

Decker war überrascht. »Interessieren Sie sich für dieses Thema?«

»Sehr sogar.«

»Arbeiten Sie auch auf dem Gebiet?«

»Könnte man sagen.« Ihr Blick war Decker rätselhaft, aber der Klang ihrer Stimme bezauberte ihn. »Glauben Sie wirklich, dass Sie mit Ihren analytischen Methoden Kulturen und Religionen besser durchleuchten können?«

»Ich bin zutiefst davon überzeugt. So wie es eine dunkle und unbewusste Seite im einzelnen Menschen gibt, gibt es das auch in einer ganzen Gesellschaft.«

»Das finde ich sehr spannend. Aber ich frage mich, ob Sie nicht zu weit gehen.«

Decker überlegte die Antwort, lehnte sich an die steinerne Balustrade und verschränkte die Arme. Dabei rutschte der Manschettenärmel etwas hoch und seine Uhr kam zum Vorschein.

Li Mai blickte wie gebannt darauf. *Was ist das denn für ein Modell? Eine Militäruhr?* Für einen Moment wurde ihr flau bei dem Gedanken an das Foto des Toten, das sie Decker bald zeigen musste.

Decker bemerkte es und fragte »Interessieren Sie sich für Uhren?«

»Nein. Ich war nur der Meinung, man trägt keine Uhr zum Smoking«, wich sie hastig aus.

»Und ich war der Meinung, dass ein weiblicher Kulturattaché mir auf einem Ball den Handkuss anbieten würde.«

*Touché!* Sie verfluchte ihren Fehler in der Tarnung und suchte blitzschnell nach einer Antwort, um ihn auszubügeln. »Man muss die Regeln kennen, um sie zu brechen, nicht wahr?«

»Dann haben wir ja was gemeinsam«, lachte Decker. »Wir sind hier die Outlaws.«

»Das müsste Ihnen doch gefallen«, versuchte sie den Faden wieder aufzunehmen, »in Fachkreisen gelten Sie ja schon als Abtrünniger, nicht wahr?«

Er blickte sie prüfend an. »Das habe ich mir nicht ausgesucht. Die Erkenntnisse sind schon lange vorhanden. Es sind die Konzepte von Freud. Sie werden leider nur nicht von vielen anerkannt. Manchmal ist es, als hätte er nie gelebt. Heute ist es schick, über Genetik und Soziobiologie zu reden. Alles ist steril und naturwissenschaftlich. Politisch korrekt. Selbst führende Köpfe in Harvard halten die Psychoanalyse für überholt. Aber Besseres haben sie auch nicht zu bieten.«

»Die Abgründe und das Verborgene der Seele. Das Verdrängte. Der Kerker.«

»Ja. Und eben das Pendant dazu in einer ganzen Kultur. Das ist übrigens nichts Neues. Selbst die größten Geister der Menschheit hatten Schwierigkeiten mit Freud. Zum Beispiel Einstein.« Decker nahm einen Schluck Champagner zu sich. Er wollte darüber jetzt eigentlich nicht reden. Aber sie hakte wieder nach.

»Albert Einstein? Was hat der mit Freud zu tun?«

»Viel. Als er sich keinen Rat mehr wusste angesichts des Wahnsinns auf dieser Welt, da wandte er sich an Freud.«

»Einstein hatte Kontakt mit Freud?«

»Oh ja. Es gibt einen berühmten Briefwechsel, in dem der Physiker den Analytiker fragt, warum es eigentlich Kriege gibt.«

»Eine große Frage.«

»In der Tat. Und Freud hat geantwortet. Äußerst lesenswert.«

»Kann ich mir vorstellen. Aber warum führt Freud dann so ein Nischendasein?«

»Gute Frage. Aber Sie kennen die Antwort. Kaum jemand ist bereit, die Herrschaft des Intellekts aufzugeben. Gefühle sind nun einmal verpönt. Man lässt ihnen zwar in Kunst und Religion ihren Raum, aber zur Erklärung der Welt werden sie nicht gern herangezogen. Das Reich des Irrationalen ist allen suspekt.«

»Sie sind also der Auffassung, die Menschen wollen mit unserem geheimen Seelenleben und der Tiefenpsychologie nichts zu tun haben. Warum?«

»Wer kann schon die Wahrheit vertragen? Das ist oft so unangenehm, dass man lieber falsche Erklärungen akzeptiert und dabei ruhig schläft.«

»Aber wenn Leute wie Einstein Freud befürworten?«

Decker seufzte. So würde das nichts mit ihnen werden. »Hat er ja nicht.«

»Aber Sie sagten doch ...«

»... dass er sich an ihn wandte, ja. Aber als es darum ging, Freud den Nobelpreis zu verleihen, wie Thomas Mann es vorgeschlagen hatte, da hat Einstein energisch widersprochen.«

»Freud war für den Nobelpreis vorgeschlagen?«

»Ja.«

»Und Einstein war dagegen.«

»Ja.«

»Hm. Und das Komitee?«

»Auch das Nobelpreiskomittee trifft nicht immer sachliche und richtige Entscheidungen.«

Li Mai lächelte. *Da kenne ich noch so einen Fall,* dachte sie. *Darüber reden wir später – im Bett.*

»Was interessiert Sie eigentlich so an alledem?«, fragte Decker.

»Strukturen. Mechanismen. Der große Überblick. Ich möchte verstehen, wieso gewisse Dinge im großen Rahmen passieren.« Sie ließ ihre Blicke über die Hochhäuser um sie herum wandern. »Was ist das?«

»Die Deutsche Bank.«

»Eine große Bank?«

»Die Nummer eins in Deutschland. Ihre Bilanzsumme übersteigt den Haushalt des ganzen Landes. Aber darüber wollen wir jetzt nicht reden.« *Ich will eigentlich überhaupt nicht mehr reden,* dachte er und schob seine Fantasien zur Seite

»Nein«, stimmte sie zu. »Wo waren wir?«

»Der große Rahmen.« Decker konnte den Blick nicht von Li Mai abwenden.

»Ja, Reiche entstehen und vergehen. Seit Jahrtausenden. Und dabei treten jedesmal die gleichen Prozesse auf. Es fängt alles klein an, oft mit einem einzigen, von einer Idee besessenen Menschen. Nicht selten ein Wahnsinniger, der durch seine Überzeugungskraft die anderen ansteckt. Sie sind von ihrer Sache erfüllt, fangen an dafür zu kämpfen, beginnen Revolutionen, Feldzüge und Kriege. Irgendwann kommt alles zum Stehen, stagniert, die Idee und ihr Imperium bricht wieder zusammen oder wird von einem stärkeren überrannt. Jedesmal finden ungeheuerliche Schlachten statt, wird tausendfach gemordet und geplündert. Am Ende ist alles verloren.« Sie machte eine kleine Pause und nippte nachdenklich an ihrem Glas.

»Es ist wie ein Fluch, der auf unserer Spezies lastet, wie ein kollektiver Untergangswahn.« Sie schaute ihn an: »Das will ich verstehen.«

Decker überlegte, wie er das Gespräch endlich in eine andere Richtung lenken könnte. »Es gibt Leute, die behaupten, das sei genetisch so in uns angelegt. Außerdem scheinen manche Tiere eine gewisse Lust am Töten zu verspüren. Es wurden Schimpansen dabei gefilmt, wie sie scheinbar zum Vergnügen andere Affen jagen und umbringen. Oft akzeptieren sie dabei auch ihren eigenen Tod.«

»Kann sein, aber dieser Ansatz interessiert mich nicht.«

»Mich auch nicht.« Decker blickte zu den wenigen, schwachen Sternen am Großstadthimmel hinauf und sagte: »Wenn Sie das wirklich verstehen wollen, kommen Sie auf das Feld der Massenpsychologie. Die großen Greuel und Umwälzungen der Weltgeschichte werden nicht von einzelnen angerichtet. Es sind Horden, Gläubige, Armeen, Massen in jeder Form. So etwas.« *Mist, er hatte sich hinreißen lassen.*

»Was ist bei einer Masse denn anders?«

Decker spürte den angenehm kühlenden Sandstein durch den Stoff seiner Hose und sann kurz nach. »In einer Masse passiert Sonderbares in der menschlichen Psyche. Es schwindet die bewusste Persönlichkeit des einzelnen. Das Unbewusste übernimmt die Herrschaft, und man ist bereit, sich einem Führer oder einem Glauben zu unterwerfen.«

»Sie wollen sagen, der Einzelne ist eigentlich gar nicht mehr er selbst? Er ist wie ein Roboter, der seinen eigenen Willen nicht mehr in der Gewalt hat?«

»Ja. Als Teil einer Masse wird der einzelne zum Triebwesen und zum Barbaren. Er tut Dinge, die er allein niemals tun würde. Alle Schranken fallen. Alle Verbote sind plötzlich aufgehoben. Von außen wirkt er wie hypnotisiert und ist leicht verführbar. Deswegen sagen Zeitzeugen von Kriegen immer wieder, dass sie auch nicht so genau wissen, warum sie sich damals haben hinreißen lassen. Oft finden sie auch gar nicht mehr in die Zivilgesellschaft zurück.«

»Weil sie einmal ohne jede Hemmung gelebt und alle Grenzen der Zivilisation überschritten haben?«

»Ja. Sie können die Türen schwer wieder schließen, die einmal geöffnet wurden.«

Li Mai ließ ihre Blicke über den Platz wandern, dann fragte sie: »Könnte man das auch auf die Geschichte Deutschlands anwenden? Die Nazis zum Beispiel?«

»Wie kommen Sie denn jetzt darauf?« Decker war genervt.

»Nur so«, log sie.

Decker holte tief Luft. »Darüber gibt es geschätzte 20.000 Bücher. Aber am Ende scheitern die meisten doch beim Versuch, diese unglaublichen Verbrechen auch nur in Begriffe zu fassen, geschweige denn zu verstehen.«

»Aber es ist doch auch unfassbar.«

»Nein. Ganz und gar nicht. Es ist nur dann unfassbar, wenn Sie von falschen Voraussetzungen ausgehen.«

»Von einem falschen Menschenbild?«

*Warum will sie das nur alles ausgerechnet jetzt wissen?* »Ja. Unter bestimmten Umständen werden alle Soldaten zu Mördern und Triebtätern. Denken Sie nur an die Verbrechen, die die Japaner in China an wehrlosen Zivilisten begangen haben. Denken Sie an die gefangenen Frauen, die vergewaltigt und zur Prostitution gezwungen wurden. Mord und Schande reichen weit zurück in die Geschichte. Waren denn das Kolosseum mit seinem ganzen Umfeld und die Orgien in Rom nicht auf gewisse Art genauso wahnsinnig? Beides wurde organisiert, verwaltet, geduldet, gewollt, erzwungen und jeder wusste es.«

Li Mai überlegte: »Das heißt, man kann das Nazi-Regime als Phänomen der Massenpsychologie verstehen, und das wiederum setzt voraus, dass man die Triebhaftigkeit des Menschen akzeptiert und die Vorherrschaft des Unbewussten? Aber wie kommt die Bestie an unserem Verstand immer wieder vorbei?«

»Mit Hilfe von Ideologien.« *Himmel, wann hört die endlich auf zu Fragen?*

»Was?«

»Wenn Hass und Feindbilder fest etabliert sind, wird der Verstand ausgeschaltet. Man glaubt, es gebe vernünftige Argumente für ein an sich völlig irres Vorhaben. Dieses falsche Bewusstsein wird dann zur Ideologie, zu einem riesigen, immer verworreneren Gedankengebäude, das für alles eine Rechtfertigung liefern soll. Bis zu jedem Extrem hin. Sogar bis zur Selbstvernichtung.«

»Ein faszinierender Ansatz.« Li Mai senkte den Blick und strich sich mit der Hand übers Kleid. »Aber sehr schrecklich.«

Decker witterte endlich seine Chance. Er lächelte und berührte sie leicht an der Schulter. »Sie haben recht. An so einem schönen Abend sollten wir nicht länger über die dunkle Seite der menschlichen Seele reden.«

»Sondern über was?«

»Vielleicht sollten wir überhaupt nicht mehr reden?« Er nahm ihr das Glas aus der Hand, stellte es neben seinem ab, sah sie an und wartete auf ihre Reaktion. Wie weit würde sie gehen?

»Verstehe.« Sie hielt ihm ihre Hand hin. Dabei sah sie

ihn wieder tief und lange an: »Wollen wir den Spießern da drinnen einmal zeigen, wie man tanzt?«

»Gern. Woran denken Sie?«, fragte Decker und geleitete sie in den Ballsaal zurück.

»Argentinischer Tango.«

»Dieser Tanz wurde 1913 den deutschen Offizieren verboten, weil er als unsittlich galt.«

»Stört Sie das?«, fragte Li Mai.

»Mein Ruf ist schon ruiniert«, lächelte Decker.

»Und ich genieße diplomatische Immunität.« Sie gab der Band ein Zeichen. Decker bekam es stirnrunzelnd mit. *War das geplant?*

Gleich als nächstes spielten die Musiker einen Tango. Die Gäste standen plötzlich still und wussten nicht so recht weiter. Aber einige trauten sich den Tanz zu. Auf ein Zeichen des Bandleaders hin wurden die Lichter und die Atmosphäre im Saal an die Musik angepasst. Die Band nahm langsam Fahrt auf. Decker und Li Mai auch. Leidenschaftlich. Sinnlich. Voller Hingabe. Sie tanzte zugleich anmutig und provokant. Den Gästen, die ihnen zusahen, stockte der Atem. Denn was sie dort sahen, erinnerte jeden, vor allem die Männer, daran, dass der Mensch im Tiefsten wirklich noch eine animalische Seite hat. Dieser Tanz weckte Erotik, Verlangen und Lust.

Li Mai tanzte gut und gewagt. Immer wieder gab ihr Kleid für Bruchteile von Sekunden Blicke auf Stellen ihres schlanken asiatischen Körpers frei, die sonst nicht zu sehen waren. Sie öffnete die Beine, sie ließ sich in Deckers Arm fallen, bestieg sogar seinen Schenkel. »Skandalös!«, zischte eine der älteren Damen, aber auch die jungen Frauen erwiesen sich als zu prüde für die Art leidenschaftlicher Verführung, die Li Mai so öffentlich demonstrierte.

Decker allerdings schwieg und staunte. Li Mai umfasste leicht seinen Hals und warf sich nach hinten, fast bis zur Brücke, ihr Kopf schwebte tief über dem Boden. Er hielt sie im Kreuz und senkte leicht seinen Kopf in Richtung ihrer Brüste. Nur allzu deutlich zeichnete sich deren Form durch das dünne Kleid ab. Decker spürte die neidischen Blicke der anderen Männer wie Nadelstiche im Rücken.

Irgendwann endete die Musik. Dann kam er. Dieser Blick von ihr. Durch die völlig zerzausten Haare. Wenn ein Mann und eine Frau wissen, das es so weit ist. Dass sich die Spannung entladen muss. Beide fühlten es. Sie lag noch in seinen Armen und öffnete ihren Mund. Ein wenig. Decker beugte sich zu ihr hin. Sie zögerten. Dann schloss sie ihre Augen und ihre Lippen berührten sich fast. Aber Li Mai löste sich geschickt aus seiner Umarmung und flüsterte: »Nicht hier.«

Das war deutlich. Er nahm sie an der Hand und führte sie von der Tanzfläche. Sie verschwanden in Richtung Ausgang. »Ich wohne gegenüber. Wir laufen«, sagte er und nahm sie in den Arm.

Als sie die Treppen hinabliefen und über den Vorplatz rannten, blickte der Pförtner ihnen verträumt hinterher. Was für ein Paar!

Sie erreichten den 110 Meter hohen Turm aus Glas in wenigen Minuten. Li Mai las im Vorbeigehen gerade noch das Schild *Inside Premium Suites*, dann rief Decker schon dem Portier zu: »Keine Besuche.« Der Mann und seine Kollegin lächelten höflich.

Der außenliegende Aufzug brachte Decker und Li Mai in den 29. Stock. Unter ihnen schimmerten die Lichter der Stadt.

Decker führte Li Mai vom Aufzug durch den Korridor und schloss die Tür zu seiner Suite auf. Die junge Frau folgte ihm ein paar Schritte in die Dunkelheit und blieb gespannt stehen. Er drückte auf einen Schalter und vor Li Mai tauchte eine wunderbare Welt auf. Die ineinander übergehenden Räume waren mit Antiquitäten und Kunstwerken ausgestattet, die einen Kenner verrieten. Und einen äußerst wohlhabenden dazu. Für den Bruchteil einer Sekunde tat es ihr leid, dass sie nicht unter anderen Umständen den Weg in diese kultivierte Umgebung gefunden hatte. Es wäre so schön gewesen, einfach nur ein romantisches Mädchen zu sein und ein normales Leben zu führen. Vielleicht mit einem Mann wie diesem. Sie ließ die Gedanken nicht zu, aber einen Augenblick lang verfluchte sie ihren Auftrag.

»Ich dachte, das wäre ein Hotel?«, sagte sie.

»Ich habe denen die Suite abgekauft.«

»Ein wunderschöner Ausblick ist das hier oben.«

»Deswegen gefiel sie mir. Sie musste nur etwas umgebaut werden – Champagner?«

*»Avec plaisir.«*

Decker ging an die Bar und holte eine Flasche aus dem Eisfach. Als er jetzt mit den Gläsern in der Hand zurückkam, stoppte er an der Hifi-Anlage und legte eine CD ein. Sie erwartete ein zartes Violinsolo oder etwas dem Augenblick Angemessenes. Mozart vielleicht. Aber statt dessen erklangen E-Gitarren. Mit einer unglaublichen Klangqualität zwar – aber das war doch wohl nicht sein Ernst. Er kam mit einem rätselhaften Lächeln auf sie zu, bot ihr ein Glas an und sagte: »AC/DC.«

»Wie romantisch«, sagte sie und hob eine Augenbraue. Er ging nicht darauf ein, sondern legte seinen Finger auf ihre Lippen und forderte sie mit einem schnellen Seitenblick auf die Boxen zum Zuhören auf.

*You're the one I've been waiting for*
*I need you lovin' more and more*

Wie nett. Hauptsache, ich habe ihn da, wo ich ihn haben wollte, dachte Li Mai. Dann kam die nächste Zeile.

*I don't know what your name is,*
*I don't know what your game is*
*But I want you tonight*

*Verdammt!* Er war also doch irgendwie misstrauisch. Wahrscheinlich war er es bei seinem Geld gewohnt, dass Frauen mit Hintergedanken in sein Schlafzimmer wollten. Sie hatte ihn unterschätzt. Aber weiterspielen wollte er trotzdem. Er liebte wohl die Gefahr.

»Rockmusik hat was, findest du nicht?« Er sah sie mit einem Blick an, wie sie ihn noch nie bei einem Mann gesehen hatte. Warnung und Verführung zugleich. Dann kam der Refrain:

*I'm a love hungry man.*

Dabei stieß er mit ihr an und sagte mit leiser Aufforderung: »Chee-ers!«

Sie tranken und blickten sich dabei fest in die Augen; wie zwei zum Sprung bereite Tiere. Es war nur noch nicht entschieden, ob es zur Paarung oder zum Kampf kommen sollte. Li Mai bekam weiche Knie, ihre Sinne waren vernebelt. Sie konnte sich dem berauschenden Ambiente des Luxus, der Musik und Deckers Ausstrahlung nicht mehr entziehen. *Wie ist es wohl bei Rockmusik?*, dachte sie. Für einen Moment vergaß sie ihren Auftrag und driftete innerlich ab. Textfragmente der Musik wie *animal love* drangen in sie ein und lösten indiskrete Fantasien aus, deren Erfüllung das edle Mobiliar erheblich in Mitleidenschaft ziehen würde ...

Die Sekunden verstrichen. Dann brachte sie eine Berührung zurück und zur Besinnung. Decker stellte sein Glas ab, nahm sie dezent an der Hüfte und führte sie in die Bibliothek. Er spürte, wie die Chinesin sich an ihn schmiegte, genoss den Augenblick und ließ sich Zeit für das, was jetzt kommen würde.

»Glaubst du, heute Abend wird ein Nachspiel haben?«, fragte er. »Die ganze politische Haute Volée war schließlich da, und einige waren vielleicht *not amused*, uns zusammen tanzen zu sehen.«

»Das geht niemanden etwas an.«

»Bist du sicher, dass die anwesenden Diplomaten das auch so sehen?«

»Wen interessiert das?« Sie lachte, drehte sich langsam in seinem Arm zu ihm hin und legte ihre zarten Hände in seinen Nacken. Sie wollte nicht mehr warten. Und sie war sich auch nicht mehr sicher, ob sie es nur für China tat.

Decker sah sie an und legte dann den zweiten Arm sanft um ihre Schultern. Wieder kamen sie sich näher. Wieder hielten sie einen Moment lang inne. Dann schloss sie die Augen und öffnete leicht ihren Mund. Sie spürten bereits den Atem des anderen ... da klingelte das Telefon.

Er zögerte, wollte es offenbar ignorieren. Li Mai war für einen Moment geneigt, ihn darin zu bestärken. Aber sie ahnte, wer es sein könnte – und der Job ging vor. »Willst du nicht rangehen?«

Decker überlegte eine Sekunde, ließ sie dann los, ging zum Telefon und sagte verärgert: »Hallo?«

»Dr. Decker, entschuldigen Sie. Hier ist die Rezeption ...«

»Was soll das?«, fragte Decker. Er hatte Mühe, sich zu beherrschen.

»Es tut mir leid. Aber hier ist jemand, der sie unbedingt sprechen möchte.«

»Ich bin sicher, das kann warten.«

»Das habe ich auch gesagt, aber ich denke, in diesem Fall verzeihen Sie mir, wenn ich dennoch anrufe.«

»Schmeißen Sie ihn raus. Egal, wer es ist.«

»Das würden wir ja machen, aber er wedelt hier mit einem Ausweis rum, der uns das verbietet.«

»Wer zum Teufel ...?«, sagte Decker in den Hörer, wurde aber offenbar unterbrochen.

»Herr Doktor, es ist ...«

Decker konnte es kaum fassen und blickte zu Li Mai herüber, als der Portier hinzufügte: »Er ist schon auf dem Weg zu Ihnen.«

Decker legte auf und sah Li Mai an. »Ich glaube, du hast dich in der Einschätzung deiner Kollegen getäuscht. Wir kriegen unerwartet hohen Besuch.« Er nahm die Flasche Bollinger und ging Richtung Bar. »Ich fürchte, wir müssen den Champagner später trinken.«

»Wer will uns denn daran hindern?«, fragte sie.

Decker sagte halb lachend, halb kopfschüttelnd: »Der deutsche Botschafter aus Peking.«

# 4

Wittenstein und Stahlmann hatten einen langen Flug hinter sich. Jetzt standen die beiden in dem gläsernen Aufzug auf dem Weg zu ihrem Treffen mit diesem Doktor Decker, den der chinesische Geheimdienstchef ihnen empfohlen hatte. Der *Butler* blickte verächtlich auf die Lichter der nächtlichen Stadt und dachte an die Fahrt hierhin zurück.

Ein Taxi hatte sie vom Flughafen in die Frankfurter City gebracht. Als sie die Stadtgrenze passierten, sagte der türkische Taxifahrer: »Willkommen in der Finanzhauptstadt Deutschlands.« Und er fügte hinzu: »Geld regiert die Welt.« Stahlmann warf ihm einen bösen Blick zu. Sicher. Aber bestimmt nicht deine Welt, dachte er. Eine Schande, was aus Deutschland geworden war. Dann kamen sie am Messeturm vorbei. Stahlmann blickte hasserfüllt auf den komplett mit rotem Marmor verkleideten Wolkenkratzer. In den oberen Stockwerken saß Goldman Sachs. Wie in New York ohne Firmenschild an der Tür. Das jüdische Großkapital ist zurück, dachte er. Sie erobern das Terrain. In unserem Land! Er knirschte leise vor sich hin. Diese Schwächlinge in Berlin schauen tatenlos zu und trauen sich nicht, was zu sagen. Sie rüsten vor lauter Schuldgefühlen sogar die Bundeswehr mit der UZI, einer israelischen Waffe, aus.

Aber wir kommen wieder, dachte Stahlmann. Stärker als jemals zuvor! Wir sind die Herrenrasse. Es steckt in uns, in euch. Es lebt noch heute. Und wir werden es wieder rausholen. Eure Seelen befreien. Denn ihr wollt es immer noch. Wie damals.

Eigentlich müssten wir den jüdischen Bankern ja sogar dankbar sein. Sie verwalten seit 1945 artig und fleißig das im Dritten Reich angehäufte Vermögen. Und sie haben es wirklich gut gemacht. Ihre Investitionen haben uns für immer mit Geld versorgt. Kompliment! An all dem, was hier und sonstwo erwirtschaftet wird, sind wir beteiligt. Ich würde gern eure Gesichter sehen, wenn ihr erfahrt, dass ihr den Nazi-Schatz selbst vervielfacht habt. Und genau dieses Geld wird sich eines Tages gegen euch wenden. Ein hämisches Lächeln überzog sein Gesicht. Die anonymen globalen Finanzströme waren schon etwas Wunderbares.

Stahlmann lachte finster, und der Botschafter schaute ihn beunruhigt an.

Vor dem *Inside*, wo Decker wohnte, sagte der Taxifahrer: »Wir sind da.« Stahlmann zahlte, ohne die Hand des Türken zu berühren, und stieg mit dem Botschafter aus. Der Fahrer war froh, dass er diesen düsteren Gast los war.

Auf ihrem Weg nach oben fragte sich der Botschafter, was dieser Decker wohl für ein Mensch war. Viele Gerüchte und Geschichten rankten sich um diesen Mann. Nach dem Gespräch mit Tang hatte Stahlmann darauf bestanden, Decker überprüfen zu lassen. Eigentlich keine schlechte Idee. Man sollte vorher wissen, wem man einen so wichtigen Auftrag erteilte. Der Graf hatte das Dossier über Decker während des Fluges gelesen. Vor über zwanzig Jahren war Deckers Vater, ein genialer

Tüftler und Besitzer einer kleinen, aber feinen Fabrik für Nachtsichtgeräte, der gute Geschäfte mit Rüstungskonzernen in aller Welt machte, endgültig zu der Erkenntnis gelangt, dass er seinen einzigen Sohn an die Geisteswissenschaften verloren hatte. Gerade noch rechtzeitig vor der digitalen Revolution hatte er seine Firma verkauft und seinem Sohn einen zweistelligen Millionenbetrag hinterlassen, der sich durch geschickte Geldanlagen beständig vermehrt hatte und Philipp Decker ein sorgenfreies Leben ermöglichte. Seinen akademischen Standesgenossen galt Decker als Querdenker und Revoluzzer schlechthin. Nebenbei wurde erwähnt, dass er eine Reihe einflussreicher Freunde hatte, Mitglied im New Yorker Yachtclub war, auf keiner Modenschau in Paris fehlte und einen Pilotenschein für Helikopter hatte.

Auch der *Butler* hatte das Dossier gelesen. Und war besorgt. Dieser Dr. Decker schien gut zu sein. Viel zu gut. *Er könnte uns gefährlich werden. Vielleicht wäre es besser, ich fädle die Sache gleich so ein, dass er ablehnt und die Chinesen sich jemand anderen suchen müssen.*

Jetzt standen sie vor der Tür und sammelten ihre Gedanken. Vor ihnen lag ein sehr heikles Gespräch. Wir werden sehen, dachte jeder für sich. Gerade als der Graf anklopfen wollte, wurde die Tür aufgerissen.

Decker stand in seinem Smoking im Türrahmen und blickte die beiden sehr elegant gekleideten Diplomaten wütend an. »Das hat sich ja schnell rumgesprochen! Sie konnten es wohl nicht länger abwarten, was?«

Der Botschafter war auf diesen Empfang nicht vorbereitet. »Verzeihen Sie, ich verstehe nicht ganz?«

»Hören Sie, übermitteln Sie Berlin, dass die das nichts angeht. Das Außenministerium soll sich gefälligst da raushalten«, sagte Decker. »Diese Nacht ist mein ganz persönlicher Beitrag zur deutsch-chinesischen Völkerverständigung. Und jetzt wäre ich Ihnen sehr verbunden, wenn Sie uns in Ruhe ließen. Auf Wiedersehen.«

Dem Grafen fehlten die Worte. *Soviel zu den Umgangsformen.* »Guten Abend, Herr Dr. Decker«, sagte der Botschafter steif. «Ich bin ebenso erfreut, Sie kennenzulernen.«

»Exzellenz, bei allem Respekt, ich glaube kaum, dass die Vorfälle dieser Nacht von nationalem Interesse sind. Es wäre mir recht, wenn Sie mein Privatleben etwas mehr respektierten.«

Wittenstein spähte durch die halb geöffnete Tür und sah Li Mai im Hintergrund der Suite. Jetzt verstand er, was Decker meinte. Er kannte sie von verschiedenen offiziellen Empfängen. Die Szene war klein und Li Mai eine bekannte und begehrte Schönheit auf dem Parkett. Aber warum war sie hier?

Auch Stahlmann sah die Chinesin und überlegte, was das zu bedeuten hatte. Es konnte kein Zufall sein.

Li Mai nickte den beiden gelassen zu. *Sie sollen ruhig wissen, dass wir die Lage im Blick haben.* Die Andeutung eines ironischen Lächelns huschte durch ihr Gesicht.

Der Graf erwiderte den stillen Gruß. Unter normalen Umständen hätte er sich jetzt wohl zurückgezogen, aber er wusste, dass Peking äußersten Einsatz von ihm erwartete. Wenn er jetzt zurückwich, würde Tang das sofort erfahren, und was dann geschah, konnte ihm auf keinen Fall recht sein. Es gab nur einen Weg: vorwärts.

»Entschuldigen Sie vielmals die Störung, Herr Doktor«, begann er deshalb erneut, mit einer leichten Verbeugung. »Aber die Vorfälle der Nacht sind in der Tat von äußerster Wichtigkeit und eher als das Gegenteil von Völkerverständigung zu bezeichnen. Ich kann Ihnen aber versichern«, sagte er mit einem Blick auf Li Mai, »dass uns nicht die internationalen Beziehungen, die Sie in Ihrer Wohnung pflegen, Sorge bereiten, sondern gewisse Vorfälle am anderen Ende der Welt.«

Jetzt war Decker sprachlos.

»Im übrigen und wenn es Sie beruhigt, kommen wir nicht auf Anordnung des Außenministers, der aus gutem Grund von unserer Gegenwart hier besser nichts wissen sollte, sondern auf direkten Wunsch der chinesischen Regierung.«

*Es läuft nach Plan*, dachte Li Mai. *Tang Wu hatte gute Arbeit geleistet.*

Decker wusste immer noch nicht, was er sagen sollte. Sein Adrenalinspiegel sank langsam ab.

Der Botschafter spürte, dass Deckers Aggressivität nachließ, und suchte seinen Vorteil zu nutzen. »Dürfen wir vielleicht eintreten? Ich möchte nicht die Belange unseres Landes auf einem Hotelflur erörtern.«

Decker besann sich. Die Liebesnacht war ohnehin längst verdorben. Wozu sollte er sich gegen das Unvermeidliche wehren? Vielleicht war es ja ganz interessant, was die beiden Schnösel zu sagen hatten.

Zögernd bat er den Botschafter und seinen Begleiter herein. Er führte sie ins Wohnzimmer und bat sie zu warten. Dann ging er zurück zu Li Mai in die Bibliothek. »Verstehst du, was hier los ist?«, fragte er flüsternd und fasste sie an der Schulter.

»Nein«, wich sie aus, »und du solltest sie nicht zu lange warten lassen. Das Vaterland ruft dich.« Sie nahm ihre Sachen und deutete an, dass sie gehen wollte.

»Wann kann ich dich wiedersehen?«, fragte Decker auf dem Weg zur Tür und verfluchte die beiden Männer, die ihm einen Strich durch eine Nacht mit Li Mai gemacht hatten.

»Ich warte unten in der Bar im 22. Stock. Ruf an, wenn sie weg sind.« Mit diesen Worten schritt Li Mai durch den Korridor. An der Tür zum Aufzug drehte sie sich noch mal zu ihm um. »Ach, übrigens, noch was.«

»Ja?«

»Das Auto«, lachte sie. »Starke Karre.« Dann verschwand sie.

Als der Aufzug weg war, kehrte Decker zu seinen ungebetenen Gästen zurück. Er war sehr gespannt auf das, was ihn erwarten würde. Die beiden standen immer noch steif in der Gegend herum.

»Aber meine Herren!«, rief Decker mit gespieltem Entsetzen. »Bitte nehmen Sie doch Platz!«

Er zeigte auf die mit edelsten Stoffen bezogene Couch und warf sich lässig in einen Sessel. Er musterte die beiden einen Moment. *Langweiliger als diese zwei Bürohengste kann man sich wirklich nicht anziehen.* Decker dachte sehnsüchtig an das Kleid der schönen Chinesin. Der Botschafter nutzte die Pause, um sich und seinen Begleiter vorzustellen. Erst dann setzte er sich. Der *Butler* wählte einen Sessel an der Seite, von dem aus er Decker im Auge behalten konnte, ohne selbst zu sehr im Blickfeld zu sein.

»Nun, meine Herren, da ich nicht verhindern konnte, dass Sie jetzt hier sind, würde ich gerne erfahren, was mir die Ehre verschafft«, sagte Decker. »Möchten Sie etwas zu trinken?«

»Herr Dr. Decker«, sagte der Botschafter, ohne auf das Angebot einzugehen, »ich möchte vorwegschicken, dass es mir durchaus problematisch erscheint, einen Mann von so … ungewöhnlicher akademischer Reputation mit dieser äußerst heiklen Mission zu betrauen. Ich habe meine Bedenken auch gegenüber Peking artikuliert. Aber offensichtlich sieht die chinesische Regierung das anders. Ich stelle also meine private Meinung hintan und füge mich dem Wunsch der Kollegen.«

»Sie waren mir auch gleich sympathisch«, erwiderte Decker und grinste.

»Gut. Dann hätten wir das ja geklärt«, sagte der Botschafter.

Decker stand auf, ging zur Bar und mixte sich einen Martini.

»Vielleicht können Sie mir jetzt verraten, wovon Sie da eben gesprochen haben und warum Sie hier sind.«

Der Botschafter machte eine Pause und sah Decker in die Augen. »In Ordnung. Kommen wir zum Grund unseres Besuchs.«

Der Botschafter verfolgte mit einem neidischen Blick, wie Decker an seinem Glas nippte, konnte sich aber immer noch nicht entschließen, um etwas zu trinken zu bitten. Er räusperte sich. »Herr Dr. Decker, Sie stehen in dem Ruf, dass Ihnen nichts heilig ist und dass Sie an nichts glauben. Sie haben zwar einen deutschen Pass, aber es ist bekannt, dass Sie eher ein … Zugvogel sind. Dennoch, könnten Sie sich vorstellen, der Bundesrepublik Deutschland einen wichtigen Dienst zu erweisen?«

»Ich zahle Steuern. Reicht das nicht?«

»Wie man's nimmt. Ihr Wagen ist in Dubai zugelassen …«

»Das ist wegen der Strafzettel.«

»… und Ihr erster Wohnsitz ist Monaco.«

»Ich sehe, Sie haben Ihre Hausaufgaben gemacht.«

»Das gehört zu unserem Beruf. Also, wären Sie zu einem Dienst an ihrem Heimatland bereit?«

»Warum sagen Sie mir nicht einfach, worum es geht?«

Der Botschafter überlegte, dann sagte er: »Es handelt sich um einen internationalen Zwischenfall. Normalerweise würde diese Aufgabe vom BND und allen anderen dafür zuständigen Diensten erledigt.«

»Und – warum erledigen die es dann diesmal nicht?«

Der Botschafter blickte zu Boden. »Die Situation ist etwas heikel und verflochten. Wir hätten lieber, dass eine neutrale Person sich damit befasst. Und Sie kämen dafür in Frage.«

»Von was für einem Vorfall reden wir denn und wieso kann es nicht über offizielle Kanäle laufen?«

»Es geht um den Tod eines deutschen Staatsbürgers im ehemaligen Tibet«, sagte der Botschafter.

Sein Begleiter verfolgte das Gespräch aufmerksam und machte sich bereit, bei Bedarf einzuschreiten.

»Ist ein Bergsteiger abgestürzt?« Decker fand die ganze Situation inzwischen nur noch lästig und komisch.

Der Botschafter atmete tief ein. »Dafür wären wir wohl kaum gekommen und bräuchten Sie nicht um Hilfe zu bitten.«

»Vielleicht muss jemand seinen entwichenen Geist wieder einfangen.« Decker spürte, dass es dem Grafen äußerst ernst war, wollte die beiden aber noch ein wenig hochnehmen.

Der Botschafter seufzte resignierend. Der Attaché öffnete seinen Diplomatenkoffer, holte einen Umschlag hervor, der mit »Streng geheim« beschriftet war, und gab ihn dem Botschafter. Dieser zog ein Foto heraus und legte es auf den niedrigen Couchtisch. »Das wurde gestern in Tibet aufgenommen. Die Hand gehört zu einem hochangesehenem pensionierten Wissenschaftler, den man tot aufgefunden hat. Er wurde ermordet. Bitte beachten Sie das Symbol auf dem Handrücken. Man nimmt an, dass der alte Mann es im Sterben mit letzter Kraft und seinem eigenen Blut gemalt hat.«

Decker starrte auf das Foto.

Was er da sah, war nicht mehr so witzig.

Er hatte das Hakenkreuz sofort erkannt.

»Ich nehme an, Sie kennen die Bedeutung dieses Symbols«, fragte der Graf und verkniff sich jede weitere Regung.

»Das fragen Sie mich nicht wirklich, oder?«

Der Botschafter ignorierte den Unterton. »Sie können sich vorstellen, dass wir diesen Vorfall unter keinen Umständen in der Öffentlichkeit haben wollen. Das Ansehen der Bundesrepublik würde Schaden nehmen.«

»Nachvollziehbar.«

»Dennoch sind wir natürlich an einer Aufklärung der Hintergründe interessiert, und unsere chinesischen Freunde auch.«

»Und die Hintergründe des Mordes zu rekonstruieren wäre dann meine Aufgabe?«

»So ist es.«

»Aber ich bin kein Kriminalist.«

»Wir brauchen jemanden, der die Geschichte dahinter durchleuchten und den Bezug zur Gegenwart herstellen kann.«

Eine kalte Todesahnung beschlich Decker. Das Symbol auf dem Foto rief ein Gespenst herbei, das unbehaglich im Raum stand.

Er schob es beiseite. »Vielleicht ist es einfach nur Zufall. Ein Dummer-Jungen-Streich?«

Der *Butler* versteinerte innerlich. Aber niemand bemerkte es.

»Überall sonst schon«, sagte der Botschafter. »Aber nicht in China und schon gar nicht in Tibet. Die Sache ist rätselhaft«.

»Das heißt, Sie glauben, es steckt etwas Ernstes dahinter?«

»Das herauszufinden ist Ihr Job«, erklärte der Botschafter.

*Und sollte es Ihnen tatsächlich gelingen, sind Sie ein toter Mann,* dachte der *Butler* im Stillen.

Decker war nicht wohl in seiner Haut, ohne dass er hätte sagen können, warum. Du fängst an zu spinnen, sagte er sich. Er blickte den Botschafter an: »Sie meinen, dass der tote Professor aufgrund seines Alters mit den Nazis in Verbindung gestanden haben könnte? Eine alte Rechnung womöglich?«

»Ich sehe, Sie haben die Problematik erfasst. Mehr ist es wahrscheinlich nicht, aber wir müssen das klären.« Der Botschafter tat beiläufig und gab sich locker.

»Wann soll's denn losgehen?«, fragte Decker.

»Morgen früh holt Sie ein Wagen ab und bringt Sie zum Frankfurter Flughafen. Sie fliegen mit der Air China direkt nach Peking. Erster Klasse, versteht sich.«

»Warum die Eile?«

»In wenigen Tagen findet ein deutsch-chinesisches Gipfeltreffen in Peking statt, und bis dahin hätten wir die Sache gern aus der Welt. Jede Stunde zählt.«

»Verstehe.« Das klang einleuchtend.

Der Graf sah Dr. Decker an. »Werden Sie uns helfen?«

»Ich überleg' es mir.«

Der *Butler* wurde unruhig. »Der Ehrlichkeit halber müssen wir Ihnen sagen, dass dieser Job sich nicht für Sie lohnen wird«, sagte er kameradschaftlich und machte dabei das weltweit verwendete Zeichen für Geld, indem er den Daumen über Mittel- und Zeigefinger rieb.

Decker hob die Augenbraue. Bis jetzt hatte der Mann, der sich vorhin als Attaché vorgestellt hatte, geschwiegen. »Glauben Sie, nach allem, was Sie über mich wissen, Geld wäre ein Anreiz für mich?« Er mochte diesen Menschen nicht.

Der *Butler* fuhr fort: »Wir können Ihnen bei Ihrer Mission auch nicht helfen, denn offiziell waren wir niemals hier.«

Der Botschafter sah seinen Attaché fragend an. *Was macht er da? Er schreckt diesen Decker ja förmlich ab.*

Decker empfand das genauso, und ihm entging auch der Gesichtsausdruck des Botschafters nicht. »Ich denke darüber nach.«

»Wir können Ihnen nur eine Stunde Bedenkzeit geben. In diesem Umschlag finden Sie noch ein paar weitere Informationen. Wir warten unten in der Bar auf Ihre Entscheidung. Wir können jetzt eine kleine Stärkung gebrauchen.«

Der Botschafter stand auf, knöpfte sein Jackett zu und ging Richtung Tür.

Stahlmann war zufrieden mit sich. Er hatte seine Sache so gut wie möglich gemacht, aber er sollte vielleicht besser noch etwas Sand ins Getriebe streuen. *Hoffentlich springt er dann endgültig ab.*

Decker gab beiden zum Abschied die Hand und brachte sie an die Tür.

Der *Butler* drehte sich beim Gehen noch einmal um. »Übrigens«, er machte eine Geste mit dem Kopf in Richtung Schlafzimmer, »Sie sollten sich überlegen, wem Sie vertrauen.«

Dass seine intrigante Bemerkung auf fruchtbaren Boden fiel, konnte Stahlmann nicht wissen. Aber nachdem er die Tür geschlossen hatte, wurde Decker sehr nachdenklich.

Er goss sich einen zweiten Martini ein und ließ den Abend noch einmal Revue passieren. Etwas war hier nicht astrein, aber er hätte nicht sagen können, was. Die Sache war ungewöhnlich, aber plausibel. Nur, dass der Botschafter und sein Attaché offensichtlich kleine Kommunikationsprobleme hatten. Allerdings eines stimmte Decker in der Tat nachdenklich. Die scheinbar zufällige Bekanntschaft mit der schönen Chinesin am gleichen Abend, die diskrete Warnung seines Freundes und ihr kleiner Ausrutscher.

Und nun auch noch diese Anspielung des Attachés auf Li Mai.

# 5

Li Mai saß in der Bar im 22. Stockwerk und telefonierte. Sie hatte das Gespräch zwischen Dr. Decker und den deutschen Diplomaten über ein in der Suite zurückgelassenes Mikrofon mitgehört. »Ich glaube, Decker springt uns ab. Der Botschafter hat ihm das Wesentliche verschwiegen.«

»Wieso hat er das gemacht? Das ergibt doch keinen Sinn. Er müsste die Geschichte seines Landes doch besser kennen«, sagte die Stimme am anderen Ende.

»Dafür habe ich auch keine Erklärung. Aber ohne diesen Anreiz wird ein Mann wie Decker nicht mitmachen.«

»Das kommt nicht in Frage. Die Sache muss laufen. Decker ist der Beste, den wir kriegen können.« Der Mann am anderen Ende der Leitung überlegte kurz. »Dann erhöhen wir den Einsatz. Sag du ihm die Hintergründe.« Er machte eine Pause. »Und zwar alles.«

»Du willst mit vollem Einsatz pokern? Ist das nicht zu gefährlich? Das heißt doch, den schlafenden Tiger am Schwanz ziehen!«, sagte Li Mai.

»Seit wann bist du so zimperlich? Sie werden es nie erfahren.«

»Ich hoffe, du hast recht. Sonst bricht die Hölle los«, sagte Li Mai und stand auf. Auf ihrem Weg zum Aufzug kamen ihr der Botschafter und Stahlmann entgegen.

Während der Graf sie sehr höflich mit einem schweigenden Lächeln begrüßte, sah sie der Attaché mit einem bösen Blick an. Sie ging mit einem Nicken an ihnen vorbei.

Ein Klopfen riss Decker aus seinen Gedanken. Er ging zur Tür und öffnete. Li Mai stand im Flur. »Kann ich noch mal reinkommen?«, sagte sie und legte lächelnd den Kopf schräg.

»Sicher. Der Champagner ist noch kalt.« Decker grinste.

»Später«, sagte sie und ging in die Bibliothek. »Wir müssen reden.«

Sie standen an entgegengesetzten Enden des Raumes, und Li Mai machte keinerlei Anstalten, ihrem Tanzpartner näher zu kommen.

Auch Decker wartete ab. Er fühlte, dass noch nicht alle Karten auf dem Tisch lagen.

»Was hat der Botschafter dir erzählt?«, fragte die junge Frau.

Decker sagte es ihr.

Li Mai sah ihn mit einem ernsten Blick an. »Der Graf und sein Laufbursche haben dir nicht die ganze Wahrheit gesagt.«

*Wer war sie?* Decker schaute Li Mai fragend an. »Woher weißt du das?«

»Vielleicht konnte er es nicht wissen. Oder es war ihm unangenehm«, sagte sie vorsichtig.

»Und was hast du damit zu tun?«, fragte er.

Sie lächelte unschuldig. »Ich bin Diplomatin, hast du das schon vergessen?«

»Tatsächlich?«

Sie machte einen Schritt auf ihn zu und sah ihn sehnsüchtig an. »Ich werde es dir später erklären. Vertraue mir für den Moment. Peking möchte, dass du den Auftrag annimmst.«

»Eben war es noch Deutschland.«

»Vielleicht sind es ja beide?«

»Ach ja?« Er blickte sie durchdringend an. »Haben wir uns deswegen auf dem Presseball kennengelernt?«

Sie ging auf ihn zu, blieb vor ihm stehen, hob die Hand und schien etwas sagen zu wollen, schaute dann aber zu Boden. Es entstand eine Pause.

Decker ging ans Fenster und sah hinaus auf die Lichter der Stadt. Er dachte nach. Dann kehrte er zu ihr zurück. »Okay. Warum ich?«

»Es geht sowohl um Politik als auch um Religion. Komplizierte Zusammenhänge müssen in allerkürzester Zeit aufgeklärt werden. Es gibt da einige unerklärliche Vorgänge in Tibet. Unsere Fachleute sind an dieser Aufgabe bereits gescheitert«, sagte Li Mai, in zweifacher Hinsicht verlegen. »Wir brauchen dich und deine Methoden. Nach unserem Gespräch auf dem Ball heute Abend weiß ich, dass du der richtige Mann für diese Ermittlungen bist. Und zwar der einzige.«

Sie holte tief Luft. »Du wirst jede nur erdenkliche Unterstützung von uns erhalten. Alles, was du dir vorstellen kannst. Es ist äußerst wichtig für uns.«

»Warum sollte ich mitmachen?«

»Du kannst die Ergebnisse für dich verwenden. Für deine Forschung und deine Vorlesungen. Alles, was du herausfindest, gehört dir. Bis auf Elemente, die nur die inneren Angelegenheiten Chinas betreffen. Ich denke, mit dem Material kannst du deine Thesen untermauern und die akademische Welt weiter in Atem halten, wie es dir gefällt. Du wirst in Tibet forschen können wie kein anderer westlicher Wissenschaftler zuvor.«

Decker zögerte. Eigentlich wollte er nur die Frau. »Wieso interessieren sich der BND oder die chinesische Regierung plötzlich für Religion? Und was soll das Hakenkreuz auf der Hand eines Toten mit Tibet zu tun haben?«

Li Mai hatte ihre persönliche Seite wieder im Griff. »Das weiß ich leider auch nicht. Aber die Antwort auf diese Fragen ist außerordentlich wichtig für uns. Ich sage dir, was ich weiß, und dann entscheidest du, ob du mitmachst. Hast du etwas zu trinken?«

»Ja, natürlich. Soll ich den Champagner holen?«

Li Mai lächelte. »Lieber nicht. Hast du vielleicht Mangosaft?«

Als Decker mit den Getränken zurückkam – er hatte zu seiner Überraschung tatsächlich eine Flasche Mangosaft in seinem Kühlschrank gefunden, blieb selbst aber lieber beim Martini – saß die schöne Chinesin bereits auf der Couch und hatte die Beine untergeschlagen.

Bei ihrem Anblick verfluchte Decker den blöden Botschafter und seinen giftigen Schildknappen erneut. Als er ihr näher kommen wollte, wies Li Mai ihn mit einem winzigen Kopfschütteln in seine Schranken. Brav setzte er sich in den Sessel gegenüber.

»Was weißt du über Tibet?«, fragte sie einleitend.

Decker schaute sie verblüfft an. »Was jeder darüber weiß.« Er überlegte kurz. »Fast alle im Westen kennen das Schicksal Tibets und die Geschichte des Dalai Lama. Viele Menschen verehren ihn und sind sogar zum tibetischen Buddhismus übergetreten. Tibet galt schlichtweg als ein kleines Paradies auf Erden, bevor ihr da einmarschiert seid.«

Li Mai kniff die Augen zusammen und unterdrückte ihren Stolz und ihren Zorn. »Das genügt nicht. Gestatte mir einige Ausführungen.« Sie nippte an ihrem Glas und nickte dann anerkennend. »Sagt dir der Name Brad Pitt etwas?«

»Der Schauspieler?«

»Genau der. Kennst du auch seinen Film ›Sieben Jahre in Tibet‹?«

»Nein, so was interessiert mich nicht.«

Li Mai verspannte etwas die Lippen. »Dieser Film ist das Material nicht wert, auf dem er gedreht wurde.«

»Das ist nichts Neues in Hollywood. Was ist daran so Besonderes?«

»In diesem Film werden Lügen verbreitet, die von historischer Relevanz sind.«

»Ich kann mir nicht vorstellen, dass Brad Pitt die Leute absichtlich zum Narren hält. Und ich sehe beim besten Willen keinen Bezug zu dem Mord. Schon gar nicht zu dem Hakenkreuz und wofür es steht.« *Außerdem,* dachte Decker, *liegt der Glückliche wohl gerade in den Armen von Angelina Jolie. Und was mache ich hier?*

Sie überlegte eine Weile. Dann sagte sie: »Es gibt aber eine Verbindung.« *Und was für eine.* »Ich fürchte, der Hollywoodstar wusste gar nichts über die Person, die er spielte.«

Decker trank sein Glas aus und schenkte sich nach.

»Um was geht es denn in diesem Film?«, fragte Decker.

»Die Geschichte basiert auf einer wahren Begebenheit. Brad Pitt spielt den österreichischen Bergsteiger Heinrich Harrer, der in den dreißiger Jahren als erster den Nanga Parbat bezwingen wollte. Der Versuch scheitert mit vielen Opfern. Überrascht vom Ausbruch des Zweiten Weltkriegs gerät Harrer in britische Gefangenschaft in Indien. Er kann fliehen und entkommt über die Grenze nach Tibet. Dort lernt er den Dalai Lama kennen und wird einer seiner engsten Freunde. Von Heinrich Harrer lernt der Dalai Lama viel über die westliche Welt. In seiner Autobiografie spricht der tibetische Gottkönig in den höchsten Tönen von Harrer. Umgekehrt hat Harrer in seinem Buch ›Sieben Jahre in Tibet‹ das Bild von Tibet im Westen geprägt.«

Als Li Mai fertig war, fragte Decker: »Na und? Klingt doch nett. Wo ist das Problem?«

»Das mit der Besteigung des Nanga Parbat ist nur die Hälfte der Wahrheit. Die Geschichte stimmt so nicht.« Li Mai nahm einen Schluck Saft und fuhr dann fort: »Heinrich Harrer war nicht irgendwer. Er war möglicherweise auch gar nicht auf der Flucht. Und wir vermuten, dass er auch nicht zufällig in Tibet gelandet ist.«

Decker hob die Augenbraue: »Sondern?«

Sie zögerte eine Sekunde, dann sagte sie: »Wir denken, Harrer war in geheimer Mission in Tibet unterwegs.«

»Was du nicht sagst.« Decker war leicht genervt. Er wollte jetzt lieber da weitermachen, wo sie aufgehört hatten. »Und wer hat ihn dahin geschickt?«

»Adolf Hitler.«

Decker glaubte, sich verhört zu haben und schaute Li Mai verblüfft an. »Der ›Führer‹?«

Sie antwortete nicht. Decker schüttelte den Kopf. »Erwartest du, dass ich das glaube?«

»Das brauchst du nicht. Dafür gibt es Beweise«, sagte Li Mai. »Heinrich Harrer war kein harmloser Bergsteiger.« Sie blickte Decker besorgt an: »Der Mann gehörte zu einer Spezialeinheit der SS.«

Bei dem Thema verging Decker langsam die Laune und ein Schauer lief ihm unwillkürlich über den Rücken. *Die SS.* Der schwarze Orden. Hitlers Bluthunde. Die legendäre, zu bedingungslosem Gehorsam auf den ›Führer‹

eingeschworene Elitetruppe. Sie war für die Durchführung der schlimmsten aller Verbrechen des Dritten Reiches verantwortlich. Sie waren aber auch die Speerspitze in politischen und ideologischen Angelegenheiten. Decker brauchte eine Weile, um sich zu sortieren.

Das Hakenkreuz auf der Hand des Toten.

Ein Nazi am Hof des Dalai Lama.

Für einen Moment fand Decker das alles so aberwitzig, dass er sich mit einem Scherz etwas Luft machen musste: »Als nächstes sagst du mir jetzt sicher, dass Adolf Hitler Buddhist werden wollte.«

»Das weiß ich nicht, aber wir müssen wohl davon ausgehen, dass dieser Harrer mit einem höchst wichtigen Auftrag nach Tibet geschickt wurde.«

»Im Leben nicht.«

»Die Dokumente, die das belegen, sind hier in dem Umschlag.« Li Mai übergab Decker einen versiegelten Umschlag.

»Nehmen wir an, es stimmt. Dann ist es aber Schnee von gestern.«

»Nicht ganz. Heinrich Harrer und der Dalai Lama haben sich immer wieder getroffen. Außerdem haben wir einen aktuellen Mord, der offenbar damit in Verbindung steht.«

»Na, da hat der Dalai Lama ja nette Freunde.« Decker konnte es noch immer nicht fassen. Zu viele Fragen stürmten gleichzeitig auf ihn ein. »Was sagt er denn heute dazu?«

»Wer?«

»Der Dalai Lama.«

»Er hat es in seinen Büchern nie erwähnt.«

»Interessant.« Das fängt ja gut an, dachte Decker. »Und was wollten die Nazis in Tibet?«

Li Mai holte Luft: »Kurz nach der Machtergreifung der Nationalsozialisten wurde von Heinrich Himmler die Forschungsstätte Ahnenerbe ins Leben gerufen. Sie untersuchte den geistigen und biologischen Ursprung der arischen Rasse. Ebenso sollten die Weltanschauung und die Lehre vom Herrenmenschen mit naturwissenschaftlichen und philosophischen Materialien untermauert werden. Beides vermuteten die Nazis in Tibet. Daher schickte Himmler 1939 eine offizielle SS-Delegation zu Forschungszwecken nach Lhasa. Diese wurde vom damaligen Regenten auch mit allen Ehren empfangen.«

Decker verschlug es die Sprache.

Die schöne Chinesin sprach weiter: »Es gab in Nazideutschland öffentliche Propaganda-Filmvorführungen wie ›Geheimes Tibet‹ und jede Menge Schriftmaterial von der Expedition. Hitler und vor allem Himmler zeigten größtes Interesse für die Mysterien Tibets. Ihr Interesse galt den gesamten rituellen Aspekten, den Symbolen und Festen, die die Nazis für ihre okkulte Weltsicht verwenden konnten. Darüber hinaus gibt es Vermutungen, dass Hitler noch weit mehr als den Ursprung der Arier in Tibet suchte. Letzteres konnte aber bis heute nicht bewiesen werden. Alle Unterlagen sind verschwunden.«

Decker nahm einen großen Schluck Martini, um seinen erotischen Frust zu ertränken.

»Halt. Eins nach dem anderen. Eine Expedition der Nazis nach Tibet? Unglaublich. Davon habe ich noch nie gehört.«

»Es weiß kaum ein Mensch. Wir haben es zwar in unseren Archiven, aber wir dachten, du würdest den deutschen Unterlagen mehr Glauben schenken. Wir hatten gehofft, der Botschafter würde dich einweihen. Diese Unterlagen hätte er dir eigentlich geben müssen.« Sie beugte sich vor und tippte auf ihren Umschlag. Darauf stand ebenfalls: Bundesarchiv Berlin und BND.

Decker versuchte, ihr nicht in das Dekolleté zu schielen und schüttelte den Kopf. »Moment. Es gab offiziellen Kontakt zwischen dem Dritten Reich und Tibet? Und ein SS-Kommando war tatsächlich zu Gast im Potala Palast?«, fragte er sein Gegenüber noch mal.

»Das ist korrekt.« Sie verzog keine Miene.

»Hat der Dalai Lama das jemals öffentlich erwähnt oder bestätigt?«

»Nein.« Die Chinesin biss die Zähne zusammen: »Er hat dem Westen vieles nicht erzählt.«

Die Anspannung in diesen Worten entging Decker nicht. Er fragte sich, was sie damit noch alles meinen könnte, aber jetzt waren andere Fragen dringender. »Ist das wirklich alles historisch belegt?«

»Du findest alle Unterlagen hier in diesem Umschlag. Du kannst sie später in Ruhe lesen.«

*Das wird dann wohl wieder nichts mit uns beiden heute Nacht.* Decker konzentrierte sich auf die Situation. »Also nehmen wir an, es stimmt, was du mir da gerade gesagt hast, dann drängen sich im Zusammenhang mit diesem Mord einige Fragen auf.«

»Das ist richtig. Wir sind uns fast sicher, dass die offizielle SS-Delegation noch ein unbekanntes, geheimes Ziel hatte. Das hat sie nicht erreicht, und Harrer wurde entsandt, um als Spion die Arbeit fortzusetzen.«

»Was für ein geheimes Ziel?«, fragte Decker verwundert.

»Das wüssten wir auch gerne. Wir können nur spekulieren. Mehr kann ich dir nicht sagen. Den Rest musst du selbst herausfinden.« Sie schlug ihre langen, schlanken Beine erneut übereinader. Dabei rutschte ihr Kleid etwas hoch.

Decker tat, als ob er es nicht wahrnehmen würde, grübelte und wandte ein: »Eins ist aber seltsam an der Geschichte. Das Dritte Reich war zu der Zeit doch schon längst untergegangen, als Harrer in Lhasa war. Warum hätte er seine Arbeit also fortsetzen sollen? Für was und für wen?« Decker war ratlos. »Kennst du die Antworten?«

»Nein. Das wissen wir auch nicht. Und wir wissen auch nicht, warum vor drei Tagen in Tibet ein toter Forscher gefunden wurde, der ein Hakenkreuz auf der Hand hatte. Aber wir sind überzeugt, dass es eine Erklärung dafür gibt. Wie gesagt: Dein Job.«

Decker stieß die Luft aus.

»Nimmst du an, Philipp?«

Decker wurde heiß und kalt. *Hier wird ein Spiel gespielt. Und du kennst die Einsätze und die Regeln nicht.* Er hatte jetzt nackte Angst.

*Wem kannst du trauen?*

Andererseits war die Vorstellung, mit der schönen Chinesin zusammenzuarbeiten viel zu verlockend, als dass er hätte Nein sagen können. *Vielleicht kommen wir noch zum Zug.*

Also nickte er: »Ihr habt mich.«

Li Mai lächelte. »Sehr schön.« Damit stand sie auf und wollte zur Tür gehen. Decker lief ihr nach. »Du gehst? Schade.«

Mai schaute ihn an. Da war er wieder, der andere Blick. »Die Zeit drängt. Wir haben jetzt beide viel zu tun. Aber wir werden uns wiedersehen.« Dabei huschte ein vieldeutiges Lachen über ihr Gesicht.

Decker hielt ihr die Tür auf. »Das hoffe ich doch.«

Auf dem Flur drehte sie sich noch einmal um. »Wenn du dem deutschen Botschafter zusagst, erwähne lieber nicht, was du jetzt weißt.« Sie war schon fast am Aufzug, als ihr noch etwas einfiel: »Pack heute Nacht alles ein, was du zum Arbeiten brauchst. Wie der deutsche Botschafter schon sagte, moren früh geht's los. Deine Koffer werden um Punkt 10:00 Uhr abgeholt. Bis bald ...« Sie tippte mit der Hand an die Schläfe. Ein angedeuteter militärischer Gruß, registrierte Decker. Sie war wohl kein Kulturattaché.

Als sich die Aufzugstür hinter ihr schloss, musste Decker tief durchatmen. Was er gehört hatte, war unglaublich. Unschlüssig betrachtete er das Foto, das der Botschafter zurückgelassen hatte.

Warum musste dieser Mensch in Tibet sterben?

Er rief im 22. Stock an und bat den Barkeeper, den zwei Herren in schlecht sitzenden Nadelstreifen mit Köfferchen ein kurzes »Einverstanden« zu übermitteln. Er konnte somit nicht sehen, dass der Botschafter anerkennend nickte, als man ihm den Zettel mit seiner Nachricht auf einem kleinen Silbertablett brachte – und dass der Attaché totenblass wurde.

Als er den Hörer wieder aufgelegt hatte, trat Decker ans Fenster.

*Was um alles in der Welt war da in Tibet los?*

Nachdenklich schaute er hinab auf die schlafende Stadt. Was war jetzt als Nächstes zu tun? Von wem konnte er Hilfe erwarten?

Im Osten wurde der Himmel schon hell. Decker griff erneut zum Telefon und rief einen Freund an.

# 6

Patrick sah die im Widerschein der ersten Morgensonne rot schimmernden Stockwerke der gegenüberliegenden Hochhäuser an sich vorbeirauschen, während er im gläsernen Aufzug des *Inside* ins oberste Stockwerk hinaufglitt. Decker hatte gesagt, es sei äußerst dringend. Er hatte ihn letztes Jahr während seines Auslandssemesters an der Sorbonne kennengelernt, und sie waren sich schnell sympathisch gewesen. Dabei waren sie vom Typ her völlig verschieden.

Patrick war gerade erst sechsundzwanzig und dachte viel über die Welt und die Menschen nach. Er war ein stiller, in sich gekehrter Student, der in einem Souterrainzimmer im Frankfurter Stadtteil Bockenheim wohnte und von Gemüse und Reis lebte.

Die Hektik und Sinnlosigkeit des westlichen Lebens lehnte er vollkommen ab. Alle rannten nur noch dem Geld hinterher und stürzten sich in tausenderlei Ablenkungen: Autos, Urlaub, Wohnung, Karriere, Hobbys. Die ganzen oberflächlichen und materialistischen Dinge. Nirgendwo Einsicht oder Nachsicht. Jeder gegen jeden. Keiner gab auch nur einen Millimeter nach. Die Welt war aus den Fugen geraten und taumelte besinnungslos durch das Weltall. Keiner nahm sich auch nur eine Sekunde zum Nachdenken. Kein Gedanke an die Tragödie Mensch, sein

Irren und Suchen. Sein Hoffen und Zweifeln. Kein Gedanke an eine gerade Linie in der Geschichte oder an ein großes Ziel für die ganze Menschheit.

Und warum war das so? Weil sie nichts über die Natur des Geistes wussten. Dabei war die Lösung doch so einfach, und der ganze Wahnsinn hätte längst aufhören können. All die Umweltzerstörung, die Armut, die Ungerechtigkeit, der Kampf um Profit und Rohstoffe, das Morden, das Leiden, die Verschwendung, die Vergeblichkeit und Vergänglichkeit – all das könnte enden.

Patrick hatte lange nach Möglichkeiten zur Lösung der Probleme gesucht und er wusste jetzt: Buddha zeigt uns den Weg.

Decker war ein ausgesprochener Ketzer und Kritiker aller Religionen. Aber er konnte auch zuhören und war Argumenten zugänglich. Und der Buddhismus hatte diese Argumente. Vielleicht würde Decker einsehen, dass er mit seinem Zynismus nicht weiterkam. Und überhaupt, war Decker glücklich?

Mit diesen Überlegungen stand Patrick vor Deckers Tür, als dieser ihn zu sich hereinbat. Patrick betrat die Suite und für einen Moment waren all seine Gedanken verflogen. Er war ergriffen. Er stand in einer anderen Welt und konnte sich den Reizen für einen Augenblick nicht entziehen. Patrick wusste nicht, wie ihm geschah, aber er fühlte sich auf einmal geborgen. Hier, hoch oben über der Stadt und abgeschirmt vom Alltag, war er der Welt entrückt und all seiner Sorgen enthoben. Ein wundervolles Gefühl.

Hier wohnte ein Mensch, der seinen Platz im Leben gefunden hatte. Gleichzeitig war es offensichtlich die Wohnung einer suchenden Seele, die auch nach Erkenntnis und innerem Reichtum strebte. Die klassische Eleganz der Einrichtung wurde durchbrochen von kreativem Chaos. Überall lag etwas herum und verriet so manches über den Besitzer. Patrick erblickte große Schwarzweiß-Fotos, alte Navigationsinstrumente, aufgeschlagene Bücher, eine Nikon, jede Menge CDs, Notizblöcke und Bilder, die noch nicht gerahmt waren.

Im Grunde fühlte sich die ganze Wohnung an wie das Atelier eines Künstlers. Der Luxus wirkte gelebt, nicht zur Schau gestellt oder erzwungen. Es schien, als hätte hier jemand die seltene Gabe, sich mit Geld seine Freiheit und Unabhängigkeit zu erkaufen.

»Kommen Sie zu mir in die Küche?«, rief Decker. »Wir sollten wenigstens anständig frühstücken, wenn wir schon so früh auf sein müssen.«

Erst jetzt fiel Patrick auf, dass ein appetitanregender Duft nach Honigmelonen, frisch gepresstem Orangensaft, Toast, Darjeeling und Schinken durch den Eingangsflur schwebte. Die Küche lag auf der östlichen Seite des Hauses und die Sonne flutete hell durch die Scheiben.

»Patrick, ich bin Ihnen sehr dankbar, dass Sie so schnell und noch dazu am Sonntagmorgen kommen konnten«, fing er das Gespräch an. »Möchten Sie Kaffee? Oder trinken Sie auch Tee?«

Patrick war viel zu verwirrt, um auf die Frage seines Gastgebers einzugehen. »Es ist mir eine Ehre«, sagte er und setzte sich an den großen Glastisch. »Was kann ich für Sie tun?«

»Erzählen Sie mir vom tibetischen Buddhismus«, sagte Decker. »Mögen Sie lieber weiche Eier oder soll ich Spiegeleier mit Speck machen?«

»Was genau? Nein, keine Eier.«

»Sagen wir, eine kurze Einführung.«

Patrick überlegte einen Moment. »Wissen Sie, ich befasse mich schon lange mit der Frage, was man tun kann, um mit den Kräften in uns fertig zu werden, von denen Sie neulich im Fernsehen gesprochen haben. Aber ich finde, im Westen gibt es keinen Halt im Leben und keinen Ausweg aus der Misere.«

Decker schenkte ihm Tee ein. »Möchten Sie Milch? Da ist Zucker. Na, viele würden auf die Bibel verweisen«, sagte er.

Patrick schüttete sich etwas Milch in den Tee. »Das ist genau der springende Punkt. Die Bibel liest sich wunderbar und sie enthält sicher die richtigen Absichten. Aber nicht den Weg dahin. Wie Sie neulich schon angedeutet haben, haben es die Christen moralisch nicht weit gebracht.«

»Sie meinen, sie bringen keine besseren Menschen hervor? Hier, nehmen Sie etwas Toast.«

Aber Patrick ließ sich nicht ablenken. »Richtig. Sie haben dem Vatikan völlig zu Recht vorgeworfen, die Ideale von Jesus verraten zu haben. Die Geschichte der Päpste ist wirklich erschreckend. Sie haben Jesus vergessen und ihre Seelen verkauft.« Patrick trank einen Schluck Tee und lächelte glücklich. »Und genau das ist bei den tibetanischen Priestern ganz anders. Sie reden nicht nur von der Liebe zu den Menschen, sie handeln auch danach. Sie tun wahrhaft Gutes!«

»Das hört man allgemein«, sagte Decker und ließ etwas Butter auf dem heißen Toast zerlaufen. »Aber nach allem, was ich über Menschen weiß, fällt es mir schwer, das zu glauben.«

Decker seufzte, während Patrick in Fahrt kam: »In Tibet sieht man, wie eine Welt ohne Gewalt aussehen kann. Und jeder kann diesen Weg auch für sich gehen.«

Decker versuchte bei der Sache zu bleiben. »Gut, was macht den nun den tibetischen Buddhismus zu so etwas Besonderem?«

»Das kann ich Ihnen sagen.« Jetzt war Patrick in seinem Element. Er griff nach einer der Melonenscheiben und biss hinein. Der süße Saft tropfte klebrig auf seinen Teller. »Es ist die reinste aller Lehren. Völlig unverfälscht. Der Dalai Lama sagt, dass die alten tibetischen Texte die echten Worte Buddhas enthalten. Nie wurden sie verändert. Deshalb sind so viele Menschen überall auf der Welt seit langem von dem tibetischen Buddhismus fasziniert.«

»Hm. Also gut, nehmen wir an, es ist, wie Sie sagen, dann wüsste ich gerne, wie diese reine Lehre denn aussieht.« Decker wusste nicht, wonach er suchte. Aber irgendwo musste der Schlüssel versteckt sein.

»Gern.« Patrick legte die Melonenschale beiseite und holte tief Luft. »Nach der Lehre Buddhas befindet sich der Mensch in einem ewigen Kreislauf von Tod und Wiedergeburt. Gemäß dem Prinzip, jeder bekommt, was er verdient, werden die Taten und Gedanken des jetzigen Lebens im Geist, der den Körper nach dem Tod verlässt, gespeichert und bestimmen alle Umstände der darauffolgenden Existenz, das heißt, man kann sich in Richtung Erlösung schrittweise verbessern oder aber man muss im nächsten Leben für seine jetzigen Untaten büßen. Der einzige Grund, warum ein Mensch bösartig handelt, liegt in der Unkenntnis oder der Missachtung dieses Kausalzusammenhangs.«

»Sie reden vom Karma?«

»Genau. Erkennt der Mensch nicht, dass er für sein eigenes Schicksal selbst verantwortlich ist, ja, dass im Grunde die ganze Welt nur ein Abbild der gesammelten karmischen Eindrücke aller Menschen darstellt, wird er sich schaden. Andererseits bedeutet das aber auch, dass die Lösung zu allen Problemen der Menschheit in uns selbst liegt.«

»Das würden die meisten anderen Religionen auch sagen.«

»Ja, natürlich, Sie haben ja auch nicht unrecht. Aber nur der Buddhismus hat die Mittel, um alle Lösungen zu finden und sie auch umzusetzen. Es gibt Meditationstechniken, mit denen es uns möglich ist, unseren Geist so weit in den Griff zu bekommen, dass unser Handeln aus einem Zustand der inneren Zufriedenheit heraus von Liebe, Wärme, Gutherzigkeit und Mitgefühl geleitet wird.«

»Und dieses Instrument fehlt den anderen Religionen?« Decker ließ etwas Honig auf seinen Toast fließen und kaute.

»Richtig. Die anderen reden nur salbungsvoll, während die Tibeter über Mittel und Wege verfügen, die Lehre auch zu realisieren.«

»Und das soll auch für ein Staatsoberhaupt gelten?«

»Oh ja. Das macht den Dalai Lama zu dem, was er ist. Sind alle Machtgelüste und Habgier erst einmal aus den Köpfen der Menschen vertrieben, zieht die Politik automatisch nach. Für jegliche Konflikte fehlt die Grundlage. Das bedeutet, aus dem inneren Frieden resultiert unmittelbar der äußere. Deswegen sagt doch der Dalai Lama immer wieder, dass es für ihn gar keinen Unterschied gibt zwischen Religion und Politik.«

»Verzeihen Sie, ich will Sie nicht provozieren, aber was war, als die Chinesen einmarschiert sind? Meinen Sie nicht, die Tibeter haben zurückgeschossen? Hier, nehmen Sie etwas Schinken!«

»Das ist keine Provokation, sondern das untermauert nur, was ich bereits sagte, denn die Antwort ist: Nein. Tibet hat keine Gewalt angewendet. Danke, ich esse kein Fleisch. Sehen Sie, Herr Dr. Decker, wenn es heiter, sanft und harmonisch in Ihnen ist, dann vergelten Sie Feindschaft nicht mehr mit Feindschaft. Das ist ja gerade das Schöne. Sogar angesichts solcher Untaten wie der Invasion empfinden die Tibeter noch Liebe und Mitgefühl für ihre Feinde.«

»Sie wollen mir weismachen, die haben sich nicht gewehrt? Das halte ich für wenig wahrscheinlich.« Decker ließ zwei weitere Scheiben Weißbrot in den Toaster gleiten und drückte den Hebel herunter.

»Sie verstehen nicht. Der Dalai Lama hat diese sanfte Politik als einziger auf der Welt verwirklicht, denn er ist ein voll erleuchtetes Wesen. Er hat die Lehre mit Hilfe der Meditationstechniken schon vor vielen Leben verwirklicht und seitdem setzt er sie immer wieder um.«

»Was meinen Sie mit *vielen Leben*?«

»Nun kommen wir zu einem Punkt, der einmalig ist auf der Welt.« Patricks Ton wurde feierlich, während er nach seinem Orangensaft griff. »Der tibetische Herrscher wird seit langer Zeit immer wiedergeboren – und zwar gezielt. Der jetzige Dalai Lama ist die 14. Reinkarnation des ersten. Er ist dem Kreislauf des Leidens entronnen und ins Nirwana eingegangen. Aus Mitleid kehrt er aber über die bewusste Wiedergeburt zur Erde zurück, um den anderen Suchenden den Weg zur Erlösung zu zeigen.«

»Bewusste Wiedergeburt?« Decker legte sich eine Scheibe Schinken auf den Toast und sah zu, wie das dünngeschnittene Fleisch transparent wurde. »Und das glauben Sie?«

»Das *weiß* ich.« Patrick war nicht zu erschüttern. »Das Faszinierende an Tibet ist doch, dass der Erleuchtete hier eine Staatsform vorfindet, in der er wirken kann. Als Regierungschef kann er seine Weisheit und seine Liebe zu den Menschen in der Politik umsetzen. Er und die Tibeter tun niemandem etwas zuleide. Sie ruhen in sich und sind voller Mitgefühl für alle lebenden Wesen.«

*Diese Aspekte dürften Hitler jedenfalls nicht interessiert haben,* dachte Decker im Stillen. »Patrick, Sie erzählen mir von dem, was wir in der Politikwissenschaft Utopia nennen. Eine Welt, in der alles besser ist.«

»Dann lag Utopia in Tibet«, sagte Patrick. »Der tibetische Buddhismus geht aber noch viel weiter. Er enthält nämlich die Weisheiten aller Kulturen und aller Zeiten. Er ist die Quintessenz all dessen, worüber sich die größten Geister der Welt jemals den Kopf zerbrochen haben. Das Gedankengut aller Religionen und Philosophien ist in ihm enthalten. Die Übereinstimmungen reichen von dem altägyptischen Buch der Toten und dem assyrischen Gilgameschepos über die alten Griechen, insbesondere Plato, bis hin zu den Lehren Zarathustras oder Mohammeds. Es geht auch nicht um Logik oder Wissen alleine, sondern um die Umsetzung. Die Technik zur Verwirklichung. Das kann man nur von einem Lama direkt lernen. Und das haben die Tibeter damals niemandem im Westen verraten. Das ist erst möglich, seit sie hier bei uns leben.«

Decker nahm einen Schluck Tee. »Geht es denn auch ohne Lama?«

»Nein. Er ist der Lehrer, der uns auf dem Pfad anleitet.«

»So, so.«

»Noch was. Sie sind doch ein Fan der Tiefenpsychologie. Dann habe ich was für Sie, was Sie vielleicht überzeugt.«

»Jetzt bin ich aber gespannt.«

»Okay. Wissen Sie, wer dem größten aller Geheimnisse so dicht auf den Fersen war wie sonst keiner im Westen? C.G. Jung. Der engste Schüler von Freud. Na, was sagen Sie jetzt?« Patrick grinste.

»Jung war doch bekennender Christ.«

»War er auch. Aber er hat sich auch sehr für den tibetischen Buddhismus interessiert. Er hat nämlich festgestellt, dass an verschiedenen Punkten der Welt, von Griechenland bis Asien, oft zeitnah die gleichen Gedanken oder Kunstwerke auftauchten. Aus all diesen übereinstimmenden Symbolen aller Völker entwickelte er die Lehre von den Archetypen und dem kollektiven Unbewussten. Er kannte sich aus mit den Geheimlehren der Welt und sagte, dass darin ursprüngliches Offenbarungswissen enthalten ist. Nur leider ist es überall im Laufe der Zeit verloren gegangen. Übrig blieben einzig die Bilder der Urerfahrung, die er nur noch in Träumen wiederfindet. Und in tibetischen Mandalas.«

»Von welchem verlorenen Wissen reden Sie eigentlich?«

»Das verlorene Wissen ist vielleicht das größte Geschenk der Tibeter an den Rest der Welt. Es geht um das, was Paulus im Korintherbrief meinte, als er schrieb: Der Geist ergründet nämlich alles, auch die Tiefen Gottes. Es geht um die Vereinigung mit dem Göttlichen. Das ist das, worauf es ankommt. Die größten Mystiker des Abendlandes wie Meister Eckhart oder Augustinus haben es ja auch geschafft. Darum geht es. Und dieses Wissen, wie man sich mit Gott vereint, ist im Westen mit all seiner Aufklärung und seinem Rationalismus verloren gegangen. Auch im Christentum existiert es nur noch als Floskel. Aber in Tibet kennen sie den heiligen Weg noch. In den entlegenen Klöstern auf dem Dach der Welt wurde die Urerfahrung des Göttlichen wie in einer Gralsburg bis heute erhalten.«

»Natürlich.«

Patrick lächelte milde. »Ihr Zynismus wird Ihnen noch vergehen, Dr. Decker, denn wie ich schon sagte, es geht nicht um Theorie, sondern um Praxis. Das heißt, alles was ich sage, lässt sich beweisen.«

Das einzige was hier vergeht ist meine Zeit, dachte Decker und schaute beiläufig auf seine Uhr. Aber er wollte nicht unhöflich sein. Also gab er sich weiter als guter Zuhörer: »So, wie denn?«

»Nun, was glauben Sie, was passiert, wenn Sie über die Urkräfte des Geistes und das größte Mysterium der Schöpfung verfügen können?«

»Sagen Sie es mir.«

»Sie können Ihren Geist frei durch Raum und Zeit wandern lassen, die Naturgesetze für sich nutzen und wenn es sein muss, sie aufheben.«

»Sie reden von Wundern. Jetzt machen Sie aber einen Punkt.«

»Ich übertreibe nicht. Sehen Sie, bevor der Dalai Lama stirbt, gibt er den Ort seiner Wiedergeburt bekannt. Nach seinem Tod finden die Prieser dann seinen Geist in einem Kind genau an der Stelle, die beschrieben war. Das Kind muss verschiedene Prüfungen bestehen, zum Beispiel aus einer Vielzahl von Gegenständen diejenigen herausfinden, die im vorigen Leben ihm gehört haben. Und es klappt. Man kann beweisen, dass der Geist in diesem Kind wiedergeboren wird.«

»Der alte Dalai Lama kehrt im neuen Dalai Lama zurück.« Decker grinste und trank seine Tasse leer. »Waren Sie mal dabei?«

»Was ich Ihnen hier sage, ist dokumentiert«, erwiderte Patrick leicht zornig. »Der Dalai Lama beschreibt es in seinen Büchern und es gibt Filme im Fernsehen darüber. Glauben Sie denn, die Journalisten spinnen alle?«

Decker sagte nichts. Und Patrick fuhr fort. »Der Dalai Lama beschreibt in seiner Autobiografie an mehreren Stellen Dinge, die wir mit unserer Schulweisheit kaum erklären können. Aber sie passieren wirklich. Zum Beispiel hat der Schädel eines gestorbenen Großlamas der Verbrennung widerstanden und zeigte danach den tibetischen Buchstaben, der seiner Schutzgottheit entspricht. Oder es gibt Fälle, in denen sich ganze Götterstatuen bewegen.«

»Patrick, ich bitte Sie.«

»Dr. Decker«, sagte Patrick fast flehentlich, »denken Sie doch mal nach. Wenn Sie an die kosmische Quelle allen Seins gelangen, wonach alle Religionen streben, dann ist das, was wir Wunder nennen, doch nur eine logische Konsequenz. Sehen Sie, der Dalai Lama hat sich mit dem westlichen Weltbild auseinandergesetzt und eine Erklärung gefunden. Es lässt sich beides miteinander in Einklang bringen. Unsere derzeit fortgeschrittensten Theorien, die Elementartarteilchenphysik, bestätigt doch die Einheit von Geist und Materie. Es ist alles Energie. Auch unser Seelenleben. Und diese Energien sind beherrschbar. Das sagen sogar westliche Physiker wie Fritjof Carpa und Franz Moser. Diese beiden Experten stellen die Weltauffassung mit dem erweiterten Bewusstsein von Raum und Zeit auf eine wissenschaftliche Basis. Hier…«

Patrick zog ein Buch aus der Tasche und tippte auf eine markierte Stelle. »Das lese ich gerade. Sie beziehen sich auf Niels Bohr und schreiben, dass wir uns den erkenntnistheoretischen Lehren von Buddha zuwenden müssen, wenn wir eine Parallele zur Atomtheorie finden wollen und wenn wir einen Ausgleich schaffen möchten zwischen unserer Position als Zuschauer und Akteure im großen Drama des Daseins.«

»Das soll ein nüchterner Kopf wie Niels Bohr gesagt haben?«

»Ja. Wir haben es bisher nur übersehen oder nie verstanden, weil wir nichts damit anfangen konnten. In diesem Buch wird ein neues, atemberaubendes Weltmodell entworfen, das eine Brücke schlägt zwischen der Quantentheorie und den Grundweisheiten der Weltreligionen. Sogar die parapsychologischen Phänomene wie Telepathie und Levitation sind so erklärbar. Sehen Sie, Dr. Decker, der tibetische Buddhismus kennt die Antworten, die wir immer gesucht haben. Auf alles, was uns umgibt und was wir sind. Und er stellt die unerklärlichen Dinge in einen großen Kontext.«

Decker widerstand der Versuchung, eine Diskussion anzufangen. Er brauchte Informationen. »Sie sagten, die können noch ganz anderes?«

»Aha. Sie sind neugierig geworden.« Patrick war sich seiner Sache sicher und fuhr fort. »Viele Mönche beherrschen zum Beispiel die Technik der inneren Hitze. Damit können sie im Winter draußen im Schnee sitzen ohne zu erfrieren. Und selbst wenn man ihnen nasse Decken umhängt, werden sie nicht krank, sondern trocknen sie einfach.«

Decker schob seinen Toast auf dem Teller hin und her. »Und was ist mit den Energien in unserer Seele?«

»Sie meinen Sexualität und Aggression, Ihr Eros und Thanatos?«

Decker hob den Blick. »Genau daran dachte ich. Haben die Tibeter das vielleicht auch besser im Griff als wir?«

Patrick lachte. »Das habe ich doch schon gesagt. Es sind Mönche! Und als solche kontrollieren sie leicht ihre Triebe. In Tibet gab es keine Exzesse wie in Europa. Wie denn auch? Sie sind die Herren über die Energien des Universums.«

Decker runzelte die Stirn. »Patrick, ich fange an, mir Sorgen um Sie zu machen.«

»Danke, aber das brauchen Sie wirklich nicht. Ich weiß, dass ich meinen Weg gefunden habe. Als wir uns das erste Mal trafen, ja, da ging es mir schlecht. Als ich den Dalai Lama noch nicht kannte, fand ich das Leben unerträglich. Ich habe das Leben nicht verstanden, kam mit nichts klar und wusste nicht weiter. Aber jetzt, jetzt finde ich innere Ruhe und Gelassenheit. Ich bin mit mir und der Welt im Einklang. Und ich weiß, dass der Dalai Lama die Wahrheit sagt. Wir und alle künftigen Generationen können so viel von ihm lernen. Der Buddhismus zeigt Ihnen, wie Sie sich öffnen und die Dinge klarer sehen.«

Decker goss Milch in den Tee und sah zu, wie sie sich beim Umrühren langsam verteilte. »Ich wusste gar nicht, dass mein Blick vernebelt ist.«

»Ihre Einstellung ist der Anfang allen Übels der Welt. Sie sehen einfach nicht.«

»Patrick, entdecke ich hier bereits die Anfänge von religiöser Intoleranz gegenüber Andersdenkenden?«

»Nein. Wir achten das Leben. Sie handeln ja nur aus Unwissenheit heraus, Dr. Decker.«

Decker lachte. »Mögen Sie noch etwas Tee?«

»Danke, gern.«

Decker sah auf die Uhr. Die Zeit wurde jetzt wirklich

knapp. »Patrick, ich muss leider an dieser Stelle abbrechen. Aber ich werde mich mit Ihren Worten sehr genau befassen und vielleicht können wir uns noch mal treffen. Ich würde Ihnen gern noch was dazu sagen, aber jetzt geht es wirklich nicht.«

Patrick schaute ihn verdutzt an. »Ich dachte, Sie schmeißen mich jetzt raus, weil Sie genug haben und ich Sie nerve.«

»Da kennen Sie mich schlecht.« Decker zeigte auf seine Koffer. »Ich muss verreisen, aber in einer Woche bin ich hoffentlich wieder hier, und dann habe ich vielleicht etwas, das Sie interessieren wird.«

»Okay. Heißt das, Sie befassen sich derzeit wirklich näher mit dem Thema?«

»Auf gewisse Weise, ja.«

Patrick trank seinen Tee aus, stand auf und ging zur Tür. »Vielen Dank für das Frühstück!«

Decker winkte ihm nach. »Bis bald!«

Er ahnte allerdings nicht, wie schnell er den jungen Mann wiedersehen würde.

# 7

Stahlmanns Büro befand sich im Souterrain des Botschaftsgebäudes in Peking, wo sich außer dem umfangreichen Archiv, das noch bis in die Kaiserzeit zurückreichte, auch die Computerräume befanden. Der Attaché für Sicherheitsangelegenheiten saß an seinem Schreibtisch und dachte nach. Dass sein relativ großes Zimmer kein richtiges Fenster und keinen Ausblick hatte, war ihm egal. Er war ja nicht zum Vergnügen hier, dies war sein Gefechtsstand, und da war ihm die Bunkeratmosphäre ganz recht.

Der Kurzbesuch in Frankfurt hatte ihn äußerst beunruhigt. Er betrachtete das Foto mit dem toten Professor und dachte dabei an die schöne Chinesin in Deckers Luxusappartement. Was hatte Li Mai dort zu suchen?

Sie hatte Dr. Decker überzeugen können. So viel war klar. Aber welchen Auftrag hatte sie sonst noch? Wie viel wusste sie – und vor allem: Was davon würde sie Decker verraten.

Stahlmann blickte auf sein Telefon, dann auf die Uhr. Sechzehn Uhr dreißig. In Paraguay war es jetzt zwölf Stunden früher. Egal. Die Zentrale dort musste auch um diese Uhrzeit besetzt sein.

Er rang mit einer schweren Entscheidung. Es gab einfach keine Erklärung. Weder für das, was er auf dem Foto sah, noch für das Auftauchen von Li Mai. Verzweiflung und Panik ergriffen ihn.

Er sah auf die andere Seite seines Schreibtisches auf die Unterlagen zur Vorbereitung des Gipfeltreffens, die das Wappen der Bundesrepublik Deutschland trugen. Er lachte verächtlich. Dieses schwache und würdelose Land war ohne Bedeutung für ihn. Seinen wahren Eid hatte er auf eine ganz andere Fahne abgelegt. Die wieder wehen würde. Dafür trugen sie Sorge. Im Verborgenen.

Die Überwachung des großen Ziels und der Schutz des heiligen Ortes in Tibet – dafür war er »Attaché für Innere Angelegenheiten« in China geworden. Dafür war dieser Posten vor langer Zeit in direkten geheimen Verhandlungen mit dem später auf tragische Weise verunglückten Lin Piao geschaffen worden, als er noch Maos Stellvertreter war, und dafür hatte auch Stahlmann seit einem Vierteljahrhundert gearbeitet. Heute fragte keiner mehr, wo dieser Posten eigentlich herkam. Man hatte sich daran gewöhnt.

Und Stahlmann war unentbehrlich – als *Butler*. Diese Sonderposition in der Botschaft war die Grundlage für seine Mission. Er war der Wächter für ihre Sache und wusste als einziger in China über alles Bescheid. Nein, einer könnte es noch wissen, denn dieses Abkommen wurde als Staatsgeheimnis in China nur von einem zum anderen Präsidenten bei der Amtsübergabe mündlich weitergegeben. Aber wahrscheinlich hatte man in der verbotenen Stadt inzwischen auch längst vergessen, warum es den *Butler* überhaupt gab.

Die Tarnung war somit perfekt.

Aber nun lag dieses Foto vor ihm auf dem Tisch.

Ein Schock. Er musste zum ersten Mal eingreifen!

Aber das war doch unmöglich. Er drehte sich innerlich im Kreis. Die Geheimhaltungsstufe war so hoch, dass damals nur die engsten Vertrauten den Plan kannten. Und heute wusste es erst recht niemand mehr, schon gar nicht der Botschafter, wie sich gezeigt hatte. Nein, nur eine Handvoll Eingeweihter kannte dieses Geheimnis.

Deswegen war er in China. Seit Jahrzehnten hatte seine Aufgabe und die seiner Vorgänger hier im Land nur in der Präsenz bestanden, und im Beobachten. Für alle Fälle. Aber nie hatten sie ernsthaft geglaubt, dass ihnen jemand auch nur nahe kommen könnte. Ihr Geheimnis lag so tief vergraben, dass weder der Militärische Abschirmdienst, noch der chinesische Geheimdienst, noch sonst jemand es jemals gefunden hatten. Auch nicht die Israelis. Sie, die Wächter, waren eine eingeschworene Gemeinschaft und hüteten das Geheimnis. Wenn die Öffentlichkeit es erfahren würde, wären die Folgen unvorstellbar. Sie wären am Ende. Das durfte einfach nicht sein. Niemals hätte er gedacht, dass er wirklich würde handeln müssen.

Aber da lag dieses Foto.

Das Hakenkreuz auf der Hand des Professors.

In Tibet.

Der Kommandant hatte einen Tatort genannt, aber Stahlmann war sicher, dass der nicht stimmen konnte. Wenn, dann gab es nur einen einzigen Ort in Tibet, an dem der Mord geschehen sein konnte.

Ihr Ort.

In ihrem Tibet.

Und wenn tatsächlich jemand bis dahin vorgedrungen sein sollte und wenn dieser Dr. Decker jetzt den gleichen Weg einschlagen sollte, dann musste er handeln.

Jetzt.

Schweißperlen standen auf Stahlmanns Stirn. Dann griff er zum Telefon.

Am anderen Ende wurde abgehoben. »Ja?«, sagte eine zögernde Stimme.

»Götterdämmerung«, sagte Stahlmann. »Ich wiederhole: Götterdämmerung.«

Er wusste, was er damit auslöste, denn dieses Codewort durfte nur im absoluten Notfall benutzt werden. Und das hieß: Das große Ziel war in Gefahr.

»Parole?«

»Hagen von Tronje.«

»Gut. Berichten Sie, was vorgefallen ist, Hagen.«

In wenigen Worten berichtete Stahlmann vom Besuch Tangs, von dem toten Professor und dem Hakenkreuz auf dessen Hand.

Es folgte ein langes schweres Schweigen.

Stahlmann hatte plötzlich eine Vermutung und eine letzte Hoffnung. Er fragte: »Warum wusste ich nichts von eurem Einsatz in Tibet?«

»Das war keiner von uns«, kam es als Antwort. »Wir würden nie in Ihrem Gebiet aktiv werden, ohne Sie vorher zu informieren. Und selbst wenn, dann wären wir nicht so dumm gewesen, unsere Visitenkarte zu hinterlassen.«

Stahlmann spürte, wie ihm ein kalter Schauer den Rücken hinunterlief.

*Wer war es dann?*

Und noch etwas war klar. Die Chinesen hatten nichts vergessen und ihn in die Irre geführt!

Aber wieso?

Die Stimme am anderen Ende meldete sich wieder: »Machen die Chinesen jetzt Jagd auf uns?«

»Das glaube ich nicht. Sie benutzen uns vielleicht nur als Vorwand.« Stahlmann hatte in seinen Jahren in Peking gelernt, dass die Chinesen Meister im strategischen Denken waren. »Vielleicht pokern sie um ganz was anderes, und wir sind nur ein Bluff.«

»Was soll das heißen?«

»Ich habe keine Erklärung dafür. Aber wir können auf keinen Fall tatenlos zuschauen. Das ist viel zu gefährlich für uns.«

»Was schlagen Sie vor?«

Stahlmann dachte nach. »Wir müssen die Hauptfigur in diesem Spiel ausschalten. Er ist kein Chinese.«

»Sie wollen denen dazwischenfunken?«

»Sie lassen uns keine andere Wahl.«

»Sie wollen sich wirklich mit dem chinesischen Geheimdienst anlegen?«

»Wenn es sein muss.«

»Das ist gefährlich.«

»Ich weiß. Aber ihnen ist ein Fehler unterlaufen. Das ist unsere Chance.«

»Ich verstehe nicht.«

»Die Chinesen kennen offenbar meine wahre Identität nicht. Das heißt, was immer sie auch vorhaben, sie sind bei ihren Planungen davon ausgegangen, dass wir davon nichts erfahren. Wenn wir jetzt zuschlagen, werden sie uns gar nicht verdächtigen.«

»Ausgezeichnet.«

Dann sagte der Butler: »Werden Sie etwas unternehmen?«

Die Antwort kam prompt und mit aller Entschlossenheit: »Wir werden das prüfen, Herr Obersturmbannführer! Geben Sie mir die Einzelheiten!«

Cheng Bao, der wachhabende Offizier der Abhörabteilung in Peking stellte die Schüssel mit Kürbiskernen beiseite, die er so gern knackte, und notierte: Gespräch von der deutschen Botschaft nach Paraguay auf gesicherter Leitung. Sprechzeit: Dreiunddreißig Minuten.

Interessant, dachte er. Nur schade, dass man wegen dieser modernen Scrambler nie etwas über den Inhalt solcher Gespräche erfuhr.

Er würde die Meldung trotzdem beschleunigt an seinen Chef weitergeben. Er hatte seit zwei Tagen Anweisung, alle Aktivitäten der deutschen Botschaft sofort weiterzumelden.

# 8

Nach dem Gespräch mit Patrick schlenderte Decker ratlos in seiner Wohnung umher. Gestern Li Mai mit ihrer fantastischen Story. Und heute das. Dann besann er sich und ging in die Bibliothek. Die Gedanken kreisten ihm im Kopf und vor seinem geistigen Auge stand immer wieder nur diese eine Frage: *Was wollte Hitler vom tibetischen Buddhismus?*

Er war keinen Schritt weiter nach der Einführung von Patrick. Decker schaute aus dem Fenster auf die weit unter ihm liegenden Straßen. Er sah dem Verkehr und den Menschen zu. Aber schon bald nahm er sie kaum noch wahr. Er begann in der Zeit zurückzugehen.

Hitler war einer der brutalsten Mörder der Weltgeschichte. Der tibetische Buddhismus hingegen stand für Gewaltlosigkeit und Weisheit. Auf der einen Seite Krieg und Zerstörung, auf der anderen Frieden und Mitgefühl. Die Gegensätze könnten kaum größer sein.

Was sollte das miteinander zu tun haben? Decker nahm sich das Dossier, das ihm Li Mai überlassen hatte und öffnete es. Seine Blicke wanderten über die Fotos und Dokumente, alle mit dem Stempel ›Streng Geheim‹ oder dem Siegel des Bundesarchivs. Die Akte Heinrich Harrer.

Es gab also diese ominöse Verbindung zwischen Lhasa und Berlin. Nur die Erklärung für diesen Zusammenhang fehlte. Gut, gehen wir schrittweise vor, dachte Decker. Fangen wir an mit der Ausgangslage: Deutschland Ende der dreißiger Jahre. Hitler war auf dem Weg zur unumschränkten Macht. Ein ganzes Land im Taumel. Das erklärte Ziel der Nazis: die Weltherrschaft. Mit seinem Architekten Speer hatte Hitler sogar schon Pläne entworfen für das größte Kongressgebäude der Welt, in dem die Repräsentanten aller unterdrückten Völker einmal im Jahr dem Führer huldigen sollten.

Die Grundlage der Macht und der Ausdehnung des Reiches war die Schlagkraft der Wehrmacht. Sie wurde ebenso gefürchtet wie bewundert. Das galt besonders für ein Phänomen: die mehrfach besten Technologien der Welt. Es schien fast schon wie ein Mysterium, dass Hitler die besten Geister und die besten Ingenieure der damaligen Zeit um sich versammeln konnte. Und zusammen schufen sie eine Teufelsmaschinerie nie dagewesenen Ausmaßes.

»Nehmen Sie Ihren Porsche als Beispiel«, hatte ein Freund mal zu Decker gesagt, »und seine schräge Bemalung. Sie haben da sehr treffend einen historischen Bezug hergestellt.«

»Mein Wagen hat nichts mit den Nazis zu tun«, erwiderte Decker empört.

»Da irren Sie. Er ist heute vielleicht eines der besten Sportautos der Welt. Aber Ferdinand Porsche, der Urvater der Firma, war ein Protegé des Führers, Mitglied der SS und einer der leitenden Ingenieure des Dritten Reiches. Porsche war zunächst am Aufbau von Volkswagen maßgeblich beteiligt und entwarf dort den berühmten Käfer. Er galt schon bald als Genie und wurde ein enger Vertrauter Hitlers. Später war er Vorsitzender der Panzerkomission.«

»Ich werde auf Ferrari umsteigen.«

»Das brauchen Sie nun auch wieder nicht. Ihren geliebten Rennwagen hat nämlich erst Porsches Sohn nach dem Krieg groß rausgebracht. Insofern ist viel Abstand dazwischen.«

Neben den gefürchteten Panzern arbeitete man fieberhaft an den bahnbrechenden ersten Düsenflugzeugen und sogar an Raketen, den berühmten V2. Ihr Konstrukteur, Wernher von Braun, später Chefentwickler der NASA, war ebenfalls ein enger Vertrauter Hitlers – und auch Mitglied der SS. Sogar bis zur Atombombe war es nicht mehr weit. Es sah tatsächlich so aus, als hätten die Nazis einen Pakt mit dem Teufel geschlossen, und kurz davorgestanden, unbesiegbar zu sein. Von daher kam D-Day keinen Tag zu früh. Und die Amerikaner hatten mit der Operation Paperclip und im Wettrennen mit den Russen alles darangesetzt, diese Zukunftstechnologien noch während des Krieges in ihre Hände zu bekommen.

Decker schauderte bei dem Gedanken. Hitler war also wirklich auf dem Weg zur Weltherrschaft gewesen. Warum also vor diesem Hintergrund sein Interesse für den tibetischen Buddhismus? Technik konnte es nicht gewesen sein. Decker besann sich auf das Gespräch mit Li Mai letzte Nacht. Vielleicht muss man anders an die Sache herangehen – von der Frage der Truppenmoral und der menschlichen Leistung her; von der psychologischen oder vielleicht sogar von der spirituellen Seite.

Decker überlegte. Li Mai hatte die Kulte der NSDAP und besonders der SS erwähnt. Das führt zu einem ganz anderen Erfolgsfaktor im Krieg, dem Faktor Mensch.

Nicht nur die Technologien waren ja wichtig, sondern auch die Moral, die Motivation einer Truppe. Und auch hier rankten sich Legenden um die Kampfkraft der deutschen Wehrmacht. Oft schien es, als hätten die Soldaten Unmögliches geleistet. Sie kämpften wie besessen und gewannen oft Schlachten aus scheinbar ausweglosen Lagen heraus. Ein Heer aus Helden und Übermenschen. Manchmal waren Drogen im Spiel, um Ängste zu überwinden, Schmerzen zu betäuben und alles aus den Körpern rauszuholen. *Hitlerspeed,* sozusagen. Aber die treibende Kraft war vermutlich der Glaube an die gemeinsame Sache gewesen.

Der Glaube an den Führer und seine Unfehlbarkeit.

*Der Glaube …*

Es war bekannt, dass Hitler selbst abergläubisch war. Er interessierte sich sehr für Okkultes und Mystik. Er liebte die germanischen Legenden. Decker fiel ein, dass Hitler ein Richard-Wagner-Fan war. Offensichtlich liebte er die düstere Welt der Sagen. Die Festspiele in Bayreuth versäumte er nie, nicht mal als der Krieg bereits in vollem Gang war. Vielleicht lebte er innerlich in einer Fantasiewelt? Vielleicht nahm er die Oper für bare Münze. Er wäre nicht der erste Größenwahnsinnige gewesen, der sich nicht um die Realität kümmert. Und er wäre nicht der erste Irre gewesen, der es gerade durch seinen pathologischen Größenwahn und seine eigene Überzeugung schafft, andere zu faszinieren und ein ganzes Land in den Abgrund zu reißen. Der Glaube kann ja bekanntlich Berge versetzen. Woran glaubte dann Hitler?

Plötzlich kam Decker ein naheliegender Gedanke: Vielleicht glaubte Hitler wirklich an die Inhalte von Wagners Werken, an den *Ring der Nibelungen*... oder – sein Atem stockte – die *Götterdämmerung*.

Decker erstarrte. Der Gedanke, der sich den Weg in sein Bewusstsein bahnen wollte, schien erst nebulös, dann tauchte er langsam auf und wurde fassbar. Natürlich. Dass er nicht gleich darauf gekommen war.

Das war's.

So naheliegend – und doch so absurd und fern, dass man es kaum denken konnte. Ihm wurde ganz heiß bei dieser Vorstellung. Aber vom entsprechenden Standpunkt aus betrachtet machte es durchaus Sinn. Ja, das könnte es sein, das könnte der Grund sein, warum sich Hitler für das ferne Land im Himalaja interessierte. Alles was es auszeichnete war schließlich: die Religion.

Das einzige, was Hitler noch fehlte. Das letzte Stadium des Größenwahns. Wie einst die Pharaonen. Decker erschrak bei diesem Gedanken, aber irgendwie passte es. Hitler plante innerlich bereits seinen Weg zur Vollendung. Er hatte alles. Und war alles. Nur eines noch nicht: *ein Gott.*

Kaum hatte Decker das leise ausgesprochen, da schüttelte er den Kopf und lachte über sich selbst. Jetzt litt er bereits unter Wahnvorstellungen und spann Verschwörungs- und Untergangsfantasien. Aber andererseits musste man sich vielleicht in die innere Welt eines solchen größenwahnsinnigen Menschen versetzen, um die Ereignisse zu verstehen. Damals und heute. Immerhin ging es ja bei diesem Toten auf dem Foto auch um einen Ritualmord, so wie es aussah. Und als Halbgott wurde der Führer ja ohnehin schon verehrt.

Decker ließ seine Blicke über das Mobiliar wandern,

ohne irgendwas wahrzunehmen. Also nehmen wir einfach mal an, grübelte er, der Grund für Hitlers Interesse an Tibet war die Religion. Aber warum dann der exotische und ferne Buddhismus?

Decker nahm das chinesische Dossier in die Hand. Sein Blick fiel auf die Zeilen eines Nachrichtendienst-Mitarbeiters.

»Es ist eine Spekulation, aber wir vermuten, Himmler suchte nicht nur die biologischen Ursprünge der arischen Rasse im Himalaja. Es gibt Hinweise, die uns annehmen lassen, dass Himmler in den tibetischen Klöstern auch nach alten Schriften forschte, die eine verschlüsselte indoarische Urreligion enthielten. Himmler glaubte möglicherweise, der tibetische Buddhismus sei nur ein späteres Entwicklungsprodukt, eine Abart einer sehr viel älteren und ursprünglichen archaischen Kriegerreligion. Für diesen Verdacht wurden allerdings nie Beweise gefunden.«

Decker hob den Kopf. *Eine Kriegerreligion!* Da stand es schwarz auf weiß. Waren Hitler und Himmler denn völlig verrückt? Nach allem, was Patrick über den tibetischen Buddhismus erzählt hatte, gab das doch keinen Sinn. Oder wussten die beiden etwas, was keiner sonst ahnte? Decker musste an die Worte Li Mais denken: *Der Dalai Lama hat dem Westen vieles nicht erzählt.*

# 9

Tang las die Meldung noch einmal in Ruhe. *Gespräch mit Paraguay auf gesicherter Leitung. Sprechzeit dreiunddreißig Minuten.* Was hatte das zu bedeuten? Was hatte die deutsche Botschaft in Peking mit diesem rückständigen Land von gerade mal fünf Millionen Einwohnern zu tun? Und was war so wichtig, dass man die Leute dort mitten in der Nacht aus dem Schlaf holte?

Der Botschafter und der Attaché für innere Angelegenheiten waren um neun Uhr morgens mit einer Lufthansa-Maschine aus Frankfurt zurückgekommen. Dann, kurz nach 16:30 Uhr, dieser ungewöhnliche Anruf. Der Botschafter war es wohl nicht gewesen, der war vom Flughafen direkt in seine Residenz gefahren und schlief sich wahrscheinlich aus. Immerhin war es ihm ja gelungen, diesen Decker zu überzeugen, obwohl Li Mai kräftig nachhelfen musste.

Blieb Stahlmann. Hatte der in Paraguay angerufen? Oder war es eine Privatgeschichte? Hatte irgendeine Sekretärin in der Botschaft einen heißblütigen Gaucho als Lover?

Aus irgendeinem Grund mochte Tang das nicht glauben.

Er klappte seinen Laptop auf und googelte »Deutschland – Paraguay«. *Freundschaftliche Beziehungen,* las er da. *Es leben zehntausend Deutsche und hundertdreißigtausend Deutschstämmige in der südamerikanischen Republik.* Schön und gut, aber war das schon alles? Natürlich nicht: *Präsident Stroessner soll zahlreichen aus Deutschland geflüchteten Nazis Asyl gewährt haben.*

Das war es! Irgendjemand in der deutschen Botschaft hatte kurz nach der Rückkehr von Stahlmann und Wittenstein in Paraguay angerufen. Das konnte nur eins bedeuten: Es gab einen Maulwurf! Irgendjemand in der deutschen Botschaft hielt mit den ehemaligen Nazis Kontakt. Irgendjemand in der deutschen Botschaft war einer von denen!

Und ich habe es nicht gewusst, dachte Tang.

Und damit der Vorsitzende auch nicht.

Unfassbar. Dadurch konnte alles außer Kontrolle geraten. Zumal nicht klar war, was dort besprochen oder sogar beschlossen wurde. Wenn man diesen verdammten Scrambler nur knacken könnte. Der Kommandant des chinesischen Geheimdienstes sah sich schon im Arbeitslager. Er musste sich etwas einfallen lassen.

Gunther Göritz saß im Flugzeug nach China und dachte an den vor ihm liegenden Auftrag. Er war der Mann fürs Grobe und er war stolz darauf, denn er gehörte zu den Eingeweihten.

Es war viel über die geflohenen Nazigrößen berichtet worden. Namen wie die Organisation Odessa tauchten überall auf. Gib der Presse Futter, das lenkt sie ab, dachte er. So wie man ein Rind zur Ablenkung opfern musste, wenn man die Herde ein Stück weiter weg durch einen Fluss mit Piranhas treiben wollte. Manche von den Alten wurden gefasst. Manche wurden noch immer vom Mossad gesucht. Viele glaubten, der sagenhafte verschwundene Nazischatz sei das letzte ungelöste Rätsel. Aber niemand war bisher auch nur auf die Idee gekommen, was sie wirklich verborgen hielten.

In all den Jahren, in denen seine Vorgänger und er nun schon diese Kommandoaktionen durchführten, hatten sie noch nie jemand ausschalten müssen. Ein Historiker hatte sogar einmal die richtigen Orte und Namen gefunden und die Lösung lag praktisch auf dem Tisch. Aber er hatte es zu seinem Glück nicht erkannt. Weil ihm einfach die nötige Fantasie fehlte. Deswegen war er auch noch am Leben. Dieser Decker allerdings war möglicherweise jetzt schon zu nahe dran. Stahlmann jedenfalls schien überzeugt, dass man ihn würde ausschalten müssen. Und deshalb war Göritz jetzt auf dem Weg.

Zweiter Teil

# Peking

*Die Kritik der Religion ist die Voraussetzung aller Kritik. Das religiöse Elend ist in einem der Ausdruck des wirklichen Elends und in einem die Protestation gegen das wirkliche Elend. Die Religion ist der Seufzer der bedrängten Kreatur, das Gemüt einer herzlosen Welt, wie sie der Geist geistloser Zustände ist. Sie ist das Opium des Volkes.*

Karl Marx

# 10

Um Punkt 10:00 Uhr klopfte es an der Tür. Decker öffnete und ein paar Männer, die wie Köche gekleidet waren, kamen herein, nahmen sein Gepäck und verschwanden wieder, ohne ein Wort zu sagen. Ein anderer kam auf ihn zu und sagte: »Benötigen Sie noch etwas?«

»Ein paar Bücher.«

»Welche?«

Decker deutete auf sein Regal. »Die untere Reihe.«

Der Chinese blickte einen Moment auf das Regal, ging dann kurz zur Tür und kam wieder zurück. »Wir erledigen das«, sagte er. »Der Wagen erwartet Sie unten.«

Decker wollte etwas erwidern, als die Männer mit einer Aluminiumkiste erschienen und anfingen, die Bücher einzupacken. »Kommen Sie bitte«, sagte der Chinese. »Haben Sie Ihren Pass?«

Decker sah sich beim Gehen noch einmal um. Er verließ seine Suite nur ungern, solange noch Fremde darin waren. Der Chinese bemerkte sein Zögern. »Sie können uns vertrauen.«

Konnte er das? Decker schnappte seine alte Armeejacke und ging zur Tür. Für wie lange würde er seine gewohnte Umgebung nicht wiedersehen? Es war eine Reise ins Ungewisse.

Am Rhein-Main-Flughafen stieg er aus. »Gehen Sie zum Air-China-Schalter!«, sagte der Fahrer.

Decker stellte sich in die Schlange der aufgeregten Touristen und Auslands-Chinesen, die auf dem Weg in die Volksrepublik waren. Sofort kam eine freundliche uniformierte Chinesin und geleitete ihn zu einem anderen Schalter, der eben erst geöffnet wurde. Er wurde mit Namen begrüßt und erhielt seine Bordkarte. Er musste kein Wort sagen. Am ersten Sicherheitscheck vor dem Abflugbereich wollte er seinen Pass aus der Brusttasche holen und das Handgepäck auf das Röntgengerät legen, als die freundliche Chinesin ihn am Ärmel zupfte.

»Gehen Sie dort drüben hin«, sagte sie und führte ihn zum Diplomaten-Check-in, wo er einfach nur durchgewinkt wurde. Decker passierte und schlenderte durch den Duty Free Bereich, bis sein Flug aufgerufen wurde.

Er ging mit den anderen Passagieren an Bord. Einige saßen schon, andere suchten ihre Plätze. Es herrschte das übliche Gewurschtel und Gedränge. Eine Stewardess kam auf ihn zu und bat ihn, mit ihr zu kommen. Er folgte der Frau in die Küche. Hinter ihm verschloss sie den Vorhang.

»Ziehen Sie bitte das hier an«, sagte sie.

Decker schaute verblüfft. Es war einer dieser typischen Overalls, den die Leute auf dem Vorfeld trugen.

»Da soll ich rein?« Der Snob in Decker sträubte sich gegen den schlichten Overall.

»Sie werden gleich sehen, warum.«

Zum Glück war der Overall groß genug, um über alle Sachen zu passen. Decker kam sich vor wie ein Raumfahrer. Dann klappte die Versorgungstür der Küche nach außen, und Decker starrte in den leeren Container, in den Hunderte von Mahlzeiten für die Passagiere gebracht worden waren.

»Treten Sie ruhig ein!«, sagte die Stewardess. »Es ist völlig sicher.«

Im Inneren des Containers war es vollkommen dunkel. Decker trat ein, die Tür klappte zu und die Hydraulik heulte, als sich die Ladebühne zur Erde herabsenkte. Mit einem Klack rastete sie auf dem Lastwagen ein, und der Wagen fuhr los. Decker konnte nichts sehen außer dem Lichtkegel der Taschenlampe in den Händen der Stewardess, die ihn begleitete. Die Fahrt schien ihm endlos.

Der Wagen hielt und die Tür wurde von außen geöffnet. »Kommen Sie bitte, Dr. Decker«, sagte ein Mann in dunklem Anzug. Decker kletterte zögernd hinaus und befand sich direkt auf dem Vorfeld, irgendwo außer Sichtweite des Terminals.

»Bitte, hier entlang.« Er wurde um das Auto herum geführt und stand plötzlich vor einem anderen Flugzeug, einem großen Privatjet, ganz in rot bis auf die internationale Kennung am Seitenleitwerk. Der Mann im dunklen Anzug deutete ihm an, die Gangway hinaufzugehen. Die Kabinentür stand offen und oben wartete der chinesische Pilot auf ihn. Decker stieg die leichte Aluminiumtreppe hinauf. »Willkommen an Bord, Dr. Decker«, sagte der Pilot auf Englisch und gab ihm die Hand. Beim Betreten der Maschine sah er durch die offene Cockpittür den Copiloten bei den Startvorbereitungen. Sobald er an Bord war, schloss sich die Kabinentür.

»Sie können Ihre Verkleidung jetzt ablegen. Machen Sie es sich in der Kabine bequem«, sagte der Pilot, zeigte Decker den Weg nach hinten und ging selbst nach vorne ins Cockpit. Decker war froh, den raschelnden und nach Öl riechenden Kram wieder loszuwerden. Dann ging er nach hinten und staunte.

Die Kabine wirkte wie eine elegante Lounge im asiatischen Stil. Die Fenster waren abgedunkelt. Der große Raum war vollständig mit edlen Hölzern verkleidet und dezent mit indirektem Licht ausgeleuchtet. Es gab Sitzecken und Arbeitsplätze an verschiedenen Stellen. Es roch nach feinem Leder und fremden Pflanzen. Der Duft verband sich mit der kerosinhaltigen Luft zu einer exotischen Mischung. An einigen Stellen war die Verkleidung zur Seite gefahren und dort befanden sich große Plasmabildschirme, zusätzliche Monitore, Computer, Kommunikationseinrichtungen, eine Bar und eine Hifi-Anlage. Überall summten leise Kühlgebläse und blinkten Dioden von Computern. Eine globale Kommandozentrale mit allem erdenklichen Luxus. Chinesische Tradition und modernste High Tech. Er schlenderte langsam den Gang entlang und ließ die Blicke wandern, schaute sich die Details an. »Nicht übel«, murmelte er, »aber absoluter Overkill für die Aufklärung eines Mordes.«

Weiter hinten gab es offenbar noch mehr Räume. Eine der Türen öffnete sich und eine Frau in Militäruniform kam auf ihn zu. In dem gedämpften Licht konnte er sie nicht genau sehen. Sie hatte ihr Haar hochgesteckt und unter der tief ins Gesicht gezogenen Mütze verborgen. Ihre Augen waren hinter einer Sonnenbrille nicht zu erkennen. Dennoch schien sie ihm vertraut. Der Gang. Das freundliche Lachen, mit dem sie ihn empfing. Als sie fast bei ihm war, erkannte er sie. »Li Mai!«

Sie begrüßte ihn mit militärischem Gruß und offiziellem Ton. »Major Li Mai. Willkommen in der Volksrepublik China. Es ist meinem Land eine große Ehre, dich als Gast empfangen zu dürfen.«

Decker war überrascht, fasste sich aber rasch wieder. »So förmlich heute?«

»Das verlangt die Etikette, aber es geht auch anders ...« Sie nahm die Mütze und die Ray Ban ab, öffnete ihr Haar und legte die Arme um seine Schultern. »Ich hoffe, du verzeihst mir das Theater gestern ... ich werde dir alles erklären.«

Decker hätte nur allzu gern an der Stelle weitergemacht, an der sie letzte Nacht unterbrochen worden waren. Aber das war jetzt vielleicht nicht der passende Augenblick.

Er hielt sie auf Abstand und blickte ihr in die Augen: »Was ist das alles hier?«

»Der Privat-Jet eines unserer neuen Kapitalisten«, grinste Li Mai. »Er ist wirklich *sehr* reich.«

»Und der ist dein Freund?«, fragte Decker leicht eifersüchtig.

Li Mai lachte geschmeichelt. »Ach, was. Er ist reich, aber er ist auch sehr klug. Er findet, gute Beziehungen zur Partei und zu meiner bescheidenen kleinen Organisation können nicht schaden. Er leiht uns seine Maschine recht gern.« Sie lächelte. »Für ein paar Tage ist das jetzt dein Büro – und natürlich auch dein Zuhause.«

»Was?«

»Es ist alles an Bord, was du zum Leben und für deine Arbeit brauchst. Vom Koch bis zum Arzt ist für das leibliche Wohl gesorgt und für die Erfüllung deines Auftrages stehen dir Internet, Telefon und Videokonferenzeinrichtungen uneingeschränkt zur Verfügung. Du hast von hier aus Zugriff auf alle Datenbanken und Bibliotheken der Welt. Legal oder gehackt. Alles funktioniert auch in der Luft. Wir stehen in Verbindung mit den chinesischen Botschaften rund um den Globus. Wenn du irgendjemanden sprechen möchtest auf der Welt, einen Experten oder Wissenschaftler, sag uns seinen Namen, und so schnell es geht hast du ihn in einer Liveschaltung auf dem Monitor. Und ...« Sie deutete auf eines der offenen Regale, die Decker noch gar nicht bemerkt hatte. Seine Bücher standen bereits dort. Genau in der Reihenfolge, wie er sie sortiert hatte.

»Eine Menge Aufwand«, sagte Decker mit zweifelndem Unterton.

»Wir haben nicht viel Zeit und einiges vor. Außerdem werden wir wohl ein bisschen unterwegs sein.«

»Und das Versteckspiel vorhin?«

»Es ist besser, wenn niemand weiß, wo du bist.«

»Und was ist das für eine Uniform, die du da trägst? Für einen Kulturattaché recht ungewöhnlich«

»Ich gehöre zu einer militärischen Spezialeinheit des chinesischen Nachrichtendienstes.«

Decker wurde flau im Magen. Die Worte des deutschen Botschafters fielen ihm ein. *Überlegen Sie sich, wem Sie vertrauen.*

Li Mai blickte Decker an und zupfte an seiner Armeejacke. »Passt zu deiner Uniform. Ist die echt?«

»Ja. Mein bequemstes Stück und sehr praktisch auf Reisen. Ein Original vom Bundesheer Österreich. Schau mal hier, das wird dir gefallen ...« Er deutete auf das Wappen an der Schulter.

Li Mai betrachtete es und sagte dann mit einem Lächeln: »Na so was. Hammer und Sichel. Ist Österreich kommunistisch geworden?«

»Nein, das Wappen war immer schon so. Das heißt: seit 1918. Damals haben die Ösis und wir unsere Kaiser zum Teufel geschickt, sieben Jahre später als die Chinesen.«

»Hm, ich staune. Könnte wirklich von uns ein«, scherzte Li Mai. »Ich hoffe, diesmal bringen Hammer und Sichel uns Glück.«

Sie hörten, wie die Triebwerke gestartet wurden.

»Setz dich lieber«, unterbrach sie ihre kleine Konversation. »Wir rollen direkt zur Startbahn.« Li Mai deutete auf eine komfortable Sitzecke. Decker nahm Platz und sah sein Gegenüber eindringlich an.

Nun war endgültig klar, dass sie ihn unter einem Vorwand kennengelernt hatte. Wenn er aus der ganzen Sache aussteigen wollte, dann wäre jetzt die letzte Gelegenheit dazu. Aber dann würde er diese Frau nie wieder sehen, und er hatte wie letzten Abend, als sie in seiner Bibliothek standen, auch jetzt das Gefühl, dass Li Mai ihm trotz ihrer undurchsichtigen Rolle wohl wollte. Hinter der eiskalten und berechnenden Fassade der Agentin war noch etwas. Er blickte sie an. Li Mai war in ihrer Uniform nicht weniger attraktiv als in ihrem Abendkleid.

Die Maschine startete nach Osten und legte sich sofort in eine große Linkskurve. Decker sah aus dem Fenster auf die Hochhäuser Frankfurts, die rechts vorbeizogen. Das, in dem er wohnte, war auch zu erkennen. Ihm war noch immer sonderbar zumute. Auf was hatte er sich da eingelassen? Aber hat Gefahr nicht auch eine reizvolle Komponente? Li Mai saß regungslos da und blickte ebenfalls aus dem Fenster. Solange sich die Maschine im Steigflug befand, blieben sie beide sitzen, schwiegen und hingen ihren Gedanken nach.

Als die Maschine ihre Reisehöhe erreicht hatte, stand Decker auf. »Dann mach ich mich mal an die Arbeit«, sagte er.

Li Mai sah ihm nach, sagte aber nichts.

Er schlenderte an den Regalen entlang. Da standen Dutzende von Büchern. Eine endlos lange Liste von Forschern, Politikern, Theologen, Philosophen und Journalisten auf der ganzen Welt hatten Bücher über den Dalai Lama und den tibetischen Buddhismus geschrieben. Und im Internet war es dasselbe. Die Flut der Websites war endlos. Die Kunst und Kraft der Mandalas, die Wirkung der Meditation und das sagenumwobene Tibetische Totenbuch. Die Kommentare waren eine gebetsmühlenartige Wiederholung der begeisterten Worte von Patrick.

Dass es dem Dalai Lama gelungen war, eine von Liebe und Gewaltlosigkeit geprägte Politik zu betreiben, galt zumindest im Westen als gültige Wahrheit. Sein größtes Verdienst aber war, dass er selbst nach der Besetzung des Landes durch die Chinesen nicht von seinem gewaltfreien Kurs abgewichen sei, hieß es allenthalben. Und dafür war ihm gut dreißig Jahre später auch der Friedensnobelpreis verliehen worden.

*Die Tibeter werden von ausländischen Besuchern immer als glückliches, freundliches Volk beschrieben,* sagte der Dalai in seiner Dankesrede. *Das gehört zu unserem Volkscharakter, der von kulturellen und religiösen Werten geprägt ist, welche die Bedeutung des inneren Friedens durch die Entwicklung von Liebe und Güte zu allen lebenden und fühlenden Wesen, Menschen wie Tieren, unterstreichen.*

Und so erfreute sich der tibetische Gottkönig weltweit zunehmender Beliebtheit und wurde zum Popstar der Gutmenschen und Friedensfreaks. Ohne Grußwort des Dalai Lama waren viele Veranstaltungen gar nicht mehr denkbar. Und seine Auftritte im orangefarbenen, schulterfreien Dienstanzug waren nicht nur beim Fernsehen, sondern auch bei der Presse so populär, dass die faden westlichen Politiker sich geradezu danach drängten, mit ihm abgebildet zu werden. Selbst die besten Unis der Welt luden ihn ein.

*Respekt.* Decker schaute von seinen Notizen auf. Aber was hatte das alles mit dem Dritten Reich und den Nazis zu tun?

Decker hatte noch immer keinen einzigen Hinweis gefunden, der auch nur annähernd ein Grund für Hitlers verborgenes Interesse am Dalai Lama oder dem tibetischen Buddhismus sein könnte.

Ratlos nahm er noch einmal das Dossier des BND über die deutschen Expeditionen nach Tibet zur Hand. Sie hatten wirklich stattgefunden. Dann schaute er in die Akte Harrer. Dazu gehörte auch das Buch *Sieben Jahre in Tibet.* Decker hatte es letzte Nacht kurz angelesen und sich darin einige Passagen angestrichen. Auch hier wurde ein sehr friedliches Bild von Tibet gezeichnet. Harrer schreibt, dass er in all den Jahren dort niemanden getroffen hat, der auch nur den leisesten Zweifel an der Lehre Buddhas hegt. Er spricht auch über die verschiedenen Sekten, stellt aber fest, dass deren Unterschiede nur in Äußerlichkeiten bestehen. Er selbst kann sich der gläubigen Inbrunst, die alle ausstrahlen, nicht verschließen und schon nach kurzem Aufenthalt sei es ihm nicht mehr möglich gewesen, gedankenlos eine Fliege zu töten.

*Klingt nicht gerade nach SS.*

*Ist die Geschichte mit den Nazis falsch oder lügt Harrer?*

Dann dachte Decker wieder an den Mord. Mit Falten auf der Stirn zog er das Foto mit der Hand aus dem Stapel hervor.

Das Hakenkreuz. Ein heiß umstrittenes Symbol. Und uralt. Es ging auf die frühen Germanen und die Runen zurück. Hitler wollte sicher an diese Tradition anknüpfen als etwas angeblich Urdeutsches. Aber Decker sah einfach keinen Zusammenhang zwischen dieser alten Geschichte und dem Mord heute. Er starrte auf das Foto und versuchte, die Bedeutung des Hakenkreuzes auf der Hand des toten Professors zu enträtseln. Dann fiel ihm noch etwas auf.

Die Uhr! Der Tote trug eine Taucheruhr. Das hatte er bisher in all der Aufregung gar nicht wahrgenommen, obwohl er ein Faible für gute Uhren hatte. Er selbst trug ja eine Fliegeruhr, die auch Li Mai schon aufgefallen war. Mit der Neugier des Liebhabers nahm Decker eine Lupe heraus, um das Foto genauer zu untersuchen. Er wollte sehen, was es für ein Hersteller war. Aber leider zeigte das Foto nur einen Ausschnitt der Uhr. Der Firmenname war nicht mit auf dem Bild. Aber das Zifferblatt kam ihm dennoch irgendwie bekannt vor. So eins hatte er schon mal gesehen. Er überlegte einen Moment. Eine Uhr ist wie ein Gesicht. Jede hat etwas Besonderes. Aber es wollte ihm nicht einfallen. Schade. Er seufzte. Männer und Uhren. Er legte das Foto aus der Hand und sah auf seine eigene Uhr. In dem Augenblick traf es ihn. *Mensch, natürlich ... Das muss ich jetzt wissen.*

Er zog einen der bereitstehenden Laptops zu sich heran, ging ins Internet und rief die Seite des Herstellers auf. Er suchte eine Zeit lang und verglich einige Details der verschiedenen Modelle. Dann hatte er es.

Da war sie.

Der Professor war offensichtlich ein Kenner. Und er trug die gleiche Marke wie Decker. Eine *Sinn*. Die Firma war bekannt für ihre Piloten- und Spezialuhren. Der Professor hatte sich für ein Modell mit Stoppuhr entschieden, das für Einsätze bei extremsten Bedingungen und Temperaturschwankungen gebaut wurde. Es gehörte auch zur Ausrüstung der GSG 9. *Verdammt gute Wahl, Herr Professor.* Und für Expeditionen im Himalaja durchaus zweckmäßig. Fragt sich nur, wie ein Wissenschaftler zu so einer Uhr kommt. Egal.

Gerade als er das Foto zufrieden wieder weglegen wollte, durchfuhr ihn irgendwo in den Tiefen seines Gehirns eine Intuition. Er lenkte seinen Blick noch einmal auf die Uhr.

*Da stimmt doch was nicht.* Er schaute genau hin. Der Zeiger. Das Gehäuse. Die Knöpfe. Auf dem Foto sah alles genauso aus wie auf der Abbildung der Website. Aber dann formierte sich langsam der Widerspruch und wurde ihm bewusst.

Der Tote trug die Uhr am linken Handgelenk.

Alle Chronographen der Welt und normalerweise auch dieses Herstellers hatten ihre Knöpfe auf der rechten Seite des Gehäuses.

Aber nicht dieses eine Sondermodell.

Bei diesem Typ waren die Knöpfe für die Stoppuhr links am Gehäuse. Das hatte den Vorteil, dass man sie auch erreichen konnte, wenn man dicke Handschuhe trug. Decker schaute angestrengt auf das Foto. Wenn es also tatsächlich die linke Hand des Toten zeigte, dann mussten die Knöpfe an der Uhr des Toten zum Ellbogen hin zeigen.

Das taten sie aber nicht!

Sie zeigten zum Handgelenk, wie bei normalen Uhren. Das konnte doch nicht sein. In seinem Kopf drehte sich alles. Er schaute noch einmal hin. Er täuschte sich nicht. Aber wie zum Teufel ... Decker schaute seine beiden Hände an. Wie kann ich links und rechts auf einem Foto vertauschen, ohne gleichzeitig die Daumen auf der falschen Seite zu haben? Er drehte das Foto ratlos herum.

Links.

Rechts.

Auf den Kopf.

Nichts. Aber es muss eine Lösung geben. Dann, wie um sich selbst mit dem Gedanken zu amüsieren, die Lösung stünde vielleicht auf der Rückseite, drehte er es herum. Nichts. Aber in diesem Augenblick der Drehung, genau als er es hochkant hielt, fiel das Sonnenlicht durch das Kabinenfenster und machte das Foto durchscheinend. Decker wurde es ganz anders. Sollte etwa …

Er hielt das Foto ans Fenster, die Vorderseite nach draußen. Das Licht der Sonne war so stark genug, um das Bild auch auf der Rückseite klar und deutlich abzubilden. Er ging ganz dicht ran, so als wolle er die Erkenntnis nicht zulassen.

Die Knöpfe.

Der Daumen.

Mein Gott, jetzt stimmt es.

*Das Foto zeigte in Wirklichkeit die rechte und nicht die linke Hand des Professors.*

Es war spiegelverkehrt. Das konnte kein Irrtum sein. Jemand hatte das Foto manipuliert. Und es wäre auch keinem Menschen je aufgefallen, weil diese äußerst ungewöhnliche Spezialuhr des Professors gerade durch die Spiegelung erst wie jede andere ganz normale Uhr aussah. Hinzu kam, dass diese Uhr keine großen Zahlen im Zifferblatt hatte, die den Trick verraten hätten. Und das Foto war leicht unscharf, sodass man die kleinen Zahlen in der Lunette am Rand nicht erkennen konnte. Niemand hatte also Verdacht geschöpft. Offensichtlich auch nicht der deutsche Botschafter.

Decker starrte auf das Foto, wie um sich noch einmal zu vergewissern. Kein Zweifel.

Dann bemerkte er noch eine Abweichung. Noch etwas war nun nicht mehr wie vorher: Das Hakenkreuz hatte sich verändert. Es drehte sich in der anderen Richtung! Was hatte das zu bedeuten?

Decker warf einen Blick zu Li Mai, aber die Agentin war nicht mehr da. Nicht gerade sehr nett. Sie waren jetzt sicher schon über Polen. Mal sehen, ob die Geräte tatsächlich alle auch hier funktionierten.

Decker griff zum Telefon. Er hatte sofort eine Leitung. Er wählte die Nummer eines befreundeten Asienspezialisten an der Sorbonne. Nach ein paar lockeren Begrüßungssätzen kam er zur Sache: »Darf ich Ihnen eine dumme Frage stellen, Professor Lapin? Ich habe da ein ziemlich dringendes Problem: Können Sie mir etwas über das Hakenkreuz sagen?«

»Meinen Sie das von den Nazis? Oder das andere?«

»Welches andere?«

Lapin überlegte einen Moment. »Nun ja, das Hakenkreuz ist eines der ältesten Symbole der Menschheit. Es ist eigentlich gar kein Kreuz, sondern ein laufendes Sonnenrad, und es findet sich erstaunlicherweise in vielen Kulturen der Welt. Haben Sie E-Mail? Dann schicke ich Ihnen eben mal was.«

Ein paar Minuten später hatte Decker ein Foto auf seinem Bildschirm. »Sehen Sie?«, sagte Lapin. »Diese Buddhastatue zum Beispiel trägt eins auf der Brust. Das Hakenkreuz hat die weiteste Verbreitung in Indien. Dort heißt es Swastika, das ›Heilbringende‹.«

»Merkwürdig«, sagte Decker, »ausgerechnet Buddha mit dem Symbol der Nazis zu sehen.«

»Die Nazis haben dem Symbol leider nur zu einer

traurigen Berühmtheit verholfen. Sie sind schuld daran, dass es heute vor allem im Westen geächtet ist. Aber früher war es weit verbreitet und im Osten kennen noch viele seine Bedeutung. Kennen Sie zum Beispiel die chinesischen Falung-Gong? Die haben ein Hakenkreuz als Emblem. Denn das Hakenkreuz im Kreis heißt auf Chinesisch: *Sonne.*«

»Es wird noch verwendet?«

»Ja, aber Sie müssen genau hinsehen. Das, was Sie vor sich haben, ist nicht das NS-Symbol. Es gibt das Hakenkreuz in zwei Varianten. Das Symbol der Nazis war das linksherum drehende. Das auf der Buddha-Statue dreht rechts herum.«

»Rechts?«

»Im Uhrzeigersinn. Das ist das originale und richtige Hakenkreuz.«

Decker lachte: »Dann ist Adolf Hitler wohl ein Fehler unterlaufen?«

Lapin lachte nicht. Er schwieg stattdessen und sagte schließlich: »Im Gegenteil.«

»Ich verstehe nicht. Sie haben es doch anscheinend falsch herum auf ihre Fahnen und Abzeichen gemalt«, sagte Decker.

»Eben nicht. Die Drehrichtung ist der entscheidende Unterschied.«

»Unterschied zwischen was?«

»Es gibt beide Varianten. Aber niemand in Indien würde es wagen, eine Buddhastatue mit der Variante der Nazis zu schmücken. Linksdrehend und rechtsdrehend ist bei diesem Symbol ein wichtiger Unterschied. Rechtsdrehend bedeutet im weitesten Sinne Erschaffung und Leben. Linksdrehend jedoch steht für Tod und Zerstörung.«

Decker überlegte, was das in diesem Fall bedeuten konnte. Ein ominöses Entsetzen stieg in ihm auf. »Dann wussten die Nazis genau, was sie taten?«

»Ich fürchte, sogar sehr genau«, sagte Lapin. »Die Nazis haben der ganzen Welt gezeigt, welche Geister sie beschwören, und keiner hat es erkannt oder ernst genommen.«

Nach einer Pause sagte Decker: »Wenn ich Sie als Kenner fragen würde, wofür das rechtsdrehende Hakenkreuz symbolisch heute noch steht, was würden Sie sagen?«

Die Antwort kam prompt: »Für den Buddhismus, natürlich.«

Decker traf der Blitz.

Die Aussage war klar.

Während er noch überlegte, sagte sein Gesprächspartner am anderen Ende: »Eines möchte ich aber noch ergänzen.«

»Ja?«

»Wenn jemand ein Symbol für den Buddhismus sucht, dann würde er normalerweise ein Rad mit sechs Speichen verwenden. Das ist so eindeutig wie das Kreuz für die Christen.«

Sie wechselten noch ein paar höfliche Worte, dann bedankte sich Decker und beendete das Gespräch. Seine Gedanken und Augen wanderten durch die Flugzeugkabine und dann zurück zum Foto, das vor ihm lag. Er versuchte das eben Gehörte mit seiner Entdeckung in Einklang zu bringen.

Die Uhr. Die rechte Hand. Das rechtsdrehende Hakenkreuz.

Kein Zweifel. Der ermordete Professor hatte gar kein Nazi-Symbol auf seiner Hand. Der Hinweis auf den Mörder ging in eine ganz andere Richtung.

Decker atmete auf. Dann hatte Deutschland mit der ganzen Sache ja gar nichts zu tun. Er konnte genauso gut wieder nach Frankfurt zurückkehren. Andererseits war der Tote ein Deutscher, und – Decker gestand es sich ungern ein – er wollte jetzt auf keinen Fall umkehren. Seine Libido und seine Neugier waren geweckt, und er wollte unbedingt wissen, was Li Mai für ein Spiel spielte. Und abzuspringen, wäre jetzt wohl auch nicht zu empfehlen gewesen, 30.000 Fuß über Russland.

Deckers Blick fiel auf seine Notizen über Tibet und auf das Bild des fröhlich lächelnden Dalai Lama. Hatte der Professor wirklich sagen wollen, dass sein Mörder etwas mit dem Buddhismus zu tun hatte?

Und dann gab es ja noch eine andere Frage. Das Foto, das man ihm gegeben hatte, war spiegelverkehrt. War das Zufall gewesen oder hatte es jemand mit Absicht gefälscht?

Wenn man eine Absicht unterstellte, dann bedeutete das, der Urheber der Fälschung kannte beide Drehrichtungen des Hakenkreuzes und wusste, wofür sie stehen. Er hatte eine falsche Fährte gelegt und gezielt die Deutschen auf den Plan gerufen. Gleichzeitig wollte er die Fährte in Richtung Buddhismus vertuschen. Warum trieb der Betreffende solchen Aufwand?

Einerseits waren der deutsche Botschafter und dann auch er, Decker, in die Sache verwickelt worden, andererseits sah es nun so aus, als würden die Tibeter etwas verheimlichen. Sollte er in Wahrheit ein Geheimnis der Tibeter enthüllen? Oder gab es womöglich zwei Geheimnisse bei diesem Mord?

*Jedenfalls will jemand, dass ich das herausfinde und das möglichst über einen indirekten, versteckten Weg.*

Wenn man dieses Durcheinander einmal konsequent zu Ende denkt, dann funktioniert dieser Plan logischerweise nur unter einer Bedingung: wenn man annimmt, dass beide Hakenkreuze, sprich beide Fährten zum gleichen Ziel führen. Wie konnte das sein? Decker schaute verwirrt auf seine Papiere. Ein Geheimnis. Zwei Zusammenhänge. Das ist ja absurd.

*Irgendjemand will, dass ich die Kastanien für ihn aus dem Feuer hole,* dachte Decker. *Da muss ich aufpassen, dass ich mir nicht die Finger verbrenne.*

Eine perfide Situation. Und noch eine Unbekannte in der Gleichung: *Was um alles in der Welt hatte der Professor entdeckt?*

Decker sortierte seine Unterlagen hin und her. Er konnte sich auf das alles noch keinen Reim machen. Und es blieb ein ungutes Gefühl. Immer wieder drehten sich seine Gedanken um die offenen Fragen. Dann kam er auf die übergeordnete eben gewonnene Einsicht zurück: *Das Ganze war von vorn bis hinten inszeniert.*

Aber wer steckte dahinter? Der deutsche Botschafter hatte mit dem veränderten Foto sicher nichts zu tun. Dem wäre es ohne Zweifel lieber gewesen, das Hakenkreuz wäre gar nicht vorhanden. Die ganze Sache war ihm ja offensichtlich mehr als peinlich und unangenehm. Und die Hintergründe mit der Expedition und Harrer waren ihm vielleicht gar nicht bekannt. *Mann, in was für eine Sache bin ich da hineingeraten? Und alles nur wegen dieser Frau*!

Ah ja, diese Frau. Wenn er so überlegte, konnte die Regisseurin bei diesem Spiel – auch wenn ihm das ganz und gar nicht gefiel – nur eine Person sein: Li Mai. Sie hatte ihm anscheinend noch immer nicht die ganze Wahrheit gesagt.

*Es ist uns lieber, wenn keiner weiß, wo du bist.*

Für einen Augenblick bereute er, nicht rechtzeitig ausgestiegen zu sein. Die ganze Angelegenheit nahm zunehmend rätselhaftere und bedrohliche Züge an. Er sah sich im Flugzeug um. Die private Maschine eines chinesischen Kapitalisten und unbeschränkte Ressourcen – es hätte ihm eine Warnung sein sollen. Jemand hatte ihn in ein Labyrinth geführt und nun gab es kein Zurück mehr.

Decker war klar, es ging jetzt darum, aus dieser Klemme heil wieder rauszukommen. Aber wenn er genau überlegte, würde sich vielleicht sogar der Spieß umdrehen lassen. Immerhin kannte er jetzt eine Schwachstelle. Decker sondierte die Lage. Anscheinend will hier jemand gleich mehrere Fliegen mit einer Klappe schlagen. Jedenfalls brauchen sie mich, und das kann meine Chance sein. Unklar ist nur der Grund für diese kuriosen Manöver.

Es gab eigentlich nur eine Erklärung: Die Aufklärung des Mordes, so mysteriös er auch sein mochte, war nur ein Mittel für einen höheren Zweck. Decker bekam eine Gänsehaut bei der entfernten Ahnung, welche politischen Kräfte hier am Wirken sein könnten. *Der Vorfall und mein Auftrag,* dachte er, *sind nur kleine Steine auf einem Brett. Jemand spielt in Wahrheit ein Spiel mit vermutlich sehr hohem Einsatz. Und dieser freundliche Kapitalist weiß ganz genau, warum er seine Maschine verliehen hat.*

## 11

Als Decker erwachte, war die Maschine gelandet. Er hatte sich in die bequeme Privatkabine zurückgezogen, um etwas Schlaf nachzuholen, und war sofort weggesackt, als er sich ausgestreckt hatte. Die letzte Nacht war wohl doch ein bisschen zu kurz gewesen.

Er fragte sich, wo sie wohl sein mochten. Peking? Lhasa? Ein Blick durch das Kabinenfenster verschaffte ihm keinerlei Aufklärung. Draußen war es einfach nur dunkel, und die Lichter, die er in der Entfernung erkannte, konnten genauso gut zu einem Terminal wie zu einem buddhistischen Tempel gehören. Hatte Lhasa überhaupt einen Flughafen?

Er warf einen Blick auf die Uhr. Es war jetzt zehn Uhr. In Frankfurt. Und hier?

Decker ging ins Bad, um zu duschen. Das konnte nie schaden. Nach dem heißen Wasser ließ er das kalte auf sich herabprasseln und spürte voller Zufriedenheit, wie sein Kreislauf in Gang kam. Dann zog er sich an und trat in den Salon hinaus. Niemand zu sehen.

Was bildeten sich die Kerle eigentlich ein? Was hatten sie mit ihm vor? Er ging zur Stereo-Anlage und ließ AC/DC losdröhnen. Sollten sie ruhig denken, dass er ein Flegel war! Decker konnte eben besser nachdenken bei dieser Musik. Vor allem, wenn er wütend war. Er ging hin und her, nahm Bücher in die Hand und warf sie wieder auf die Sessel. Er überlegte, was er mit dieser Situation anfangen sollte. Er ließ sich nicht gern an der Nase herumführen. Aber was sollte er machen?

Plötzlich hörte er Stimmen aus dem hinteren Teil des Flugzeugs. War das Li Mai? Und die andere Stimme? Sie sprachen Chinesisch, aber dass es ein Mann war, konnte Decker auch so hören. Wieder kratzte ihn eine dumme Eifersucht in der Magengrube.

Dann hatte er eine Idee. *Mal sehen, was sie dazu sagen.* Er holte das Foto und marschierte nach hinten. Li Mai und ihr Gesprächspartner saßen offenbar im Konferenzraum des Flugzeugs.

Decker riss ohne anzuklopfen die Tür auf. Er entdeckte Li Mai in einem hellen Kostüm am hinteren Ende des Tisches. Der Mann, der ihr gegenübersaß und auf sie einredete, war ein Chinese von ungefähr fünfzig Jahren. Er trug einen schwarzen Anzug – Armani, vermutete Decker – und hob erstaunt den Blick, als der Deutsche hereinstürmte.

Aber Decker ließ sich nicht stören. Er marschierte auf die beiden zu und knallte Li Mai das gefälschte Foto auf den Tisch. »Wir müssen reden«, sagte er drohend.

Der Mann zog erstaunt die Augenbrauen zusammen. Diese Unterbrechung war ein Affront. Decker ignorierte ihn völlig und blickte nur die chinesische Agentin an.

Li Mai schwieg.

Dann erhob sich der Chinese, legte zu Deckers Erstaunen ein Blatt mit einigen chinesischen Schriftzeichen neben das Foto und sagte seinerseits zu Li Mai: »Das finde ich auch.«

Die junge Frau blickte vom einen zum anderen. »Darf ich vorstellen? Mein Chef, Generalmajor Tang ... Dr. Decker.«

Die beiden Männer schüttelten sich widerwillig die Hand und nickten sich zu, ohne allzuviel Interesse an weiteren Worten. Dann richteten sich ihre Blicke wieder auf Li Mai.

»Schön«, sagte sie. »Wer von den Herren möchte anfangen?«

Decker wartete nicht länger. »Das Foto ist manipuliert worden. Von euch. Warum?«

*Verdammt, wie hat er das gemacht,* dachte Tang. Er lächelte und sagte etwas verkniffen auf Englisch: »Sie sind wirklich gut, Dr. Decker.«

»Ich weiß. Und ich hab's nicht gerne, wenn man versucht mich reinzulegen. Also, was wird hier gespielt?«

Tang blickte seine Kollegin wieder an: »Das wüsste ich allerdings auch gerne.« Decker verstand die Welt nicht mehr.

Li Mai sagte nur trocken: »Das kann ich Ihnen beiden nicht sagen.«

»Das sollten Sie aber, Genossin«, sagte Tang Wu. »Ich muss annehmen, dass Sie Zusammenhänge hinter dem Foto kennen, die man mir nicht mitgeteilt hat, obwohl ich diese Aktion leite. Wenn dem so ist, dann wird es Sie interessieren, was in dieser Mitteilung unseres Abhördienstes steht, die ich heute Morgen erhalten habe.« Er tippte auf das Papier, das er vor Li Mai gelegt hatte. »Daraus geht hervor, dass ein Angehöriger der deutschen Botschaft in Peking, möglicherweise der Attaché für innere Angelegenheiten, höchst verdächtige Kontakte nach Südamerika hat. Wie es scheint, ist dort jemand ein aktiver Nazi.«

Li Mai sah ihn entsetzt an. *Wir haben den schlafenden*

*Löwen geweckt! Das ist genau das, was auf keinen Fall hätte passieren dürfen. Jetzt wissen sie, dass wir das Staatsgeheimnis in dieser Sache aufs Spiel gesetzt haben.*

»Genossin Li, wenn Sie etwas wissen, dann sagen Sie es. Die Lage ist außer Kontrolle geraten. Aufgrund dieser Meldung müssen wir annehmen, dass diese Nazi-Organisation unsere Ermittlungen zu behindern versucht. Unsere Grenzbeamten sind zu erhöhter Wachsamkeit aufgefordert, aber bei Hunderttausenden von Studenten, Geschäftsreisenden und Touristen aus dem Westen können wir natürlich nicht verhindern, dass Agenten hier einsickern.«

»Was für Agenten?«, fragte Decker entgeistert.

»Es ist nicht auszuschließen, dass dieser Jemand aus der Botschaft einen SS-Killer nach China beordert hat.«

»Was?«, sagten Li Mai und Decker gleichzeitig.

Decker blickte den Chef des chinesischen Geheimdienstes ungläubig an: »Na prima. Wollen Sie allen Ernstes behaupten, dass im 21. Jahrhundert ein Nazikiller uns sucht?«

»Nicht *uns*«, sagte Tang mit einer leichten Verbeugung. »Ich fürchte, nur Sie, Dr. Decker.«

Decker wurde blass. Darauf war er nicht vorbereitet gewesen. »Das wird ja immer besser«, sagte er schließlich. »Ich sage Ihnen beiden was: Vergessen Sie die Sache ganz einfach.«

Tang warf Li Mai einen Blick zu. Er wartete offensichtlich auf eine Reaktion von ihr.

Li Mai wirkte angespannt. Die Anwesenheit ihres Vorgesetzten schien die Sache noch schwerer zu machen. Aber dann sagte sie trotzdem: »Tu das nicht, Philipp. Wir brauchen dich.«

Ihre Stimme zitterte etwas, und sie drehte Tang bewusst den Rücken zu. »Nur du kannst das hier über die Bühne ziehen, Philipp. Wir brauchen dein Wissen und Können. Wir müssen eine komplette Kultur in ihre Bestandteile zerlegen. In wenigen Tagen. Und wir müssen Dinge aufspüren, die vermutlich sehr tief in der Vergangenheit und der Seele eines Volkes begraben liegen. Ich weiß, du kannst das schaffen. Ich bitte dich, hilf uns.«

Decker wurde es ungemütlich bei diesem Tonfall. Er lachte. »Danke für das Kompliment, aber ich bin doch nicht lebensmüde. Außerdem habe ich das Gefühl, dass ich unter falschen Voraussetzungen hierhergelockt worden bin.«

Li Mai errötete, gab aber nicht auf. Sie suchte nach Worten. »Wir konnten nicht von Anfang an die ganze Wahrheit sagen.«

»Tut ihr das denn jetzt?«

»Das darf ich dir nicht sagen.«

»Dann können wir gleich wieder nach Frankfurt starten.«

Li Mai überlegte blitzschnell. »Es hat nicht nur mit diesem mysteriösen Anruf zu tun. Aber das jedenfalls haben wir so nicht einkalkuliert.«

»Womit hat es denn noch zu tun?«, fragte Decker.

»Weiter kann ich nicht gehen. Akzeptiere es. Bitte.« Sie blickte ihn an: »Es ist eine rein interne, chinesische Angelegenheit und hat keinen Einfluss auf deine Arbeit.«

»Tatsächlich? Und was ist, wenn wieder etwas schiefgeht?«, fragte Decker. »Immerhin rennt da draußen noch ein weiterer Killer frei herum. Wer weiß, was der noch alles vorhat? Zwei von der Sorte braucht kein Mensch.«

Jetzt mischte der Kommandant sich ein. Er sah Decker fest in die Augen und sagte: »Was immer auch Unvorhergesehenes passiert, Sie stehen unter dem Schutz des chinesischen Volkes. Sie sind sicher.«

»Wirklich? Leider haben Sie aber bereits das Doppelleben eines Botschaftsmitgliedes in Peking übersehen. Was kommt als nächstes?«

Tang Wu sah kurz auf den Boden und sagte: »Das Problem des Maulwurfs werden wir lösen. Zu gegebener Zeit. Er wird Ihnen nicht mehr gefährlich.«

»Aha«, sagte Decker. »Das beruhigt mich sehr. Und der Killer? Oder die beiden Killer, besser gesagt?«

»Wir schirmen Sie vollständig ab. Sie werden diese Maschine nicht verlassen. Und niemand außer uns wird sie betreten. Dann können wir für Ihre Sicherheit garantieren wie für unseren Staatschef.«

»Ich soll tagelang in dieser Röhre hier leben? Ich dachte, es bliebe wenigstens mal Gelegenheit für'n Drink in Peking.«

»Es wird Ihnen an nichts fehlen«, sagte Tang Wu ruhig.

»Ach ja? Kennen Sie denn meine Wünsche schon alle?«

Tang verlor für keinen Augenblick die Kontrolle. »Dr. Decker, Sie werden es nicht bereuen, mit uns zusammenzuarbeiten«, sagte er.

»Wenn ich es überlebe«, ergänzte Decker. »Was ist denn, wenn wir an bestimmte externe Orte gehen müssen?«

»Wir werden für alles sorgen. Wenn Sie wirklich die Maschine verlassen müssen, bekommen Sie die besten Spezialkräfte unseres Landes an Ihre Seite. Damit können Sie an jeden Ort der Welt gehen, und niemand wird Ihnen auch nur ein Haar krümmen.«

Decker sann nach. Dann sagte er: »Was ist mit unserem Deal, Li Mai. So, wie es aussieht, kommt jetzt ganz anderes Material in Betracht.«

Li Mai dachte nach. Dann sagte sie vorsichtig: »Es müsste auch so genug für deine Zwecke dabei sein. Schließlich geht es um Religion und Kultur. Jedenfalls in der Hauptsache. Es werden auch unter diesen geänderten Umständen wissenschaftliche Erkenntnisse anfallen, die sensationell sind und ...«

»... die ich niemandem erzählen kann, weil mich den Rest meines Lebens irgendwelche durchgeknallten Killer jagen«, fügte Decker mit einem Achselzucken hinzu.

Tang Wu warf Li Mai einen Blick zu. *Touché.*

Sie schwieg.

Decker dachte nach. *In der Hauptsache* ging es um Religion und Kultur. Und die Nebensache? Sie wollen dieses Projekt um jeden Preis. Aber sie haben schlechte Karten durch ihren Ausrutscher. Vielleicht war das der richtige Moment, um zu pokern.

»Ich steige aus.«

Tang Wu erstarrte.

Li Mai blickte Decker in die Augen und verstand sofort. »Wie viel?«

Decker grinste. *Es klappt.* Er überlegte und sagte dann: »Einen Anteil von dem, worum es hier wirklich geht. Ihr braucht es mir auch nicht zu verraten. Sagen wir einfach, ich besorge China einen verloren gegangenen wertvollen Kunstgegenstand wieder. Was ihr damit macht, geht mich nichts an. Ich vertraue dabei aber auf das Ehrgefühl der chinesischen Regierung bei der Bestimmung der Provision. Denn irgendwann werde ich erfahren, was Peking vorhat.«

Tang Wu schritt ein: »Das können wir nicht verhandeln. Das übersteigt unsere Vollmachten. Außerdem ist das hier kein Bazar und kein Versicherungsfall.«

»Ich denke, wir können das so akzeptieren«, sagte Li Mai mit eiskalter Miene dazwischen. *Decker ahnt etwas. Wirklich nicht schlecht, der Mann.*

»Genossin Li!«, fuhr Tang die junge Frau an. »Das wird ein Nachspiel haben.«

»Das geht in Ordnung, Genosse. Ich habe die Befugnis. Peking wird die Bestätigung dazu nachreichen«, sagte Li Mai, ohne Decker dabei aus den Augen zu lassen. »Und du hast mein Wort.«

Tang Wu stand der Mund offen.

*Wer verdammt noch mal war diese Frau?*

Decker dachte das Gleiche. Außerdem wusste er immer noch nicht, was das für ein Spiel war. Aber das konnte ihm letztlich egal sein. Er hatte gerade mit einer Supermacht gezockt und gewonnen!

»Fein. Dann sind wir wieder im Geschäft«, sagte er fröhlich. »Und ich schlage vor, dass wir ab jetzt etwas besser zusammenarbeiten.«

Die beiden Chinesen nickten behutsam.

»Gut, fangen wir mit einem Abgleich an. So wie es aussieht, jagen wir also ab sofort irgendwelche Buddhisten, stimmt's?«

Die beiden Geheimdienstleute bejahten das vorsichtig.

»Und da uns wiederum ein Nazi jagt, wenn auch möglicherweise aus Versehen, haben wir es hier offensichtlich mit zwei Geheimnissen oder einem doppelten Netzwerk zu tun. Richtig?«, fragte Decker eher rhetorisch.

»Möglicherweise«, sagte Tang Wu.

»Dann wäre die nächste Frage an euch zwei Spezialisten, ob es sich bei dem Geheimnis der Nazis und der Tibeter zufällig um ein und dieselbe Sache handeln könnte?«

»Das ist denkbar«, sagte Li Mai mit einem seltsamen Zwischenton.

»Na, wenn das so ist, dann haben wir wirklich noch eine Menge zu tun«, sagte Decker und sah sie durchdringend an. Hielten die beiden immer noch Informationen zurück? Er schob den Gedanken beiseite. »Verlieren wir keine Zeit.« Er nahm das Foto wieder an sich und wollte gerade zur Tür hinausgehen, als ihm noch etwas einfiel:

»Sagt mal, wo sind wir hier eigentlich?«

# 12

Es war früh am Morgen in Peking. Decker saß in einer der Sitzgruppen des Jets und wartete auf seinen Gast. Es war Li Mai tatsächlich gelungen, einen Veteranen des Tibetfeldzuges zu einem Besuch in ihrem Jet zu bewegen. Wu Ti war 1959 ein junger Truppenführer gewesen. Heute war er ein hochdekorierter General im Ruhestand.

Er würde jeden Moment eintreffen. Auf dem Tisch standen heißer Tee, Baodze und weiche chinesische Erdnüsse bereit. Decker zupfte an seinem Jackett. So eine Chance würde ein westlicher Historiker und Wissenschaftler nicht so schnell wieder bekommen. Es durfte ihm nichts entgehen.

Er blickte aus dem Kabinenfenster und sah eine schwarze Limousine vorfahren. Auf der Motorhaube steckte eine rote Standarte. Zwei Soldaten der Volksbefreiungsarmee sprangen heraus, öffneten die hintere Tür und salutierten. Ein alter Mann in grüner Uniform stieg aus und ging gemessenen Schrittes zur vorderen Treppe des Flugzeugs.

Dann trat der General ein. Er war eine kleine, stämmige, ungeheuer eindrucksvolle Gestalt. Sein Mund war schief und seine erkalteten Augen von vielen Falten und Narben umgeben. Sein Gesicht schien von unzähligen Kämpfen, Schmerzen und Härte geprägt. Decker stand auf, um ihn zu begrüßen, und zog hastig den Kopf ein, als er merkte, dass sein Gegenüber ihm kaum bis zur Brust ging.

Den General schien der Größenunterschied gar nicht zu stören. Er nickte dem Deutschen hoheitsvoll zu und sagte mit schwerem Akzent: »Behalten Sie ruhig Platz.« Dann setzte er sich. Seine Leibwächter warteten draußen, und Decker war mit ihm allein. Der General schwieg.

Bei dem Gedanken, wer vor ihm saß, lief es Decker kalt über den Rücken. Dieser Mann hatte an vorderster Front einen Feldzug kommandiert. Er blickte in das lebende Gesicht des Krieges. Für Zivilisten unvorstellbar, was dieser Mann gesehen und vielleicht auch getan hatte. Wie alle Militärs, die auf dem Schlachtfeld groß geworden waren. Ein Zeitzeuge der Weltgeschichte. Ein Mann, der über Leben und Tod entschied.

»General Wu, ich habe Sie um diese Unterredung gebeten, weil es einige Dinge von äußerster Wichtigkeit gibt. Ich nehme an, Sie sind informiert.«

Keine Antwort. Nur dieser eiskalte Blick.

Decker wusste nicht, wo er anfangen sollte. Ein falsches Wort, und der General würde vielleicht einen Wutanfall kriegen. »Es geht um die Invasion in Tibet.«

Die Augen des Alten verengten sich und fixierten Decker wie ein Zielerfassungsradar. Schweißtropfen bildeten sich auf Deckers Stirn. »Mich interessieren weder die rechtlichen noch die moralischen Hintergründe.«

Fast sah es so aus, als hätte der alte Wolf bei diesen Worten so etwas wie Zustimmung signalisiert. Vielleicht sogar innerlich den Finger vom Abzug genommen. Jedenfalls hörte er weiter zu. Decker musste jetzt einen Einstieg finden, der sein Gegenüber nicht erzürnte und ihn vielleicht sogar für Decker gewann.

»Im Westen ist man der Meinung, Tibet sei ein friedliches Land gewesen und die Chinesen hätten es brutal überfallen.« Der General verengte seine Lippen und zog zischend Luft ein. Decker musste schnell reagieren. »Ich glaube nicht, dass es so einfach ist. Wir kennen nur die tibetische Darstellung. Daher habe ich Sie gebeten, hierherzukommen. Um die chinesische Sicht der Dinge zu erfahren. Und noch etwas, General. Ich bin hier, nicht um zu urteilen. Ich will nur verstehen.«

Es schien, als entspannte sein Gegenüber sich etwas. Endlich reagierte der Soldat: »Niemand im Westen hat das Recht, uns zu verurteilen. Die Imperialisten haben die Welt zerrissen und viele Völkermorde begangen. Sie müssten das wissen. England hat Frauen und Kinder bombardiert. 160 Städte wurden dem Erdboden gleichgemacht. Die meisten, wie Ihre Stadt Frankfurt, hatten keinerlei militärische Bedeutung. Ich habe zwei Jahre in Deutschland studiert. Ich kenne Berlin und auch Dresden. Ich war in Korea und in Vietnam. Die Liste der Kriege, in die der Westen seit 1945 verstrickt war, ist lang. Sehr lang.«

Decker nickte. Der General hatte recht.

Und er schien die Deutschen zu mögen. Jetzt atmete Decker tief durch und stellte seine Frage: »Was ist in Tibet geschehen?«

Der General stand auf. Er ging durch den Raum und dachte nach. Für einen Moment schien sein Blick in die Unendlichkeit gerichtet zu sein. Dann kam er an den Tisch zurück und stützte sich mit beiden Fäusten auf. Seine Stimme war hart und entschlossen.

»Die Tibeter haben den Krieg gegen China begonnen …«, sagte er schließlich. »Vor sehr langer Zeit.«

Decker glaubte nicht richtig gehört zu haben. Das hatte er jedenfalls nicht erwartet. *Tibet sollte einen Krieg begonnen haben? Das fing ja gut an.*

Der General blickte Decker an: »Was wissen Sie über die Geschichte Zentralasiens?«

Decker fühlte sich nicht wohl in seiner Haut und hielt sich am Sessel fest. »Ich fürchte, nicht viel.«

»Dann passen Sie jetzt gut auf«, grollte der General. »Ungefähr 620 nach Christus beginnt die dokumentierte Geschichtsschreibung. Damals vereinigten sich die Nomadenstämme Tibets unter ihrem mächtigen Führer Schrongtsam Gampo – merken Sie sich diesen Namen gut! Sie verbreiteten Angst und Schrecken. Sie unternahmen Feldzüge nach Bengalen, errichteten ein Kolonialreich in Turkestan und stürmten unsere alte Hauptstadt. Als Zeichen seines Sieges über die Tang-Dynastie nahm der tibetische Kriegsherr die chinesische Prinzessin Weng Cheng zur Frau. So begannen unsere Beziehungen.«

Decker verstand überhaupt nichts mehr. *Tibet als Militärmacht?* Das widersprach doch einfach allem, was er bisher gehört hatte.

Der General überlegte eine Minute. Dann fuhr er fort: »Der erste tibetische König zählte mit Julius Cäsar, Alexander dem Großen und Napoleon zu den größten Eroberern aller Zeiten.«

»Davon habe ich noch nie etwas gehört«, unterbrach Decker vorsichtig.

»Das wird in westlichen Geschichtsbüchern meistens vergessen«, sagte der General und trank einen Schluck heißen Tee. »Diese Kampfkraft der Tibeter hat seit ihrem ersten Erscheinen viele Fragen aufgeworfen. Mythen und Legenden ranken sich um dieses Kriegervolk. Man glaubt, sie haben Götter, die sie unbesiegbar machen. Andere sagen, sie sind Abkömmlinge der ältesten Kriegerrasse der Menschheit.«

Decker zuckte zusammen. *War es das, was die Nazis gesucht hatten?* Himmler sollte ja geglaubt haben, die arische Rasse sei vom Himmel in Tibet herabgestiegen und habe von dort ihren Siegeszug über die Welt angetreten. Hastig nahm er ein paar Erdnüsse, verschluckte sich und fing an zu husten.

Der General bemerkte Deckers Gesichtsausdruck. »Ist Ihnen nicht gut?«

»Nein, alles in Ordnung. Äh, wie heißt sie denn, diese Kriegerrasse?«

»Man nennt sie die Kampas.«

»Auch noch nie gehört. Die Kampas tauchen ebenfalls nicht in unseren Geschichtsbüchern auf.«

»Oh doch. Die Deutschen haben sogar schon gegen die Kampas gekämpft.«

»Was? Das kann doch nicht sein.« Decker riss die Augen auf.

»Aber sicher.« Wieder nippte der Chinese an seinem Tee. »In der legendären Schlacht bei Liegnitz von 1222. Sie wussten nur nicht, wen sie vor sich hatten. Die Kampas kamen unter anderem Namen. Erinnern Sie sich an die Mongolen und Dschingis Khan? Überlegen Sie doch mal, dass auch er als unbesiegbar galt. Und dann fragen Sie sich, mit wem er Europa in Schutt und Asche gelegt hat.«

»Sie wollen doch nicht ersnsthaft …«

»Und ob.« Der Alte hatte sich warmgeredet. »Tschingis Khan hatte die gefährlichsten Krieger der Welt an seiner Seite. Die tibetischen Reiter gehörten zu seiner berüchtigten Goldenen Horde. Sie waren es, die das deutsch-polnische Heer unter Herzog Heinrich geschlagen und massakriert haben. Sie haben unter den christlichen Rittern gewütet wie Bestien. Erinnern Sie sich?«

Decker erinnerte sich nur grob an die Berichte von dieser Schlacht. Die Reiter aus dem Osten gingen mit enormer Grausamkeit und Brutalität ans Werk. Taktisch waren sie genial und listig. Sie arbeiteten mit Fahnensignalen und reagierten schneller als die trägen Ritterheere. Sie irritierten die Gegner, weil sie ohne Gebrüll angriffen. Und sie hatten die Wunderwaffe des in Europa unbekannten Reflexbogens, dessen Pfeile die Kettenhemden der Ritter durchschlugen. Zudem waren sie in der Lage, im vollen Galopp Ziele zu treffen. Sogar hinter sich, wenn sie rückwärts schossen. Europa stand unter Schock und in den Königshöfen wurde bereits der Untergang des Abendlandes beschworen. Alle Ritterheere zusammen waren machtlos gegen diese Gefahr.

Der General hatte innegehalten und eine Zigarette der Marke Zhong Nan Hai herausgezogen. »Wenn Sie noch einen Beweis für die Aggressivität und Kampfkraft der Kampas brauchen, dann erinnern Sie sich nur daran, wer das größte Imperium der Menschheitsgeschichte geschaffen hat.«

Da hatte der alte Haudegen ebenfalls recht. Es war fast niemandem bewusst, aber weder die Ägypter, noch die Griechen, noch die Römer oder sonst wer in Europa hatte jemals ein so gewaltiges Reich geschaffen wie die Mongolen. *Hatte sich denn außer Hitler nie jemand nach den tieferen Gründen dafür gefragt?*

»Herr General, holen Sie nicht etwas zu weit aus? Vielleicht war das einmal so. Aber die Zeiten ändern sich doch. Nur weil die Tibeter vor Ewigkeiten einmal in China eingefallen sind …«

»Einmal? Diese aggressiven Nomaden sind der Albtraum Chinas seit Anbeginn der Zeit. Ob Tibeter oder Mongolen, wieder und wieder haben sie uns überfallen. Sie plünderten, brandschatzten und schändeten, wie es ihnen gefiel. Die Ländergrenzen haben sie nie respektiert. Es waren immer die gleichen blutrünstigen Nomaden, die von den gleichen Dämonen besessen waren. Sie kennen die chinesische Mauer, Herr Decker?«

»Natürlich. Sie ist das einzige von Menschen geschaffene Werk, das man mit bloßem Auge vom Weltraum aus sehen kann.«

»Und wann wurde sie gebaut?«

»So viel ich weiß im dritten Jahrhundert vor Christus.«

»Sehen Sie? Und bis ins 15. Jahrhundert wurde sie ununterbrochen erweitert. Über tausend Jahre waren chinesische Kaiser darum besorgt, ihr Land vor den Barbaren aus dem Norden und Westen zu schützen. Glauben Sie, man hätte diesen Aufwand betrieben für einen einzigen Überfall? Nein. Die chinesische Mauer ist ein Schutzwall gegen die uralte Armee der Finsternis. Ein Bollwerk gegen das Böse.« Der General nahm einen tiefen Zug und bließ den Rauch in den Raum.

Decker versuchte Schritt zu halten. So klar war ihm das bisher nie gewesen. *Das größte Bauwerk der Menschheit war eine Verteidigungsanlage.* Und nun sah er auch, wogegen: *Eine uralte mystische Kriegerrasse*.

Der General beobachtete Decker einen Weile, dann sagte er: »Ich staune, dass Sie als Deutscher das zum ersten Mal hören. Warum glauben Sie denn, interessierte sich Ihr Adolf Hitler für Tibet?«

Decker war schockiert: »Das wissen Sie?« Ein erschreckender Gedanke schoss ihm durch den Kopf. *Eine tibetische Armee der Finsternis.* Die Nazis waren auf dem richtigen Weg!

»Natürlich kennen wir die Expedition Heinrich Himmlers«, sagte der General und zerkaute genießerisch ein paar weiche Erdnüsse. »China hat seit dem 7. Jahrhundert immer ein Auge auf Lhasa und seine Gäste. Wir wissen gerne, mit wem unsere Feinde sich treffen. Außerdem haben wir uns natürlich auch oft gefragt, woher diese unglaubliche Kampfkraft eigentlich kommt. Machen wir also weiter?«

Decker nickte.

»Tibet kennt keinen Frieden. Seine Geschichte ist mit Blut und Tränen geschrieben. Seit der Reichsgründung im 8. Jahrhundert ist das Land vom Krieg zerfressen. Die Tibeter haben sich untereinander abgeschlachtet wie Vieh. Das, was Sie in Europa den Dreißigjährigen Krieg nennen, tobte in Tibet über Jahrhunderte. Dieses Land ist zerrissen und ein einziges großes Schlachtfeld.«

Decker kratzte sich an der Stirn. *Tibet kennt keinen Frieden?* Das entsprach so gar nicht dem Bild des Westens. Er fragte sich, ob denn eigentlich alle blind waren zu Hause. »General, das sind doch alte Geschichten. Mir ging es um das 20. Jahrhundert.«

Der General schaute ihn ernsthaft an. »Das habe ich nicht vergessen. Aber Vergangenheit und Gegenwart sind eins. Es hat sich niemals etwas in diesem Land geändert. Die Kampas und ihre kriegerische Kultur haben bis zum heutigen Tag überlebt. Vom Rest der Welt völlig unbeachtet. Und dann standen sie plötzlich wieder vor uns, Ende der fünfziger Jahre.«

»Heißt das, Sie selbst haben gegen diese dämonischen Krieger gekämpft?«

Der General zeigte auf eine Narbe an seinem Hals. »Das war ein Kampa.«

Decker konnte es nicht fassen. Die Legende war also lebendig.

Der General zog erneut eine Zigarette heraus. »Wenn Sie verstehen wollen, warum wir in Tibet einmarschiert sind, dann müssen Sie die Geschichte kennen. Die wahre Geschichte. Nicht die Märchen, die der Dalai Lama verbreitet.«

»Herr General, bei allem Respekt, bleiben wir bei den Fakten und lassen wir die Propaganda beiseite.«

Der General spuckte einen Tabakkrümel zur Seite. »Propaganda? Das hab ich nicht nötig. Im Gegensatz zum Dalai Lama, der hat gleich zwei Autobiografien geschrieben, um die brutale Geschichte Tibets in Weihrauch zu hüllen.«

»Sie wollen andeuten, der Dalai Lama betreibt Geschichtsklitterung?«

»Nennen Sie es, wie Sie wollen. Uns wurde vom Westen immer vorgeworfen, wir würden die Fakten verdrehen. Jetzt hören Sie mir zu, und dann urteilen Sie selbst über die Glaubwürdigkeit des Gottkönigs und den Pfad des Friedens!«

Decker schenkte sich eine Tasse Tee ein und höre zu.

»Kehren wir also zu Schrongtsam Gampo zurück. Er gründete das erste tibetische Reich und heiratete die Prinzessin aus China. Womit er nicht gerechnet hatte: Die schöne Weng Cheng brachte ihm einiges mit. Geschenke, Wissen und Technologien. Vor allem aber auch eine neue Religion. So wurde Tibet buddhistisch. Das Königshaus jedenfalls. Die Kampas blieben bei ihrer alten, blutigen Religion.«

*Stopp. Eine alte Religion?* Decker wurde hellhörig und unterbrach ihn. »Was war das für eine Religion?«

»Ich bin Soldat. Kein Theologe. Mich interessiert nur, wer die Macht hat.« Er räusperte sich. »Um den Buddhismus einzuführen, lud der König jemanden ein, den sie Padmasambawa nennen. Allerdings hätten sie den besser draußen gelassen. Das war ein Machtpolitiker, wie er im Buche steht. Er gründete das erste Kloster. Wenn ich mich recht erinnere, heißt es Samyas. Und er baute das Mönchtum auf. Wenn Sie so wollen, legte er den Grundstein für die erste strategische Bastion des Buddhismus auf neuem Territorium.«

»Ich habe den Namen gelesen. Die Tibeter verehren ihn als den Gründervater ihrer Religion. Er ist der wichtigste Heilige ihres Landes.«

»Dass die den verehren, glaube ich gerne. Er hat schließlich den Grundstein für die spätere Priesterherrschaft gelegt, die der Dalai Lama heute vertritt. Der König gab den Mönchen Land und stellte pro Kloster Hunderte von Bauernfamilien zu dessen Unterhalt ab. Die Jungs waren ganz schön clever. Nebenbei bemerkt, bis 1950 gehörte den Mönchen fast das ganze nutzbare Land. Aber zurück. 830 hatten sie es dann geschafft: Der Klerus hatte zum ersten Mal die Regierungsgewalt in seinen Händen und stellte den ersten Herrscher aus seinen Reihen. Dieser erste rein buddhistische König in Tibet hieß Ralpacan.«

Decker machte sich Notizen. »Interessant. Ab da herrschten also die Mönche. Was haben denn die anderen dazu gesagt, der Adel und die alten Priester?«

»Ganz einfach. Sie haben Ralpacan umgebracht, den Besitz der buddhistischen Klöster beschlagnahmt, die Mönche verjagt und ihren eigenen Mann, Langdarma, auf den Thron gesetzt.«

»Das war also erst mal das Aus für den Buddhismus in Tibet?«

»Da kennen Sie die Brüder aber schlecht. Die Erben Padmasambavas haben zurückgeschlagen und ihrerseits Langdarma 842 ermordet.«

*Politischer Mord durch einen Buddhisten! Sollte das Tradition haben?* Decker war ins Grübeln geraten. »Das ist natürlich pikant.«

Der General nickte. »Und das ist erst der Anfang.« Er rückte sich etwas im Sessel zurecht und griff nach einer weiteren Zigarette. »Nach dem Tod Langdarmas zerbröckelte die politische Einheit Tibets. Die beiden Religionen waren jetzt gleichstarke Gegner und für Jahrhunderte versank Tibet in Glaubenskriegen und Anarchie. Wir Chinesen waren darüber natürlich sehr erfreut, denn solange die mit sich selbst beschäftigt waren, hatten wir Ruhe vor ihnen. Sie können sich aber leicht ausmalen, was da los gewesen sein muss, wenn die alten Krieger sich untereinander zerfleischten. Vermutlich die Hölle auf Erden.«

Decker konnte es nicht fassen, dass buddhistische Mönche zu so etwas in der Lage sein sollten. *Glaubenskriege*. Langsam wurde ihm klar, dass die Schicksalslinie des tibetischen Buddhismus offensichtlich nicht ganz so geradlinig verlief, wie es der Dalai Lama und die orthodoxe Überlieferung wahrhaben wollten. »Wie ging es weiter?«

»Die Geschichte wiederholte sich. Zunächst führten die anhaltenden Kämpfe zur Bildung zahlreicher Kleinfürstentümer ohne eine zentrale Gewalt. Dann kam ein König, den sie Yeshesod nannten. Der ließ sich eine Tonsur scheren und wurde der erste buddhistische Herrscher, der die geistliche und weltliche Macht in seinem Reich vereinte.«

Decker blickte aufmerksam über den Rand seiner Tasse. »Und diese alte Religion – einfach verschwunden?«

»Keine Ahnung. In einigen Gegenden waren jetzt jedenfalls die Buddhisten am Ruder.«

»Und seither herrschte dort Frieden?«

»Da muss ich Sie enttäuschen.« Der General zog genüsslich an seiner Zigarette. »Jetzt fing die Party erst richtig an. Es begann der Konkurrenzkampf der Kleinstaaten und buddhistischen Klöster untereinander. Am Anfang ging es nur um Geld. Es sieht so aus, als wären die Äbte recht habgierig gewesen. Aber das war nicht das Schlimmste, denn jetzt kommt jemand aus der Nachbarschaft auf den Plan, den wir schon kennen. Zeitlich befinden wir uns im Jahre 1220.«

»Dschingis Khan«, warf Decker ein.

»Genau der. Er war dabei, sein Großreich aufzubauen und hatte schon Kaschmir, Nordchina, die Uiguren und Nordiran erobert. Und genau das war der Anlass für verschiedene Sektenführer aus Tibet, strategische Allianzen mit den Mongolen anzustreben. Zum einen wollten sie Tibet sicher vor der Invasion bewahren ...«

»... zum anderen würde natürlich für die Sekte, die die Verbindung als erste zustandebrachte, die militärische Schlagkraft gegenüber den Gegnern im eigenen Land wachsen«, ergänzte Decker.

»Ich sehe, Sie verstehen langsam. So war es auch. Dem Großabt des Klosters Shaskyas ist dieses Kunststück 1244 gelungen, als er den Mongolenkaiser Godan für sich gewann.«

Decker kamen plötzlich ganz andere Bedenken. »Sagen Sie, Herr General, ist das eigentlich bloß die chinesisch gefärbte Variante der Geschichte oder gibt es unparteiische Beweise für all diese Vorgänge?«

»Wem würden Sie denn gern glauben?«

»Zeitzeugen vielleicht, die weder tibetisch noch chinesisch sind.«

»Gut, dann überprüfen Sie doch mal die Reiseberichte von einem der bekanntesten Asienreisenden dieser Zeit. Das ist ein Mann, dem Sie sicher vertrauen können.«

»An wen denken Sie?«, fragte Decker.

»Marco Polo.«

Decker schaute verdutzt. Natürlich, der war damals vor Ort gewesen.

»Und nicht nur der«, ergänzte der General, »von der Anwesenheit tibetischer Äbte und Lehrer in Karakorum, der Hauptstadt des Mongolenreiches, berichtet auch der Botschafter von Papst Innozenz IV.«

*Christliche Botschafter in Asien mitten im 13. Jahrhundert! Wer waren sie und warum waren sie dort?* Decker beschloss, jedes einzelne Wort des chinesischen Generals genauestens zu prüfen. Dann hörte er weiter zu.

»Der Neffe von Saskya, er hieß Phagspa, hat es schließlich geschafft. Er gehörte zu den geistlichen Lehrern von Kublai Khan, dem großen Mongolenfürsten und späteren chinesischen Kaiser, und erhielt nach dem Tod seines Onkels 1251 als Vizekönig die alleinige Regierungsgewalt über ganz Tibet. So wurde unter mongolischer Oberhoheit offiziell die erste buddhistische Theokratie im gesamten Land errichtet. Eine Gottesherrschaft im Namen Buddhas.«

»Okay, wieder ein Schritt zur Machtkonzentration«, sagte Decker. »Was haben die anderen dazu gesagt?«

»Tja, wie Sie sich mittlerweile denken können, herrschte keine Ruhe. Die Klöster der zerstrittenen Sekten wurden zu regelrechten Festungen ausgebaut, denn es kam zu ständigen Überfällen. So plünderten beispielsweise

1290 die Anhänger der Saskyas das Hauptkloster der Kagyüpas und richteten ein regelrechtes Massaker an. Aber der Widerstand war nicht zu brechen. Mit dem Untergang des Mongolenreichs verloren die Saskyas dann ihre Schutzmacht und die Kagyüpas schlugen zurück. Sie stürzten die Saskyas in jahrelangen blutigen Schlachten und regierten um 1350 nun selbst.«

Decker stocherte nachdenklich in den Erdnüssen herum. »Was hat eigentlich China zu der Zeit gemacht?«

Der General druckste etwas. »Für die in Nanking aufsteigende Ming-Dynastie stellte die Alleinherrschaft einer Sekte in Tibet eine Bedrohung dar. China hat es konsequent verstanden, die Klöster und Sektenführer gegeneinander auszuspielen.«

»Auch nicht die feine englische Art.«

»Aber umgebracht haben sie sich immer selbst. Außerdem konnte sich damals wohl niemand vorstellen, diese machtbesessenen Lamas zur Räson zu bringen.«

»Das heißt, es ging immer so weiter?«

»Gut hundert Jahre. Dann passierte etwas sehr Merkwürdiges.«

Decker horchte auf.

»Inmitten dieses Chaos aus Plünderungen, Raubzügen, Umstürzen und Klosterkriegen entstand eine neue Partei, oder besser, eine neue Sekte. Sie nannten sich Gelugpas, was bezeichnenderweise die Tugendhaften bedeutet. Sie forderten Keuschheit und Disziplin von den Mönchen, und bis 1409 hatten sie ihre erste große Anhängerschaft um sich geschart und ihr erstes Kloster, Ganden, gebaut.«

»Das ist doch die Sekte des heutigen Dalai Lama. Haben die es denn besser gemacht als die anderen?«

»Na ja. Auch die wollten möglichst schnell an die

Spitze des Staates und erhoben gleich zu Anfang den Führungsanspruch. Ihr erster Boss hieß Tsongkapa, und er schien wirklich was verändern zu wollen. Er war immerhin der erste, der im Zölibat lebte und nicht wie alle anderen mehrere Frauen hatte.«

»Und?«, fragte Decker. »Hat es geholfen?«

»Nicht viel. Das Mongolenreich zerbrach. Die Gelugpas taten zunächst das Gleiche wie ihre Wettbewerber und gingen nach Karakorum. 1578 nahm Altan Kahn, einer der neuen mongolischen Teilfürsten, offiziell den Glauben der Tugendhaften ein. Er war es auch, der den Namen und den Titel Dalai Lama zum ersten Mal verlieh.«

»Moment, da liegt etwas Zeit dazwischen. Was war mit den ersten beiden Anführern der Gelugpas?«, warf Decker ein.

»Die ersten beiden Gelugpa-Äbte wurden einfach posthum zu Dalai Lamas erklärt und der amtierende war damit plötzlich schon die Nummer 3«, sagte der General. Er griff nach seiner Tasse und schlürfte hörbar den Tee.

Decker beeilte sich, nachzuschenken. »Aber wenn sie erst nach ihrem Tod zu Dalai Lamas erklärt wurden, wie konnten sie dann wiedergeboren werden?«, fragte Decker. Es gab wirklich überall Brüche und Ungereimtheiten in dieser Geschichte.

»Ach, bleiben Sie mir doch mit diesen theologischen Spitzfindigkeiten vom Leib«, knurrte der General. »Politisch interessant ist vielleicht, dass die Nummer 4 der Dalai Lamas in einem Enkel des mongolischen Altan Khan erkannt wurde. Das war ziemlich clever.« Der General verzog erneut das Gesicht.

Plötzlich durchschoss Decker eine flüchtige Ahnung, eine Art Geistesblitz, aber bevor er sie zuordnen oder halten konnte, erzählte der General bereits weiter.

»Jetzt kommt das Grande Finale. Der Durchbruch. Der 5. Dalai Lama schmiedete 1642 eine starke Allianz mit Gushri Khan, wieder einem der mongolischen Teilfürsten. Mit dessen Armee zog er in Tibet ein. Was folgte, stellte alles bisherige in den Schatten. Die Gelugpas wüteten mit unvorstellbarer Grausamkeit unter ihren Landsleuten. Ihre Gegner waren vor allem die Kagyüpas. Ihre Rache war so fürchterlich, dass ein Flüchtlingsstrom in die umliegenden Länder Butan, Sikkim und Nepal entstand. Das hatte es bis dahin noch nie gegeben. Das Ergebnis war ein endgültiger Sieg. Der letzte König der Tsang wurde in einen Sack eingenäht und ertränkt. Damit war der Weg zur Alleinherrschaft frei. Die Bücher der Widersacher wurden verbrannt, die Klöster der anderen Orden beschlagnahmt, wer sich nicht zwangsbekehren ließ, wurde getötet. Der tibetische Adel hatte seine Vormachtstellung verloren und die wenigen im Land verbliebenen Kagyüpas wurden gezwungen, dem Dalai Lama zu huldigen und seine Alleinherrschaft anzuerkennen. Wer gegen die neuen Gesetze verstieß, wurde geblendet, getötet oder verstümmelt.«

Decker war ehrlich schockiert. »Einen Augenblick. Sind die Dalai Lamas tatsächlich so an die Macht gekommen? Keine Mission, keine Überzeugung, keine Wahlen, kein Wille des Volkes, nichts dergleichen?«

»Ich weiß nicht, was Sie daran jetzt noch wundert.«

Decker brauchte eine Weile, diesen Sachverhalt aufzunehmen. In seiner Autobiografie und in anderen Büchern schreibt der Dalai Lama doch immer wieder, dass allein schon die Vorstellung, ein Lebewesen umzubringen, für Buddhisten und Tibeter ein Greuel sei.

Der General schien seine Gedanken erraten zu haben. »Sie werden jetzt fragen, wie der Dalai Lama die Entwicklung sieht?«, sagte er böse lächelnd. »Nun, der Widerspruch aus buddhistischen Maximen der Gewaltlosigkeit und den Massakern in den Klosterkasernen hat Seine Heiligkeit anscheinend auch etwas in Verlegenheit gebracht. Er schreibt zu der Machtergreifung lediglich: *Im Wasser Pferd Jahr, also 1642, erhielt ein Dalai Lama die weltliche Herrschaft über ganz Tibet.*«

»*Erhielt* die Herrschaft?«, lachte Decker. »Sehr elegant.«

»Seine Heiligkeit sieht es eben so.« Der General betrachtete die Glut seiner Zigarette und rauchte mit großem Genuss. »Und noch etwas hat er mit anderen Tyrannen gemeinsam. Er ließ sich ein Denkmal setzen, wie Tibet und die Welt es bis dahin noch nie gesehen hatte. Er baute den monumentalen Potala-Palast.«

Decker überlegte. Der Potala-Palast war damals sicher das größte und mit 117 Metern auch höchste Gebäude der Welt. Nicht gerade ein Ausdruck mönchischer Bescheidenheit. In Reiseführern stand heute romantisierend, es sei ein in Stein gemeißelter Traum göttlicher Vollkommenheit. Keiner denkt daran, dass er für die steinemeißelnden Arbeiter, darunter wahrscheinlich Gefangene und Sklaven, ein Albtraum und nicht selten ihr Tod gewesen sein musste. Decker war tief betroffen über das Ausmaß der westlichen Ignoranz. Eines war jedenfalls klar: Tibet unter den Dalai Lamas war keine Idylle auf Erden gewesen, sondern ähnelte dem Ägypten der Pharaonen.

»Doktor Decker, Sie sagen ja gar nichts.« Der General schien belustigt.

Decker kam wieder zu sich. »Wie ging es denn weiter?«, fragte er zögernd.

»Nach dem Tod des 5. Dalai Lamas fängt die innere

Zerrissenheit wieder an, und jetzt kommt auch China ins Spiel.«

»Peking mischt sich ein.«

»Ja. Aber erst einmal wird es kurios. Der Tod des 5. Dalai Lama wird fünfzehn Jahre lang von einem Regenten verheimlicht.«

»Das wäre ja noch ein Bruch in der Linie der Wiedergeburten.«

»Genau. Der 14. Dalai Lama behauptet in seinen Büchern, es sei auf Anordnung des 5. geschehen, damit die Bauarbeiten am Potala nicht in Verzug geraten. In Wirklichkeit war dies für den Regenten der beste Weg, seine eigenen Interessen durchzusetzen. Hinter ihm standen der Adel und Anhänger der alten Kagyüpas. Anscheinend konnte die alte Religion oder die konkurrierenden Sekten die Tugendhaften bis in die höchsten Positionen hinein unterwandern und sich ungeachtet der äußeren Niederlage intern die Macht im Staat sichern. Dafür spricht auch, dass der 6. Dalai Lama in einer Familie von Unreformierten entdeckt wurde.«

»Der 6. Dalai Lama ein Anhänger der alten Religion?« Decker strich sich übers Kinn. *Dann hat sie irgendwie bis dahin überlebt.* »Es wird ja immer verrückter.«

»Das hat das tibetische Volk sicher auch gedacht. Denn der 6. war völlig anders als sein gestrenger Vorgänger. Er schrieb obszöne Liebesgedichte und feierte rauschende Orgien. Tagsüber war er meist besoffen und gab sich nachts mit Huren ab.«

Decker dachte an die Päpste der Renaissance. »Das muss ein Schock für das ganze Land gewesen sein.«

»Vielleicht«, sagte der General. »Es deutet aber noch auf etwas anderes hin. Er war vermutlich überflüssig und hat sein bedeutungsloses Leben nicht ertragen.«

»Der Dalai Lama nur eine Marionette? Wieso?«

»Weil die Regierungsgewalt in den Händen der Hofschranzen lag.«

»Hat sich denn niemand darüber beschwert?«

»Ja, den Mongolen hat das überhaupt nicht gepasst. 1706 haben sie den 6. Dalai Lama abgesetzt und einen neuen Mann installiert.«

»Ein Gottkönig wird abgesetzt und ein Gegen-Dalai-Lama inthronisiert? Mir scheint langsam, in Tibet tobte der gleiche Wahnsinn wie in Europa mit dem Kampf zwischen Kaiser und Papst.«

»Warum sollten die Menschen hier anders sein?«

Der Satz hätte von Decker kommen können.

»Sie sagten vorhin, jetzt beginnt die chinesische Einmischung.«

»Richtig. Jetzt nähern wir uns der äußerst komplexen Beziehung zwischen China und Tibet, um die sich Völkerrechtsexperten bis heute streiten. Alles begann damit, dass wir kein tibetisch-mongolisches Großreich vor unserer Haustür haben wollten. Also sind chinesische Truppen 1720 in Lhasa einmarschiert, vertrieben die Mongolen, installierten den linientreuen 7. Dalai Lama und errichteten ein Protektorat.«

»Sekunde. China setzte einen Dalai Lama ein? Was haben denn die Tibeter dazu gesagt?«

»Wir haben ja keinen Chinesen auf den Thron gesetzt, sondern einen von ihnen. Außerdem sind die Tibeter Opportunisten und machen alles mit, solange sie ihre Vorteile darin sehen. Über alles, was danach passierte, kann ich Ihnen leider nichts Verlässliches sagen, denn es widersprechen sich unsere und die tibetischen Quellen. Aber auch ohne die Hintergründe endgültig klären zu können, zeigen allein schon die unstrittigen historischen Fakten, welche politischen und militärischen Stürme in den alten, endlosen Gängen des Potalas und in den Weiten des Landes getobt haben müssen. In den nächsten 150 Jahren kam es insgesamt viermal zum großen Bürgerkrieg und dem kompletten inneren Zusammenbruch Tibets, der jedesmal nur durch die Intervention von chinesischen Truppen beendet wurde.«

»China hat also für Ordnung in Tibet gesorgt?«

»Ja. Sie haben kein Vorstellung von dem, was die Tibeter da veranstaltet haben. Ich gebe Ihnen mal ein Beispiel. 1791 versuchte ein Abt der Kagyüpas einen Putsch mit Hilfe von nepalesischen Söldnern, den Gorkhas. Am Ende beging er Selbstmord.«

»Als buddhistischer Großlama? Das wäre eine Todsünde.«

»Er hat es aber getan. Und der mittlerweile amtierende 8. Dalai Lama war dann für lange Zeit der letzte, der sein Amt überhaupt ausüben konnte.«

»Wie meinen Sie das?«

Der General zerdrückte langsam und gründlich seine Zigarette im Aschenbecher und setzte ein hämisches Lachen auf. »Nummer 9 bis 12 wurden ermordet. Es gab anscheinend viele Leute, die nicht wollten, dass ihnen der Gottkönig bei ihren Geschäften dazwischenfunkt. Davon steht auch nichts in den Büchern Seiner Heiligkeit.«

»Das glaube ich nicht«, bemerkte Decker. »Wie wurde das der Bevölkerung denn erklärt?«

»Als Unfall. Sie starben, ohne dass ein Messer gezogen werden musste. Man brachte sie noch als Kinder oder kurz nach der Inthronisation an einen geheimen Ort, den die Tibeter den Tempel des Schreckens nennen, und überließ die armen Kerle eine Weile den Mächten der Finsternis. Das Ergebnis war ein Nervenzusammenbruch, und den Rest übernahmen die Magier mit ihrer Behandlung.«

*Der Tempel des Schreckens.* Decker wurde blass und fiel dem General ins Wort. »Warten Sie! Der Tempel des Schreckens. Was ist das?«

»Das wüssten wir auch gerne! Es muss etwas sehr Mächtiges sein, wenn man damit Gottkönige umbringen kann. Vor allem aber haben wir den Eindruck, dass es irgendwie der versteckte Grund sein könnte, warum in Tibet der Pfad des Buddhas seit dem 7. Jahrhundert stets auf das Schlachtfeld geführt hat. Es ist, als drehten sich alle Kämpfe, Verschwörungen, Morde und Kriege in letzter Instanz nur um diesen mysteriösen Tempel. Er ist womöglich der Mittelpunkt der tibetischen Geschichte.«

»Könnte die Kampfkraft der Kampas auch damit zusammenhängen?«

»Wir vermuten, ja. Deswegen betrachteten wir diesen Tempel als militärisches Geheimnis unserer Gegner und haben uns ausnahmsweise dafür interessiert, woran die eigentlich glauben. Aber sie haben es uns nicht einmal unter Folter verraten. Beachtlich. Das könnte allerdings auch bedeuten, dass nur diejenigen das Versteck kennen, die aus Tibet geflohen sind und die wir nicht fassen konnten.«

»Der Mittelpunkt der tibetischen Geschichte?«, wiederholte Decker. »Und Sie haben ihn bis heute nicht gefunden?«

»Nein. Er ist zu gut versteckt. Obwohl wir alle wichtigen Klöster durchsucht und viele völlig auseinandergenommen haben. Aber es gibt Gerüchte, dass er noch existiert. Nur weiß niemand, wo. Es ist wie verhext.«

Bei allem, was in Tibet geschieht, spielt offenbar diese rätselhafte alte Religion im Hintergrund die Hauptrolle, dachte Decker. Sie war die treibende Kraft. Wie sehr mussten die Tibeter den Tempel des Schreckens fürchten oder verehren, wenn er damit in Verbindung stand. Diesen Tempel musste er finden.

Der General ließ sich durch Deckers Geistesabwesenheit nicht beirren. Er schenkte sich Tee nach und trank einen Schluck. »Kommen wir zum 13. Dalai Lama. Das war eine Ausnahmeerscheinung. Anders als seine Vorgänger betrieb er seit seiner Inthronisation 1895 bis zu seinem Tod 1933 aktive Innen- und Außenpolitik. Und damit schuf er auch für China ganz neue Probleme. Aus tibetischer Sicht war sein größter Erfolg die Aufhebung des alten Protektorats und die Unabhängigkeitserklärung seines Landes von China.«

»Tibet sagt sich los von China, und Sie sind nicht einmarschiert?«

»Wir konnten nicht. Die Quing-Regierung war schwach, die Engländer, Franzosen, Japaner und auch die Deutschen hatten sich an unseren Küsten festgesetzt und rissen Stücke aus China heraus. Dann wurde 1911 die Republik ausgerufen, und diese Chance hat der 13. Dalai Lama genutzt. Während in Kanton der ohnmächtige Sun Yat-sen für die chinesische Demokratie kämpfte und China von Warlords beherrscht wurde, hat er mit Hilfe der Briten seine Herrschaft in Tibet gefestigt. Er war nicht ungeschickt. Nach allen Seiten betrieb er eine Politik der Öffnung und der Reform. Die zeitraubende Etikette bei Hofe wurde gestrafft. Die Armee machte er mit westlichen Standards vertraut. In Lhasa entstand eine ständige britische Vertretung und er rief zwei englische Schulen und Austauschprogramme für

Studenten ins Leben. Stromgeneratoren wurden importiert und die ersten Telegrafen installiert.«

»Er führte sein bis dahin isoliertes und veraltetes Land also in das 20. Jahrhundert«, erklärte Decker sich selbst.

»So ist es. Er versuchte wohl eine Kompromisslösung mit Blick auf England, wie der König von Siam es getan hat. Denn er wusste, dass die Engländer Tibet als Pufferstaat für ihre Herrschaft in Indien haben wollten.«

»Das könnte sein«, sagte Decker.

»Ja, aber er konnte sein Werk nicht vollenden. 1933 ist er gestorben. Damals war China vom Bürgerkrieg zwischen Tschiang Kai-schek und den Kommunisten zerrissen. Beim Langen Marsch haben wir viele unserer Leute verloren. Die Japaner haben uns überfallen und haben unsere Leute geschlachtet wie Lämmer. Es war eine schreckliche Zeit.«

Decker nickte. Das Unglück Chinas in den dreißiger Jahren und die Millionen Menschenopfer waren bekannt.

»Am 17. Dezember 1933 starb der 13. Dalai Lama. In den 17 Jahren bis zu unserem friedlichen Einmarsch im Jahre 1949 brach alles zusammen, was er aufgebaut hatte. Bereits in seinen letzten Lebensjahren stieß er mit seinen Modernisierungen auf heftigen Widerstand der ultrakonservativen Religionsoberhäupter und Kabinettsmitglieder. Nach seinem Tod begann dann die Restauration. Die ausländischen Schulen wurden geschlossen, die Verbindungen gekappt und die Generatoren wieder eingemottet. Seine Arbeit wurde zunichtegemacht.«

»Tibet hat sich wieder nach außen verschlossen?«

»Ja. Das war sicher ein großer strategischer Fehler. Aber nicht der einzige. Bis zur Volljährigkeit und Inthronisation des jetzigen 14. Dalai Lama übernahm wie üblich ein Regent die Regierungsgeschäfte. In dieser Zeit kam die Entwicklung des Landes ganz zum Erliegen.« Der General verzog verächtlich den Mund. »Man könnte sagen, Tibet erstickte unter der Erblast seiner Geschichte. Der Rest ist schnell zusammengefasst. Wie in alten Zeiten folgten Meuterei, Aufstände und Amtsenthebungen. Den vorläufigen Höhepunkt fanden die Ereignisse im sogenannten Retingaufstand von 1947. Niemand geringeres als der Regent und Lehrer des damals noch jungen 14. Dalai Lama versuchte einen Putsch, scheiterte, wurde hingerichtet und sein Kloster völlig zerstört. Das war Tibet in der Mitte des 20. Jahrhunderts. Jetzt sehen Sie, dass Gegenwart und Vergangenheit eins sind. Es wiederholt sich immer die gleiche Geschichte – bis in unsere Zeit.«

Decker nickte. Er musste dem General zustimmen. »Woher kommt das alles?«

»Sie kennen die Antwort.«

Decker schaute den General verwirrt an.

»Die Kampas.«

»Ich sehe keinen Zusammenhang.«

Der General atmete schwer. »Hören Sie jetzt genau zu, Dr. Decker: Ich verrate Ihnen das Leitmotiv der tibetischen Geschichte. Vergessen Sie von mir aus alle Namen und Jahreszahlen, aber folgendes müssen Sie wissen: Die Kampas schauen zwar respektvoll auf Lhasa als heiliges Epizentrum des Universums so wie das Abendland auf Jerusalem. Aber sie sehen im Dalai Lama nicht den rechtmäßigen Erben ihres ersten großen Königs, Schrongtsam Gampo. Für die Kampas sind die Dalai Lamas bestenfalls Heilige, aber niemals die legitimen Herrscher der tibetischen Welt.«

Er wartete ein paar Sekunden, ehe er fortfuhr.

»Verstehen Sie, Dr. Decker? Die Kampas waren bis dahin immer noch wilde, ungezähmte Krieger, die ihren eigenen Gesetzen gehorchten und vom Wiederaufbau ihres alten Großreiches träumten. Hätten sie das geschafft, herrschten heute weder der Kommunismus noch der Buddhismus im Inneren Asiens, sondern ein schrecklicher Dämon.«

Decker schüttelte den Kopf. *Was für eine Idee.*

»Die Welt hat das im 20. Jahrhundert vergessen«, fuhr der General fort. »Nicht aber Mao Tsetung.«

»Ich dachte, es wäre ihm darum gegangen, den Imperialisten zuvorzukommen«, sagte Decker, ein bisschen zu lässig.

»Ja, zu Anfang spielte das auch ein Rolle, da haben Sie recht«, sagte der General. »Die Engländer waren an Tibet sehr interessiert. Noch im Jahre 1904 schickten sie eine Strafexpedition unter Colonel Younghusband bis nach Lhasa. Dieses Problem hatte sich nach der Unabhängkeit Indiens 1947 zwar erledigt, aber das Wettrennen auf das Dach der Welt hätte noch weiter gehen können.« Der General machte ein Faust. »Tibetische Geschäftsleute waren nach New York gereist, vielleicht um über die Rohstoffe ihres Landes zu verhandeln. Amerikaner in Tibet. Das hätte uns gerade noch gefehlt.«

Decker hob eine Augenbraue, als der General sagte: »Doch auch das war letztlich nicht der entscheidende Grund.«

»Sondern, worum ging es denn dann noch?«

Der Ton des Generals wurde süß-sauer. »China ist die älteste Zivilisation der Welt, aber mit all unseren hochentwickelten Künsten und Technologien, ja selbst mit der chinesischen Mauer haben wir es nicht geschafft, uns gegen die Barbaren zu schützen. Auch in den Zeiten der größten Prunkentfaltung, als das Reich der Mitte von allen bewundert wurde, waren die Männer auf unserem Thron keine Chinesen. Es waren Söhne der verhassten Nomaden aus dem Norden und Westen. Und alle blickten auf Lhasa als das geistliche Zentrum der Welt.«

Decker nickte. Die Einbrüche der Nomadenvölker. Der europäische Imperialismus. Die Erniedrigung durch die Europäer. Die japanische Grausamkeit und die zahllosen Opfer ihrer Brutalität. Die Chinesen wollten endlich Herr im eigenen Haus sein.

Der General schien zufrieden. »So, jetzt verstehen Sie vielleicht. Als Mao Tse-tung China im Oktober 1949 befreit und geeint hatte, da hat er vor den Schandmalen der Mongolen und Mandschus innerhalb der verbotenen Stadt geschworen, dass jetzt die Zeit kommen würde, in der die Chinesen ihr Haupt vor niemand mehr beugen müssten. Deshalb erklärte er bereits in seiner ersten Rede, dass es das wichtigste und dringlichste Ziel der neuen Volksrepublik China sein musste, Tibet zu befreien.«

Decker nickte skeptisch. »Hm ...«

Der General zischte. »Es war eine Befreiung. Tibet war ein Sklavenstaat, in dem Willkür und Folter das Gesetz waren. Die Lamas beherrschten die Seelen der Menschen und gleichzeitig ihren Besitz. Maos Entscheidung war richtig!«

Decker schwieg. Es entstand eine lange Pause. Dann besann er sich auf sein eigentliches Vorhaben. »General, jetzt möchte ich Ihnen eine Frage stellen, von deren Antwort für mich sehr viel abhängt. Wie haben die Tibeter reagiert, als die Chinesen einmarschiert sind? Es wird behauptet, Lhasa hätte sich nicht militärisch gewehrt und sei den buddhistischen Idealen bis zuletzt treu geblieben. Es gab keinerlei Widerstand, und der Dalai Lama ...«

Decker hielt inne. Er spürte plötzlich, dass er einen Fehler gemacht hatte.

Der General schien mit sich zu ringen. Seine Augen verengten sich wieder und sein Blick wurde finster. Er blickte lange aus dem Fenster. Sehr lange. Als würde er etwas Gewaltiges überschauen.

Eine Tragödie.

Ein Schlachtfeld voller Leichen.

Verzweifelte Schreie, die im Blut erstickten.

Der Blick des Generals war der Blick eines Menschen, der Unvorstellbares erlebt hatte. Die Hölle. Die Abgründe der Seele. Schuld. Blinde Wut und Rache.

Dieser Mann hatte das Grauen gesehen. Er war über die Grenze zum Wahnsinn gegangen. Dorthin, wo Menschen nur noch Bestien sind und sich zerfleischen. Der General hatte das Gesicht des Krieges gesehen.

In Tibet.

Später, als Decker sich an diesen Moment erinnerte, fiel ihm ein, dass seine Frage recht töricht gewesen war. Er wusste ja, wo die Narbe im Gesicht des Generals herkam. Außerdem hatte ihm der General gerade die ganze blutige Geschichte des Landes erzählt. Beides hatte er ignoriert. Er hatte den General mit seiner Frage beleidigt. Ein Moment der Unachtsamkeit. Und jetzt war es vorbei. Der General stand auf und ging durch die Tür hinaus. Ohne ein Wort zu sagen. Er ließ den Deutschen einfach sitzen.

Erst als der General draußen über das Vorfeld ging, fand Decker wieder zu sich. Er war wie benommen.

»Mist, ich hab's verbockt. Im wichtigsten Augenblick.«

Eine Tür weiter hinten öffnete sich und Li Mai kam in den Raum. »Was ist los?«

Decker erzählte ihr alles.

Sie sagte: »Das ist schlecht. Da kann ich auch nichts machen.«

Decker besann sich. »Dann müssen wir mit dem arbeiten, was wir haben.« Er dachte nach. »Du könntest etwas für mich tun. Ich habe gerade erfahren, dass es in Tibet einen englischen Botschafter gab in der Zeit vor und während der Invasion. Wenn der noch lebt, würde ich gern mit ihm sprechen.«

»Ich kümmere mich darum.«

Decker sammelte seine Zettel und ging die Reihen der Bücher ab. Er wollte die Aussagen des Generals überprüfen und nahm sämtliche Bücher dazu aus dem Regal. Er suchte sich einen Arbeitsplatz und stapelte die Werke um sich herum. Dann vertiefte er sich in die Lektüre.

Nach zwei Stunden brachte Li Mai frischen Tee, und Decker sagte: »Der General hatte recht.«

Li Mai nickte, ohne zu fragen.

Drei Stunden später saß Decker immer noch da. Er starrte auf seinen Zettel mit den Gesprächsnotizen. Statt Antworten hatte er noch mehr Fragen:

Was ist das für eine alte Religion?
Woher kommt der Orden der Dalai Lama?
Wo liegt der Tempel des Schreckens?
Was können die Nazis gewusst haben?

# 13

Die zwei Fremden saßen auf der Terrasse eines kleinen Lokals irgendwo tief in einem der letzten Hutongs, einem Labyrinth aus engen Gassen, wie sie früher die gesamte Pekinger Altstadt bestimmten. Um sie herum verliefen die niedrigen Backsteinbauten eines klassischen Wohnhofes. Von allen vier Seiten des Siheyuans, in dem vier Generationen lebten, erklang hinter den klapprigen Fensterläden ein lautes Durcheinander aus Stimmen und chinesischer Musik.

Die Glanzzeiten dieses Restaurants waren lange vorbei, aber dafür lag es gut versteckt weit abseits der typischen Touristenpfade. Nur ein verschlungener Weg durch ein Gewirr aus einstöckigen Häusern, zugewucherten Torbögen und verfallenden Mauern führte zu diesem Ort. Man saß allerdings recht gemütlich unter einem Dach aus Blättern und mit Fähnchen behangenen Stromkabeln. Meist fanden bloß ein paar betagte Einheimische den Weg hierher zum Majongspielen. Die Geräuschkulisse war daher beträchtlich, besonders, wenn die Steine gemischt und die Ergebnisse der letzten Runde laut diskutiert wurden.

Einer der beiden fremden Gäste hatte gerade einen Mongolischen Feuertopf bestellt, und in der Küche war mächtig was los.

»Ich hoffe, Sie haben nicht Katze oder so was gewählt. Man sagt, die essen hier alles, was vier Beine hat – außer Tische.«

»Keine Angst. Es wird Ihnen schmecken.«

»Und was ist das für eine Brühe?« Göritz wischte sich angewidert den Schaum vom Mund.

»Tsingtao«, brummte Stahlmann. »Chinesisches Bier.«

Göritz stellte es auf den mittleren Drehtisch für die üblichen vielen kleinen Portionen und bewegte es von sich weg. »Ungenießbar!«

»Es gibt hier nichts anderes. Aber wenn es Ihnen hilft: Die Brauerei hieß ursprünglich Germania.«

Göritz hob eine Augenbraue.

Stahlmann tippte an sein Glas. »Der Laden wurde von deutschen Siedlern 1903 in China gegründet. Sie haben kurz danach in München sogar eine Goldmedaille dafür erhalten.«

»Na, wenn es so ist ...« Göritz drehte das Glas im Kreis herum zu sich zurück. Dann betrachtete er es kritisch.

»Ich hätte Ihnen gerne was anderes angeboten, aber ich konnte Sie ja schlecht in die Botschaft einladen. Hier sieht uns wenigstens keiner.«

»Trotzdem. Mir gefällt das alles immer weniger hier«, schnauzte der blonde Killer und nahm zögernd das Glas.

»*Gweilos* – weiße Teufel!«, knurrte der alte chinesische Wirt in der Küche und spuckte ärgerlich in den Wok, wo das Essen für die Barbaren brutzelte. Dann beobachtete er die Geistermenschen mit ihrer hellen Haut heimlich durch ein Loch in der Bretterwand. Er verstand wirklich nicht, was seine Enkelkinder an diesen Ausländern fanden. Ständig schwärmten sie von McDonald's und deutschen Autos, und wenn sie irgendwo eine Langnase sahen, riefen sie fast automatisch: *»Hello!«* Sogar Englisch lernten sie jetzt in der Schule. Die neue Regierung war wirklich verrückt.

Stahlmann allerdings war kein Fremder für ihn. Er hatte den steifen Deutschen schon häufiger hier gesehen und wusste, dass man sich höheren Orts für ihn interessierte. Er nahm ein funkelnagelneues Mobiltelefon aus einer vermoderten Schublade und schaltete es ein. Während er darauf wartete, dass dieses neumodische Gerät das Netz fand, las er *Sony* darauf. Verdammte Japaner! Er wusste nur zu gut, was seine Eltern von diesen brutalen Mördern erzählt hatten: In einem Nachbardorf hatten sie fünfzig Männer mit ihren Schwertern geköpft und fünf junge Mädchen verschleppt. Keiner hatte sie jemals wiedergesehen. Dass die Kerle jetzt hier wieder groß im Geschäft waren und Tausende von Chinesinnen diese Handys für sie bauten, erfüllte ihn mit tiefem Abscheu.

Er wählte die einzige gespeicherte Nummer und hörte die Stimme desjenigen, der ihm vor langer Zeit und für solche Fälle dieses Gerät überreicht hatte, und ihm vor kurzem noch einmal eine Beschreibung des deutschen Diplomaten hatte zukommen lassen.

Decker räkelte sich auf einer der üppigen Couchen im Inneren des Flugzeugs und fand keine bequeme Lage. Es kam ihm vor, als lebte er in zwei Welten gleichzeitig. Äußerlich umgeben von Luxus und High Tech, war er innerlich in einer düsteren Vergangenheit und den Fantasiegebilden der menschlichen Seele gefangen. Er irrte in den Wirrungen längst vergangener Kriege umher, die ihren Schrecken bis heute nicht eingebüßt hatten.

Er blickte durch das kleine Fenster hinaus auf den Flughafen. Er hatte das Gefühl für Tag und Nacht verloren. Draußen flimmerte heiße Luft, während es drinnen angenehm kühl und dunkel war. Das typische leise Summen der Lüftung im Hintergrund war das einzige Geräusch. Decker war in einer künstlichen Welt von allem isoliert. Die Menschen da draußen gingen ihrer Arbeit nach. Lebten in ihrer klar abgegrenzten Welt mit ihren Sorgen und Nöten und einfachen Freuden.

Und er verfolgte Gespenster und die Dämonen der Weltgeschichte. So mussten sich Agenten fühlen. Sie gehörten zu dem engen Kreis derer, die wirklich wussten, was abläuft. Sie diskutierten nicht über Geschichte – sie schrieben Geschichte. Die da draußen ahnten nichts von alledem.

Decker blickte auf die Fahrzeuge und Mechaniker, die um das Flugzeug herumwuselten. Aber es gab doch gar nichts zu tun. Die Maschine war gecheckt, aufgetankt und konnte jederzeit starten. Es mussten die Leute vom Geheimdienst sein, die ihn beschützten. Zum ersten Mal in seinem Leben war er kein Wissenschaftler, sondern stand mitten drin im Geschehen.

Decker war immer noch fasziniert von den Möglichkeiten, die man ihm bot. Er hatte heute Morgen nur kurz den Wunsch geäußert, dass er gern den ehemaligen englischen Botschafter in Tibet sprechen würde. »Noch heute hast du ihn«, hatte Li Mai ihm vor einer Weile gesagt. Und dann war sie urplötzlich mit dem Geheimdienstchef aus der Maschine gestürzt und mit quietschenden Reifen davongefahren. In die Stadt angeblich. *Als ob wir hier nichts Wichtigeres zu tun hätten.*

Decker blickte aus dem Fenster auf die schier unendliche Weite des Rollfelds und auf das weit entfernt liegende Terminal. Dies sei das größte Gebäude der Welt, hatte Li Mai ihm erzählt. Aus Stahl und Glas. Mal wieder von Sir Norman Foster. *Der hat bei mir direkt nebenan das ehemals höchste Gebäude Europas errichtet und in Berlin die Kuppel auf dem alten Reichstag. Sieht alles irgendwie gleich aus. Der nervt auch langsam.* Dann blickte Decker zu den Sicherheitskräften, die draußen auf ihren Positionen standen. *Ich muss mal raus aus dieser Aluröhre!* Es würde schwer sein, unbemerkt an den Sicherheitsleuten vorbeizukommen. Außerdem könnte es riskant werden. *Zu wem gehören diese Typen eigentlich? Und Li Mai?*

Über so ziemlich jeden Geheimdienst der Welt wusste man dank Hollywood bestens Bescheid. Nur nicht über den chinesischen. Es war, als existierte er gar nicht. Es gibt da wohl das MSS, das Ministerium für Staatssicherheit, mit seinen verschiedenen Büros und Aufgabenbereichen, aber das war es auch schon. Vielleicht entwickelten sich deshalb diese Gerüchte über eine Eliteeinheit, deren Ausbildung angeblich so hart war, dass Rekruten dabei starben. Oder die Vermutungen über die Zusammenarbeit des MSS mit den berüchtigten 14K-Triaden.

Decker blickte misstrauisch auf das Vorfeld hinunter.

Dann hatte er eine Idee. Luxusjet oder nicht, es musste einen Einstieg zum Frachtraum geben.

»Wo ist denn dieser Decker eigentlich? Warum kann ich ihn nicht einfach erledigen?«

»Wir haben in Frankfurt seine Spur verloren und die Chinesen halten seinen Aufenthaltsort geheim. Nicht mal unser Botschafter weiß es. Allerdings könnte Decker in Peking sein.«

»Wie kommen Sie darauf?« Göritz schlürfte jetzt zögerlich sein Bier.

»Noch vor dem Air China Linienflug hat eine knallrote Privatmaschine mit chinesischer Kennung den Rhein-Main Flughafen verlassen. Und die steht jetzt hier auf dem Flughafen. Weit ab vom Geschehen, völlig isoliert und rund um die Uhr bewacht. Unerreichbar.«

»Ganz in Rot? Die Kommis übertreiben.«

»Nein. Es ist die traditionelle Farbe für Glück und Reichtum. Sie gehört einem der größten Industriellen und Milliardäre des Landes. Ich frage mich sowieso, was der bei dieser Affäre zu suchen hat.«

»Vielleicht gibt's da was zu verdienen?«

»Unfug. Das ist alles rein politisch. Wie dem auch sei. Wenn Decker sich tatsächlich in dem Flieger verschanzt hat, haben wir keine Chance, ihn zu kriegen. Gut gemacht von denen.«

»Wir könnten eine Rakete auf den Jet schießen.«

»Das ist nicht sehr diskret. Außerdem bringt das ein paar technische und logistische Probleme mit sich«, knurrte Stahlmann, der im Augenblick überhaupt keinen Sinn für solch unkonstruktiven Vorschläge hatte. »Wir sollten lieber rausfinden, was sie wissen und wie nah sie uns gekommen sind. Ich werde Sie über seinen Aufenthaltsort auf dem Laufenden halten. Sobald sich eine Gelegenheit bietet, schlagen wir natürlich zu. Aber die Chinesen sind nicht ganz dumm, und daher wird es das Beste sein, Sie verstecken sich vor Ort und warten einfach auf ihn. Denn dort kann Peking diesen Schnüffler nicht so einfach schützen. Falls sie es überhaupt so weit schaffen.« Stahlmann blickte sich um und musterte die Gruppe am Tisch nebenan.

Göritz blickte ebenfalls auf die Männer am Nebentisch. Die Gruppe schmatzte, grölte laut und rauchte zwischendurch. »Fressen wie die Schweine.«

»Nicht doch. Man lässt es sich beim Essen gutgehen. Die Chinesen sind dem Diesseits sehr zugetan. Aber wir haben andere Sorgen.«

»Glauben Sie, die Chinesen kennen unser Geheimnis schon?«

»Nein. Noch nicht. Sonst wären sie ja schon da. Aber sie betreiben einen ungeheuren Aufwand, um es rauszufinden. Das habe ich noch nie erlebt.«

»Warum sind die denn auf einmal so dahinter her?«

»Das wüsste ich auch gern.« Stahlmann sah in sein Bierglas und fragte sich, wie das wohl gespült worden war. »Vielleicht war es doch keine so gute Idee, sich hier zu treffen.«

Decker stieg aus dem Wagen. Es war einfacher gegangen, als er zu hoffen gewagt hatte. Er hatte die Mechanikerkleidung gefunden, mit der er an Bord gebracht worden war, und war mit Helm und Sichtschutz wie all die Techniker in einem der herumstehenden Fahrzeuge davon gefahren. Am Ausgang hatten die regulären Wachen des Flughafens keine Anstalten gemacht, ein Fahrzeug, das von dieser Maschine kam, zu kontrollieren. Auf der Fahrt durch das moderne Peking war er überall an den Olympiabauten vorbeigekommen. Vor allem das spektakuläre »Vogelnest«, das neue Nationalstadion mit seiner bizarren Konstruktion war beeindruckend. Decker erinnerte sich daran, dass Peking im Jahr 2000 schon einmal Austragungsort hatte sein sollen und gegen Sydney verloren hatte. Weil die Australier ein paar Leute im Olympischen Komitee bestochen hatten, wie später bekannt wurde. Die Chinesen mussten gekocht haben. Aber um so wichtiger war es, als die Entscheidung für 2008 auf Peking fiel. Gegen die Bedenken einiger Menschenrechtler.

In diesem Moment musste Decker einem silbernen Audi ausweichen, und auch danach nahmen ihn der Verkehr und das anarchische Verhalten der chinesischen Autofahrer erheblich in Anspruch. Er stellte den Wagen am Straßenrand ab und hoffte, dass er nicht abgeschleppt werden würde. Und dass er ihn wiederfand! Es war gar nicht so einfach, sich in dieser Riesenstadt zu orientieren. Aber dann sah er etwas, an das er sich bestimmt erinnern würde: ein riesiges Plakat an der Seitenwand eines Kaufhauses, das eine elegante Schönheit in einem sehr gewagten BH zeigte. Das war garantiert eine Filiale von Carrefour, dachte er. Die wussten schon, wie man Kunden anlockte. Er musste unweigerlich an Li Mai denken.

Er zog die Mechanikerkluft aus und verließ den Wagen. Nun war er frei. Endlich. Decker atmete tief durch. Die erste frische Luft seit Tagen! Doch dann hustete er heftig. Die Luft war unerträglich. Er war kaum eine Stunde aus der Maschine entflohen, da wünschte er sich schon wieder eine Klimaanlage und Filtersysteme herbei. Pekings berühmter Smog machte selbst Rauchern zu schaffen. Und im Flugzeug war davon nichts zu spüren gewesen. Egal jetzt. Da, wo er hinwollte, gab es keinen Verkehr mehr und sie würden ihn hier auch nicht suchen. Dass er von zwei Killern gejagt wurde, daran wollte er jetzt nicht denken. Was für ein Kontrast zu seinem goldenen Käfig. Er betrat vergnügt die engen Gassen der Altstadt.

»Unglaublich.« Göritz hatte eben die ganze Geschichte von Stahlmann noch einmal im Detail erfahren und auch dessen Erklärung, warum es nur einen Tatort geben konnte: *Ihren Ort.* Egal, wo das Foto gemacht worden war.

»Wer zum Henker war eigentlich dieser tote Professor?«

»Keine Ahnung. Irgend so ein übereifriger Archäologe, Tibetologe oder Kulturwissenschaftler.«

»Den hätte ich gern selbst umgelegt!«

»Nur die Ruhe. Sie kriegen ihren Spaß noch mit Decker. Was uns im Moment Kopfzerbrechen macht, ist die Frage, ob der Tote alleine oder im Auftrag für irgendjemanden gearbeitet hat. Denn dann werden sie es wieder versuchen.«

Göritz wurde nachdenklich und blickte finster drein. »Wer denn?«

»Das rauszubekommen ist das Hauptproblem. Ich wette, auch die Chinesen stehen hier vor einem Rätsel.«

»Vielleicht waren es fanatische Kunstsammler?«

»Und wenn nicht?« Für einen ganz kurzen Augenblick wich die Farbe aus Stahlmanns Gesicht bei der entfernten Ahnung, gegen welche Liga sie hier eventuell antreten könnten. Der Gedanke war so schlimm, dass er ihn sofort als paranoid verwarf. Er blickte stattdessen zur Tür und prompt hellte sich seine Miene auf. »Themenwechsel. Das Essen kommt.«

Während der Wirt mit äußerster Höflichkeit servierte und dabei stolz seine geschlossene Goldzahnreihe hervorblitzen ließ, redeten die Deutschen über Belanglosigkeiten. Der alte Chinese wünschte mit einer tiefen Verbeugung den edlen Herren guten Appetit, obwohl das in seiner Heimat gar nicht üblich war, und verschwand wieder im Inneren.

»Serviles Völkchen – und so schön unterwürfig«, grinste Göritz. »Hoffentlich können die wenigstens kochen.«

»Unterschätzen Sie die Chinesen niemals.«

»Pah, mit denen werden wir schon fertig.« Göritz schaufelte sich begierig einen großen Berg auf den Teller. »Hab ich einen Hunger!«

Dann sah er entsetzt auf die Stäbchen.

Der Wirt kicherte leise hinter dem Guckloch in seinem Versteck, während eine Mikrokamera mit Richtmikrofon das Gespräch der beiden Deutschen aufzeichnete.

Decker schlenderte durch die Gassen, genoss das bunte exotische Treiben und ließ sich von der guten Laune der Händler in den offenen Läden anstecken. Ein chinesisches Sprichwort sagt, wenn du nicht lächeln kannst, sollst du kein Geschäft aufmachen. Andererseits wusste Decker auch, dass die Chinesen für jeden, der sich reinlegen ließ, nur Verachtung übrig haben. Ob sein Megadeal mit ihnen Bestand haben würde? Vielleicht sollte er sich besser einen Glücksbringer besorgen. So in Gedanken versunken, bemerkte er den jungen chinesischen Mann in Jeans und Lederjacke nicht, der hinter ihm her schlenderte.

Göritz stocherte genervt mit den Stäbchen in seinem Essen rum und fluchte jedesmal, wenn ihm die mühsam ausbalancierten Stücke wieder herunterfielen. Schließlich rammte er sie erbost in den Reis.

»Machen Sie das nicht«, sagte Stahlmann und nahm die Stäbchen wieder heraus.

»Wieso?«

»Nur bei Beerdigungen steckt man die Stäbchen so in den Reis. Ansonsten ist es ein schlechtes Omen. Und das wollen wir doch nicht.«

Göritz sah Stahlmann verstört an. »So ein Blödsinn.«

»Wir sind hier in China.«

»Na und? Ich brauch nur 'ne Gabel.« Der Killer machte eine Pause und fuhr fort: »Wir haben aber noch ein kleines Problem. Da geht es auch um Beerdigungen.«

»So, und welches?«

»Wer hat den Professor eigentlich in den Sarg geschickt – wenn wir es nicht waren und die Chinesen auch nicht?«

Stahlmann verschluckte sich und Göritz vergaß für einen Moment seinen Neid auf den weltgewandten Diplomaten, der schneller als er satt wurde.

»Verdammt!«, keuchte Stahlmann zwischen seinen Hustenanfällen. »Das Problem hatte ich schon wieder ganz vergessen.«

»Dafür haben Sie ja mich.« Göritz war zufrieden mit sich.

»Diese Frage ist eigentlich die wichtigste und dringendste. Denn dieser Killer kennt ebenfalls unseren Ort. Wie konnte ich das bis jetzt so vernachlässigen?« Stahlmann legte die Stirn in tiefe Falten. Dann blickte er Göritz an. »Und Sie haben damit gleich noch einen Auftrag.«

»Nichts lieber als das. Haben Sie schon einen Anhaltspunkt?«

»Nein. Es sei denn …« Der *Butler* dachte an die alte Geschichte Tibets, die wohl nur der innerste Zirkel kannte, und fragte sich, ob es damit zu tun haben könnte. Wie schon beim Anruf in Paraguay überkam ihn die Angst bei dem Gedanken daran. Eigentlich war das aber ganz und gar unmöglich. Er blickte seinem Gegenüber irritiert in die Augen: »Es sei denn, ein Geist aus der Vergangenheit ist zurückgekommen.«

Göritz war unbeeindruckt und machte eine beschwichtigende Geste. »Für den habe ich auch eine Kugel.«

»Ich weiß nicht, ob einfache Kugeln da nützen.«

»Stahlmann! Was für ein Blödsinn. Sie sind schon zu lange in diesem Land«, sagte Göritz, der nichts auf seine Berufsehre kommen ließ, doch dann sah er Stahlmann genauer an. »Ist Ihnen der Appetit vergangen?«

»Schluss jetzt mit Ihren Scherzen. Die Sache ist äußerst ernst und Fehler dürfen nicht passieren. Ich werde versuchen, über den Botschafter alles zu erfahren über den Täter oder die Hintermänner des Opfers und lasse Ihnen die Informationen dann zukommen.«

Göritz zuckte die Schultern. »Jedenfalls kommt der Mörder auch nicht an Decker ran. Ihm bleibt also nur die gleiche Alternative wie uns. Ich werde vor Ort auf ihn warten. Und besagter Geist ist Geschichte.«

»Das haben wir schon mal gedacht. Und uns anscheinend geirrt.«

Es war ein dichtes Gewimmel unter all den bunten Schildern und roten Papierlaternen. Immer wieder rempelten die Leute einander an. Drängeln war wohl Volkssport hier. So auch für den Mann in einem braunen Anzug, dem Decker gerade noch ein »Pass doch auf« hinterherrief, bevor er sich wieder nach vorne wandte. Von dem, was hinter ihm geschah, nahm er keine Notiz. Der Mann im braunen Anzug wollte sich gerade über das erbeutete Portemonnaie freuen, als ihn eine kampferprobte Hand von irgendwoher aus der Menge mit einem Karateschlag lähmte. Keiner der übrigen Passanten bemerkte etwas von der Aktion. Aber der Taschendieb bekam sofort Todesangst. Was war das für eine Technik? Als er sich instinktiv umdrehen und zur Abwehr ansetzen wollte, so wie er es in seinem Leben auf der Straße gelernt hatte, traf ihn ein weiterer Schlag. Ein gezischter Befehl zwang ihn zum Geradeausschauen. Gegen den unterdrückten

Schmerz und den Impuls zu Schreien würgte er hervor: »Du hast gewonnen. Du kannst die Beute haben«

Zu seiner Überraschung sagte die Stimme hinter ihm: »Gib das Portemonnaie zurück, sonst bist du ein totes Stück Hackfleisch!« Dem Dieb trat der Schweiß auf die Stirn. Was ist hier los? Aber er gehorchte. Wortlos überholte er Decker und hielt ihm das Portemonnaie hin. »Das haben Sie verloren«, sagte er auf Chinesisch und zeigte dabei auf den Boden.

Decker hatte zwar kein Wort verstanden, erkannte aber sein Portemonnaie und bedankte sich hocherfreut. Er wollte schon nach einem Geldschein greifen, um den Mann zu belohnen, aber der winkte ängstlich ab und verschwand.

Decker fand einen Laden mit einem Kühlschrank, in dem Wasser und Limonade bereitstanden. Als er bezahlen wollte, fiel ihm ein, dass er gar kein chinesisches Geld hatte. »Nehmen Sie auch Euro?«, fragte er vorsichtig. Der Händler schüttelte den Kopf. Dann nahm er die Wasserflasche, die Decker auf die Theke gestellt hatte, lächelte und drückte sie ihm in die Hand. »Nehmen Sie noch zwei Glückskekse!«, sagte er und zeigte auf eine Schale, die neben der Kasse stand.

Decker war so verblüfft, dass er tatsächlich zugriff. Der Händler sah ihm nach und schüttelte verwirrt den Kopf. Er verstand selbst nicht, warum er plötzlich so großzügig war. Dieser blonde Mann musste wirklich etwas Besonderes sein. Er überlegte gerade, ob er ihm nachlaufen und die Flasche wieder entreißen sollte, als wie aus dem Nichts eine Hand erschien und ihm fünf Yuan über die Theke warf. *»Xie, xie«*, sagte er hastig. Männern in schwarzen Lederjacken zu widersprechen war nicht seine Art.

Stahlmann legte das Geld auf den Tisch und ein Foto von Decker daneben. »So sieht übrigens Ihre Zielperson aus.«

Der Killer schaute es an. »Na, das wäre ja ein prächtiger arischer Zuchtbulle geworden. Nur die Haare müsste man bisschen in Form bringen. Schade, dass er auf der falschen Seite kämpft.«

»Sie können sich ja mit ihm darüber unterhalten – bevor Sie ihn umlegen.« Stahlmann stand auf und rückte seinen Anzug zurecht. »Es wird Zeit zu gehen.«

Die beiden liefen hintereinander durch den zum Teil mit Kisten, altem Hausrat und verrosteten Drahteseln verstellten Pfad in Richtung auf die belebten, breiteren Straßen. Bevor sie dort ankamen, verabschiedete sich Stahlmann im Schatten der überhängenden Dächer mit den Worten: »Sie wissen, was Sie zu tun haben.« Er unterdrückte seinen Impuls, die rechte Hand zu heben. »Ohne Gruß. Viel Erfolg, Kamerad.«

Dann trennten sich ihre Wege.

Decker bekam Hunger. Ob Pekingente hier besser schmeckte als zu Hause? Er überlegte, ob er seine Gesundheit aufs Spiel setzte, wenn er hier irgendwo einkehrte. Es war sicher origineller, sich ein ruhiges Plätzchen für Einheimische zu suchen, etwas abseits in den Seitengassen. Das Problem mit dem Geld allerdings blieb. Ob er mit seiner Kreditkarte hier eine Chance hatte? Er schlenderte weiter und suchte nach einem vielversprechenden Hinweis.

Göritz suchte nach einem Taxi, das ihn zurück zu seinem Hotel bringen würde. Da er sich nicht auskannte, blieb er zunächst einfach auf dieser Straße. So konnte er sich wenigstens nicht verlaufen. Die Straßenschilder konnte ja kein Mensch lesen. Seine Augen wanderten über die reichhaltigen Auslagen. Die Sache mit diesem Decker war wirklich frustrierend: Er kannte sein Ziel und wahrscheinlich auch dessen Aufenthaltsort, aber er kam nicht ran. Es war unerträglich.

Göritz überlegte immer noch, ob es nicht vielleicht doch eine Möglichkeit gab, Decker gleich hier auf dem Flughafen fertigzumachen. Vielleicht ein gezielter Schuss aus größter Distanz? Der Weltrekord für einen tödlichen Treffer unter Gefechtsbedingungen lag immerhin bei 2.430 Metern. Oder panzerbrechende Geschosse. Irgendetwas musste doch gehen.

Er hob den Blick und schaute über die vielen schwarzhaarigen Köpfe die Straße hinunter. Er fiel schon durch seine Größe sehr auf, aber die blonden Haare machten ihn vollends zum Leuchtturm. Wie seltsam, dachte er, wenn eine ganze Nation nur eine Haarfarbe hat. Kein Rot. Kein Braun. Kein Blond. Und andere Europäer gab es hier auch nicht.

Doch! Da hinten war einer. Genauso ein blonder Typ wie er selbst. Göritz Blicke blieben plötzlich haften. Er brauchte ein paar Sekunden, um zu verarbeiten, was er da sah. Das war doch nicht möglich!

Dann dachte er an das Foto. Hektisch fummelte er das Bild aus der Tasche und blickte verstohlen darauf. Sein Jagdinstinkt wurde wach. Er gab sich Mühe, wie ein kartenlesender Tourist zu wirken, während er das Adrenalin und die Lust am Töten in sich aufsteigen spürte. Dann schaute er wieder die Straße runter. Die Sonnenbrille hatte ihn irritiert.

Aber es bestand kein Zweifel. Das da vor ihm war Decker!

Wie kommt der denn plötzlich hierher?

Göritz' Gedanken rasten. Das war die Gelegenheit!

Er wollte losrennen, aber die Menge hinderte ihn. So wühlte er sich heftig schiebend und stoßend voran auf sein Ziel zu, das ihn nicht kommen sah.

Decker glaubte einen Hinweis auf ein Restaurant gefunden zu haben und schwenkte in eine kleinere Gasse ein. Dann hielt er inne. Die Straße war menschenleer, und man sah nicht, wohin sie führte. Teilweise lag sie im Schatten der Häuser und Bäume. Das zog den Abenteurer in ihm natürlich unwiderstehlich an.

Göritz sah, wie Decker in die Gasse einbog, aus der Stahlmann und er gerade gekommen waren. Sehr gut. Da sieht uns wenigstens niemand. Er verlangsamte seinen Schritt, um nicht unnötig aufzufallen, und ging siegessicher weiter. Decker war in eine Sackgasse gelaufen. Er würde nicht mehr lange zu leben haben.

Kurz bevor der Killer die Abzweigung erreichte, entwischte ihm ein lautes: »Mist.« Er sah, wie ein Chinese in traditioneller Kleidung ebenfalls in diese Gasse einbog. Warum musste ihm der blöde Kerl in den Weg kommen?

Andererseits könnte er ja dort irgendwo wohnen und würde bald in einer der vielen Türen verschwinden. Kein Grund zur Beunruhigung. Göritz bereitete sich innerlich auf den Einsatz vor und tastete kurz nach seinem Schulterhalfter. Er ging niemals ohne seine zuverlässige USP Tactical aus. Die Pistole hatte die härtesten Belastungstests der Welt bestanden und gehörte zur Standardausrüstung der SEALS. Stolz dachte er an die deutsche Waffenbaukunst. *Tja, das liegt uns eben im Blut.* Dann bog er vorsichtig in die Gasse ein.

Dabei hielt er sich dicht an der Wand und suchte die Deckung. Die beiden vor ihm sollten ihn besser nicht sehen. Er beschloss, sie eine Weile zu verfolgen, in der Hoffnung, der Chinese würde verschwinden und ihm nicht den Spaß verderben. Ansonsten würde es eben auch für ihn der Tag zum Sterben werden. Mit diesen Gedanken griff Göritz unter sein Jackett und umfasste den soliden Griff der Waffe. Ein gutes Gefühl.

Der Chinese griff ebenfalls in seinen Kaftan. Göritz verharrte, als er es bemerkte. Er war zwar in einem fremden Land, aber er wusste, wie ein Mann zur Waffe greift, egal was er für Kleider trug. Das konnte er förmlich spüren. *Das Schlitzauge will Decker ausrauben! Klar, ist ja auch ein idealer Ort für einen Hinterhalt und dieser Idiot mit seinen Designerklamotten sieht schon von weitem nach Geld aus.*

Als der Chinese tatsächlich ein übel aussehendes Messer hervorzog, überlegte Göritz für einen Moment, ob er eingreifen sollte. Andererseits, wenn der Kerl den Job für ihn erledigte – um so besser! Die Methode des Chinesen war zumindest geräuschlos. Dann käme er selbst hier in dieser Mausefalle jedenfalls nicht in Bedrängnis, wo jederzeit nach einem Schuss die Türen aufgehen und Übereifrige ihm den Fluchtweg verstellen könnten.

Die Idee gefiel ihm gut, und er entschied, gegebenenfalls lediglich sicherzustellen, dass Decker tatsächlich tot war. Er ließ also die Waffe im Halfter und beobachtete die Szene aus sicherer Entfernung.

Decker war inzwischen nicht mehr so sicher, ob er hier ein Lokal finden würde und überlegte, ob er nicht besser umkehren sollte. Während er um eine Entscheidung rang, kam der Chinese von hinten angeschlichen. Göritz sah ruhig zu, wie das Messer zum tödlichen Hieb ausholte.

Doch dann runzelte Göritz die Stirn. Der Chinese zuckte mehrfach und fiel von einer Sekunde auf die andere wie ein nasses Handtuch zu Boden. Was er da sah, gefiel dem Profi ganz und gar nicht.

Und noch etwas machte ihm Sorgen. Trotz der Konzentration auf das Geschehen vor ihm hatte Göritz gleichzeitig ein ihm bekanntes Geräusch registriert. Oder genauer gesagt gleich mehrere. Aber weil es ein sehr seltenes Geräusch war und es hier so gar keinen Sinn zu machen schien, hatte er nicht bewusst darauf geachtet. Erst jetzt vergegenwärtigte er sich das pneumatisch pfeifende Stakkato noch einmal. Es war kaum hörbar gewesen, aber unverkennbar, und es weckte Göritz' Instinkte. Hellwach sah er sich nach allen Seiten hin um. War da jemand auf den Dächern? Nichts und niemand zu sehen. Dann blickte er wieder nach vorne. Zu seiner erneuten Überraschung sah er gerade noch, wie der leblose Körper des Chinesen in einen der Hauseingänge gezogen wurde. *Was läuft hier?*

Dann drehte Decker sich um. Göritz ließ blitzartig die Waffe los, schloss sein Jackett, presste sich an die Wand und versuchte eine Position zu finden, die ihn auch von oben unsichtbar machte. Er hatte keine Erklärung für das, was da gerade passiert war, aber er hatte den Klang der *Wintowka* erkannt, die den Chinesen getroffen hatte. Er überlegte. Eine Waffe der russischen Spezialeinheiten. Ein kompaktes Präzisionsgewehr, das auch vollautomatisch arbeitete. Großes Kaliber, geringe Reichweite, aber dafür hohe Mannstoppwirkung. Wer das hier eben gerade mit Schalldämpfer und leiser Unterschallmunition erledigt hatte, der war gut für den

Häuserkampf vorbereitet. Dem ging man besser aus dem Weg.

Als Decker auf ihn zukam, blieb ihm nichts anderes übrig, als ihn passieren zu lassen und möglichst nicht aufzufallen. Das hieß, er musste seine Deckung aufgeben und riskierte dabei, von dem Scharfschützen mit der Wintowka gesehen zu werden. Göritz trat zögerlich auf die Straße.

Decker lief vorbei und grüßte beiläufig, ohne den Killer wirklich wahrzunehmen, so wie es zwei Touristen eben auch getan hätten. Göritz nahm sich zusammen und ging angespannt weiter. Er wartete förmlich auf das erneute Pfeifen und eine Kugel im Rücken. Aber nichts geschah. Decker ging den Weg bis zur Hauptstraße zurück und verschwand um die Ecke.

Glück für uns beide, Herr Doktor Decker, dachte Göritz und wartete noch etwas, bis auch er die Gasse verließ. *Dann eben beim nächsten Mal. Da bin ich aber im Vorteil. Das Überraschungsmoment wird auf meiner Seite sein.* Und er freute sich geradezu darauf, seine neueste Anschaffung von Heckler & Koch einzuweihen. Damit würde ihm niemand entwischen.

Decker war kaum zurück im Flugzeug, als er auch schon Li Mai über das Rollfeld kommen sah. Einer der Agenten trat auf sie zu und sprach mit ihr. Beide warfen einen kurzen Blick hoch zur Kabine. Li Mai nickte, presste die Lippen zusammen und kam dann die Stufen hoch. Decker beobachtete es und wurde nachdenklich.

Li Mai kam in den Salon. Sie sah ernst aus, gab sich aber locker. »Wie war dein Vormittag?«

»Eher ruhig. Und deiner?«

»Wir hatten in der Stadt was zu erledigen.«

Decker entgingen der Zwischenton und ihre Blicke nicht. *Die Sicherheitsbeamten und sie wussten genau, wo er gewesen war!* Sie hatten vielleicht nur nichts gesagt, um sein Gesicht zu wahren. Wer verstand schon den chinesischen Ehrenkodex so genau. Decker war verlegen und wollte gerade wieder an die Arbeit gehen, als ihm sein Souvenir einfiel.

»Sag mal, glaubst du an die Wirkung von Glückskeksen?«

»Wieso, bist du etwa abergläubisch?«

»Nein, aber ich dachte, ihr Chinesen seid es.«

Li Mai lachte. »Die sogenannten chinesischen Glückskekse wurden im 20. Jahrhundert von einem geschäftstüchtigen Amerikaner erfunden. Außerdem – bei wirklich wichtigen Dingen verlassen wir uns lieber auf andere Methoden.«

Sie spürte noch den Rückstoß der Wintowka an ihrer Schulter und konnte den Geruch des Schießpulvers an ihrer Abzugshand riechen.

## 14

Tang Wu war zufrieden. Es ging doch nichts über ein gutes und über Generationen gewachsenes Netzwerk. Nur leider war die alte Garde noch nicht mit moderner Technik vertraut und arbeitete lieber mit persönlichen Kontakten. Und leider war das Lokal nicht schnell genug zu erreichen gewesen, sonst hätte man den blonden Killer schon hinter Schloss und Riegel.

Das aufgenommene Gespräch war wegen des Krachs im Hintergrund leider kaum zu verstehen. Er würde noch mal Spezialisten dransetzen. Vielleicht konnten die etwas rausfiltern, aber allzu große Hoffnungen hatte er nicht. Nun war der *Butler* wieder auf seinem Hoheitsgebiet und der Killer unerkannt entkommen. Aber wenigstens wusste er nun mit Gewissheit, wer der Maulwurf in der deutschen Botschaft war, in welches Lager er gehörte und was sie vorhatten. Vielleicht konnte er das später ja noch für die Lösung seines Hauptproblems nutzen.

Decker machte sich einen Whisky on the rocks und fragte Li Mai, ob sie auch etwas trinken wolle. Zu seiner Überraschung sagte sie, ein winziges Schlückchen könne sie durchaus vertragen.

Decker war froh darüber. Er sagte sich, dass er so rasch wie möglich zur Normalität zurückkehren musste. Es wäre nicht gut, wenn er Li Mais Vertrauen jetzt einbüßen würde.

»Sag mal, du wolltest doch den ehemaligen englischen Botschafter in Tibet zu einem Gespräch bitten«, sagte er. »Meinst du, das könnte klappen?«

»Ja, natürlich«, erwiderte sie. »Unsere Leute arbeiten dran.« Sie verschwand im hinteren Teil des Flugzeugs, wo sich die Kommunikationszentrale befand. Kurz darauf kam sie zurück.

»In London ist man jetzt so weit. Die Leitung steht.« Li Mai bat Decker, sich an seinen Bildschirm zu setzen. »Wir haben ihm schon im Namen der VR China gedankt. Du kannst gleich zum Thema kommen.«

Die Videokonferenz begann. Decker machte es ich in einem der Sessel bequem. Das Bild des alten Mannes erschien in bester Qualität auf dem großen Plasmabildschirm. Ja, das war Sir Reginald Woodham.

»Exzellenz, ich danke Ihnen vielmals für Ihre Hilfe.« Decker war sehr bewegt. Vor ihm saß der Repräsentant einer untergegangenen Welt. »Es gibt da eine Reihe von Fragen, die wahrscheinlich keiner besser als Sie beantworten kann.«

»Dann schießen Sie mal los«, sagte sein Gegenüber am anderen Ende der Welt.

»Wie würden Sie die Zustände in Tibet vor dem Einmarsch der Chinesen beschreiben? War es ein glückliches, friedliches Land, in dem Gerechtigkeit herrschte und jeder inbrünstig gläubig war, so wie man es überall liest?«

Sir Reginald lachte schallend. »Gerechtigkeit in Tibet? Junger Mann, ich weiß nicht, was man Ihnen erzählt hat, aber davon war das Land im Schnee weit entfernt. Tibet war Leviathan, der alles verschlingende Staat.«

»General Chen Xia, den Sie sicher kennen, hat auch ein sehr düsteres Bild gemalt.« Decker schaute auf seine Gesprächsnotizen mit dem General und fasste einiges davon für den Botschafter kurz zusammen.

Sir Reginald war beeindruckt. »Sie haben ein Gespräch mit dem alten Chen bekommen? Donnerwetter!« Er dachte eine Weile nach. Wenn der alte General mit diesem jungen Wissenschaftler gesprochen hatte, musste ihm jemand mächtig Druck gemacht haben. Woodham fragte sich, was dahinterstecken könnte, fand aber keine naheliegende Antwort.

»Woran erinnern Sie sich denn am meisten?«, fragte Decker vorsichtig.

»Das Schlimmste waren die schrecklichen Strafen«, sagte der Mann in London. »Je nachdem, was der Schuldige verbrochen hatte, wurde er öffentlich ausgepeitscht und mit glühenden Eisen oder durch Augenausstechen geblendet. Man hackte ihm die Hand oder Glieder ab, zog ihm bei lebendigem Leib die Haut ab oder er wurde gleich ganz hingerichtet.«

Decker war überrascht. »Steht das nicht im Gegensatz zur buddhistischen Lehre von der Wahrung allen Lebens?«

»Oh, die Herren in Lhasa waren sehr einfallsreich und spitzfindig, wenn es um solche Dinge ging. Die Verurteilten wurden für ihre Hinrichtung auf das Dach des Potala Palastes gebracht und gezwungen, selbst hinunterzuspringen.«

Decker schaute Li Mai an. Das hätte er sich nicht träumen lassen.

»Ein ähnliches Prinzip galt auch für die örtlichen Metzger«, fuhr Woodham fort.

»Die Buddhisten haben geschlachtet?«

»In rauen Mengen. Das zum Beispiel wurde aber an die wenigen geduldeten ausländischen Bewohner der Stadt delegiert. Die Tibeter haben sich die Finger nicht schmutzig gemacht und überließen ihnen das Töten der Tiere. Die Lamas haben sich damit herausgeredet, dass sie ja nur kauften, was dann schon tot war. Und Sklaven hatten sie auch.«

Decker machte sich seine Notizen. »Eine andere Frage. Glauben Sie, dass der Dalai Lama der westlichen Politik Impulse geben kann?«

»Das halte ich für wenig wahrscheinlich. Überlegen Sie doch mal, was der Dalai Lama repräsentiert!«

Decker hob überrascht die Augenbrauen. »Wieso?«

Sir Reginald grinste grimmig. »Sie und die meisten Anhänger des tibetischen Buddhismus leben in den freiesten und liberalsten Ländern der Erde, in Amerika, England, der Schweiz. Unsere Staaten sind sicher nicht ideal. Churchill selbst hat sich immer wieder über unsere Demokratien lustig gemacht. Aber wir haben soziale Systeme, Krankenhäuser, Rechtssicherheit, die Gewaltenteilung, Menschenrechte, die Trennung von Kirche und Staat. Und allem voran das Wahlrecht. Und was hat der tibetische Buddhismus in dieser Hinsicht?«

Decker senkte betroffen den Blick. *Ich Idiot.*

»Genau: nichts«, sagte Woodham. »Die Tibeter haben im tiefsten feudalistischen Mittelalter gelebt. Die Ämter waren käuflich oder vererbbar und die Regierung vereinte alle Gewalten bei sich. Von demokratischen Grundwerten keine Spur. Warum also sollten wir auch nur eine Sekunde auf den Dalai Lama hören? Wollen Sie in so einem Land leben wie Tibet? Versuchen Sie doch mal einen lebenden Gott abzuwählen, wenn Sie mit seiner Politik unzufrieden sind. Vielleicht sollten sich all die Esoteriker und Romantiker, die Seiner Heiligkeit hinterherrennen, mal überlegen, dass der Dalai Lama ein totalitäres System verkörpert. Selbst wenn er persönlich ein netter Mensch ist, jedenfalls im Exil: Unter der Knute der Mönche hätten es seine westlichen Bewunderer wohl keine Woche lang ausgehalten.«

Sir Reginald räusperte sich. »Die Tibeter genießen bei uns heute Freiheiten und Privilegien, die sie in ihrem eigenen Land niemand gewährt hätten. Oder glauben Sie, es gab Religionsfreiheit in einem Gottesstaat? Und auch heute bei uns im Westen hat der tibetische Buddhismus nicht das geringste geleistet, um diese Welt besser zu machen. Nichts haben die Tibeter je auf die Beine gestellt. In keiner staatlichen oder privaten Organisation und in keiner Partei haben sich die tibetischen Buddhisten jemals als aktive und konstruktive Mitarbeiter hervorgetan.«

Li Mai lachte. *Stimmt.*

»Und noch etwas zum Thema Mitgefühl.« Sir Reginald kam jetzt richtig in Fahrt. »Die größten und wichtigsten Hilfsorganisationen dieser Welt wie UNICEF, das Flüchtlingshilfswerk der Vereinten Nationen, das Rote Kreuz oder Ärzte ohne Grenzen sind alle im Westen entstanden. Ich war zwar lange nicht mehr in der Kirche, Dr. Decker, aber eins muss man sagen: Wenn irgendwo eine humanitäre Katastrophe hereinbricht, sind meistens nur Christen vor Ort. Denken Sie an Caritas. Brot für die Welt. Misereor. SOS Kinderdörfer. Das nenne ich praktische Nächstenliebe. Und was machen die Tibeter? Haben die auch nur ein einziges Menschenleben jemals gerettet? Haben die von all ihrem Geld auch nur einen einzigen Bruchteil in Hilfsorganisationen umgeleitet? Bill Gates mit seinen Milliardenspenden in die medizinische Forschung hat mehr für die Menschheit getan, als es der tibetische Gottkönig je tun würde. Haben Sie vielleicht schon mal was von einer tibetischen Mutter Theresa gehört?«

Woodham machte eine kleine Pause und ergänzte dann: »Und ich sage Ihnen auch, warum. Weil alles Karma ist. Jeder ist für sein Elend selbst verantwortlich und selbst daran schuld. Wenn es ihm jetzt dreckig geht, dann muss er eben was tun für ein besseres nächstes Leben. Mit dieser Einstellung brauchen sie für die Menschen um sich herum nichts zu tun. Reicht Ihnen das als Antwort auf Ihre Frage?«

Decker blies Luft in seine Backen und sagte: »Sie sind kein Freund des Dalai Lama.«

»Wie kommen Sie darauf?«

Decker blätterte in seinen Papieren. »Noch einmal zurück zur Geschichte.« Er besann sich auf die eigentliche und wichtigste Frage von allen. »Sir, das einzige, worüber mir der General nichts erzählt hat, ist die Invasion selbst.«

»Ich kann mir denken, warum.«

»Ich fürchte«, sagte Decker und presste die Lippen zusammen, »ich habe da einen Fehler gemacht. Ich war undiplomatisch.«

Der Botschafter schüttelte den Kopf. »Ich glaube, der General hätte Ihnen darüber nur ungern die ganze Wahrheit gesagt, junger Freund.«

»Weshalb sollte er?« Decker schaute Li Mai an. Die hob den Zeigefinger und deutete auf den Bildschirm.

Sir Reginald holte tief Luft. »Die Geschichte, die der General Ihnen erzählt hat, ging noch viel weiter. Die Dämonen der Vergangenheit haben China noch einmal eingeholt. Ich nehme an, sein Soldatenstolz hat es ihm verboten davon zu reden.«

»Wie meinen Sie das? Die Chinesen sind einmarschiert, und fertig. Wo ist das Problem?«

Woodham lächelte wissend. »Das glauben viele. Aber die Wahrheit ist, die Tibeter haben den Chinesen die Hölle heiß gemacht. Peking hätte beinahe den Krieg verloren. Das war das Problem.«

»Sie scherzen?«

Li Mai schüttelte den Kopf und antwortete für den Engländer: »Leider nein.«

Decker glaubte, nicht richtig gehört zu haben. »Moment mal. Das geht mir zu schnell. China soll unterlegen gewesen sein?«

»Ja.«

»Das heißt, die Tibeter könnten heute noch in ihrer alten Kultur leben, wenn Seine Heiligkeit nur gewollt hätte?«

»Ja, wahrscheinlich.«

»Wenn das wahr ist, dann ...« Decker wusste nicht weiter. Das würde ja schlichtweg alles auf den Kopf stellen. »Wieso wird er dann weltweit angebetet und so hofiert?«

*Das wüssten wir auch gern*, dachte Li Mai im Stillen bei sich.

»Wird er doch gar nicht«, sagte Sir Reginald. »Es gibt genug Menschen und sogar Tibeter, die ihm den Tod wünschen. Es sind eigentlich nur ein paar Amerikaner und die verrückten Europäer, die ihn so verehren. Er hat halt ein gutes Pressebüro.«

Decker staunte nicht schlecht. Seit er angefangen hatte, in die Geschichte Tibets vorzudringen, war er ständig auf neue Widersprüche und Kuriositäten gestoßen. Und nichts war so, wie er es bisher gelesen oder gehört hatte.

Nichts.

Der alte Botschafter wartete, bis er sah, dass Decker ihn wieder anblickte, und fuhr dann fort: »Wo fange ich am besten an?« Er schien nachzudenken. »Oh, ich weiß. Ich nehme an, der chinesische General hat Ihnen noch nicht von Sun Tzu erzählt?«

»Nein.« Aber Decker kannte ihn. Er war ein Zeitgenosse von Konfuzius, gehörte zu den Klassikern der antiken Kriegsführung in Asien und wird bis heute gelesen. Selbst unter westlichen Managern war er inzwischen in Mode gekommen.

»Ich darf kurz zitieren«, sagte Woodham. *»Kämpfen und erobern in allen Kriegen ist nicht höchste Brillanz. Höchste Brillanz besteht darin, den Widerstand der Gegner zu brechen, ohne zu kämpfen.* Und genau das hat Mao getan. Er hat den Dalai Lama nach Peking eingeladen. Er hat ihn hofiert. Der Dalai Lama war so begeistert, dass er sogar einen Aufnahmeantrag in die Kommunistische Partei Chinas gestellt hat, der allerdings abgelehnt wurde.«

Decker hakte ein: »Das heißt, die Chinesen haben kein Blutbad gewollt?«

»Nun ja, sie wären militärisch gar nicht in der Lage dazu gewesen. Die Kommunisten wussten, dass Tschiang Kai-schek bei der Besetzung Tibets gescheitert war, und deshalb haben sie lieber verhandelt.«

Decker schüttelte den Kopf. »Soll das heißen, es war gar kein Krieg?«

»Der kam erst später, aber noch ehe die chinesische Volksbefreiungsarmee auch nur einen Fuß auf tibetischen Boden gesetzt hat, war der Widerstand der Tibeter durch Opportunismus, Kollaboration und Verrat bereits auf ein Minimum reduziert. Der Dalai Lama, die Mönche, die Kampas, die ausgebeuteten Bauern und Sklaven. Jeder glaubte an seinen Vorteil und hielt still.«

»Und das Ausland hat sich für Tibet nicht interessiert.«

»Nein. Wir waren die einzigen, die außenpolitische Interessen an Tibet gehabt haben. Aber als wir Indien 1947 die Unabhängigkeit geben mussten, hatte sich das erledigt. Weder die UNO noch irgendeine westliche Macht hat sich 1950 noch für Tibet interessiert. Schließlich zog der Korea-Krieg alle Aufmerksamkeit auf sich. In einem ersten Schritt hat Mao dann die Ostprovinzen besetzt. Die chinesischen Soldaten kamen in kleinen Gruppen, spielten mit den Kindern, verteilten Geschenke. Sie seien gekommen, um Straßen zu bauen und Tibet vor den Imperialisten zu schützen, haben sie den Tibetern erzählt. Dann sind sie weitergezogen, in Richtung Lhasa.«

»Wie haben die Tibeter darauf reagiert?«

»Die Regierung in Lhasa hat sich natürlich gewehrt. Es erging der Marschbefehl an alle verfügbaren Truppen.«

»Moment. Sie sagen das so nebenbei. Aber das möchte ich klarstellen. Es hat niemand über gewaltfreie Konfliktlösung im Sinne der buddhistischen Lehre nachgedacht?«

»Keine Sekunde.«

»Das heißt, die tibetischen Truppen haben angegriffen? Gewalt mit Gewalt beantwortet?«

»Nun ja, sie hätten es sollen. Aber die chinesische Infiltration war so erfolgreich, dass der tibetische Gouverneur im Einmarschgebiet an der Grenze vor Ort den Befehl verweigerte und kampflos die Kapitulation seines Landes erklärte.«

»War vielleicht keine schlechte Idee, angesichts der Größe des Feindes«, vermutete Decker.

»Da irren Sie sich. Das ist es, worauf ich hinauswollte. Hier beginnt die Dramatik dieses Krieges. Dieser Gouverneur war von Lhasa kurz vorher eingesetzt worden. Der alte Amtsinhaber, den sie gerade abgesetzt hatten, der war aus einem anderen Holz geschnitzt. Er durchschaute das böse Spiel und baute den Widerstand auf. Er überzeugte einige Kampa-Clans davon, mit den regulären tibetischen Truppen zusammen zu kämpfen. Als sie sahen, dass die Chinesen verwundbar sind, wollten sie ihre Landsleute zum gemeinsamen Kampf aufrufen. Aber das Schicksal wollte es anders. Es war wie im Kino: Der Bote kam einfach zu spät, die Kapitulation war schon unterzeichnet.«

»Um Missverständnisse zu vermeiden: Man hätte die Invasion zu diesem Zeitpunkt noch aufhalten können?«

»So ist es vermutlich.«

»Was passierte dann?«

»Mao zwang die Tibeter zur Unterzeichnung des 17-Punkte-Abkommens, mit dem Tibet endgültig seinen unabhängigen Status verlor und China sich zur Wahrung von Religion und Kultur bei den angekündigten Reformen verpflichtete. Die chinesischen Soldaten drangen weiter nach Westen vor, verhielten sich aber in den besetzten Gebieten äußerst diszipliniert und befolgten genau die Anweisungen Maos. Sie bezahlten jede Tasse Tee, die sie tranken, ignorierten jede Beleidigung oder Provokation und taten keinem Menschen etwas zuleide. Ihr Auftreten war so vorbildlich, dass jeder sie für eine Armee der Buddhas hielt, die gekommen waren, um Tibet in Frieden den Fortschritt zu bringen. Vor allem die von den Mönchen ausgebeuteten Bauern waren natürlich sehr froh. Am 9. September 1951 zog die Volksbefreiungsarmee in die Stadt Lhasa ein.«

»Scheint, als hätte Mao sein Ziel erreicht und Tibet ohne Kampf bezwungen.«

»Zunächst ja. Zur Überraschung der Chinesen fanden ihre revolutionären Ideen in Tibet aber auf Dauer keinen Anklang. Besonders, als sie den Tibetern zu erklären versuchten, dass Religion Opium fürs Volk sei, stießen sie natürlich auf den erbitterten Widerstand der tibetischen Mönche.« Der Botschafter lachte. »Mit der Zeit gingen sie dann zu gewaltsamen Indoktrinationsversuchen über. Mönche und Nonnen wurden aus ihren Klöstern geholt. Man sagte ihnen, sie sollten doch heiraten. Wollte sie gleich an Ort und Stelle zum Geschlechtsverkehr zwingen. Es war wie zur Zeit Martin Luthers. Gleichzeitig begannen die Chinesen mit dem Bau von Militärstraßen, ohne die eine weitere und dauerhafte Besetzung von Tibet unmöglich war.«

»Tibet hatte keine Straßen?«

»Nein, sie hatten ja auch keine Autos. Die Chinesen zogen die Straßen allerdings auch quer durch die Weidegebiete der Kampas. Und das war ein Fehler, denn die Herden und Weidegründe sind das Heiligtum der Nomaden. Aber zum eigentlichen Konflikt kam es erst 1959. Da ging es den Chinesen nämlich sehr dreckig. Mao hatte mit seiner Politik des ›Großen Sprungs nach vorn‹ völligen Schiffbruch erlitten und in ganz China kam es zu Hungersnöten. Statt Geschenke zu verteilen und Straßen zu bauen, fingen die Truppen an, Lebensmittel zu requirieren, um nicht zu verhungern. Es dauerte noch eine Weile, aber dann kam es zum Aufstand. Die Kampas legten ihre Stammesfehden nieder und erhoben sich gemeinsam gegen die Chinesen. So passierte schließlich doch noch, was der große Vorsitzende immer zu verhindern versucht hatte.«

»Mein Gott.« Decker erinnerte sich an die Worte des Generals. »Die Armee der Dämonen erwachte!«

»Genau das. Die Nachfahren Schrongtsam Gampos erinnerten sich an ihr Erbe und begannen einen Guerillakrieg. Das war Maos Albtraum.«

Decker versuchte sich vorzustellen, was es bedeuten würde, wenn die Armee der Finsternis heute zuschlagen würde. Aber es waren andere Zeiten. Er bemerkte: »Aber das war doch Irrsinn. Die chinesischen Streitkräfte hatten gerade die Japaner und dazu die mit amerikanischem Material ausgerüsteten Truppen Tschiang Kai-scheks besiegt. Sie waren in bester Form und kampferprobt. Zudem war die Volksbefreiungsarmee die größte der Welt. Welche Chance hätte eine Horde mittelalterlicher Nomaden gegen sie gehabt?«

»Jede. Das ist ja das Verrückte. Im zerklüfteten Hochgebirge Tibets nützte den Chinesen ihre Technik nicht viel. Es gab ja keine Straßen, auf denen sie schwere Artillerie oder Panzer hätten bewegen können. Alleine der Nachschub war schon ein Problem, selbst für kleine Regimenter zu Fuß. Hängebrücken waren beschädigt, es herrschten Temperaturen von bis zu minus 40 Grad Celsius. Die Versorgung mit Munition, Lebensmitteln und Medikamenten brach ständig zusammen und lähmte die Truppen. Die Flugzeuge konnten zwar Klöster aus der Luft bombardieren, aber keine einzelnen Reiter in den engen Schluchten und zwischen den riesigen Felsen treffen. Durch den Sauerstoffmangel in 3000 bis 5000 Metern Höhe konnten die chinesischen Soldaten kaum atmen, und selbst ein Marsch von zwei Kilometern war eine Strapaze. Außerdem gab es keine Karten, und die

Chinesen kannten sich in dem feindlichen Gebiet überhaupt nicht aus. Die Kampas hingegen waren hier geboren, an diese Bedingungen optimal angepasst und kämpfen war für sie so natürlich wie essen. Das wurde den Chinesen zum Verhängnis.«

»Wollen Sie damit sagen, die Kampas waren den Chinesen wirklich überlegen?«

»Und wie. Hier habe ich einen Bericht der *New York Times* aus jenen Tagen für Sie.« Wie von Zauberhand erschien auf dem zweiten Bildschirm ein Zeitungsartikel. »Sehen Sie, es wird von Tausenden von Nomadenkämpfern berichtet. Es heißt, sie seien getötet worden. Das ist falsch. Das Gegenteil war der Fall. Die Kampas schlugen mit solch einer Gewalt zu, dass die Lage völlig außer Kontrolle geriet. China hat sogar russische Truppen zur Unterstützung angefordert. Die Kampas haben gekämpft wie die Geister. Gut zweitausend Soldaten schnitten sie die Nasen ab und jagten sie in die Eiswüste. Ein Regiment nach dem anderen wurde vernichtet. Die Kampas wüteten mit unvorstellbarer Grausamkeit unter ihren Feinden.«

Decker dachte an die furchtbare Schlacht bei Liegnitz, damals in Europa. Und an die Narbe im Gesicht des Generals. Mein Gott …

»Die wenigen von den Chinesen erbauten lebenswichtigen Versorgungsstraßen wurden gesprengt und durch Lawinen auf Jahre hinaus blockiert. Die Chinesen konnten sich in Tibet nicht mehr bewegen. Als Peking dann Elitetruppen und Fallschirmjäger geschickt hat, wurden auch die massakriert.«

Decker überlegte laut. »Das war ja wie bei den Römern. Die berühmte Schlacht im Teutoburger Wald, bei der fast 20.000 Legionäre hingemetzelt wurden, weil sie im sumpfigen Wald nicht wie gewohnt manövrieren konnten. Und den Amerikanern in Vietnam und den Russen in Afghanistan ist es ja auch nicht besser ergangen.«

»Genau. Und wissen Sie, wer noch seine Finger im Spiel hatte? Jemand, der im Kampf gegen den Kommunismus natürlich nicht fehlen durfte.«

»Sie meinen doch wohl nicht...«

»Doch, genau die! Lhasa wurde von der CIA unterstützt. Es gab Ausbildungslager für tibetische Freiheitskämpfer in Colorado und Okinawa. Außerdem wurden Waffen für die Kampas abgeworfen. Mehr kann ich leider dazu nicht sagen, aber die CIA wird Ihnen das heute sicher bestätigen.«

Decker schüttelte den Kopf. *Ein Guerillakrieg in Tibet.* »Eine Sekunde, Exzellenz, was sagt denn der Dalai Lama zu der Sache mit der CIA?«

»Oh, er behauptet, er hätte es nicht gewusst und sein Bruder hätte es hinter seinem Rücken durchgezogen.«

»Und wie ist es ausgegangen?«

»Nun, die Kampas hatten es beinahe geschafft. Sie hatten die übermächtigen Truppen der Volksrepublik China in die Knie gezwungen. Eine Schande für Mao und das Land der Mitte. Die Chinesen waren dabei, ihr Gesicht zu verlieren. Das müssen Sie sich mal vorstellen. Ein wilder Haufen mittelalterlicher Reiter schlägt die größte Armee der Welt. Deswegen war der General wohl auch ein bisschen gereizt an der Stelle.«

»Und warum ist es dann anders gekommen?«, fragte Decker.

»Die hohen Lamas in Lhasa haben die Kampas gestoppt. Alles, woran sie dachten, war die Rettung ihrer Vermögen und ihrer Privilegien, deren Erhalt ihnen die Chinesen in Aussicht gestellt hatten.«

Decker war tief betroffen. »War das wirklich so?«

»Ja. So wie ich die tibetische Regierung kennengelernt habe, bestand sie aus habgierigen, eifersüchtigen Memmen. Sie fürchteten, dass eine Kooperation mit den Kampas zu ihrem Sturz führen würde. Sie wussten ja um den alten Hass.«

»Aber von den geflohenen Lamas haben doch viele ihren Willen zum gemeinsamen Widerstand geäußert.«

Der ehemalige Botschafter lachte bitter. »Lippenbekenntnisse im sicheren Exil. Aber als es an der Zeit war zu handeln, haben sie die Rebellion der Kampas gebremst.«

»Und der Dalai Lama?«

»Sehen Sie, genau an der Stelle hätte er Geschichte schreiben können. Ein einziges Wort vom Dalai Lama in dieser Situation, eine einzige verdammte Proklamation, und ganz Tibet hätte sich gegen die Chinesen erhoben. Das Versagen des Dalai Lamas, das zu erkennen, sein Versagen zu handeln und seine Leute in den Krieg zu führen, das ist die größte aller Tragödien Tibets.« Sir Reginald atmete schwer. »Es ist eine gewaltige Schuld, die der Dalai Lama auf sich geladen hat. Ich möchte nicht in seiner Haut stecken.«

Decker machte seine Notizen. »Man könnte einwenden, dass er Gewalt nicht mit Gewalt beantworten wollte.«

Sir Reginald sah Decker über die Kamera an. »Nun ja«, sagte er schließlich. »Man muss ihm vielleich zugutehalten, dass er damals noch sehr jung war. Vielleicht hat er den ganzen Unsinn über den friedfertigen Buddhismus tatsächlich geglaubt, obwohl er die brutale Vergangenheit seines Ordens gekannt haben muss. Und es hat ihm wohl auch geschmeichelt, dass Mao ihn mit Nehru und anderen Größen der Weltpolitik bekannt gemacht hat.«

»Und der Westen?«, fragte Decker. »Sie waren doch damals gewissermaßen die Schutzmacht von Tibet.«

Der Botschafter wirkte plötzlich verlegen. »Niemand im Westen wusste, was wirklich in Tibet los war.«

Decker beschloss, es dabei zu belassen. Nachdem er schon den chinesischen General verärgert hatte, wollte er es sich nicht auch mit diesem Zeugen verderben. »Das heißt zusammenfassend«, sagte er vorsichtig, »Lhasa hatte zweimal die Möglichkeit, den Krieg und die Besetzung zu verhindern. Es gab eine diplomatische und eine militärische Lösung. Der Dalai Lama hat beide Chancen verspielt. Am Ende ihrer Geschichte waren es die alten Machtkreise, die ihr eigenes Land an die Chinesen verkauft haben. Vielleicht hätten sie den 14. Dalai Lama auch beseitigt, wenn er ihnen in die Quere gekommen wäre, so wie seine Vorgänger.«

Woodham blickte traurig in die Kamera. »Genauso ist es. Ich halte das für eine der größten Katastrophen, die Asien je erlebt hat.«

»Wie haben denn die Kampas darauf reagiert? Haben sie aufgegeben?«, fragte Decker.

»Ganz im Gegenteil. Die Kampas sind Kämpfer, und sie trafen die einzig richtige Entscheidung. Sie erkannten, wo ihre Feinde saßen. Lhasa musste erobert und der Unterwürfigkeit des Puppenkabinetts gegenüber China ein Ende gesetzt werden. Was folgte, ist eine der am wenigsten bekannten Revolutionen des letzten Jahrhunderts. Die Guerillas organisierten sich neu, vernichteten den größten Teil der in Lhasa stationierten chinesischen Regimenter, stellten den Dalai Lama unter Hausarrest und setzten ihm ein Ultimatum, sich ihnen anzuschließen.«

*Noch ein Regierungssturz in Tibet. Wie die Retingre-*

*volution*. Decker hatte aufgehört, die Widersprüche zwischen der Wirklichkeit und den Schriften des Dalai Lama zu zählen. »Die Geschichte wiederholt sich offenbar immer wieder«, sagte er trocken. »Seine Vorgänger wurden schließlich auch gelegentlich aus dem Weg geräumt. Wie hat er reagiert?«

»Er hat sich geweigert, den Aufstand der Kampas zu unterstützen. Daraufhin beschlossen die Kampas die gewaltsame Machtübernahme. Sie ersetzten die Regierung durch ein Freiheitskomitee, erklärten Tibet erneut für unabhängig und forderten den Abzug der chinesischen Truppen.«

»Ein vorschriftsmäßiger Staatstreich.«

»Ja, die Kampas waren am Ziel. Sie waren die Herren in Tibet. In den kommenden Wochen war ihre Präsenz in Lhasa unübersehbar, während der chinesische General mit dem Rest seiner Truppe täglich im Potala protestierte. Der Dalai Lama selbst hat die Situation so umschrieben, dass er zwischen zwei Vulkanen stand, die jeden Augenblick ausbrechen konnten. Auf der einen Seite die Kampas und der Protest seines Volkes gegen die Unterdrückung, auf der anderen Seite die Chinesen, die Verstärkung angefordert hatten.«

»Oh, da übersieht er wohl, dass die Wut des Volkes auch gegen ihn und seine Tatenlosigkeit gerichtet war. Immerhin war er doch gerade abgesetzt worden«, sagte Decker.

»Das ist der Knackpunkt. Was wissen Sie darüber, wie der Gottkönig Tibet verlassen hat?«

»Es heißt, er sei vor der chinesischen Bedrohung geflohen«, sagte Decker.

»Können Sie sich denken, was in Wirklichkeit passiert ist?«

Decker sah Li Mai an. Sie grinste verächtlich bei dem Gedanken daran, was jetzt kommen würde.

Decker ahnte es schon. »Sie meinen, er wurde von seinen eigenen Leuten rausgeschmissen?«

»Wahrscheinlich. Die Kampas wollten sich jedenfalls diese göttliche Komödie in Lhasa nicht mehr länger anschauen. Sie waren drauf und dran, ihn zu liquidieren. Warum sie davon Abstand genommen haben, weiß ich nicht genau, aber ich habe so eine Theorie. Die Wahrheit kennt wohl nur Seine Heiligkeit selbst, und er streitet alles ab. Organisiert und überwacht wurde die ganze Operation von der CIA. Vielleicht wissen die mehr.«

Decker schaute Li Mai an. Sie nickte. »Stimmt.«

Decker verdaute noch das eben Gehörte, als der Botschafter etwas hinzufügte. »Nebenbei – Seine Heiligkeit und seine Leute haben den gesamten Kirchenschatz mitgenommen. Sie sehen also, selbst die höchsten Lamas haben ihre Anhaftung an gewisse Besitztümer nicht ganz überwunden. Und das Schlimmste daran ist, dass er ein Teil des Vermögens bei Spekulationsgeschäften verloren hat. Stellen Sie sich mal vor, was man damit alles Sinnvolleres hätte tun können.«

Decker fielen die traurigen Berichte ein, die er über tibetische Flüchtlinge gelesen hatte, in denen beschrieben wurde, wie diese sich in Indien im Straßenbau durchschlagen mussten.

»Aber um auf die Flucht zurückzukommen«, unterbrach der Engländer Deckers Gedanken, »wissen Sie, was er den Kampas vor Erreichen der Grenze gesagt hat? Dass er ihnen nicht mehr rät, Gewalt zu vermeiden, dass es nur noch einen Weg gebe, nämlich weiterzukämpfen.«

Nach einem Augenblick schweren Schweigens sagte Decker: »Also die endgültige Bankrotterklärung seiner eigenen verlogenen Politik der Gewaltlosigkeit.« Er schüttelte den Kopf. »Man fragt sich, wofür er eigentlich den Nobelpreis gekriegt hat.«

Sir Reginald schaute Decker an: »Nun, ich kann Ihnen sagen, warum der Dalai Lama den Preis gekriegt hat. Überlegen Sie mal, was zur Zeit der Verleihung gerade in China passierte.«

Decker wusste es nicht. Aber Li Mai sprang ein. »Der Nobelpreis war die Antwort des Westens auf die Niederschlagung der Studentenproteste auf dem Platz des Himmlischen Friedens.«

Decker wandte sich wieder an Woodham. »Sie wollten mir noch sagen, warum die Kampas den Dalai Lama haben leben lassen.«

»Ja, ich glaube, das liegt an seiner Herkunft. Der Hof in Lhasa hatte immer schon Angst vor den Kampas. Um sie zu beruhigen, haben sie den 14. Dalai Lama in der Region Kahm entdeckt. Das ist das Land der Kampas«, sagte der Botschafter. »Damit war der 14. Dalai Lama einer von ihnen. Lhasa hat das vermutlich als Zugeständnis gesehen. Die herrschenden Kreise haben wohl gehofft, dass es die Krieger besänftigt und dass sie Lhasa in Ruhe lassen.«

Decker zuckte zusammen. *Der Dalai Lama ein Kampa. Dann fließt in seinen Adern ja das Blut der Kriegerrasse.* Was würde die Abteilung »Ahnenerbe« wohl dazu sagen? Wenn es sie heute noch gäbe.

Dann besann er sich auf die nächste Frage, die für seine Mission äußerst wichtig war. »Herr Botschafter, haben Sie schon mal etwas von einer alten Religion in Tibet gehört, einem Glauben, der in diesem Land herrschte, bevor der Buddhismus dort eingeführt wurde?«

Sir Reginald verzog das Gesicht, wirkte nervös und

blickte angespannt in die Kamera. »Lassen Sie die Finger davon!«

Decker sah überrascht Li Mai neben sich an und wandte sich wieder an den Botschafter. »Es gab sie also?«

»Es ist eine Warnung. Gehen Sie dem nicht nach. Es wird Ihr Tod sein. Mehr kann ich Ihnen nicht sagen.« Er blickte unsicher um sich. »Kann ich Ihnen sonst noch irgendwie helfen, Herr Dr. Decker?«

Decker spürte, dass er nichts mehr aus Woodham herausbekommen würde. Dabei hatte er den Tempel des Schreckens noch gar nicht erwähnt. Daher sagte er nur: »Nein. Ich danke Ihnen.«

»Viel Glück bei Ihrer Mission, mein junger Freund.« Der Engländer stand auf.

Decker und Li Mai blickten auf den leeren Monitor. »Das war's dann wohl«, sagte sie.

»Was hältst du von seiner letzten Reaktion?«, fragte Decker.

»Ich hatte den Eindruck, dass er vor irgendwas Angst hat«, sagte Li Mai.

»Aber warum sollte Sir Reginald Angst haben?«, fragte Decker die hübsche Chinesin. »Er lebt jetzt in London, ist längst außer Diensten.«

»Nun, Tibeter gibt es doch überall. Und der Dalai Lama hat viele Kontakte.«

»Wie meinst du das?«, fragte Decker.

Li Mai schlenderte spielerisch auf ihn zu und setzte sich zu ihm in die Sitzecke. »Ich geb dir mal zwei Beispiele.«

»Schieß los«, sagte Decker.

»Du wirst es nicht glauben«, sagte sie. »Er hat Schoko Asahara ein Empfehlungsschreiben gegeben.«

Decker riss die Augen auf. »Das ist doch dieser Sektenführer, der 1995 den Giftgasanschlag in der U-Bahn von Tokio organisiert hat.«

»Genau der. Zwölf Tote hat es damals gegeben und über fünftausend Japaner haben eine Sarin-Vergiftung erlitten.«

»Mann o Mann, der Dalai Lama sollte sich seine Freunde vielleicht besser aussuchen.«

»Oh, er kennt noch mehr solcher Leute.« Sie reichte Decker ein Foto. Es zeigte den Dalai Lama mit einem weißhaarigen, fetten Mann, der wie ein christlicher Geistlicher aussah.

»Was ist damit?«

Li Mais Augen verengten sich. »Dieser Mann neben dem Dalai Lama ist Miguel Serrano.«

»Und?«

»Er gehört zur rechten Szene in Südamerika. Er ist der Vertreter von etwas, was man den esoterischen Hitlerismus genannt hat. Er war 1959 Botschafter Chiles in Indien und hat den Dalai Lama nach seiner Ankunft im Exil als erster begrüßt. Sie sind später noch mehrfach zusammengetroffen. Es heißt, Serrano ist sehr begeistert vom Dalai Lama.«

Decker stieß einen Pfiff aus. »Der Dalai Lama hat Kontakte in die südamerikanische Szene des Rechtsextremismus?«

»Sieht ganz so aus«, sagte Li Mai. »Er hat auch die Freilassung des Massenmörders Pinochet verlangt. Seiner Ansicht nach gibt es keine absolut böse Person.«

»Ich verstehe«, behauptete Decker. Aber das war stark übertrieben. Was jetzt in ihm aufstieg, war mehr eine Ahnung.

Dritter Teil

# Tibet

Aufklärung ist der Ausgang des Menschen aus seiner selbst verschuldeten Unmündigkeit. Unmündigkeit ist das Unvermögen, sich seines Verstandes ohne Leitung eines anderen zu bedienen. Faulheit und Feigheit sind die Ursachen, warum ein so großer Teil der Menschen, nachdem sie die Natur längst von fremder Leitung frei gesprochen, dennoch gerne zeitlebens unmündig bleiben; und warum es anderen so leicht wird, sich zu deren Vormündern aufzuwerfen.
Es ist so bequem, unmündig zu sein.

*Immanuel Kant*

# 15

Es war spät in der Nacht. Decker stand in der Maschine und schwenkte die Eiswürfel in seinem Glas. So ein dreißigjähriger Whisky war doch etwas Feines. Inzwischen hatte er sich an die Umgebung gewöhnt. Das leichte Hintergrundsummen der Klimaanlage und Energieversorgung empfand er fast schon als gemütlich. Die Kabine war in ein warmes, indirektes Licht getaucht, das dunkle Holz schimmerte in seiner Maserung und er fühlte sich wie in einem edlen Club. In dem Halbdunkel des Raumes leuchteten die Monitore der Laptops und der Plasmaschirme und legten einen blau-weißen Schimmer auf die Dinge in der Umgebung. Die Instrumentenpanels der Kommunikationsanlagen und der Stereoanlage bildeten überall Lichtergruppen. Es sah ein bisschen wie auf der mahagonigetäfelten Brücke eines Schiffes bei Nachtfahrt aus.

Decker hing seinen Gedanken nach. Seine Blicke wanderten über die mit Papieren und Büchern beladenen Arbeitsplatten. Er hatte stundenlang gelesen und war dabei auf einige sehr interessante Dinge gestoßen. So langsam passte das große Puzzle zusammen. Die Aussagen des Generals. Der englische Botschafter. Die Informationen von Li Mai. Und im Gegensatz dazu die Begeisterung des Buddhisten in Frankfurt und die Schriften des Dalai Lama.

Erneut blickte Decker auf die Fotografie aus dem alten Tibet, die er in einem der Bücher entdeckt hatte. Li Mais Worte fielen ihm wieder ein: *Es gibt viel, was der Dalai Lama dem Westen nicht erzählt hat.* Tibet war völlig anders, als die Leute im Westen sich dachten.

*Und Hitler muss es gewusst haben!*

Er musste unbedingt mit Li Mai sprechen. Denn er kam jetzt an einen Punkt, wo sie einiges tun mussten.

Li Mai saß an einem Schreibtisch mit Monitor und las Deckers Notizen über das Gespräch mit dem General. »Sagenhaft. Du hast eine Menge von dem alten Wu Ti erfahren.«

»Ich hab mich vor ihm gefürchtet«, gab Decker zu.

»Ach, das musst du nicht«, sagte Li Mai. »Er mag die Deutschen. Er ist lange in der DDR gewesen, und obwohl ihm das Regime gar nicht passte, hat er eine Schwäche für die deutsche Kultur. Ich glaube, er trinkt sogar Bier.« Sie kicherte und hielt hastig die Hand vor den Mund.

»Bier?« Decker schüttelte den Kopf. Das wäre ihm nie eingefallen. Eilig zog er das Foto hervor, das er mitgebracht hatte.

»Na, hast du in den Büchern noch etwas ausgegraben?«, fragte sie und lehnte sich in ihrem Sessel zurück.

»Ja. Vielleicht sogar die Sensation.« Decker betrachtete ihre langen, schlanken Beine und bemerkte einmal mehr, dass Li Mai eine äußerst attraktive Frau war.

»Eine Sensation?«, fragte Li Mai und lächelte. »Lass doch mal hören.«

Decker wurde rot und schob seine Gedanken hastig beiseite. Hier ging es um eine wissenschaftliche, nicht um eine erotische Sensation. »Weißt du, es ist für einen Europäer alles sehr fremd. Deswegen erkennt man gewisse Zusammenhänge und Strukturen nicht gleich, die in Europa sofort ins Auge stechen würden. Man denkt immer, in Tibet wäre alles ganz anders. Aber im Grunde geht es auch im Land der Götter nur um eins.« Decker machte eine Pause, und Li Mai ergänzte: »Geld und Macht.«

»Richtig. Im Prinzip ist in Tibet vieles ähnlich gelaufen wie mit der katholischen Kirche.«

»Du meinst all die Gegensätze zwischen den Worten Jesu und der Praxis der Päpste?«

»Ja, so ungefähr.«

»Dann erzähl doch mal.« Li Mai drehte sich zu Decker um, schlug die Beine übereinander und lächelte wieder.

»Also gut.« Decker sammelte sich. »Beginnen wir im 7. Jahrhundert. Schrongtsam Gampo gründete jenes gewaltige Imperium in Tibet.«

»Ich weiß, der blutrünstige Eroberer, der Asien unterjocht hat.«

»Exakt. Nachdem er damit fertig war, stand er in Tibet vor einer völlig neuen Situation. Früher gab es auf dem Dach der Welt nur umherziehende Nomaden, die niemals sesshaft wurden. Jetzt entstand plötzlich ein Großreich. Ein Staat und eine Hauptstadt. Und am Hof des Herrschers bildete sich eine neue Gesellschaft aus Ministern, Beamten und Generälen. Mit ihnen war er einstmals in den Krieg gezogen und groß geworden. Jetzt sollten sie ein Reich verwalten, Karrieren machen. Und da stieß er auf ein Problem, das er militärisch nicht lösen konnte.«

»Interessant. Welches neue Problem?« Li Mai stand auf und ging zu einem kleinen hölzernen Spieltisch. Darauf standen zwei Holzdosen mit schwarzen und weißen Steinen. Sie nahm ein paar in die Hand und ließ sie mit geschickten Fingern umeinander kreisen.

Decker schaute ihr etwas irritiert zu. »Seine neuen Gegner waren jetzt nicht mehr die Feinde außerhalb Tibets, sondern Leute im eigenen Land. Große Teile der Macht lagen nämlich in den Händen der alten Priester und der Anhänger der alten Religion.«

»Halt«, unterbrach ihn Li Mai, »von dieser alten Religion habe ich auch gerade gelesen. Hast du was dazu gefunden?« Sie schlenderte durch den Raum und ließ die Steine von der einen in die andere Hand fallen, was ein leises Klickern erzeugte.

»Später.« Decker ließ sich nicht unterbrechen. »Also, die alten Priester. Sie beherrschten die Seelen der Menschen und damit auch die Untertanen von Schrongtsam Gampo. Außerdem gab es auch noch die Stammesfürsten, die sich wahrscheinlich auch auf den alten Glauben beriefen. Um nun die absolute Kontrolle über sein Reich zu erlangen und seinen Gefolgsleuten den sozialen Aufstieg zu ermöglichen, musste Schrongtsam Gampo die Priester und die alten Herrscher aus dem Weg räumen. Das heißt, er musste die Basis ihrer Macht zerstören.«

»Die alte Religion musste weg«, vervollständigte Li Mai.

»Richtig. Und deshalb beschloss der tibetische Großkönig, den Buddhismus einzuführen.«

Li Mai blieb stehen und sah Decker konzentriert an. »Soll das heißen, der Buddhismus wurde primär aus politischen Gründen in Tibet eingeführt? Zum großen Reinemachen. Um die alte Religion zu verdrängen?«

»Ja. Ich weiß, es widerspricht allen frommen Legenden. Aber ich bin davon überzeugt, dass der Buddhismus einzig und allein ein neues Machtinstrument war. Frömmigkeit und Glaube spielten kein Rolle.«

»Der Dalai Lama würde das sicher anders sehen«, bemerkte Li Mai.

»Klar. Aber wir halten uns an die Fakten. Und die besagen, dass der König den Buddhismus ins Land holte. Und ohne gute Gründe importiert doch kein vernünftiger Herrscher einen neuen Glauben und riskiert damit innere Unruhen.«

Li Mai bewegte sich wieder auf den kleinen Tisch zu. Sie nahm die Steine einzeln aus der Hand und legte sie nachdenklich auf die Schnittpunkte des Liniennetzes, das sich über den Tisch zog. »Das ist wahr. Aber wie ist das passiert und warum hat er den Buddhismus gewählt?«

Decker beobachtete ihre schlanken Hände, wie sie die Steine zu Mustern legten. »Um das neue Reich überhaupt verwalten zu können, gab Schrongtsam Gampo in Kaschmir die erstmalige Entwicklung der tibetischen Schrift in Auftrag. Bis dahin war sein Volk wohl ein ziemlich kulturloser Haufen von Barbaren. Mit der Schrift könnten erste buddhistische Texte nach Lhasa gelangt sein. Der tibetische Herrscher las die Texte und fand einen Punkt von enormer strategischer Tragweite.«

»Und welchen?« Li Mai schüttelte den Kopf.

»Schrongtsam Gampo erkannte, dass mit dieser Religion schon einmal erfolgreich ein neues Reich aufgebaut worden war. Und dass damit die geistliche und weltliche Konkurrenz erledigt wurde.«

»Stopp. Ich komme nicht mehr ganz mit«, unterbrach Li Mai, »beim Buddhismus denke ich an einen Weg zur Erleuchtung. Das ist doch kein politisches Instrument.«

»Das habe ich bis gestern auch gedacht«, sagte Decker.

»Aber nach allem, was wir inzwischen über Tibet wissen, sieht die Sache wohl anders aus. Mit dem Buddhismus ist es wie mit einem Küchenmesser, man kann damit die wundervollsten Dinge zubereiten oder jemanden umbringen. Ich denke, in Tibet ist klar, welche der beiden Möglichkeiten gewählt wurde.«

»Der Buddhismus als Waffe?« Li Mai schüttelte den Kopf. Dann fiel ihr Blick wieder auf das Brett mit den Steinen. »Das kann ich mir nicht vorstellen!«

»Oh doch.« Decker holte tief Luft. »Bevor die buddhistische Lehre in Tibet eingeführt wurde, bestand sie bereits ein Jahrtausend in Indien und den angrenzenden Ländern. Und da war sie auch schon ein politisches Instrument im Dienste der Mächtigen. Als sie dann in Tibet zur Staatsreligion wurde, ist sie noch mal kräftig umgebaut worden.«

»Umgebaut?«, fragte Li Mai und legte wieder neue Konstellationen aufs Brett.

»Ja,« sagte Decker und folgte wieder ihren Händen, »umgebaut bis zur Unkenntlichkeit. Das ist der Knackpunkt. An der heutigen Lehre des tibetischen Buddhismus ist fast nichts mehr original!«

Li Mai war überrascht. »Was wurde denn verändert? Und wie kommst du darauf?«

Decker setzte sich in einen der bequemen Sessel und machte eine ausholende Geste. »Unser Ausgangspunkt ist die Stunde Null des Buddhismus. In dieser Zeit lebten die wilden Nomadenstämme im Hochland des Himalaja noch völlig abgeschieden vom Rest der Welt und hingen ihrem alten Glauben an. Aber in der Nachbarschaft, in Indien, bildeten sich Hochkulturen. Dort beginnt unsere Geschichte mit dem historischen Buddha, Siddhartha Gautama. Er wurde als Sohn eines Stadtfürsten aus dem

Adelsgeschlecht der Shakya in Lumbini im Jahre 560 vor Christus geboren. Nach langem, mühevollen Suchen erlangte er unter dem heiligen Bo-Baum im heutigen Bodh Gaya die Erleuchtung. Bis zu seinem Tod in Kushiganara um 480 vor Christus sammelte der die ersten Anhänger um sich und gab die gefundenen Weisheiten weiter.«

»Wie Jesus mit seinen ersten Jüngern«, sagte Li Mai und setzte sich ihm gegenüber.

»Ja, so in etwa. Der Unterschied war nur, dass Jesus ein Handwerkerssohn und Buddha ein Prinz war. Und weil er die zeitgenössische Philosophie kannte, war Buddhas Lehre wohl auch nicht leicht zu verstehen. Im Gegenteil. Sie war eine geradezu elitäre und vornehme Erlösungstheorie für Intellektuelle. Buddha wirkte weder durch heißblütige Bußpredigten wie Jesus noch durch die visionären Verkündigungen des arabischen Propheten. Buddha liebte den gepflegten philosophischen Dialog, in dem der Gesprächsgegenstand ruhig, sachlich, emotionslos und systematisch ausgeschöpft wurde. Ein Denker und Philosophentyp.«

»Kennt man denn die Inhalte dieser ursprünglichen Lehre?« Sie nahm einen der Steine und warf ihn Decker zu.

Er fing ihn auf, innerlich amüsiert über diese Geste. »Das ist so schwer zu sagen. Mit Sicherheit gehören die sogenannten vier edlen Wahrheiten über Wesen, Ursachen, Bedingungen und Mittel der Aufhebung des Leidens dazu. Aber metaphysische Spekulationen und vor allem magische Praktiken wies der Gründervater mit Sicherheit zurück.«

»Ja, wie kam man denn dann ins Nirwana?« Sie warf ihm noch einen Stein zu und er fing ihn erneut.

»Nur sehr schwer. Der Weg zur Erleuchtung führte

für jeden einzelnen Schüler über eigenständige harte geistige Arbeit. Es gab keine Abkürzungen, keinen segenspendenden Priester und keinen Gott oder Schützer, der dabei helfen konnte. Deswegen gab es im alten Buddhismus auch kein Gebet.«

Li Mai dachte an all die heutigen tibetischen Rituale und rollte die Augen. »Du meinst, die ganzen Räucherkerzen und Mantras vernebeln den wahren Buddhismus?«

Decker ließ sich von ihrem Anblick und den Spielereien nicht ablenken. »Das Ziel war die Erreichung eines Gemütszustandes der kühlen, stoischen Temperierung, erfüllt von einem starken, aber gegenstandslosen Liebesempfinden, frei von Furcht und Leid, vor allem aber frei von dem sinnlosen Willen zu leben. Irgendwann erkannte der Schüler das karmische Gesetz von der universellen Kausalität, konnte das Rad der Wiedergeburten verlassen und ins Nirwana einkehren. Es war ein langer Weg aus interesseloser kontemplativer Versenkung auf der Basis rationalen Denkens.«

Li Mai stieß einen Pfiff aus. »Sieht heute ein bisschen anders aus.« Der nächste Stein kam auf Decker zugeflogen.

Er schnappte ihn aus der Luft. »Das ist leider wahr. Der alte Buddhismus war darüber hinaus noch eine völlig unpolitische Religion. Gegenüber den indischen Göttern seiner Zeit und der Frage, ob und wie sie existierten, verhielt er sich gleichgültig. Buddha stand weit darüber. Er lehnte sogar das Angebot ab, einen Orden zu gründen oder zu leiten. Er wollte keine Kirche und keine Gemeinde. Das führt uns zu einem weiteren Punkt, den die Tibeter sicher auch nicht gern hören.«

»Der da wäre?« Sie setzte wieder zum Wurf an.

Decker war zum Fangen bereit. »Die Lehre des Siddharta war nie als Mönchsreligion konzipiert worden.«

Li Mai warf und lachte laut. »Oh, oh. Wenn ich dich richtig verstanden habe, dann hatte der echte Buddhismus ...« Sie legte Steine in einer Reihe auf den Couchtisch und sagte dabei jedesmal: »Keine Götter, keine Dämonen, keine Mantras, keine Gebetsfahnen, keine Gesänge, keine Trommeln, keine Glocken, keine Symbole, keine Rituale, keine Orakel, keine Klöster, keine Lamas und keine Politik.«

Decker nickte. »Die Reihe ließe sich auch noch verlängern.«

»Dann hat sich der tibetische Buddhismus aber wirklich weit von der ursprünglichen Lehre entfernt.« Li Mai grinste.

»Ja«, bestätigte Decker. Seine Stimme war ernst. »Es ist nichts mehr original.«

»Das ist ja erschreckend.«

»Das sind die Tatsachen«, sagte Decker nüchtern.

»Was sagt denn der Dalai Lama dazu?«

»Kannst du dir sicher denken. Er schreibt, dass seine Religion getreu auf den Lehren des Buddhas gründet.«

Li Mai erhob sich und holte neue Steine von dem kleinen Tisch. »Wie ist es denn so weit gekommen?«

»Die Entwicklung fing schon in Indien an. Wie bei allen Religionen der Welt setzten schon bald nach dem Tod des Gründers die ersten Machtkämpfe ein. Am Anfang stand die strategisch entscheidende Umwandlung der originären Laiengemeinschaft in einen Mönchsorden durch die direkten Schüler des Meisters. Dann gab es Streit und Eifersüchteleien unter den Jüngern. Um eine Spaltung zu verhindern, berief man das Konzil von Vaicali ein. Der Lieblingsschüler des Buddha, Ananda, wurde beiseitegeräumt und andere übernahmen die Führung.«

Li Mai nahm die Steine und drehte sich verdutzt zu Decker hin um.

Decker wurde langsam neugierig, was das eigentlich für ein Tisch war, blieb aber noch beim Thema. »Es war wie das Konzil von Nicea unter Kaiser Konstantin mit Sektenbildung und unüberbrückbaren Meinungsverschiedenheiten. Vor allem fiel die Entscheidung, dass künftig nur noch Mönche die volle Erleuchtung erlangen könnten.«

»Aber es gab noch keinen Großgrundbesitz oder Klöster wie später in Tibet?«, fragte Li Mai.

Decker nickte. »Genau. Die Lehre muss sich bis ungefähr 250 vor Christus gehalten haben. Dann erst fand das historische Ereignis statt, mit dem der Buddhismus seinen internationalen Eroberungszug antrat.« Er zeigte auf eine der historischen Landkarten. »Nachdem Alexander der Große vom Indus zurückgedrängt worden war, entstand in Indien das erste Großreich. Der Reichsgründer Ashoka trat als erster weltlicher Herrscher formell in den buddhistischen Orden ein.

»Den kenn ich. Da gibt's einen Bollywood-Film drüber.«

»Wundert mich nicht. Ashoka war eine gewaltige historische Figur in Indien.«

»Wie Karl der Große bei euch.« Sie legte wieder Gruppen auf dem Tischchen.

»Ich sehe, du erkennst die Parallelen.« Decker benutzte die Gelegenheit und stellte sich neben sie. Er legte ihr sanft die Hand auf die Schulter und blickte auf den Tisch. Sie ließ es sich gerne gefallen. Decker nahm die Hand von der Schulter und ergriff ebenfalls ein paar der Steine. Sie waren wunderbar glatt und schwer und lagen angenehm in der Hand. »Diesem Schritt lag allerdings keine spirituelle Einsicht zu Grunde, sondern knallhartes politisches Kalkül.«

Li Mai dachte nach. »Du meinst, der Aufstieg und das Umfeld Ashokas in Indien ähnelten der Situation von Schrongtsam Gampo später in Tibet?«

»Du bist eine gute Schülerin«, sagte Decker. »Das ist der springende Punkt. Das letzte Hindernis vor Ashokas uneingeschränkter Alleinherrschaft war die fehlende Anerkennung durch die Götter, denn die herrschenden Brahmanen schrieben seiner Maurya-Dynastie einen niederen Ursprung zu. Er war also gezwungen, die alten geheiligten Standesschranken niederzureißen, um sich und seine Gefolgsleute zu legitimieren. Für dieses Vorhaben war der Buddhismus hervorragend geeignet.« Er legte auch ein paar Steine auf das edle Holzbrett. Nur die Schwarzen.

»Interessanter Gedanke«, sagte Li Mai und legte weiße Steine neben seine. »Aber war der Buddhismus denn dafür geeignet?«

»Nun, er enthielt zumindest die nötigen Ansätze. Wie wir wissen, ignorierte Buddha alle bestehenden Götter und Standesschranken. Das genügte Ashoka. Er machte daraus eine Ablehnung aller bestehenden Gesellschaftsverhältnisse.« Er ließ seine Finger auf dem Stein.

»Verstehe! Das wollte Schrongtsam Gampo auch. Die Entmachtung der alten tibetischen Priester und Fürsten.« Sie legte wieder einen Stein daneben und berührte leicht seine Hand.

Decker spürte ihre zarte Haut. »So ist es. Jetzt weißt du, warum der Buddhismus nach Tibet kam. Allerdings geht das ganze noch weiter. Dieser neue Buddhismus wurde zum Selbstläufer und geriet irgendwann außer Kontrolle.«

»Außer Kontrolle?« Sie legte weiter Steine und sah ihn an.

Decker hob seinen Blick von dem Brett und versank innerlich in ihren tiefschwarzen Augen. Der kurze Kontakt mit ihr wirkte noch nach. »Ja, das ist die Ironie der Geschichte. Erst sollte der Buddhismus für Ashoka die Brahmanen aus dem Weg räumen. Danach für Schrongtsam Gampo die Priester. Aber niemand konnte damals ahnen, dass der Buddhismus irgendwann die weltlichen Könige ganz beiseiteschieben und das Ruder selbst übernehmen würde. Es dauerte über tausend Jahre, aber dann hatte er das in Tibet erreicht.« Decker suchte nach passenden Worten. »Aus dem Instrument wurde die führende Hand, es entstand eine Theokratie.«

»Sagen wir besser, die Herrschaft der Mönche oder Priester.« Sie schob mehrere Steine zu einem Haufen zusammen. »Dass der Dalai Lama ein *Gott* ist, kann ich nun wirklich nicht glauben. Was hältst du eigentlich von den Erzählungen des englischen Botschafters? Wenn es ist, wie er sagt, dann nimmt es der Dalai Lama wohl mit der Wahrheit nicht sehr genau?«

»Möglich«, grübelte Decker. »Mir ist Seine Heiligkeit auch nicht gerade sympathisch. Aber es könnte noch etwas ganz anderes dahinterstecken. Der General und der Botschafter hatten es angedeutet. Ich glaube jetzt in dem Kontext auch langsam, dass der Gottkönig in Tibet überhaupt nichts zu sagen hatte.«

»Wie bitte?« Sie nahm einen Stein und warf in quer durch den Raum in den Sessel.

»Ich glaube, er ist bestenfalls eine Symbolfigur. Die wahre Macht liegt bei den Adelsfamilien und Äbten im

Hintergrund. Sie führen das Volk seit Jahrhunderten an der Nase herum und lassen es bluten. Sie benutzen den Dalai Lama wie eine Puppe in ihrem Theater der Ausbeutung.«

»Heißt das, der Dalai Lama ist nur eine Marionette? Er kann reden, so viel er will, aber er kann nichts entscheiden? Dann ist er ja im Grunde genauso ein Schönredner wie alle anderen selbsternannten Weltverbesserer auch.« Sie zeigte auf die Steine. »Du bist dran.«

»Sieht ganz so aus. Der Dalai Lama und der tibetische Buddhismus sind nur eine Fassade. Es geht auch auf dem Dach der Welt immer nur um das eine.« Decker nahm einen Stein und warf ihn ebenfalls in den Sessel. Er traf ihren wie beim Boccia.

»Guter Wurf.« Sie lachte. »Und das wäre?«

»Die Herrschaft von Menschen über Menschen.«

»Du meinst, diese Religion war nur dazu da, um die Menschen zu knechten?« Sie warf wieder.

»Na ja«, sagte Decker. »So hart will ich es nicht gleich ausdrücken. Sonst weinen Richard Geere und die übrigen Sympathisanten des Dalai Lama noch blutige Tränen.« Er warf und verfehlte.

»Ich finde, wir brauchen auf diese Menschenrechts-Schickeria im Westen nicht so viel Rücksicht zu nehmen«, sagte Li Mai und ihr Gesicht war plötzlich gar nicht mehr freundlich. Sie warf mit ziemlicher Wucht. »Wo es um den echten Hunger in der Welt geht, tun diese Leute bis heute gar nichts.«

Decker erschrak. »Du meinst, die Leute in Tibet verhungern?«

»Nein«, sagte Li Mai. »Wir schicken da jede Menge Lebensmittel und andere Hilfsgüter rauf. Aber davon will ja keiner was wissen!«

»Lass uns noch mal zum Buddhismus zurückkehren«, sagte Decker und zielte erneut. »Seit wir uns mit dem tibetischen Buddhismus befassen, stoßen wir dauernd auf Widersprüche und Ungereimtheiten. Und warum?« Decker machte eine kleine Pause, um die Wirkung seiner Enthüllung zu steigern. »Weil wir von einer völlig falschen Annahme ausgegangen sind.« Er warf weit am Sessel vorbei und der Stein knallte klangvoll gegen eine der Vasen dahinter. Das brachte Decker auf eine Idee.

»Vorsicht. Ming-Dynastie.« Sie lachte. »Was meinst du?«

»Ich will damit sagen, dass dieses Trugbild vom tibetischen Buddhismus noch viel fantastischer ist, als wir bisher gedacht haben. Ich glaube, der tibetische Buddhismus wurde nicht einfach umgebaut. Er wurde auch nicht nur als Machtinstrument benutzt. Ich glaube, er ist in Wirklichkeit gar keiner.«

»Kein was?«

Decker zielte genau, warf im hohen Bogen und der Stein verschwand in der Öffnung der Vase mit einem hellen *Klong*. »Kein Buddhismus.«

Li Mai sah erst die Vase und dann Decker an und sagte im besten Bayerisch. »Doa legst di nieda.«

Decker lachte laut und griff nach der Whisky-Flasche. Die Frau war immer für Überraschungen gut. Er goss sich, nachdem Li Mai heftig den Kopf geschüttelt und sich einen frischen Mangosaft aus der Pantry geholt hatte, zwei Finger hoch ein. Er nippte bedächtig. »Ich bin mir fast sicher. Nicht nur der Dalai Lama ist eine Farce. Die ganze Religion ist ein einziger großer Schwindel. Wenn wir das mal als Hypothese annehmen, dann lösen sich eine Menge Probleme auf einen Schlag.«

Li Mai nahm einen Schluck Saft. Sie neigte ihren Kopf

zur Seite, stützte ihn auf Zeigefinger und Daumen und betrachtete Decker. Sie fand es geradezu erotisch, ihm zuzuhören. Er war irgendwie niedlich in seiner Ernsthaftigkeit.

»Ist was?«, fragte Decker.

»Nein. Klingt abgefahren.« Sie ging im Kreis um den kleinen Tisch und baute alle noch vorhandenen Steine ordentlich auf.

»Keineswegs. Überleg doch mal: Die SS-Expedition, die kriegerischen Kampas, die Andeutungen des britischen Botschafters. Es deutet doch alles darauf hin, dass etwas ganz anderes dahintersteckt.«

»Du meinst, der Botschafter kennt die Wahrheit und wird von irgendjemand zum Schweigen gezwungen?«

»Könnte doch sein. Erinnere dich an das Gespräch mit Tang Wu. Er vermutet auch, dass die Tibeter ein Geheimnis hüten, das alles erschüttern würde, wenn es bekannt würde.«

»Stimmt.« Sie hatte alle Steine gelegt.

Decker sah Li Mai misstrauisch an. Soviel Zustimmung schien ihm verdächtig. »Na bitte. Und jetzt denk nach. Was wäre denn das Schlimmste, was in Tibet überhaupt passieren könnte?« Er machte eine Pause und sagte: »Was wäre der tibetische Supergau?«

»Du meinst …« Li Mai setzte einen Fuß auf die Kante und trat den Tisch schwungvoll um. Sämtliche Steine fielen weit verstreut auf den Boden. »… wenn rauskäme, dass diese gesamte Religion und ihr Oberhaupt gar nicht das sind, was sie vorgeben zu sein.«

»Voilà. Das wäre für den Gottesstaat und den Dalai Lama die Katastrophe schlechthin. Ein größeres Desaster wäre kaum denkbar.« Decker und Li Mai blickten auf den umgekippten Tisch. Sie zuckte die Schultern. »Kollateralschaden.« Dann blickte sie ihn an. »Wenn das stimmt, dann dürfte so ein Geheimnis in der Tat niemals auffliegen.«

Und in dem Moment dachten wohl beide das Gleiche. Aber Li Mai sprach es als erste aus: »Das wäre natürlich auch einen Mord wert.« Sie dachte einen Augenblick nach. »Aber was hat denn Hitler mit alledem zu tun?«

»Das frage ich mich auch schon ziemlich lange.«

»Gibt es da eine Verbindung?«

»Ich könnte mir den Grund dafür vorstellen, warum Hitler sich für diese merkwürdige Religion so interessierte. Eigentlich ist es eine naheliegende Idee: Hitler wollte es machen wie Ashoka und Shrongtsam Gampo.«

»Du meinst, er brauchte eine Ersatzreligion für die Deutschen?« Sie tippte mit ihren High Heels auf den Teppich.

»Was heißt hier die Deutschen? Er wollte ja ganz Europa beglücken.«

»Vielleicht hast du ja recht. Er kam aus ziemlich kleinen Verhältnissen, oder?«

Decker lachte. »Allerdings. Hitlers Vater war ein kleiner österreichischer Zollbeamter. Zu seinem Anhang gehörten zwar auch eine Menge Adelige und blaublütige Generäle aus alten Militärdynastien, die schon seit Generationen unter den deutschen Kaisern gedient hatten. Aber viele waren doch übler Pöbel aus der Hefe des Volkes. Mit einem religiösen Kult aus Tibet hätte er sich und seinen Parteimitgliedern, ja der ganzen ›Volksgemeinschaft‹ so einen feinen spirituellen Überbau geben können, eine Rechtfertigung aus dem ›Land der Götter‹. Das hätte ihm sicher gefallen, und sein treuester Gefolgsmann Heinrich Himmler, dieser eklige Spießer und Massenmörder, wollte ihm dazu verhelfen. Deshalb hat er die Expeditionen nach Lhasa geschickt.«

Li Mai biss sich auf die Lippen.

»Ich weiß noch nicht genau, wie er das im einzelnen machen wollte«, sagte Decker. »Aber das kriegen wir auch noch raus.«

Li Mai war noch nicht ganz zufrieden. »Aber wenn der tibetische Buddhismus gar kein Buddhismus ist... Was ist er denn dann?« Sie nahm wieder ihr Glas und setzte sich.

»Das wüsste ich auch gerne. Um das zu beantworten, brauche ich ein Gespräch mit einem Experten für die asiatischen Religionen.«

»Das dürfte machbar sein«, sagte Li Mai und trank aus.

»Gut. Und dann wäre da noch etwas. Ich würde gern die Berichte der SS-Expedition von 1938 sehen. Die müssen doch irgendwelche Aufzeichnungen gemacht haben.«

»Das wird schwer.«

»Du schaffst das schon«, lachte Decker. Aber er wusste, dass wahrscheinlich nur ein deutsches Archiv in Frage kam. Und da in so kurzer Zeit Zugang zu finden, war kein leichtes Spiel. »Wo ist mein Whisky?« Er überlegte einen Moment und sagte: »Als nächstes wollen wir mal sehen, ob dein Vorgesetzter eigentlich recht hat.« Er suchte sein Glas.

»Womit?«

»Mit seiner Behauptung, er könnte uns überall schützen.«

»Was hast du vor?«

»Ich glaube, es wird Zeit, dass wir uns mal vor Ort umsehen. Ich finde es hier zwar langsam sehr gemütlich, aber wir müssen die Maschine jetzt mal verlassen.« Er fand, was er suchte, und trank aus.

»Wo willst du hin, nach Tibet?«

»Später. Ich würde lieber erst mal nach Nepal. Dort müsste es Spuren geben. Ist das machbar?«

»Ich werde sehen, was ich tun kann«, sagte Li Mai.

Decker stellte sein Glas weg und zeigte auf den kleinen Tisch. »Sag mal, was ist das da eigentlich?«

»Ein altes Go-Spiel. Vermutlich sehr wertvoll.«

»Aha. Und damit spielt man Fußball?«

Sie blickte verächtlich auf das Spiel. »Dieses miese Ding kommt wie die Monitore aus Japan und stört mich schon lange hier drin. Aber erfunden wurde das Spiel in China. Es ist äußerst komplex und lässt enorm viele Varianten zu. Wir trainieren damit unser taktisches Denken, den Geist und die Persönlichkeit.«

# 16

Dadul saß zufrieden in seiner Kammer in Lhasa. Er war stolz auf seine Mission und spürte eine gewisse Erregung beim Gedanken an seinen Auftrag.

Der Dalai Lama hatte ihn höchstpersönlich ins Vertrauen gezogen. Es ging um das Geheimnis des tibetischen Buddhismus, das niemals im Westen bekannt werden durfte.

Dieses Geheimnis ist die wahre Seele unseres Volkes, dachte der Mönch. Die wahre Identität. Die heilige Stätte der Krieger. Denn das waren sie im Grunde ihres Herzens alle: Buddhistische Krieger. Und Jigme Dadul, der »furchtlose Feindevernichter«, trug seinen Namen zu recht.

Das Geheimnis war ein Raum, von dem niemand auf der Welt außer Seiner Heiligkeit und seine engsten Vertrauten etwas wussten. Er war das Erbe Tibets. Kein Krieg und keine chinesische Armee hatte ihn je zerstören können. Dieser Raum musste mit allen Mitteln geschützt werden. Dafür hatter er, Jigme Dadul, zu sorgen.

Denn es waren Feinde auf die Spur des Geheimnisses geraten. Fremde, die er töten würde. Dadul dachte nach.

Diese armen Seelen im Westen. Sie wussten nichts. Sie glaubten, der tibetische Buddhismus lebe vom Mitgefühl.

Das stimmte zwar, aber auf andere Weise, als diese Narren sich einbildeten.

Die tiefe Lehre erlaubte natürlich das Töten. Auch die Christen hatten ohne Probleme für ihren Gott ganze Völker vernichtet. Trotz des Fünften Gebots: »Du sollst nicht töten.« Sie seien eben Gottes Werkzeug, hatten sie ihren Opfern erklärt. Und am Ende hatten sie einfach die Übersetzung geändert. Die Menschheit war schon ein komischer Haufen: Alle glaubten an irgendwelche »heiligen Schriften«, obwohl sie gar nicht lesen konnten, was da geschrieben stand, weil die Sprachen, in denen diese Schriften verfasst waren, seit Jahrhunderten schon mausetot waren.

Die Lizenz zum Töten gab es natürlich auch im Buddhismus. Nur gehörte das zu den höchsten Lehren und Techniken der tibetischen Lehre, von denen keiner dieser leichtgläubigen Trottel im Westen je etwas erfahren würde. Niemals. Das blieb einem kleinen Kreis von Erleuchteten vorbehalten. Dadul dachte an die heilige Waffe, die unter seiner Kutte auf ihren Einsatz wartete, und an den Mann, den er umbringen würde. *Dekka.* Das war der Name, den man ihm genannt hatte. Für sich nannte Dadul ihn *Dekyi,* denn es würde ihm eine Wonne sein, dem Mann mit seinem Dolch den neugierigen Bauch aufzuschlitzen. Dekyi würde es noch bedauern, nach Asien gekommen zu sein. Wo er sich wohl gerade aufhalten mochte?

*Egal.* Die Chinesen würden ihr Bestes tun, um den Mann zu beschützen, aber sobald er in Tibet war, würde er sterben. Dafür hatte Dadul genug Informanten.

Der gesegnete Mord. Seine Gedanken wanderten zurück zu den Worten seines Lamas, als dieser ihn vor langer Zeit in das heilige Ritual initiierte: »Wie kann der

Mord mit der buddhistischen Lehre vereinbart werden, fragst du, mein Schüler? Die edle Wahrheit ist diese: Wir hindern das Opfer durch den Tod daran, weiterhin schlechtes Karma anzuhäufen, und verhelfen ihm so zu einer besseren Wiedergeburt. Das Motiv ist das Entscheidende. Das musst du verstehen und dir tief einprägen. Und vor jedem Stoß mit dieser Waffe musst du dich mit einem Mantra daran erinnern. Du wirst nicht aus Hass oder Lust töten, sondern aus Mitgefühl! Das, junger Mönch, ist die hohe Kunst des Vajrajanas. Seit Jahrhunderten praktizieren wir es so.«

Dadul beobachtete die Touristen, die auf der Straße vorbeizogen. *Die Europäer und Amerikaner sind dumm. Es gibt so viel, wovon sie nichts ahnen.* Und das war auch gut so.

Aber der Dolch war nicht das einzige, was unter Daduls Kutte steckte. Er dachte an ein weiteres Ritual des tibetischen Buddhismus. Das war im Westen ebenfalls nicht bekannt. Bei dem Gedanken freute sich der Mönch, wieder in seiner Heimat zu sein, und spürte die Vorfreude in seinen Lenden aufsteigen.

Endlich hatte er wieder Gelegenheit, die heimlichen tantrischen Rituale der Vereinigung zu praktizieren. Die höchste aller meditativen Stufen und ein Sprung auf dem Weg ins Nirwana. Im Westen war dazu leider keine Gelegenheit, da sexueller Kontakt mit jungen Mädchen unter Strafe stand und niemand seine Töchter den Mönchen anbieten wollte wie es in der alten Heimat Brauch war. Schade. Dann lachte er. Wenn diese Pseudo-Buddhisten im Westen wüssten, dass wir ihnen nur die Hälfte aller Meditationen gezeigt haben! Sollen sie sich nur abmühen mit ihren paar Mantras für Anfänger. Die geheimen

Schriften mit der tantrischen Technik werden sie nie in die Hände bekommen.

Dabei war die letzte Stufe der Erleuchtung ohne die tantrischen Rituale der Vereinigung gar nicht erreichbar. Dadul lachte wieder. Die Westler waren ja selber schuld. Wenn sie im Westen von diesen geheimen Ritualen erführen, wären sie ja entsetzt. Besonders die dämlichen Weiber. *Also können wir es ihnen gar nicht sagen. Sie halten den tibetischen Buddhismus für eine reine Religion. Heilige, die sich an Kindern auslassen, das kommt nur bei den Katholiken vor. Und es ist jedesmal ein Skandal. Lächerlich. Aber das ist gut für uns.*

Der Dalai Lama hatte ihnen bei Androhung eines Fluches verboten, das Ritual im Westen zu vollziehen. Die im Westen wollten Mönche ohne Sexualität. *Das Image, wie Seine Heiligkeit immer sagt. Die Spendengelder. Ich frage mich nur, ob Seine Heiligkeit sich daran hält.* Dadul lachte leise. *Die im Westen haben keine Ahnung, aber solange sie uns fördern, dürfen sie die Wahrheit nie erfahren,* hatte der Dalai Lama gesagt. Nie. *Dann bräche alles zusammen, was wir seit der Flucht aufgebaut haben.* Umso erleichternder, endlich wieder dort sein zu dürfen, wo das Ritual möglich war.

Er hatte seit seiner Ordinierung als Mönch lange darauf gewartet, auch diese letzte aller Einweihungen zu erhalten. Als er noch ein junger Anwärter war, war es ihnen verboten, sich mit Frauen zu treffen. Aber es gab eine akzeptierte Übergangslösung. In allen Klöstern Tibets durften die heranwachsenden Mönche sich von ihrer körperlichen Lust befreien, solange sie die sexuellen Energien noch nicht zu kontrollieren verstanden. Er dachte an die Nächte, in denen sie sich gegenseitig von der Lust befreit hatten. Mit der Hand. Zwischen die

Beine. Das erlaubten die Klosterregeln ausdrücklich. Es durfte nur keine Öffnung berührt werden, das war verboten, und die Lamas ahndeten solche Verstöße streng. Aber das war lange her. Jetzt kannte er das wahre Ritual. Und er würde es bald vollstrecken. Sehr bald. Er sah aus dem Fenster und träumte von der jungen Gespielin, die er finden würde …

Aber ehe es so weit war, musste er seinen Auftrag erfüllen. Er war sicher, es würden weiter Menschen ihr letztes Heiligtum betreten wollen. Und er, der furchtlose Feindevernichter würde genau das verhindern.

Dadul erinnerte sich an einen Film, den er mal gesehen hatte, von einem deutschen Regisseur. ›Das Rad der Zeit‹ hieß er, das sollte wohl eine Übersetzung sein für *Kalachakra*. Der Mönch grinste verächtlich. Die Westler hatten echt keine Ahnung. Es ging nicht um Erleuchtung beim Kalachakra und erst recht nicht um den »Weltfrieden«, was immer das sein mochte. Es ging um etwas, das sich offenbar niemand vorstellen konnte im Zusammenhang mit dem Buddhismus.

Zum Glück. Es wusste ja auch niemand, was damals bei der chinesischen Invasion in Tibet wirklich geschah. *Der Friedensnobelpreis für gewaltfreien Widerstand.* Wie oft hatten er und seine Brüder, die anderen Kriegermönche, darüber schon herzhaft gelacht.

Niemand kannte die Geschichte Tibets wirklich. Und niemand ahnte, worum es wirklich ging. Auch nicht im Kalachakra. Jedesmal, wenn das Ritual vollzogen wurde wie damals vom Dalai Lama im Central Park in New York. Die Welt hatte Angst, vom Islam erobert zu werden? Sollte sie doch. Das würde genauso vergehen, wie jedes andere Reich vergeht. *Aber wir,* dachte Dadul, *werden so oft wiedergeboren, bis die Zeit gekommen ist.*

*Die Zeit, um das Werk von Schrongtsam Gampo zu vollenden. Denn in letzter Instanz geht es bei seiner Mission, beim großen Geheimnis und beim Kalachakra nur um eines: Die Weltherrschaft des Buddhismus.*

# 17

Die Maschine lag ruhig in der Luft. Decker sah aus dem Fenster und staunte. Neben ihnen flogen drei MIG 29. Das waren die unglaublichsten Kampfjets, die je von den Russen gebaut worden waren. Decker hatte sie mal auf einer Flugshow gesehen. Sie konnten senkrecht auf ihrem Triebwerkstrahl in der Luft stehen und sogar bei völligem Strömungsabriss an Flächen und Leitwerk noch steuern. Weiter hinten flog eine größere Transportmaschine. Er ging zu Li Mai. »Wer sind denn unsere Begleiter da draußen?«

»Das sind die Leute von Tang Wu. Er ist auf alles vorbereitet. So wie er es dir garantiert hat.« Sie lächelte und sagte dann: »Du wolltest mir noch etwas zeigen.«

»Ach ja, richtig. Das Foto.« Decker zog ein Werk über die Geschichte Tibets aus dem Bücherregal. Er brauchte nicht lange zu suchen, denn die Seite hatte er deutlich markiert. Das Foto hatte den Nazis bestimmt gut gefallen.

Er legte das Buch vor Li Mai auf den Tisch und beobachtete sie dabei scharf. Aber wenn Decker gehofft hatte, die chinesische Agentin würde sich verraten, dann hatte er sich getäuscht.

»Das gibt es doch gar nicht«, sagte sie überrascht. »Wenn das jemand im Westen sehen würde, wäre das ein Skandal.«

»Da hast du recht. Aber der Dalai Lama hatte vermutlich einen guten PR-Berater, der ihm dringend empfohlen hat, solche Bilder schnellstens aus dem Verkehr zu ziehen, wenn er bei uns Karriere machen will.«

Mai starrte das Foto kopfschüttelnd an. Es war eine Aufnahme aus den fünfziger Jahren, die in Tibet zu einer Zeit gemacht worden war, als sich im Westen noch kaum jemand für den Dalai Lama und seine Lehren interessierte. Das Foto zeigte zwei hohe tibetische Lamas in einem Klosterraum. Das, worauf es Decker ankam, waren vor allem die großen Symbole, die den Raum schmückten.

»Das sind ja Hakenkreuze«, sagte Li Mai. »Da haben die Tibeter sich also ganz offen zu ihren Nazi-Freunden bekannt, oder?«

»Tja, so etwas sieht man heute nicht mehr so oft«, sagte Decker. »Aber diese Hakenkreuze hier sind nicht das Nazisymbol. Die Verwechslung hätte dem Dalai Lama allerdings im Westen ziemlich geschadet. Deshalb taucht die Swastika heute im tibetischen Buddhismus kaum noch auf.«

»Da fragt sich natürlich als nächstes, wofür es eigentlich steht«, sagte Li Mai.

»Das genau wollen wir dort herausfinden, wo wir hinfliegen.« Decker ging durch die Maschine und dachte nach. Als er an seinem Schreibtisch vorbeikam, fiel sein Blick wieder einmal auf das Foto vom Tatort.

Er nahm es und ging wieder zu Li Mai. »Einer scheint jedenfalls schon vor uns entdeckt zu haben, was das Symbol bedeutet.«

»Wer?«

Er legte ihr das Tatortfoto auf den Tisch. »Der hier.«

Li Mai sah es sich an. »Und dafür musste er sterben?«

»Ja, das können wir jetzt wohl annehmen.« Decker

war etwas geistesabwesend. Die Frage beschäftigte ihn jetzt am meisten. *Warum hatte sich der Professor das rechtsdrehende Hakenkreuz und nicht das Rad auf die Hand gemalt?*

Jetzt glaubte es Decker zu wissen. Er schaute Li Mai an und sagte: »Das offizielle Symbol des Buddhismus ist das Rad mit sechs Speichen. Auch in Tibet. Der Professor jedoch wollte darauf hinweisen, dass sein Mord mit der inoffiziellen Seite dieser Religion zu tun hat. Mit der verborgenen Seite. Dem tödlichen Geheimnis Tibets. Tödlich für den Dalai Lama. Und tödlich für den Professor.«

»Das würde ja bedeuten, dass die alte Religion heute noch existiert«, sagte Li Mai. »Das ist ja unglaublich. Wie sollte sie denn überlebt haben? In einem Land, wo die Buddhisten untereinander jede Konkurrenz ausgerottet haben?«

»Irgendwie muss sie es geschafft haben, sich zu verstecken.«

»Wie soll das gehen?«

»Das weiß ich auch nicht, aber ich werde so lange suchen, bis ich es weiß.«

Decker ging zu seinem Laptop zurück. Er hatte seit dem Abflug aus Frankfurt seine Mails nicht mehr abgerufen und fand, es wäre an der Zeit, das jetzt nachzuholen. Eine der Mails kam von Patrick. Sie war schon vor einer ganzen Weile eingetroffen. Er musste sie kurz nach ihrem gemeinsamen Frühstück abgeschickt haben.

Von: patrickarma @ web.de
Gesendet: Sonntag, 14. März 11:55
An: phildecker
Betreff: Vielen Dank!

Lieber Herr Dr. Decker, unser Gespräch hat mir endlich die Augen geöffnet. Ein Leben im Westen hat keinen Sinn. Ich werde den Weg des Buddhas gehen und die nächsten drei Jahre im Himalaja meditieren. Das Erbe meiner Mutter wird dafür ausreichen. Ich danke Ihnen für die Erleuchtung, Ihr dankbarer Patrick

Decker war entsetzt. *Mein Gott, er gibt alles auf und folgt einem gefährlichen Weg!* Für eine Antwort war es zu spät. Er hätte den jungen Mann sonst vielleicht noch warnen können.

In diesem Augenblick rief Li Mai: »Ich habe den Bericht!«

»Welchen?«, rief Decker zurück.

»Den von der SS-Expedition. Ich sende ihn dir. Unsere Leute glauben allerdings, dass er keine heißen Eisen enthält.«

Decker sank der Mut. Er hatte sich von diesem Dokument viel erhofft. »Wieso das denn? Wie können sie das sagen?«

»Nun«, sagte Li Mai, »die Spuren sind offensichtlich. Es hat jemand gründlich aufgeräumt und eine Menge vernichtet. Wer auch immer, wann auch immer, aber alles, was noch im Archiv liegt, scheint einer Zensur unterworfen worden zu sein.«

Decker öffnete das Dokument mit einer Mischung aus Andacht und Abscheu. Auf dem Monitor erschienen der Reichsadler, das Runen-Emblem der SS und darunter der Vermerk »Abteilung Ahnenerbe«. Ein Schauder überlief ihn, als er daran dachte, in was für einer Zeit und unter welchem finsteren Regime das Dokument entstanden war, das jetzt so selbstverständlich auf dem Bildschirm stand. Der Bericht war Teil einer düsteren, grausamen Weltsicht. Er war ein Element im okkulten Gedankengebäude der Nazis. Gekürzt oder nicht. Es war ein Bauteil des Horrors.

Decker holte Luft und sah zu Li Mai hinüber. »Ich glaube, ich bin jetzt erst einmal eine Weile beschäftigt.«

»Und ich kümmere mich um diesen Experten für asiatische Religionen, den du haben wolltest«, sagte Li Mai.

Damit wandte er sich dem Bericht zu. Seite um Seite arbeitete er sich durch das scheinbar endlos lange Dokument. Die Einzelheiten der Expedition, ihre Durchquerung des unerforschten mystischen Hochlands von Tibet, ihre Ankunft im exotischen Lhasa und schließlich die Audienz beim Dalai Lama waren wertvolle Augenzeugenberichte einer vergangenen Epoche. Aber Li Mai hatte recht. Wirklich Neues oder Brisantes war nicht zu finden. Auch gab nichts von alledem Antworten auf die Rätsel, die Decker beschäftigten. Er las und las. Die Stunden vergingen. Aber er fand nichts. Was hatten die Expeditionsmitglieder wirklich in Tibet gesucht? Was hatten sie ihrem »Führer« gemeldet, als sie zurückkamen?

Als seine Augen anfingen zu schmerzen und er eine Pause brauchte, stand er auf. Die ganze Situation, in der er sich befand, ging ihm durch den Kopf. Die Schönheit von Li Mai und ihre ungeklärte Beziehung, die angefangene Affäre, die noch nicht ans Ziel gelangt war. Dann wieder dachte er an seinen Auftrag und die großen Zusammenhänge, in denen er scheinbar hilflos herumirrte. Alles drehte und vermischte sich. Er stand auf, ging an die Bar und machte sich einen Kaffee. Verschwendete er gerade seine Zeit mit diesem Bericht und riskierte nebenbei noch sein Leben? Wo waren die Antworten und was kam von da draußen irgendwo auf ihn zu, von dem er nichts wusste? Decker schob die Frage beiseite und kippte den Kaffee herunter.

Dann las er weiter. Und weiter. Er trieb sich an und kämpfte sich durch Berge von Informationen, die er nicht brauchte. Anscheinend waren die wirklich kritischen Fakten tatsächlich gelöscht worden. Große Teile des ursprünglichen Dokuments galten sicher als streng geheim und waren nur Himmler und dem innersten Kreis der Nationalsozialisten zugänglich. Oder das Wichtigste war niemals bis in die Archive gelangt.

Als er schon an dem Punkt angelangt war, das ganze Dokument als sinnlos zu betrachten, fiel sein Blick auf einen kleinen, in sich geschlossenen Nebenbericht. Die Art, wie er abgelegt und kommentiert war, zeichneten ihn als belanglos für seine Autoren und den Zensor aus. Er war als Randnotiz gedacht und wurde eingeleitet als unterhaltsame Anekdote. Decker wollte nicht noch mehr Zeit verlieren und ihn deshalb schon überspringen, als die ersten Worte ihn förmlich ansprangen. Er rieb sich die Augen und begann ein wenig genauer zu lesen.

Mit einem Mal schwand all seine Erschöpfung. Sein Puls legte zu und sein Verstand geriet in helle Aufregung. So schnell er nur konnte, raste er über die Zeilen. Diese kleine Randnotiz enthielt einen wichtigen Schlüssel. Und möglicherweise noch mehr.

Er hob den Kopf. »Li Mai, schau dir das mal an, das ist wirklich unglaublich!«

Sie kam und er drehte den Laptop zu ihr. »Was hier steht, ist ziemlich brisant, aber es wurde nie vernichtet, weil es bloß als Folklore betrachtet wurde.«

»Du siehst müde aus. Darf ich es vorlesen?«, fragte Li Mai. Decker lehnte sich zurück und machte es sich bequem. Li Mai setzte sich und begann laut vorzulesen:

*Das Neujahrsfest in Tibet*

*Wenn die Tibeter Neujahr feiern, steht Lhasa völlig auf dem Kopf und alle Werte werden umgekehrt. Die Zustände in der Hauptstadt des Schneelandes sind so schlimm, das einige Bewohner Lhasa für die Dauer der Feierlichkeiten sogar ganz verlassen. Die Stadt gleicht dem biblischen Sodom und Gomorrah. Die Lamas treiben sich auf den Straßen herum und machen hemmungslos, was sie wollen. Sie betrinken sich in aller Öffentlichkeit, sie pöbeln herum und plündern die Läden. Man sieht Mönche, die rauchen und wahre Festgelage veranstalten. An allen Ecken sieht man die Geistlichkeit beim Glücksspiel. Auf der Straße und in den Häusern singen und tanzen die Lamas im Rausche zahlreicher Drogen. Immer wieder kommt es dabei zu heftigen Schlägereien. Vielerorts finden sogar Orgien statt. Dabei vergnügen sich die höchsten geistlichen Würdenträger ausgiebig mit unzähligen Straßenmädchen. Nicht selten tragen die sexuellen Exzesse sadistische Züge. Die Mönche scheinen außer Kontrolle zu sein. Man kann sich keine schlimmeren Verletzungen der buddhistischen Grundsätze und Klosterregeln vorstellen, als sie in diesen Tagen durch die Verfehlungen der Geistlichkeit in der heiligen Stadt geschehen.*

»Na sowas.« Decker brauchte nicht lange, um zu verstehen, worauf das hindeutete.

Li Mai zuckte noch die Schultern. »Klingt wie Karneval. Die Jungs müssen mal Druck ablassen und ein paar Spannungen abbauen.«

»Guter Vergleich. Nur dass sich hier ein gewaltiger Druck aufbaut und wieder entlädt. Mehr als bei uns oder anderen Gesellschaften, die ähnliche Rituale haben. Und mehr als es in einem Kirchenstaat sein dürfte. Ich denke, dahinter steckt mehr.« Decker stand auf und machte sich einen *Glenfiddich on the rocks.* »Lies erst mal weiter.«

*In all dem Chaos findet aber noch ein eigenartiges Ritual statt. In diesen Tagen wandelt ein eigentümlicher Herrscher durch die Straßen der Hauptstadt. Er spielt die zentrale Rolle bei diesen Feierlichkeiten. Man nennt ihn den Sündenbock. Sein Gesicht ist halb weiß, halb schwarz bemalt. Er wurde immer schon aus dem Abschaum des Volkes gewählt. Für eine Woche darf er machen, was er möchte, sich nehmen, was ihm gefällt, essen und trinken, so viel er kann. Nach Ablauf der Zeit muss er gegen einen Mönch im Würfelspiel antreten und diese geliehene Macht und Freiheit einsetzen. Natürlich verliert er alles. Danach wird er von allen Bewohnern aus der Stadt gejagt und in die Wüste geschickt. Dabei schreit er: »Was unsere Sinne uns lehren, ist keine Illusion. Alles, was die Lamas uns lehren aber ist falsch!« Danach nimmt er Zuflucht in der Kammer der Dämonen eines nahe gelegenen Klosters. Dort wurde er in den alten Zeiten für seine Verbrechen umgebracht.*

»Sagenhaft«, entfuhr es Decker, »wir haben, wonach wir so lange gesucht haben: einen klaren Hinweis. Und was für einen.«

Li Mai schaute Decker ratlos an. »Ich weiß nicht recht, was du meinst.«

»Dieser Sündenbock«, sagte Decker, »steht zwischen dem alten und dem neuen Tibet. Er verrät uns, was normalerweise hinter den gesellschaftlichen, religiösen und kulturellen Kulissen verborgen bleibt. Er lebt in der Zone zwischen zwei Welten, wo die Institutionen und Bräuche nicht länger funktionieren, daher die Farben schwarz und weiß.« Decker dachte einen Augenblick nach und nippte an seinem Whisky. »Ich verstehe dieses Neujahrsfest so, dass die Tibeter jedes Jahr versuchen, ihren größten inneren Konflikt auszutreiben, indem sie diese höchst ambivalente Figur verjagen. Ich vermute, hinter diesem Sündenbock schimmert der Schlüssel zum Verständnis der gesamten tibetischen Kultur und Geschichte durch.«

Li Mai nickte und sah ihn aufmerksam an. Es war klar, dass sie jedes Wort, das er jetzt sagte, in ihren Bericht schreiben würde. »Sprich weiter«, sagte sie und berührte leicht seine Hand.

Decker war wie in Trance. »Ich weiß, es widerspricht allem, was wir zu wissen glauben«, sagte er mit geschlossenen Augen. »Aber ich denke, der Sündenbock verrät folgendes: Im Grunde ihrer Seele und ihres Herzens haben die Tibeter niemals diese sonderbare Religion aus Indien akzeptiert. Niemals.«

Li Mai blies Luft durch die Zähne. Decker fuhr fort: »Eine Religion, die dem Wesen der alten Tibeter vollkommen fremd war, weil sie ihnen weismachen wollte, dass die Welt der Sinne nur eine flüchtige Illusion sei. Sie wehren sich dagegen, dass sie jedes Verlangen und alles, was ihnen im Leben Glück und Befriedigung gibt, aufgeben sollen, um ihr Heil in Askese und Meditation zu suchen. Sie wehren sich auch gegen die unerträgliche Herrschaft der Lamas. Der Sündenbock verkörpert dieses jahrhundertealte Aufbegehren der alten Wünsche gegen die neue Religion. Vergiss nicht, dass sie diese Religion ja nicht freiwillig akzeptiert haben. Sie wurde ihnen aufgezwungen von oben. Von ihrem König. Bis heute müssen die alten Sehnsüchte des Volkes jedes Jahr aufs Neue verbannt werden. Dazu muss der Sündenbock herhalten. Es ist nur ein Ritual. Aber es enthält eine uralte Wahrheit. Und wie im Karneval darf im Rahmen dieses Rituals ausgedrückt werden, was die Leute denken und fühlen. Nur zwei Dinge müssen auch im Spiel klar sein. Erstens, dass es beim Spiel bleibt, und zweitens, dass auf Ketzerei der Tod steht.«

Decker tauchte langsam aus seiner Versenkung auf, sah Li Mai verblüfft an, als sei er sich ihrer Anwesenheit gerade erst wieder bewusst geworden, stand auf und ging hin und her. »Ich glaube, die Tibeter hassen den Buddhismus aus tiefster Seele und würden ihn und all die Lamas am liebsten aus dem Land jagen.«

Li Mai war beeindruckt, zog es aber vor, lieber skeptisch zu bleiben. »Übertreibst du nicht etwas?«

»Glaubst du, die würden so ein Theater veranstalten, wenn die mit ihrem Leben und ihrer Religion zufrieden wären?«

»Du meinst, die Tibeter hassen den Buddhismus genauso wie die Chinesen und den Sozialismus?«

»Kann schon sein. Du kennst ja Deutschland ein bisschen. Stell dir vor, es würde uns jemand eine neue Regierung mit einer neuen Religion aufdrücken. Ab sofort wären Sex, Fußball, Schweinefleisch, Bier, Schnaps, Kino und die Formel 1 verboten. Es wird uns gesagt, dass sei alles nur eine Illusion und wir bildeten uns nur ein, dass es Spaß macht. Das wäre dann das neue buddhistische Deutschland.«

»Fußball auch?«, lachte Li Mai. »Da würden aber einige Leute dumm gucken.«

»Genau, und jetzt überleg mal, was bei uns los wäre, wenn an einer Woche im Jahr das alte Leben wieder erlaubt wäre?«

Li Mai riss die Augen auf, als die Erkenntnis sie ereilte. »Eine Explosion der Lebensfreude, ein Erdbeben ... ah, jetzt verstehe ich. Die wahre Natur und Leidenschaften brächen hervor.« Sie ballte die Faust. »Das wäre wie eine Befreiung.«

»Genau das passiert in Tibet am Neujahrsfest. Wenn es das nicht gäbe, wäre das Leben nicht auszuhalten. Es ist wie ein Deal mit den Herrschenden und der Staatsideologie: Ihr könnt uns das ganze Leben lang knechten. Aber dafür sind wir einmal im Jahr nicht zu bremsen.«

»Jetzt sehe ich es auch«, sagte Li Mai. »Der Sündenbock vertritt das gute alte Leben, das von der neuen Religion und Herrschaft verteufelt wurde. Er steht für die unterdrückte, triebhafte Seite der Menschen.«

»Ja.« Decker sah auf den Bildschirm. »Sex and Crime. Oder Sexualität und Aggression«

»Ja. Scheint, dass unsere Freunde im Himalaja es damit nicht leicht hatten. Oder aber beides sehr intensiv betrieben haben, bevor ihnen jemand die Fesseln des Buddhismus verordnete.«

Decker ging den Text noch einmal durch. »Aber es geht hier beim Sündenbock um noch viel mehr, und die Sache ist viel ernster als unser Karneval, denke ich, wo auch so mancher fremdgeht und sich mal prügelt. Da in Tibet Buddhismus und Staat eins waren, wird klar, dass der Sündenbock die Grundpfeiler der Nation angreift. Eine ungeheure Blasphemie. Die gesamte öffentliche Ordnung wird erschüttert und in Frage gestellt.«

»Das ist natürlich gefährlich.«

»Richtig«, sagte Decker, »aber selbst das ist noch nicht alles. So wie es aussieht, geht es nicht nur um menschliche Regungen und den Frust an ihrer Gesellschaft. Sondern auch darum, was uns am meisten interessiert: Beim Neujahrsfest geht es um die alte Religion!«

»Deswegen muss der Sündenbock sterben?«, fragte Li Mai.

»Ja«, sagte Decker. »Die Kruste der Kultur bricht auf, und die alte Religion und die animalischen Triebe kommen ans Licht.«

»Die Wiederkehr des Verdrängten«, sagte Li Mai.

»Genau, und zwar im doppelten Sinn. Genau das steckt hinter dem Sündenbock.«

»Das hieße also«, sagte Li Mai, »die alte Religion wurde zwar unterdrückt, aber sie wurde nicht ausgelöscht.«

»Ja. Die Einführung des Buddhismus in Tibet ist in Wahrheit gescheitert. Er hat die alte Religion einfach nur unterdrückt und sich darübergelegt. Das kommt gelegentlich vor, wenn Kulturen zusammenstoßen. Ethnologen nennen das *Überlagerungsherrschaft*.«

»Aber das würde ja bedeuten«, sagte Li Mai, »dass sie noch irgendwo existiert.«

»In der Tat. Tibet ist ein äußerst gefährliches Land. Irgendwo auf dem Dach der Welt gibt es einen Ort, wo die alte Religion sich versteckt. So wie sich in der Seele des Einzelnen das Bedürfnis versteckt, zu rauben, zu morden und zu vergewaltigen.«

»Das Unbewusste der ganzen Gesellschaft. Sozusagen. Oder besser gesagt, ein Ort, an dem der alte Glaube im Verborgenen weiterlebt.«

»Ja. Und was das für ein Ort sein könnte, wird auch erkennbar.« Decker zeigte auf eine Stelle im Text. »Nämlich dort, wo der Sündenbock hingeht.«

»Die Kammer der Dämonen?«

»Richtig. Klingelt es bei dir? Gib dem einen anderen Namen.«

Li Mai überlegte. Dann brach es aus ihr hervor: »Der Tempel des Schreckens!«

»Genau. Der Tempel des Schreckens scheint der Ort zu sein, in dem sich das alles konzentriert. Das gesellschaftliche Unbewusste, gefangen im Kerker.«

»Wir müssen also diesen Ort finden. Da liegt die alte Religion.«

»Und die Erklärung für den Mord an dem Professor.« Decker schoss noch etwas durch den Kopf. War dort auch zu finden, was Hitler gesucht hatte?

»Also, nichts wie hin.« Als Li Mai sich vom Laptop abwenden wollte, hielt sie Decker zurück.

»Warte mal. Da ist noch etwas anderes. Es ist für uns so selbstverständlich in den Sprachgebrauch übergegangen, dass wir an den eigentlichen kulturellen Ursprung gar nicht mehr denken.«

»Ich bin Chinesin.«

»Stimmt, ja«, einen Augenblick war Decker verwirrt. Dann fuhr er fort: »Also, der *Sündenbock*. Und *jemanden in die Wüste schicken*. Das sind bei uns feste Redewendungen. Aber sie haben einen ganz anderen Ursprung. Sie dürften in Tibet eigentlich gar nicht vorkommen.«

»Was?«

»Auch wenn ich nicht weiß, wie das Ganze nach Lhasa gekommen sein könnte, es weist auf einen sehr interessanten Zusammenhang hin.«

»Was denn, Zusammenhang womit?«

»Es ist eine Szene aus dem Alten Testament. Der Sündenbock entstammt der Bibel.«

»Verstehe. Aber das ist doch ein jüdisches Buch?«

»Ja, genau.« Decker griff nach seinem Laptop und gab die Begriffe bei Google ein. »Voilà. Das ist die Stelle: Leviticus 16 Vers 20-22. Da geht es um den Sündenbock, bzw. zwei Böcke. Einmal soll er geschlachtet werden, ein anderes Mal soll er in die Wüste geschickt werden, um die Sünden der Kinder Israels zu sühnen!«

Li Mai sah ihn fragend an: »Ja, und?«

»Überleg doch mal, was das heißt! Das tibetische Neujahrsfest spiegelt ein biblisches Ereignis wieder aus dem alten Testament. Und nicht irgendeins. Es geht um Jom Kippur, den höchsten jüdischen Feiertag. Li Mai, der Sündenbock kann kein Zufall sein. Dieses Konzept aus dem alten Israel muss da irgendwie hingekommen sein, verstehst du? Ist dir nicht klar, worauf das alles hindeutet?«

Sie schien langsam dahinterzukommen: »Du meinst doch nicht etwa ...«

»... doch genau das. Es muss eine Erklärung dafür geben, wie dieses Ritual auf das Dach der Welt gelangt ist.«

»Du meinst, die Juden ...?«

»Nicht unbedingt, es können auch christliche Einflüsse sein. Die Christen betrachten das Alte Testament auch als heilige Schrift.«

»Aber wie kann das sein? Tibet war doch über Jahrhunderte völlig isoliert und abgeschirmt von der Welt.«

»Das ist genau die Frage, um die es geht. Vielleicht war das Dach der Welt gar nicht so unzugänglich, wie wir immer gedacht haben.«

Decker kramte in seiner Erinnerung. Hatte nicht der

General was von Missionaren in Karakorum erzählt? Und wie war das mit dem Erscheinen des Zölibats und der plötzlichen Gründung des Ordens der Dalai Lamas?

Li Mai warf ihm einen koketten Blick zu und strich sich über den Rock. »Willst du etwa behaupten, dass in all dem Chaos noch mehr Leute mitgemischt haben?«

Decker schaute sie nachdenklich an und sagte mit einer kleinen Gänsehaut im Nacken: »Ja. Rom.« Dass er dabei ihren Busen anstarrte, merkte er überhaupt nicht.

Li Mai lachte laut. »Du siehst Zusammenhänge, wo keine sind«, sagte sie und warf ihr Haar zurück.

»Ich weiß nicht…« Decker war fast in Trance. »Religionsgeschichte ist immer für Überraschungen gut. Aber unabhängig davon können wir eines feststellen: Der Dalai Lama verschweigt das Neujahrsfest vollständig in seinen Büchern.«

Es entstand eine kurze Pause des Schweigens, dann fragte die Chinesin mit einem zweideutigen Blick: »Und was machen wir jetzt?«

»Na, wir müssen endlich rausfinden, was diese alte Religion eigentlich ist und wo sich dieser Tempel des Schreckens befindet. Nachdem was wir da gerade erfahren haben, brauche ich eine Verbindung zum Vatikan. Zu jemandem, der sich in gewissen uralten Geheimnissen auskennt. Also, jemand sehr weit oben. Meinst du, das könntest du hinkriegen.«

»Sicher, Chef«, sagte Li Mai ironisch und seufzte.

# 18

Decker und Li Mai nahmen vor dem Plasmaschirm Platz und stellten ihre Teetassen auf das kleine Tischchen vor ihnen. Sie hatte tatsächlich in kürzester Zeit einen Experten gefunden, der ihnen bei der Suche nach den alten tibetischen Göttern helfen wollte. Professor Long Chan hatte einen Lehrstuhl für asiatische Religionsgeschichte an der Universität Stanford. Er galt als äußerst kompetenter Kopf und sah aus, als wäre er noch keine dreißig Jahre alt. Er trug ein verschwitztes T-Shirt und eine Sonnenbrille, die er jetzt hastig abnahm.

»Sorry«, sagte er. »War gerade joggen, als eure Leute mich anriefen. Was kann ich für euch tun, Freunde?«

Li Mai begrüßte ihn und berichtete dem jungen Mann einiges von dem, was sie bisher herausgefunden hatten.

»Darf ich Ihnen Dr. Decker vorstellen?«, fragte sie schließlich. »Er hat noch ein paar weitere Fragen.«

Long Chang lachte. »Dr. Decker kenne ich schon«, sagte er. »Wir waren letztes Jahr zusammen auf einem Kongress über *Psychoanalyse und Religion* in Miami. Hi, Phil! Schön, Sie zu sehen.« Er winkte vergnügt in die Kamera.

Decker erschrak. Er hatte Long Chan im ersten Augenblick nicht erkannt. Er musste sich wirklich angewöhnen, diese chinesischen Gesichter ein bisschen genauer anzusehen und sich ihre Namen zu merken. »Hi, Chang!«, rief er munter. »Schön, Sie wiederzusehen!«

Long Chang nickte fröhlich. »Womit kann ich Ihnen helfen?«

»Uns beschäftigen zwei Fragen«, sagte Decker. »Erstens: Wir vermuten, dass es in Tibet eine alte Urreligion gab. Wir würden gerne mehr darüber erfahren. Wir möchten wissen, was das für ein Glaube war und ob man ihn eventuell heute noch irgendwo finden kann. Zweitens: Wir wissen, dass der tibetische Buddhismus im Verlauf der Geschichte äußerlich stark verändert wurde. Aber wir wissen nicht genau, ob und wie er innerlich umgebaut wurde und was er heute eigentlich darstellt.«

Long Chang überlegte einen Moment, dann sagte er: »Das ist im Grunde nur eine Frage. Die alte Religion haben Sie schon gefunden, Phil. Man hat versucht, sie zu vernichten und ihre Spur zu verwischen. Aber das ist misslungen.« Der Stanford-Professor rückte seine Brille zurecht und sammelte seine Gedanken. »Es ist eine lange Geschichte. Eine gruselige Geschichte. Sie führt weit zurück in das Dunkel der Vergangenheit Tibets und in die Tiefen der menschlichen Seele.«

So was gefiel Decker natürlich. »Klingt gut. Was genau meinen Sie damit?«

Der Religionsgeschichtler räusperte sich. »Um Tibet zu verstehen, müssen Sie sich Menschen vorstellen, die, wie andere Naturvölker auch, versuchten, die seelischen Vorgänge in ihrem Inneren und die Welt um sie herum zu begreifen und zu beeinflussen.«

»Kein Problem für mich.« Decker wurde neugierig. »Wie sah es also im Himalaja aus?«

»Die alten Tibeter glaubten an Geister und Dämonen,

die überall hausten. Sie waren vom Aberglauben besessen und sahen sich vermutlich als hilflose Opfer des Schicksals. Um das nachvollziehen zu können, müssen Sie sich die karge, lebensfeindliche Hochgebirgslandschaft vor über 1500 Jahren vorstellen. Die Tibeter waren eine paläo-mongolische Rasse. Sie lebten als Nomaden und zogen als Jäger und Hirten durch dieses wilde Land mit seinen extremen Lebensbedingungen. Der Tod war ihr ständiger Begleiter, und niemand weiß, wie viel Härte und Ängste sie zu ertragen hatten. Es war ein raues und sehr gefährliches Leben.«

Decker unterbrach: »Könnte man auch sagen, ein Leben von Kriegern?«

»Ja. Auf zwei Ebenen. Es gab Krieg unter den verfeindeten Clans und Krieg unter Göttern. Und so wie die Naturgewalten, die Menschen und ihr Leben, war auch ihr Glaube. Unbarmherzig und kalt.«

»Jetzt wird's interessant.« Decker nahm einen Schluck Tee und lehnte sich zurück.

»Die meisten der alten Götter waren Schreckgespenster und Horrorgestalten. Das war die Grundlage für den tibetischen Schamanismus.«

Decker horchte auf. »Die Urreligion Tibets war ein Schamanismus? Wie hieß er?«

»Man nennt ihn den Bön-Glauben.«

»Komischer Name. Klingt schwedisch«, frotzelte Li Mai.

»Der Name ist unwichtig. Dahinter verbirgt sich wirklich ein furchterregender Geisterglaube. Teilweise hatte er bestialische Züge an sich. Für uns heute völlig unvorstellbar.«

»Zum Beispiel?« Decker lehnte sich etwas vor.

»Es gab blutige religiöse Rituale. Beispielsweise hatte

man in Tibet grausame Kulte für Opferungen und Hinrichtungen von Menschen. Ihre Feinde haben die Anhänger des Bön massakriert und ihre Knochen als Trophäen getragen. Wahrscheinlich schmückten sich auch die Priester und Krieger mit Totenköpfen.«

*Na bitte. Das entspricht schon eher den Vorstellungen des Dritten Reiches. Wir sind auf der richtigen Spur,* dachte Decker.

»Ist das historisch haltbar?«, fragte Li Mai.

»Oh ja. Es gab diesen Geisterglauben nicht nur in Tibet, sondern in ganz Innerasien, Turkestan, der Mongolei, der Mandschurei und Nordchina. Eine ähnliche, wenn auch nicht so blutrünstige Variante des Schamanismus finden Sie heute immer noch von Tibet bis hinauf nach Sibirien. In den Chroniken der Tang-Dynastie und der sogenannten ›Geheimen Geschichte der Mongolen‹ finden Sie alles, was zu der Vergangenheit des Bön gehört. Dort wird zum Beispiel auch davon berichtet, dass für die Genesung eines Prinzen den Dämonen mehrere Untertanen dargebracht wurden. Priester riefen die Götter an und rissen dem menschlichen Opfer bei lebendigem Leib das Herz aus der Brust. Vermutlich begleiteten auch extatische Orgien die magischen Zeremonien.«

»Das erinnert an die Azteken«, warf Decker ein.

»Das können Sie durchaus vergleichen. Und so blutig, wie sie ihre Götter verehrten, so bestatteten sie auch ihre Toten. Die Leichen wurden nicht beerdigt. Man zerhackte sie stattdessen und verfütterte sie an die Vögel.«

Li Mai hob verblüfft die Augenbrauen. Decker kannte solch makaberen Rituale aus anderen primitiven Kulturen und fragte unbeeindruckt weiter: »Was genau waren das für Götter?«

Long Chang sammelte seine Gedanken. »Die Bön-Mythologie war fantastisch: Sie ist das Haupt der neun Götter, die die Welt geschaffen haben. Er trägt eine Kristallrüstung und reitet auf einem Schimmel mit türkisfarbenen Flügeln. Tsen ist der Gott des Feuers und der Zerstörung, der Schutzgott der Banditen und Räuber. Er trägt eine kupferne Rüstung, hält einen Krummsäbel und ein Lasso und reitet einen Rotschimmel.«

»Einen Schutzgott für Banditen? Nette Gesellschaft.« Decker lächelte und machte sich Notizen.

»Wie gesagt, ein raues Land.« Der Chinese wischte sich die Haare aus dem Gesicht. »Dü ist der Götterbote der Dunkelheit und des Unglücks, Krähen und schwarze Schweine sind seine Tiere. Er reitet einen Rappen, Rüstung, Helm und Schwert sind aus Eisen, in der Hand hält er einen Speer mit schwarzem Banner. Nyen ist der Beschützer des tibetischen Volkes. Man erzürnt ihn durch das Fällen von Bäumen oder wenn man heiligen Grund aufgräbt. Za ist der Gott der psychischen Energie, des Blitzes und Hagels. Er straft mit Epilepsie und Wahnsinn, wenn man irgendetwas Zusammenhängendes unterbricht, z.B. ein Seil durchtrennt. Er ist der Schutzgott der Magier, sein Tier ist der Drache. Dargestellt wird er mit achtzehn Köpfen und sechs Armen, auf einem zornigen Krokodil reitend. Er hält ein Siegesbanner, ein Schlangenlasso, einen Beutel mit vergiftetem Wasser, einen Bogen und ein Bündel Pfeile. Drala ist der Kriegsgott und Beschützer der Soldaten und Heerführer. Ihm unterstehen auch Sturm und Wolken. Er straft mit Demütigung und Skandal, Schlaflosigkeit und Alpdruck. Die weißen Yaks, Pferde, Adler und Raben sind seine heiligen Tiere.«

»Das ist ja eine tolle Truppe von finsteren Typen«,

sagte Decker beeindruckt. »Schlimmer als die apokalyptischen Reiter. Gab's gar keine Frauen?«

»Doch«, sagte Long Chang. »Es gab eine Göttin. Lu hieß sie, wohnte am Wasser und war für die üblichen weiblichen Aufgaben zuständig: Fruchtbarkeit, Heim und Herd und so weiter. Ihr Tier war die Schlange.«

»Typisch«, sagte Li Mai. »Die kriegt natürlich keine kristallene Rüstung.«

»Och«, sagte der Stanford-Mann, »den Frauen ging es gar nicht so schlecht damals. Die Männer sind sehr praktisch mit ihnen umgegangen. Bei den Ärmsten mussten zwei oder drei Brüder sich eine Frau teilen, wer etwas wohlhabender war, kriegte eine eigene Frau, und nur die Fürsten hatten jede Menge Frauen und Mädchen.« Er grinste, als Li Mai ihn voller Empörung auf chinesisch beschimpfte.

»Und wie viel«, fragte Decker, dem dieser kleine transpazifische Flirt entschieden zu weit ging, »hat nun von der alten Bön-Religion überlebt?«

»Tja, die Antwort ist kurz und überraschend.« Long Chang machte eine kurze Pause und sagte dann: »Praktisch alles.«

»Wie bitte?« Decker stellte die Tasse neben der Untertasse ab und beugte sich vor. »Sie wollen doch wohl nicht behaupten, die machen heute noch blutige Opfer.«

Der Chinese neigte den Kopf hin und her. »Nun, es gab Gerüchte, dass vor der Invasion in einigen versteckten Tälern geheime Bruderschaften und deren Priester die alten Geister noch beschworen und die alten Rituale noch vollzogen haben. Aber offiziell gab es das nicht mehr. Man hat dem Bön sicher ein paar Zähne gezogen im Laufe der Zeit. Aber die Toten wurden zum Beispiel noch bis ins 20. Jahrhundert hinein an die Geier verfüttert. Einige alte Tibeter im indischen Exil machen sich große Sorgen, weil die Zahl der Geier sehr zurückgegangen ist, stand neulich in *Newsweek.* Sie haben Angst, man kann sie nicht mehr richtig bestatten und ihre Wiedergeburt ist in Gefahr.«

»Wollen Sie damit sagen: Die Götter des Bön wurden gar nicht vernichtet?«, warf Decker ein.

»Ja, genau«, bestätigte Long.

Decker versuchte das mit dem bisher Entdeckten in Einklang zu bringen. »Und wo lebt diese Bön-Religion?«

»Wo sie immer lebte.« Er machte ein Pause. »Der alte Bön-Glaube ist der heutige tibetische Buddhismus!«

Decker und Li Mai warfen sich einen raschen Blick zu und schauten dann wieder auf den Bildschirm. »Sie können uns also bestätigen, dass der tibetische Buddhismus im Grunde gar kein Buddhismus ist?«

»Das kann man wohl sagen, ja.«

»Chapeau, mein Lieber«, sagte Li Mai und klopfte Decker auf die Schulter.

Long Chang fügte hinzu: »Genauer gesagt, der tibetische Buddhismus ist im Grunde nichts anderes als ein primitiver Geister- und Aberglaube aus der geschichtslosen, grauen Vorzeit Tibets.«

»Dann passt einiges zusammen«, sagte Decker und überlegte im Stillen weiter.

Li Mai richtete sich an den Professor. »Das erklärt, was wir schon herausgefunden haben über die Rituale. Wir wollten nicht glauben, dass der echte Buddha sich hingesetzt und mit Trommeln und Glöckchen herumgespielt oder ein Staatsorakel eingerichtet und mit Geistern geredet hätte.«

Long Chang lachte. »Da haben sie recht. Das, was Sie

heute in Tibet vorfinden, müsste man auch eher Schamanismus nennen.«

»Hochinteressant«, murmelte Decker. Allmählich wurde klar, was die Nazis in Wirklichkeit in Lhasa gesucht haben könnten. *Hitler wusste: Im tibetischen Buddhismus lebten noch die grausigen Kriegs- und Schreckensgötter der Urzeit.*

Decker blickte den Professor über die Kamera an. »Jetzt drängt sich mir allerdings die Frage auf, wie die Entwicklung abgelaufen ist. Vor allem so unbemerkt und scheinbar reibungslos. Ich habe darüber nichts gefunden in unseren Büchern.«

Der amerikanische Chinese hob den Zeigefinger im Stil eines Vortragenden. »In den orthodoxen buddhistischen Lehrbüchern finden Sie das alles natürlich nicht. Da müssen Sie schon andere Quellen heranziehen, aber Sie sollten den Fakten glauben und nicht den Lamas. Im Prinzip können wir davon ausgehen, dass irgendwann Bön und Buddhismus miteinander verschmolzen sind. Das Ergebnis ist ein echt heißer Cocktail, ein Mix aus zwei Glaubenssystemen.«

»Sie meinen, das war so ähnlich wie bei Juden, Christen und Germanen?«, unterbrach Decker. »Aus dem jüdischen Pessach wurde das christliche Ostern? Aus dem jüdischen Wochenfest Schawuot wurde Pfingsten ...«

»... erraten. Und aus der heidnischen Sonnwendfeier wurde Weihnachten«, ergänzte Long Chang. »Die christlichen Missionare wollten die alten Germanen ja nicht verärgern.«

»Und so ähnlich war es auch in Tibet?«, fragte Li Mai.

»Genau so«, grinste der Chinese.

»Aber der Dalai Lama erklärt doch, dass im tibetischen Buddhismus die echte Lehre Siddhartas überliefert ist.«

Long Chang lachte. »Vergessen Sie's! Der Buddhismus ist erst 250 Jahre nach dem Tod von Buddha das erste Mal schriftlich fixiert worden. Denken Sie mal, was das bedeutet. Die vier Evangelien sind nur wenige Jahrzehnte nach der Kreuzigung von Jesus verfasst worden, und das hat schon eine Menge Ärger gegeben.«

Long Chang fuhr sich wieder mit der Hand durch die Haare. »Aber zurück zum Buddhismus. Den hat der indische König Ashoka zur Staatsreligion gemacht, wie Sie sicher wissen. Er führte landesweit die Pankrit-Schrift ein und mit der gab es erstmalig eine literarische Niederlegung der Lehren Buddhas.«

»Das ist fast ein Vierteljahrtausend, in dem die Lehre nur mündlich überliefert wurde«, sagte Decker. »Da kann sich natürlich einiges verändern oder verloren gehen.«

»Sicher.« Der Professor beugte sich näher zur Kamera vor: »Erinnern Sie sich noch daran, von wo Schrongtsam Gampo den Buddhismus nach Tibet holte? Das ist entscheidend.«

Decker überlegte. Er hatte es gelesen, aber wieder vergessen. »War es nicht diese Prinzessin, die der König aus China geholt hat?«

»Ja, die und eine Prinzessin aus Nepal haben ihn davon überzeugt, dass der Buddhismus eine gute Sache sei, heißt es. Aber den Inhalt seiner Religion hat er aus Kaschmir geholt. Haben Sie eine Vorstellung davon, was damals in Kaschmir los war?«

Decker schüttelte den Kopf. »Sagen Sie es uns.«

Der Professor legte eine Landkarte vor die Kamera. »Kaschmir liegt an der Grenze zu vier verschiedenen

Welten. Hier treffen die arabische, die türkische, die indische und die asiatische Kultur zusammen. Über Jahrhunderte war Kaschmir ein Schmelztiegel und Knotenpunkt für Handel, Kultur und Religion der ganzen damals bekannten Welt. Durch viele Epochen und Reiche hindurch trafen hier Islam, Hinduismus und Buddhismus aufeinander.« Long machte eine kleine Pause und dann fügte er hinzu: »Und das Christentum.«

Decker horchte auf. »Christen an der Grenze zu Tibet?«

»Ja, auch damals kamen schon Christen in diese Gegend. Und nicht irgendwelche. Soll ich Ihnen verraten, wer möglicherweise in Kaschmir gelebt hat und dort gestorben ist?«

»Ich bitte darum«, sagte Decker.

»Jesus von Nazareth.«

Decker riss es fast aus dem Sessel. »Sie scherzen!«

»Keineswegs. Glauben Sie etwa, Jesus wäre wirklich am Kreuz gestorben und auferstanden?«

»Nein, tue ich nicht. Aber man vermutet doch wohl, dass sein Leichnam heimlich von Anhängern aus der Höhle getragen wurde.«

»Ach was. Der ist aus eigener Kraft rausgelaufen.«

»Ich kann Ihnen nicht ganz folgen.«

»Die Kreuzigung war eine bekannte Strafe zu der Zeit. Und die Menschen waren immer schon erfinderisch, wenn es darum ging, der Justiz eines auszuwischen. So hatte man zu der Zeit eine Art Medizin gefunden, die den Körper vorübergehend tot erscheinen lässt. Verurteilte nahmen es vor der Hinrichtung ein. Aber es wirkt nicht sofort. Es muss erst aktiviert werden im Körper. Raten Sie mal wie?«

»Keinen Schimmer.«

»Mit Essig«, sagte Long Chang triumphierend.

Decker fasste sich an den Kopf. »Die berühmte Szene im Neuen Testament, als man Jesus den mit Essig getränkten Schwamm gegeben hat! Das wurde uns im Religionsunterricht wahlweise als Erfrischung oder als zusätzliche Gemeinheit erklärt.«

»Das war ja der Trick. Durch den Essig wirkt das Gift, der Gekreuzigte erscheint tot, wird abgehängt und die Sache gilt als erledigt. Kurz danach lässt die Wirkung nach und der Delinquent steht wieder auf.«

»Praktisch. Und daraus wurde die Auferstehung.«

»Könnte sein. Und neuerdings wird vermutet, dass Jesus nach Kaschmir geflohen ist. Er hat dort gelehrt und wurde steinalt.«

»Das ist aber nicht beweisbar, oder?«

»Schwer. Aber es gibt Hinweise auf einen Mann aus Galiläa in Kaschmir, er hieß Yuz Asaf, und es gibt ein Grab mit Fußabdrücken des Toten im Lehm, die die Narben einer Kreuzigung zeigen.«

»Das ist ja eine heiße Geschichte.«

»Vielleicht. Sie sollte jedenfalls nur dazu dienen, Ihnen klarzumachen, dass es Christen in Kaschmir gab. Und nicht nur da.«

»Das ist aber wackelig, denn – die Sache mit Jesus mal außen vor – wie sollten die dahin gekommen sein?«

»Ganz einfach. Sehen Sie mal auf die Karte, dann wird Ihnen etwas auffallen. Ich bin sicher, Sie haben schon davon gehört.«

Decker und Li Mai folgten der Anweisung des Professors. Long zeigte auf eine dicke rote Linie, die sich quer von links nach rechts schlängelte. »Was ist das?«, fragte Li Mai.

»Das, meine lieben Freunde, ist die Antwort auf viele

Fragen und manches Rätsel der Weltgeschichte. Dieser rote Faden zieht sich durch die Entwicklung der Philosophie, der Wissenschaften, der Kultur und der Religion. Wir kennen ihn vor allem als Handelsweg und Karawanenroute von China durch Innerasien zum Mittelmeer.«

»Die Seidenstraße!«, sagte Li Mai mit einer gewissen Ehrfurcht in ihrer Stimme.

Der Professor nickte. »Ja. Und über diesen jahrtausendealten Handelsweg mit seinen Verzweigungen wurden nicht nur Waren transportiert. Auch Marco Polo kam über die Seidenstraße nach Kara Korum. Es dürften sicher auch so manche eifrige unbekannte Missionare dort entlanggewandelt sein. Mit den Karawanen zusammen oder in stiller Einsamkeit. In beide Richtungen. Die Apostel hatten ja schließlich den Auftrag, das Christentum zu verbreiten. «

Li Mai fiel dem Professor ins Wort. »Sie meinen, es bestand ein reger Austausch nicht nur von Gütern, sondern auch von Ideen zwischen Europa und Asien?«

»Wundert Sie das? Die Jungs wussten natürlich voneinander und haben feste abgeschrieben, wenn ihnen was gefallen hat. Selbst Plato kann die Inspiration für sein berühmtes Höhlenbildnis aus Indien bezogen haben.«

*C.G. Jung mit seinem kollektiven Unbewussten und die anderen Esoteriker mit ihren Archetypen haben das wohl übersehen,* dachte Decker bei sich.

»Aber das Wissen floss in beide Richtungen. Hier, sehen Sie sich das mal an«, fuhr der Religionswissenschaftler fort, »der sogenannte Buddha von Hoti Mardan. Er kommt aus der Kunstschule von Gandhara im Kuschana Reich, direkt neben Kaschmir.« Der Gelehrte zeigte ein Bild von einer Statue. Es zeigte einen sitzenden Buddha, in ein Gewand gehüllt. »Bemerken Sie was?«

Wieder schauten Decker und Li Mai gebannt auf den Monitor. »Nein.«

»Beachten Sie den Faltenwurf des Gewands. Jeder Experte wird Ihnen sagen, dass es der klassische griechische Stil ist. Die Leute halten es gern für ein Wunder, wenn die gleiche Idee an verschiedenen Orten auftaucht. Aber wenn Sie auf eine Landkarte schauen, dann sehen Sie, dass jeder von jedem wusste. Keine Zauberei.«

»Und was war nun mit all den Christen in Kaschmir?«, fragte Decker.

»Ach ja, eine spannende Frage. Aber wir kommen etwas weit ab vom Thema.«

»Nein bitte, das interessiert mich sehr.« Li Mai sah Decker verdutzt an und fragte sich, was daran so wichtig sein könnte.

»Also gut. Vor allem waren die Nestorianer in dieser Gegend vertreten.«

Li Mai und Decker sahen den Professor fragend an.

»Das war eine christliche Sekte, die im 5. Jahrhundert von Nestorius, dem Patriarchen von Konstantinopel, gegründet wurde. Sie wurde aber wegen Verbreitung von Irrlehren vertrieben. Heute gibt es sie nicht mehr. Aber sie drang weit bis Asien vor. Es gab Missionen in Turkestan, entlang der nördlichen Grenze von Tibet und in der Mongolei. In der chinesischen Provinz Sinkiang hat man eine Stele aus dem Jahr 779 gefunden.«

»Erstaunlich«, bemerkte Li Mai nachdenklich.

»Dann gab es da noch die Manichäer. Diese Religion wurde im 3. Jahrhundert von Mani, einem Babylonier, gestiftet. Es ist eine Mischung aus christlichem und altpersischem Glauben. Er endete später am Kreuz, ebenfalls wegen Verbreitung von Irrlehren. Seine Anhänger wurden verfolgt und verjagt, aber so bis ins 14. oder 15. Jahrhundert haben sie wohl irgendwo im Osten überlebt. Da fällt mir ein, es gibt Forscher, die meinen, dass Elemente des Manichäismus durchaus auch über Kaschmir in den Mahayana aufgenommen wurden und vielleicht sogar direkt in den tibetischen Buddhismus gelangten. Es gibt auch Gerüchte, dass in Tibet rätselhafte Höhlenbilder existieren mit Lamas in weißen Mützen. Und Weiß war die Farbe der Manichäer.« Der Mann aus Stanford schaute seine Zuhörer an. »Hey, Phil, hören Sie noch zu?«, kam die Stimme aus dem Lautsprecher.

»Sorry. Mir kam nur gerade ein Gedanke«, sagte Decker.

»Kaschmir war also im sogenannten Mittelalter eine Art Jahrmarkt der Heilsgüter«, fuhr der Experte fort. »Wer wollte, konnte sich bei den Lehren von Jesus, Wischnu, Mohammed, Zarathustra, Buddha und all den anderen bedienen.« Er griff nach einem Schokoriegel. »Was immer man wollte, es war alles vor Ort. Über tausend Jahre lang. Und es wurde feste getauscht an dieser Börse. Früher war es wohl eine tolerante Zone, heute schlagen sie sich in Kaschmir leider die Köpfe ein.« Er biss genüsslich ein Stück Schoko ab und redete mit vollem Mund weiter. »Aber um auf die alten Buddhisten zurückzukommen: Wir wissen zum Beispiel, dass sie anfingen, hinduistische Gottheiten wie Mahakala-Shiva bei sich aufzunehmen. Buddha war plötzlich nur noch ein Gott unter vielen. Es wurde ein Konzept vom ›Absoluten‹ entworfen. Die heilige Silbe ›Om‹ tauchte jetzt erstmals auf.«

»Die sich bis heute in dem tibetischen Mantra *Om mani padme hum* erhalten hat?«, fragte Li Mai.

»Die ist es«, antwortete Long Chang. »Und es gab noch

mehr Kuriositäten. Die hinduistischen Tantriker und Yogameister unternahmen große Anstrengungen, sich mit dem Unfassbaren, dem Absoluten zu vereinigen. So ähnlich wie eure christlichen Mystiker im Mittelalter. Nur dass dies die Quelle für die sexuelle Seite des tibetischen Buddhismus ist. Denn die Tantriker waren nicht abstinent wie die europäischen Mönche, sondern suchten in der mystischen Vereinigung mit Frauen die Erleuchtung und das Nirwana.«

Decker konnte nicht anders und warf Li Mai einen Seitenblick zu, dem sie ohne weiteres standhielt. *Asien,* dachte er. Dann wandte er sich wieder zum Bildschirm. »Von dieser tantrischen Seite des tibetischen Buddhismus ist bei uns aber wenig bekannt.«

»Na, die Jungs sind doch nicht blöd. Stellen Sie sich vor, was das für ein Aufschrei des Entsetzens wäre: Sex als Teil des Buddhismus!« Long lachte vergnügt und hielt ein aufgeschlagenes Buch vor die Kamera. Man sah zwei Götter beim Kopulieren. »Sehen Sie sich das an! Das hier zum Beispiel ist ein Yamantaka. Ein Mann und eine Frau vereinigen sich.« Er grinste. »Wenn Sie so eine Statue mal in echt sehen, werden Sie feststellen, dass gewisse Details sehr naturgetreu dargestellt werden.«

»Das heißt, die buddhistische Lehre wurde in Kaschmir und Tibet auch inhaltlich stark verändert«, resümierte Decker.

»Richtig, seit Kaschmir gibt es all die bis heute typischen Zauberformeln, Meditationstechniken und die Magie im Buddhismus. Deshalb nennt man die neue Lehre Vajrayana-Buddhismus. Übersetzt heißt das soviel wie das Diamantfahrzeug. Und der berühmteste Vertreter der neuen Lehre in Kaschmir war damals der düstere Großmeister Padmasambava.«

»Den Schrongtsam Gampo zu sich rief«, sagte Li Mai.

»Ja. So kam der Vajrayana-Buddhismus nach Tibet.«

»Und hier stieß er mit dem Bön zusammen«, ergänzte Decker.

»So war es. Im Laufe der Jahrhunderte ging der Buddhismus im Bön auf. Wie eine Brausetablette im Wasser. In den Stürmen der Kriege und der Anarchie degenerierte das Vajrayana völlig und nahm die Form an, die Sie heute kennen, mit all seinen Bön-Symbolen und Instrumenten. Das beste Beispiel ist der Donnerkeil, der eindeutig schamanischen Ursprungs ist.«

»Der Donnerkeil?« Decker wurde sehr aufmerksam.

»Ja. Oder auch Purba genannt. Hier, ich zeige Ihnen ein Foto. Ein gefährliches Instrument, das ursprünglich zum Bön gehörte und heute Teil des tibetischen Buddhismus ist. «

Decker und Li Mai sahen einen langen Dolch mit einem verzierten Griff. Auf dem Griff waren allerlei Totenköpfe und Tiergestalten. Und ein rechtsdrehendes Hakenkreuz. Die Klinge hatte drei Kanten.

»Dieser Dolch wurde früher möglicherweise tatsächlich zum Töten von Menschenopfern eingesetzt. Heute ist es wohl nur noch ein Ritualgegenstand.«

Li Mai durchzuckte es. »Augenblick, Herr Professor.« Sie schaltete das Mikro ab und drehte sich zu Decker. »Die Mordwaffe hatte auch drei Kanten. Wir haben dem keine Bedeutung beigemessen, weil wir damit nichts anfangen konnten. Aber jetzt ergibt das einen Zusammenhang.«

»Das Opfer auf unserem Foto wurde also mit einem Purba umgebracht?«, fragte Decker.

»Genau. Noch ein Hinweis auf die alte Religion. Genau wie das Hakenkreuz.«

Li Mai und Decker blickten wieder in die Webcam und schalteten ihre Mikros ein. »Entschuldigen Sie die Unterbrechung. Fahren Sie bitte fort.«

»Keine Ursache.«

Decker dachte einen Moment nach und sagte dann: »Wie sieht es eigentlich mit den heiligen Schriften in Tibet aus?«

»Der Kangür«, sagte Long Chang.

»Ja, so heißt er wohl. Ich habe davon gelesen. Es ist der Kanon des tibetischen Buddhismus. Das schriftliche Fundament der gesamten Religion. Ihre Bibel sozusagen. Der Dalai Lama beruft sich darauf.«

»Da sollte er vorsichtiger sein. Der Kangür wurde überhaupt erst im 14. Jahrhundert geschaffen. Bis dahin war schon eine Menge geschehen in Sachen Verschmelzung. Aber das Beste kommt noch.« Der Professor wechselte in einen ironischen Tonfall. »Als der Kangür geschrieben wurde, setzten sich buddhistische Priester und Bön-Schamanen hinter hohen Mauern in einem Kloster zusammen unter ein Dach. Sie können sich denken, was die da ausgeheckt haben.«

Decker runzelte die Stirn. »Sie meinen, die Schamanen haben ihren Glauben in den buddhistischen Text eingewebt und so für alle Zeiten gerettet?«

Long Chang zeigte mit dem Finger auf ihn. »Genau so war es.«

»Aber wieso hat man das zugelassen?«, fragte Li Mai.

»Vielleicht hat man es gemacht, um Ruhe ins Land zu bringen. Vielleicht um sich mit der Bön auszusöhnen. Vielleicht ahnten die Bön-Schamanen auch, dass sie auf Dauer dem Buddhismus unterliegen würden, und so haben sie ihr geistliches Erbe vor dem Untergang bewahrt. Warum auch immer, an einem Punkt in der Geschichte flossen Bön und Buddhismus endgültig und unzertrennlich zusammen.«

»Ein heimlicher Fusionsvertrag«, grinste Li Mai.

Decker wurde allmählich echt eifersüchtig. Er konnte doch nicht zulassen, dass dieser junge Spund vor seinen Augen und Ohren mit seiner Auftraggeberin flirtete. Er wurde wieder ganz sachlich: »Das heißt, jeder, der die Texte des tibetischen Buddhismus liest und die Mantras rezitiert, betet damit, ohne dass er es weiß, auch die alten Schreckensgötter der Bön an und vollzieht schamanistische Rituale?«

»Richtig. Er trinkt einen ziemlich verpantschten Cocktail. Da kriegt man leicht Kopfschmerzen.« Der junge Mann lachte wieder.

»Sagen Sie, Chang, gibt es irgendwo noch Anhänger des alten Bön?«, fragte Li Mai.

»Sie meinen, ob der Schamanismus heute, wo Tibet zu China gehört, noch irgendwo praktiziert wird? Hm ... sicher nicht in Reinform. Aber es könnte einen Ort geben, an dem man den tibetischen Buddhismus so ausübt, dass er dem alten Bön möglichst nahekommt.«

»Wissen Sie, wo das sein könnte?«

»Es müsste in einer Grenzregion sein. Aber wo, das ist schwer zu sagen. Ich würde auf Nepal tippen. Dorthin sind viele Tibeter geflohen.«

»Und so dicht wie möglich am legendären Kailash?«, fragte Decker grinsend.

»Gute Idee.« Der Professor nickte und dachte laut nach. »Der heiligste Berg des Himalaja. Bis heute aus Respekt vor der Religion unbestiegen. Er ist der Sitz vieler Götter, auch der Hindus. Und wer weiß, welche Geister noch auf ihm hausen.«

Li Mai schaute Decker verblüfft an. Deshalb also waren sie in diesem Moment bereits dorthin unterwegs! Decker hatte es offenbar schon geahnt.

Jetzt war nur noch eine Frage offen. Die wichtigste. Decker wusste nicht, ob er sie stellen sollte, denn damit legte er auch die Karten auf den Tisch. Und er war nicht sicher, wer wie viel wissen sollte, weil er nicht wusste, wer hinter den Kulissen mit wem in Verbindung stand. Immerhin waren zwei Killer hinter ihm her. Aber anders kam er nicht weiter. Er musste also fragen, was er für den Kern der ganzen Affäre hielt: »Long Chang, haben Sie schon einmal etwas von einem Tempel des Schreckens gehört?«

Das bisher so fröhliche Gesicht des Chinesen verfinsterte sich. »Lassen Sie mich nachdenken.« Er schüttelte den Kopf. »Warten Sie, ich hol mir gerade mal was zu trinken.« Man sah, wie er aufstand und in der Küche verschwand.

Als er zurückkam, hatte er einen Energy-Drink in der Hand. Er stellte die silberne Plastikflasche so vor die Kamera, als wolle er Schleichwerbung machen. »Ja, in der Tat«, sagte er nach einem herzhaften Schluck. »Es ist eher eine Legende so wie die über Schambala oder Shangrila. Das mystische Reich, das es nicht gibt. Auch den Tempel des Schreckens hat niemand jemals zu Gesicht bekommen.«

»Was ist das denn für ein Tempel?«, insistierte Decker.

»Das weiß keiner. Es ist ein Geheimnis.«

»Aber gegeben hat es ihn wirklich?«

»Vermutlich.« Der Chinese druckste herum.

»Könnte er noch existieren?«

»Nicht sehr wahrscheinlich. Ein bisschen achtet die Regierung schon darauf, dass die Tibeter nicht zu viel Unsinn treiben in ihren Klöstern.« Der Professor wurde sichtlich unruhig.

Decker ließ nicht locker. »Aber einen muss es noch geben.«

»Ich wüsste nicht wo.« Der Chinese sah zu Decker. »Sagen Sie mal, Phil, glauben Sie eigentlich immer noch an ihre bizarren Konzepte?«

Decker erinnerte sich in dem Moment daran, dass sein Gegenüber auf dem Kongress damals sein schärfster Kritiker gewesen war. »Mehr denn je. Wir sammeln gerade Material dafür.«

Decker warf Li Mai einen Blick zu. *Er weicht den Fragen aus. Wie der englische Botschafter.*

Es war sinnlos. Decker schwenkte um: »Wissen Sie etwas über die Entstehung der Gelugpas, den Orden der Dalai Lamas?«

»Das können Sie mit dem Erscheinen von Martin Luther vergleichen«, erklärte der Experte sichtlich erleichtert über den Themenwechsel. »Die Gelugpas heißen schließlich übersetzt ›Die Reformierten‹. Es war wohl eine Gegenbewegung zu den völlig verkommenen Sitten der damaligen Zeit.«

»Aber wer hat den Orden gegründet, wo kam der Impuls her?«, wollte Decker wissen.

»Sicher von ein paar wirklich gläubigen Buddhisten, die es gut meinten.«

»Ich habe gehört, es war der erste Orden, der das Zölibat einführte. Bis dahin waren die tantrischen Rituale wohl noch gang und gäbe. Warum hat man den Mönchen den Sex jetzt verboten?«

»Weiß ich nicht. Da muss ich passen.« Long Chang sah zunehmend unglücklicher aus.

»Könnten christliche Einflüsse eine Rolle gespielt haben?«, bohrte Decker weiter.

»Wie kommen Sie darauf?«

»Es waren doch anscheinend Christen in der Gegend.«

»Interessanter Gedanke. Das wäre natürlich eine wilde Geschichte. Aber dafür gibt es keine Beweise.«

Long wischte sich mit der Hand über die Stirn, als hätten ihn Deckers Fragen ins Schwitzen gebracht. »Puh, ich glaube, ich muss jetzt mal duschen. Hab in zwanzig Minuten eine Vorlesung.« Er grinste etwas weniger breit als zuvor.

»Ja, natürlich, Chang! Vielen Dank für Ihre Hilfe! Bis bald mal wieder«, sagte Decker und winkte dem jungen Mann freundlich zu. Offensichtlich war die Hilfsbereitschaft des Professors begrenzt. *Ist das nur akademischer Konkurrenzkampf oder wird er auch bedroht?*

Als der Bildschirm dunkel geworden war, sprang Decker auf und lief unruhig wie ein sibirischer Tiger in der Kabine herum. »Wir kommen diesem Tempel des Schreckens einfach nicht näher.«

»Vielleicht finden wir ihn ja in Nepal«, sagte Li Mai.

»Ich hoffe. Wir müssen dort ein Bön-Kloster finden. Eines, in dem der tibetische Buddhismus noch so brutal praktiziert wird, wie er eigentlich ist. Und wenn wir eins finden, dann glaube ich, werden wir dort noch einiges mehr erleben.«

»Hoffentlich. Hier wird mir nämlich langsam langweilig.« Sie stand auf. »Nach so viel Gerede von Cocktails brauche ich erst mal einen Drink.« Li Mai lehnte sich über die Theke und griff nach einer Saftflasche. Decker sah, wie sich der Stoff über ihrem Po spannte. »Ich auch.«

Sie standen zusammen an der Bar und hingen ihren Gedanken nach. Decker hätte den Moment gerne dazu benutzt, die längst fällige Aktion zwischen ihnen beiden einzuleiten, als der Pilot sich über Lautsprecher meldete: »Wir beginnen den Landeanflug auf Katmandu.« *Noch so eine Unterbrechung, und ich drehe durch*, dachte Decker.

# 19

Es war tief in der Nacht. Die Maschine schimmerte im hellen Mondlicht auf dem Flughafen von Katmandu, der Hauptstadt von Nepal. Nebenan stand das Transportflugzeug. Sicherheitskräfte schirmten beide hermetisch ab.

Der Koch hatte ein chinesisches Essen gezaubert und das Innere der Maschine füllte sich mit feinen Gerüchen. Decker und Li Mai nahmen sich trotz des Zeitdrucks fast eine Stunde, um das Mahl zu zelebrieren. Zum ersten Mal hatten sie einen ruhigen Moment, und es entstand eine entspannte Plauderstimmung. Als läge nichts Besonderes vor Ihnen. Li Mai hantierte geschickt mit ihren Stäbchen und sagte nach einer Weile: »Phil, nebenbei, was ich dich die ganze Zeit immer schon mal fragen wollte – was ist eigentlich mit diesen ganzen physikalischen Parallelen, von denen die Buddhisten immer reden. Energie und Materie sind ein und dasselbe?«

Decker schwenkte sein Weinglas und rollte die Augen. »Das Problem dabei ist einfach, sie haben Einsteins Gleichung $E = mc^2$ nicht ganz verstanden. Die ist nämlich erst bei Energien wirksam, die bestenfalls in Teilchenbeschleunigern vorkommen, aber sicher nicht im normalen Leben. Da würde uns alles um die Ohren fliegen.« Decker liebte es, wenn sie ihm so zuhörte.

Sie nahm sich aus einer der vielen Schalen eine neue

Portion, von der Decker nur raten konnte, was es war. »Aber der Dalai Lama schreibt, dass Teilchen auch Wellen sein können. Das stimmt doch?«

Decker winkte ab. »Ja, aber das ist ein falsch interpretiertes Experiment der Quantenphysik, in dem Teilchen durch zwei Spalten gleichzeitig schlüpfen. Wenn man das so einfach von der subatomaren Ebene auf unsere Welt übertragen könnte, dann müsste Ihre Heiligkeit den Raum auch durch zwei Türen gleichzeitig verlassen können. Wenn er das schafft, hätte er sich einen Nobelpreis redlich verdient.«

Li Mai lachte laut und Decker genoss den Augenblick.

Li Mai brachte das Thema als erste wieder zur Arbeit zurück. »Wie finden wir jetzt heraus, welches Kloster unseres ist?«

Decker hätte noch ewig mit ihr beim Dinner verweilen können, um einen kleinen Flirt zu starten, aber es schien, als sei das Vergnügen nun vorbei. Ein wenig widerwillig besann er sich auf die Aufgabe, die vor ihnen lag. »Das ist das Problem. Ich glaube kaum, dass wir jemanden in der Stadt fragen können. Die alten Hippies in der Freak Road und die neuen Aspiranten, die hier rumlaufen, haben keine Ahnung von dem, was wir suchen. Und die Lamas in den Klöstern werden es uns bestimmt nicht verraten.«

»Also was machen wir?«

»Ich hatte ja gehofft, Patrick würde uns weiterhelfen können.«

»Wer ist das?«

»Ein großer Freund des tibetischen Buddhismus. Er hat mir in Frankfurt einen Überblick über die Religion gegeben. Ich glaube, er steht einigen Lamas sehr nahe.«

»Ruf ihn doch einfach an.«

»Ich habe ihm eine Mail geschickt, aber er meldet sich nicht. Sicher ist er mir böse, weil ich an seine Götter nicht glaube. Ans Handy geht er auch nicht. Ich mache mir langsam Sorgen um ihn.«

»Gib mir mal seine Mobilnummer«, sagte Li Mai.

Decker schrieb Patricks Handynummer auf einen Zettel. »Was hast du vor?«

»Geduld.« Li Mai ging zum Telefon und gab einige Anweisungen auf Chinesisch. Es entstand wohl eine kleine Diskussion, aber mehr kriegte Decker nicht mit. Am Ende schien Li Mai bekommen zu haben, was sie wollte. Sie setzte sich wieder, um weiterzuessen. »Also, wo machen wir weiter?«

Der alte Lama verließ seine Zelle und ging durch die verschlungenen Korridore. Seine Erregung wuchs. Jetzt würde er sein Ritual ungestört durchführen können. Oh, diese Lust. Er sah sich um und versicherte sich, dass ihm niemand gefolgt war. Als er sicher war, alleine zu sein, zog er einen Schlüssel aus dem Gewand und öffnete die Geheimtür. Zu diesem Ort des Klosters hatten nur er und seine zwei engsten Vertrauten Zutritt. Eine enge Treppe führte hinab in die finsteren Kellergewölbe.

Decker hatte sich gerade noch ein Stück Fisch mit Zitronengras auf den Teller geladen und freute sich, wie gut er jetzt schon mit Stäbchen umgehen konnte, als Li Mais Telefon klingelte. Sie nahm das Gespräch an und sah gleich danach Decker grinsend an.

»Wir haben ihn«, sagte sie, als sie auflegte.

»Wen?«

»Deinen Frankfurter Freund. Und du wirst nicht glauben, wo er sich gerade aufhält.«

»Wie habt ihr ihn denn gefunden?«

»Nicht ihn. Sein Handy«, schmunzelte Li Mai. »Es hat ein wenig gedauert, weil wir erst über den deutschen Mobilfunkbetreiber gehen mussten, bei dem Patrick Kunde ist. Aber am Ende hat es geklappt. Der globale Kampf gegen den Terror macht vieles möglich. Internationale Zusammenarbeit. Sobald sich ein Handy irgendwo auf der Welt in einem Netz anmeldet, können die Sicherheitsdienste herausfinden, wo es ist.« Li Mai zeigte auf die Weltkarte, die an der Wand hing. »Dein Kumpel ist jetzt ungefähr hier.« Sie machte einen Kreis mit ihrem Zeigefinger.

»Hier in Katmandu?«, sagte Decker verblüfft.

»Nicht direkt. Einige Kilometer außerhalb, Richtung Gebirge.« Li Mai holte eine Karte der Umgebung auf ihren Bildschirm.

Decker dachte einen Moment nach. Das war durchaus möglich. Patrick wollte sich ja in den Himalaja zurückziehen. Und er gehörte nicht zu den Gelugpas des Dalai Lama sondern zu den Kagyüpas. Patrick wollte auf der Überholspur ins Nirwana. Noch in diesem Leben. Und die Klöster der Kagyüpas waren meist hier. Decker holte eine Karte der verzeichneten Klöster und verglich sie mit der von Li Mai. »Hier ist er.« Decker zeigte auf seine Karte. »In genau diesem Kloster.«

»Wie praktisch. Dann statten wir ihm doch einfach einen Besuch ab«, sagte Li Mai.

»Um diese Uhrzeit? Außerdem essen wir gerade«, sagte Decker, plötzlich nervös geworden. »Es ist so gemütlich, mit dir zu Abend zu essen.«

Aber Li Mai ließ nicht mit sich reden. »Wir haben keine Zeit zu verlieren. Ich bereite alles vor. In fünfzehn Minuten geht's los«

»Moment. Du willst mitten in der Nacht die Maschine verlassen? Und was ist mit der Sicherheit da draußen? Wir sollten besser nicht über einsame Gebirgspässe fahren.«

»Machen wir auch nicht.« Mit diesen Worten verschwand sie in ihrer Kabine.

Als sie schließlich das Flugzeug verließen, staunte Decker nicht schlecht. Direkt vor ihnen stand ein Helikopter. Und das Flugfeld wurde von Panzerwagen und Soldaten bewacht. Decker war flau im Magen. Sollten sie wirklich einfach so nachts in einem Klosterhof landen? Noch dazu mitten in Nepal mit einer chinesischen Fahne am Heck? Wenn das mal keinen internationalen Zwischenfall hervorruft.

»Willst du einen Krieg anfangen?«, fragte er.

»Ich regle das später. Steig endlich ein!« Li Mai schwang sich ins Cockpit und setzte sich hinter den Steuerknüppel.

»Du fliegst?«

»Wenn's recht ist. Jetzt komm schon, du Dandy!«

Seufzend nahm Decker auf dem Co-Pilotensitz Platz und starrte sie an. »Du hast dich umgezogen?«, stellte er anklagend fest. Li Mai hatte einen schwarzen Overall an, und ihre Haare waren zusammengebunden. »Was dagegen? So bin ich beweglicher.«

»Wofür?«

»Man kann ja nie wissen, was einen erwartet«, sagte sie und setzte den Pilotenhelm auf.

Als sich Decker zum Angurten umdrehte, bemerkte er, dass sie nicht allein waren. »Wer sind die denn?«, flüsterte er und deutete auf die vier Männer in der Kabine. Sie trugen schwarze Kampfanzüge, Sturmmasken und High-Tech-Gewehre.

»Falls wir nicht willkommen sind. Und nach allem, was ich jetzt von diesem Bön weiß, bin ich lieber vorbereitet im Kampf gegen die Dämonen«, sagte Li Mai, während sie mit den Startvorbereitungen begann.

»Die werden wir nicht brauchen. Wir besuchen einen Ort der Stille«, wandte Decker ein.

»Du machst deinen Job. Und ich meinen.« Mit diesen Worten startete Li Mai die Turbine.

Decker schwieg eine Weile und bewunderte die Technik um ihn herum. »Sagenhafte Maschine. Das ist eine Dauphin.«

»Stimmt«, sagte Li Mai.

»Das ist einer der besten Hubschrauber der Welt. Den hat die deutsche Bundespolizei und die amerikanische Küstenwache auch.«

»Für diesen Einsatz genau richtig.«

»Wo habt ihr den her? Der fällt doch sicher unter die Exportbeschränkungen.«

»Wirklich? Da muss jemand was übersehen haben. Zum Glück merkt's hier keiner. Oder wollen wir lieber laufen?« Li Mai grinste unter dem Helm.

Decker musste lachen.

»Genau«, sagte Li Mai. Damit erhob sich der mächtige Hubschrauber und begann seinen geheimen Flug durch die Nacht.

Patrick war verwirrt. Gedanken und Gefühle quälten ihn. Er musste unbedingt mit seinem Lama sprechen. Er brauchte seine Hilfe. Das Kloster wirkte wie verlassen. Alle schliefen. Aber der Rimpoche, sein Meister, war nicht in seinem Zimmer gewesen. Patrick irrte durch die Gänge und schaute in alle Räume. So entdeckte er die versteckte Tür und wunderte sich. Sie war nicht verschlossen. Patrick zog sie vorsichtig auf und blickte erstaunt die dunkle Treppe hinab. Er wusste gar nicht, dass das Kloster auch einen Keller hatte. Leise stieg er die Stufen hinunter und hielt plötzlich inne. Er hörte seltsame Geräusche.

Die Dauphin fand ihren Weg mit Satellitennavigation und Spezialgeräten. Li Mai ähnelte einem Androiden aus einem Science-Fiction-Film. Ihr Kopf steckte in einem schwarzen Helm voller blinkender Elektronik. Ihre Augen waren verdeckt hinter einer Nachtsichteinrichtung, die Decker nur zu gut kannte. So holte ihn die Welt seines Vaters noch einmal ein, von der er sich eigentlich verabschiedet hatte. Sie blickte nicht aus dem Fenster, sondern verließ sich ganz auf die Bilder, die ihr wie in einem Computerspiel in ihrem Helm eingespielt wurden. Decker wusste nur zu gut, dass man sich auf dieses System verlassen konnte, aber ganz wohl war ihm dennoch nicht dabei. Und dass, obwohl er auch selbst schon seit Jahren Hubschrauber flog.

Aber eben nicht so.

Er sah hinaus in die Finsternis und auf den Mondschein und dann beobachtete er wieder die Abläufe im Cockpit. Die Avionik war vom Feinsten, und er machte sich innerlich mit der Maschine vertraut.

Der Lama betrat die Kammer. Im Schein der Kerzen sah er sich um. Es war alles für ihn vorbereitet worden. Es war der Raum der heiligen Vereinigung. Teppiche lagen auf dem Boden und die Wände waren mit Tankas und Bildern bedeckt. Sie zeigten weibliche Gottheiten, alleine oder in Verschmelzung mit männlichen Göttern. Statuen mit erotischen Posen standen auf Ablagen und Tischen und reflektierten das Kerzenlicht. Es war schummerig dunkel.

Auf einem weichen Bett lag sie. Seine Daikini. Die weibliche Inkarnation, mit der er sich vereinen würde auf dem Pfad zur Erleuchtung. Er betrachtete das junge Mädchen lange und fühlte die Energie in sich aufsteigen. Die Energie, die es zu beherrschen und zu transzendieren galt. Sie schien ruhig und atmete langsam. Die Drogen wirkten. Ihre Augen waren offen, aber sie blickte ins Nichts. Ihr schlanker Körper war eingeölt mit duftenden Essenzen und der Geruch der Kräuter erfüllte den ganzen Raum.

Sie war sehr jung.

Und nackt.

Ihre Mutter hatte sie dem Kloster geschenkt, um einen bösen Geist aus ihrem Körper zu treiben. Und weil die Mutter wusste, dass die Lamas von Zeit zu Zeit eine weibliche Gespielin für das heilige Ritual brauchen. Es war eine Ehre, ihre Tochter dem Kloster zu geben. Es würde ihr Karma um unzählige gute Taten bereichern und eine viel bessere Wiedergeburt bewirken. Der Lama zog sich aus. Seine Erregung wuchs, die kosmische Energie lud sich in ihm auf. Sie würde ihm in ihrer Trance bedingungslos zu Willen sein und alle seine spirituellen Wünsche erfüllen. Er würde sich mit ihr vereinen und dabei die heiligsten aller Mantras der höchsten Stufe sprechen. Das Männliche und das Weibliche würden zueinanderfinden und sich in die letzten Sphären des Daseins erheben. An den Rand des Nirwanas, soweit eine Seele in dieser Welt es nur schaffen kann.

Patrick war am Fuß der Treppe angelangt und stand vor einer alten Kellertür aus Holz mit Eisenbeschlägen. Er entdeckte einen kleinen Riss und schaute hindurch. Das Blut gefror ihm.

Die Dauphin flog zielsicher durch die Nacht. Es war nicht mehr weit bis zum Kloster. Die vier Männer in der Kabine überprüften ihre Waffen und setzten ebenfalls Nachtsichtgeräte auf. Decker fühlte sich unwohl. Er war Wissenschaftler und kein Schatzjäger. Li Mai war hoch konzentriert und Decker konnte nur auf den Monitoren des Cockpits die Flugroute verfolgen, die sie nahm. Alles, was er im Mondlicht draußen sehen konnte, waren die Schatten einer wild zerklüfteten Gebirgslandschaft im nächtlichen Mondschein. Nirgendwo da unten brannte auch nur ein Licht.

Es gruselte Decker.

Der Lama nahm den Lotussitz ein und meditierte. Als er sich in den Zustand der Bereitschaft versetzt hatte, sprach er sie an und gab ihr Anweisungen. Sie stand auf, kam zu ihm herüber und tat, wie ihr befohlen war. Sie öffnete ihre Beine und ließ sich langsam auf ihm nieder. Dabei nahm sie eine genau vorgegebene Sitzhaltung ein. Beide sahen jetzt exakt so aus, wie die im Sitzen kopulierenden goldenen Statuen um sie herum. Während er in sie eindrang, rezitierte er die Mantras. Ihre Körper bewegten sich im Nebel der Öllampen. Lange. Sehr lange.

Am Ende würde er sich nicht in dieser Stellung in sie ergießen. Auf keinen Fall. Der heilige Samen des Lichts darf nie in dieser dunklen, gefährlichen Grotte verschwinden. Nein. Er würde sich in ihren Mund ergießen und den Samen zurückholen. Mit seiner Zunge. Kein Tropfen durfte in dem unreinen Körper einer Frau zurückbleiben. Das würde ihm sonst die Kraft nehmen.

Was Patrick sah, versteinerte ihn. Ein Entsetzen auf allen Ebenen seiner Seele ergriff ihn. *Lüge! Es ist alles eine verdammte Lüge!* Er rannte im Schock davon. Die Treppe hinauf. Durch die endlosen langen Korridore. Das Kloster, das ihm eine neue Heimat sein sollte, in dessen Mauern er Zuflucht und Geborgenheit finden wollte, dieses Kloster war jetzt ein Ort des Schreckens und des Verrats an seinen Idealen. Patrick rannte durch den Saal, in dem sie morgens immer zusammen gegessen hatten. Er hätte sich beinahe übergeben. Er rannte weiter an dem Meditationsraum vorbei, der ihm so heilig gewesen war. Jetzt war es ein verfluchter Ort. Alles brach in ihm zusammen. Sein Weltbild. Sein Vertrauen. Patrick stolperte und fiel hin. Er stand auf und rannte weiter. *Die Tibeter lügen*!

Aber eines blieb von alledem unberührt: die ewige Wahrheit. Die Buddhanatur des Geistes. Die Klarheit. Die musste er sich bewahren. Und die brauchte er jetzt. Er rannte auf den Hof, wo der Jeep stand, den er gemietet hatte. In Verzweiflung und nicht mehr Herr seiner selbst startete er den Motor und raste davon. In die Nacht. Richtung Pass-Straße. Den Helikopter in der Ferne hörte Patrick zwar, aber er reagierte nicht darauf. Er wollte nur weg von der abscheulichen Szene, die er gesehen hatte.

Die Maschine näherte sich dem Kloster, bremste ab und schwebte tief und langsam auf die Gebäude zu. Mit dem kräftigen Suchscheinwerfer leuchtete sie den Innenhof aus. »Keine Hindernisse. Wir gehen in der Mitte runter.« Die vier Mann der Kommandoeinheit nickten.

Li Mai flog einen Kreis, um das Gebiet noch einmal von allen Seiten einzusehen, und setzte dann zur Landung an. Der Lärm der Turbinen riss die Mönche in ihren Kammern jäh aus dem Schlaf. Der Wind der Rotoren ließ Fensterläden knallen und blies Hunderte von Gebetsfahnen weg. Die Mönche rannten wie aufgeschreckte Hühner über die außenliegenden Treppen und quer über den Hof. Staub und Gegenstände flogen umher und verwandelte das eben noch so stille Kloster in einen Ort des Chaos.

Kurz bevor der Helikopter den Boden berührte, sprangen die vier Soldaten raus und sicherten den Landeplatz nach allen Richtungen ab. Das war auch nötig, denn einige der Mönche kamen wild gestikulierend und laut protestierend auf sie zu. Manche hatten Besen oder Knüppel in der Hand. Decker sah dieser Szenerie zu und befürchtete bereits ein Schießerei. Aber die vier Elitesoldaten waren nicht aus der Ruhe zu bringen und sofort Herr der Lage. Sie richteten nicht einmal ihre Waffen auf die Mönche. Den ersten Lama, der sie erreichte, empfingen sie einfach mit einem Karateschlag. Der Schlag war offensichtlich nicht tödlich, aber sehr wirkungsvoll. Mit wehendem Gewand und einem theatralischen Rückwärtssalto fiel der Mönch in den Sand. Das stoppte dann auch die anderen. Das übrige tat das furchterregende Aussehen der Männer.

Als sie Li Mai und Decker aussteigen sahen, verharrten die Mönche in Neugier. Es war eine skurrile Szene. Die Soldaten, die wie Kämpfer aus der Zukunft aussahen, in einem mittelalterlich wirkenden Klosterhof. Der immer noch laufende Hubschrauber auf der einen und die völlig verstörten Lamas auf der anderen Seite des Platzes. Das Ganze in einem Mix aus grellem Scheinwerferlicht und flackernden Fackeln.

Li Mai bedeutete Decker zu warten und ging zu einem der Lamas und erklärte ihm, dass er keine Angst zu haben brauchte. Der Mönch zögerte, dann sah Decker, wie sie ihn etwas fragte und er die Schultern zuckte. Dann fragte sie ihn noch mal. Diesmal zeigte der Mönch auf eines der kleinen Fenster weiter oben im Gebäude und dann auf die Tore des Klosterhofs.

Li Mai kam zu Decker zurück. »Sie wollen es nicht sagen oder wissen nicht, wo der Abt ist. Aber dein Freund war hier bis vor wenigen Minuten. Sie sagen, er wäre kurz vor unserer Ankunft tränenüberströmt und wild brüllend durch das Kloster gerannt und dann mit dem Auto abgehauen.«

»Klingt wie ein Schockzustand. Seltsam.« Decker überlegte. »Dann müssen wir das Kloster durchsuchen und den Abt finden. Der kann uns vielleicht eher sagen, was passiert ist und wo Patrick hingefahren sein könnte. Sie waren vermutlich Meister und Schüler und standen sich sehr nahe.«

»Okay.« Li Mai gab den Soldaten Anweisungen. Einer sollte die Lamas in Schach halten. Einer den Helikopter bewachen und zwei mit ihnen kommen für die Durchsuchung. Darauf befahl einer der Soldaten den Mönchen, sich im Kreis hinzusetzen und sich nicht von der Stelle zu rühren. Um seinen Worten Nachdruck zu verleihen, zielte er mit dem roten Lichtstrahl seines Laserteleskops auf einen der Dachpfosten und feuerte einen Schuss ab. Als die Kugel mit dem markdurchdringenden Pfeifen des Schalldämpfers genau an dem roten Punkt einschlug und das Holz splitterte, verstanden die Mönche. Und als er mit dem roten Punkt einen Kreis im Sand um sie herum andeutete, wagte keiner mehr, sich zu rühren oder die gedachte Linie zu überschreiten.

»Los, wir gehen rein«, sagte Li Mai zu Decker und die zwei schwarzen Kämpfer folgten ihnen mit den Waffen im Anschlag. Sie gingen durch das finstere Kloster. Im Licht der Taschenlampen erschienen die alten Gemäuer wie ein Geisterschloss. Decker sah auf die Soldaten, die den Weg vor ihnen sicherten, und war jetzt doch erleichtert, dass sie dabei waren. Wer weiß, was sie hier erwartete. Ein unheimlicher Ort. An einer Kreuzung der Gänge blickten die Kämpfer Li Mai und Decker fragend an.

»Zum Hauptgebäude und dem Meditationsraum«, sagte Decker und zeigte in eine bestimmte Richtung, »geht es vermutlich hier entlang.« Als er vorgehen wollte, hielten ihn die beiden Soldaten zurück und drängten sich an ihm vorbei. Wenige Meter weiter vorne öffnete sich schlagartig eine Tür und ein junger Mönch sprang laut brüllend in den Flur. Decker erschrak fürchterlich. Der Mann hielt einen Kerzenleuchter in der Hand und wollte zum Angriff auf die Gruppe übergehen. Die Soldaten unterbrachen nicht einmal ihren Schritt. Noch bevor der Mönch es sich versah, gab es ein dumpfes mattes Geräusch und der Mann fiel zu Boden. Die Elitekämpfer gingen ruhig weiter, und Decker stieg über den bewusstlosen Körper im Korridor hinweg.

Sie irrten eine Weile durch das unbekannte Gebäude. Aber Decker hatte sich einige Grundrisse tibetischer Klöster angesehen und konnte in etwa sagen, wo sie hinmussten. »Hier hinein«, sagte er an einer Stelle, »da liegen die wichtigsten Räume. Vielleicht finden wir den Abt da.« Die beiden Soldaten sicherten den Raum zuerst und dann ließen sie Li Mai und Decker eintreten. Sie standen im Allerheiligsten des Klosters, dem Meditationsraum.

»Niemand hier«, sagte Li Mai.

»Aber irgendwas muss hier sein. Warum sonst wäre Patrick so panisch weggerannt?«

»Wir haben das halbe Kloster jetzt abgesucht und nichts gefunden.«

Decker sah sich im Meditationsraum um. Er war voll mit den unterschiedlichsten Gegenständen. Eine wahre Ansammlung von Kunstschätzen.

Dann sah er die Statue.

Er ging darauf zu und betrachtete sie.

Ein Yamantaka. Das Kloster blieb den Ursprüngen treu.

Decker spürte intuitiv, dass sich noch viel mehr in dieser Statue verbarg, als das bloße Mysterium der Vereinigung. Viel mehr. Aber dafür war jetzt keine Zeit.

Dann fiel ihm etwas auf. Auf dem Boden lag etwas und blinkte. Er hob es auf. Es war ein Mobiltelefon. Jemand musste es verloren haben. Decker sah es an. Es trug den Schriftzug T-Mobile. »Ein Handy aus Deutschland. Vielleicht ...«

Er blätterte durch das Menü, sah sich die gespeicherten Namen an und fand, was er vermutet hatte, seinen Namen. »Das muss Patricks Handy sein. Er war hier. Durchsucht den Raum«, sagte er zu den Soldaten.

Nach wenigen Minuten fanden sie die Geheimtür, und Decker drückte sie vorsichtig auf. Eine Treppe führte hinab. Dann hörten sie die Geräusche. Die Soldaten legten den Zeigefinger auf die Lippen und übernahmen die Führung. Geräuschlos stieg die Gruppe hinab. Unten angekommen, sahen sie eine uralte massive Tür. Die Stimme eines jungen Mädchens drang an ihr Ohr. Es war ein seltsames Stöhnen an der Grenze zwischen Lust und Qual. Decker sah Li Mai mit Entsetzen an. Sie verzog keine Miene, sondern gab den Soldaten Zeichen. Sie bezogen links und rechts von der Tür Stellung und untersuchten die Konstruktion. Dann befestigten sie einen kleinen blinkenden Apparat am Türschloss und warteten auf Befehle. Decker gab ihnen zu verstehen, dass er einen Spalt entdeckt hatte und hineinsehen wollte. Die Soldaten richteten die Waffen auf die Tür und gaben ihm ihr Okay.

Decker warf einen Blick durch die Tür.

Der Lama durchwanderte die verschiedenen Sphären, sein Geist erhob sich aus den Tiefen des irdischen Daseins in die Höhen der Lehre. Das junge Mädchen bewegte sich mit gespreizten Beinen auf seinem hochaufgerichteten Glied auf und ab. Ihre Augen waren verdreht und ihr Gesicht verriet keine Gefühle. Schritt für Schritt realisierte der Mönch so die Stufen der Einsicht. Er kam dem Höhepunkt näher. An der Grenze zum Bewusstlosen, kurz bevor sich alles in der Unendlichkeit verlor, in diesem letzten Moment, der allerletzten Stufe der Einsicht, schob der Lama seine Daikini von sich, zwang sie auf die Knie und entlud sich in den Mund des Mädchens. In diesem heiligsten aller Augenblicke geschah das spirituelle Wunder: Im tantrischen Orgasmus wurde er eins mit dem Kosmos. Raum und Zeit verloren ihre Bedeutung. Er realisierte die alten Schriften und erlangte die letzte Weisheit. Die volle Erleuchtung im Diesseits. Die Illusion seines Egos löste sich auf. Dadurch erkannte der Geist des Lamas sich selbst und erblickte das Elementarste der buddhistischen Lehre: Das Nichts. Der Lama schrie wie ein Löwe vor Lust und Erfüllung.

In dieser Sekunde zerriss eine Explosion den Raum, und die schwere Tür krachte aus ihren Angeln. Die zwei Soldaten stürmten in die Kammer und hielten ihre Gewehre auf den erstarrten Lama gerichtet. Die Laserstrahlen durchdrangen den Rauch und legten die roten Punkte auf seinen Kopf und seine Brust.

»He, wir brauchen ihn lebend«, sagte Li Mai. Die Punkte wanderten auf seine Beine und Knie.

Der Lama war völlig benommen und fast betäubt. Er nahm nur noch einen Nebel wahr. Er sah zwei finstere schwarze Gestalten, die ihn anblickten. Schreckensgötter! Und noch zwei Geister, die durch die Tür auf ihn zukamen. Ihm war ein Fehler in der Meditation unterlaufen, und er hatte die Geister der Hölle heraufbeschworen. In einer ruckartigen Bewegung stieß er das Mädchen von sich und sprang zu einem der Altare. Der Donnerkeil. Ich muss die Dämonen töten. Decker sah nur noch, wie er ein rituelles Messer ergriff und Decken auf die Lampen warf.

Dann herrschten absolute Finsternis und vollkommene Stille. Nur das wilde Atmen und die Flüche des Lamas erklangen im Dunkeln. Decker konnte nichts sehen.

Ein Körper in Kevlarweste schob Decker und Li Mai an die Wand. Es war einer der Soldaten, der sich schützend vor sie stellte. Dann hörte Decker ein hohes elektronisches Summen. Die Infrarotgeräte.

Der Lama konnte nichts mehr sehen.

Aber die Soldaten sahen alles. Ein ungleicher Kampf.

Ein Moment des Abwartens. Dann brach der Lama in wildes Geschrei aus. Decker hörte, wie Gegenstände durch den Raum flogen. Metallschalen schlugen links und rechts neben ihnen gegen die Wand und fielen scheppernd zu Boden. Wie ein Wahnsinniger riss der Lama alles um sich herum von den Wänden und Regalen und schlug mit seinem Dolch wild um sich. Er kämpfte gegen Schatten. Von dem zweiten Soldaten war nichts zu hören.

Dann wieder Stille.

Der Lama atmete schwer und rezitierte Mantras mit der Stimme eines Menschen, der nicht mehr im Diesseits weilte. Er war irgendwo in diesem Raum, und sein Verstand schon längst woanders. Decker konnte nicht mal die Hand vor Augen erkennen. Dann ein kurzes Seufzen des Mädchens.

Der Lama wurde panisch. Die Geister wollten sie entführen. Sein Samen! Er musste zu seiner Daikini zurück. Er sprang rasend vor Wut und Verzweiflung blindlings in die Finsternis und stach mit seinem Dolch ins Leere.

Decker spürte, wie plötzlich ihr Wächter einen Schritt zur Seite machte und zwei weitere Hände einen Kinderkörper zwischen ihn und Li Mai schoben. Beide hielten sie die Kleine reflexartig fest und der Wächter stellte sich wieder vor sie. Der Lama kämpfte gegen den unsichtbaren Feind wie ein angeschossener Tiger. In Rage verfallen rannte er durch den Raum und trat und stach nach allem, was ihm in den Weg kam. Porzellan zerbrach, und schwere Kupfergegenstände fielen zu Boden. Glas splitterte.

Dann hielt er still und lauschte und hörte: Nichts. Wo waren diese Dämonen? Wo war das Mädchen? Er hörte ihr Seufzen und stürzte in diese Richtung.

Decker hörte ihn auf sich zu kommen. Ihr Wächter machte eine heftige Bewegung. Ein Stiefel traf auf nackte Haut und der Lama stieß einen Wutschrei aus. Er wollte gerade wieder zum Sprung ansetzen, als er hinter sich etwas hörte. Instinktiv riss er den Dolch hoch. Doch in dem Moment wurde sein Handgelenk von den Dämonen gepackt.

Der Lama spürte keinen Schmerz in seiner Trance. Aber er hörte Knochen brechen. Seine Knochen. Der Dolch fiel zu Boden. Noch ein Schlag aus dem Nichts traf ihn. Der Lama verstand nicht. Er konnte sich nicht mehr bewegen. Seine Arme wurden hinter dem Rücken zusammengedrückt. Sie hatten ihn. Er schwebte. Sie nahmen ihn mit in ihr Reich. Er flog mit einem Dämon durch die Lüfte. Dann schlug er auf den Boden und verlor das Bewusstsein.

Einer der Soldaten schaltete die Taschenlampe wieder ein und erhellte zusätzlich den Raum mit rotem Licht aus einer chemischen Stableuchte. Decker bot sich ein Bild der Verwüstung.

Der nackte Lama lag zusammengerollt und gefesselt am Boden. Einer der Soldaten stand neben ihm und richtete seine Waffe auf ihn, aber der Mönch regte sich nicht. Der Raum und seine Einrichtung waren völlig zerstört. Zerrissene Tücher und Tankas hingen von den Wänden, der Altar war umgekippt und in dem immer noch überall schwebenden Rauch von der Türsprengung erkannte Decker zahlreiche herumliegende Statuen und Gegenstände.

Li Mai sprach als erste. »Interessant, so eine nächtliche Klosterbesichtigung, nicht wahr?« Dann nahm sie das Mädchen in den Arm und versuchte, es zu beruhigen. Es stand unter Schock und war anscheinend betäubt worden. Sie wickelte das arme Kind in einen der Tankas und übergab es einem der Soldaten. Dieser legte sich die Kleine über die Schulter, nahm sein Gewehr in Anschlag und verschwand durch die Tür.

»Er bringt sie zum Hubschrauber«, erklärte Li Mai. »Wir nehmen sie mit zurück. Im Flugzeug sind Ärzte, die sich um sie kümmern werden.«

Dann blickte Li Mai auf den Boden. »Nun zu unserem Freund hier.« Sie gab dem zweiten Soldaten ein Zeichen. Er setzte den Lama auf eine der schmuckvollen Kisten und rüttelte ihn wach. Als der Mönch, an die Wand gelehnt, noch mit kreisendem Kopf und halb abwesend nur schwer zu sich kam, griff der Soldat in seinen Kampfanzug. Er fand einen langen dünnen Gegenstand, so groß wie ein Filzstift, und rammte ihn in den Arm des Lamas. Es war eine der Spritzen, die mit einem Schlag appliziert werden können. Der Lama kam jetzt schnell wieder zu sich, und es sah nicht so aus, als würde er sich weiterhin widersetzen. Decker wollte lieber nicht wissen, was die Spritze enthielt.

Decker und Li Mai sahen sich den Mann lange an. Es war eine völlig verwitterte Gestalt, in deren Gesicht der Wahnsinn seine Spuren hinterlassen hatte. Der Lama hatte lange zerzauste Haare und wirkte innerlich und äußerlich verwildert. Li Mai untersuchte seine Augen und sagte zu Decker: »Du kannst ihm jetzt Fragen stellen. Er wird die Wahrheit sagen.«

Decker machte sich bewusst, dass er hier einen wirklichen Schamanen vor sich hatte. Ein Relikt aus der Vergangenheit, das überlebt hatte. Diese verwilderte Gestalt verkörperte einiges von dem, was der Bön einmal war. Er war Träger der legendären alten Religion, die Decker suchte. Wahrscheinlich war gar nicht vorstellbar, was in seinem Kopf vorging. Aber er kannte sicher einige Geheimnisse.

Decker machte einen Schritt auf den Schamanen zu und blickte ihm in seine verrückten Augen. Es war ihm selbst fast unheimlich, einem Boten der Vergangenheit so nahe gegenüberzustehen.

»Was weißt du über den Bön?«

Der alte Schamane saß völlig regungslos da. In seinen Augen spiegelte sich die Ewigkeit. Er sagte eine Weile nichts. Dann antwortete er mit langsamer, erschütternder Stimme: »Der Bön ist hier.«

Decker und Li Mai hielten den Atem an. Der alte Schamane bewegte kaum seine Lippen, als er fortfuhr. Es schien fast, als würde ein Geist durch ihn sprechen. »Die Dämonen vom Anfang aller Welten. Niemand kann sie besiegen.«

Decker schauderte bei diesen Worten. *Wenn dieser Irre und Professor Long Chang recht haben sollten ...*

Der Lama sah aus, als würde er ein unendlich weites Land überschauen. Er sprach im Delirium. »Durch die Jahrhunderte hindurch tobten heilige Kriege in Tibet. Dynastien kamen und gingen. Der Kreislauf des Werdens und Vergehens zog über das Land. Immer und immer wieder. Aber die ewigen Götter wurden nie gestürzt. Niemals. Viele haben es versucht. Aber keiner hat es jemals geschafft. Sie alle bezahlten mit ihrem Leben.«

Li Mai sah den alten Tantriker fassungslos an. Dieser sprach nun unaufhörlich. »Der Bön ist der Tod und das Leben. Der ewige Bön erzeugt Leben und richtet es hin. Er wurde erschaffen von Kriegern und er bringt Krieger hervor. Der Bön ist Schöpfung. Er bringt Neues hervor und vernichtet es. Das war immer so. Und das wird immer so sein. Der Bön kann nicht vergehen, denn er ist der Lauf der Dinge und der Welt. Er ist in jedem Baum, in jedem Stein. Er ist in der Luft. Er ist im Wasser, in den Tieren und in den Menschen. Er ist die Essenz der Schöpfung und der Zerstörung. Er ist das Überleben, der Atem der Vernichtung und die Geburt. Der Bön ist die Kraft des Universums. Er ist Stärke. Er ist gewaltiger als jedes Königreich. Der Bön ist das, was der Mensch von Anbeginn seiner Existenz an war. Der Bön ist die Macht. Seine Dämonen sind das, was von uns übrig bleibt, wenn alle Schichten des Geistes und des Körpers abfallen. Der Bön ist unser wahres Wesen. Solange noch ein Mensch über diese Welt schreitet, solange noch ein Mensch stirbt und ein neuer entsteht, solange gibt es die zeitlose Wahrheit des Bön. Er ist die Natur der Menschen. Der Bön ist ein ewiger Kreislauf. Er ist die Essenz des Lebens, jenseits aller Vergeistigungen. Er ist die Substanz aller Wesen. Er kann nicht vernichtet werden, denn er hat keine Zeit, keine Form und keinen Ort. Er ist das, woraus wir bestehen, was wir sind. Er ist der Kampf. Der Sieg. Die Energie.«

Li Mai blickte Decker an: »Damit dürften sich dann wohl alle Vermutungen bestätigt haben.«

»Ja«, sagte Decker. »Der Bön existiert tatsächlich noch heute!«

Damit blieb nur noch eine Frage zu klären. Decker wandte sich erneut an den Lama: »Was ist der Tempel des Schreckens?«

Den alten Schamanen verließ seine Gleichgültigkeit. Er wurde unruhig und begann sichtbar zu zittern. Seine Muskeln spannten sich an, und es sah aus, als wollte er sich wehren. Der Soldat legte ihm vorsichtshalber seine Hand auf die Brust und drückte ihn an die Wand. Decker sah dem Lama fest in die Augen. »Du weißt also, wovon ich rede! Wo befindet er sich? Und warum wird er so genannt?«

In der Seele des Lamas tobten letzte innere Kämpfe.

Aber das plötzliche Erscheinen der Kriegsgötter in seinem Kloster während der Meditation und die Entführung des Mädchens, das seine männliche Kraft im Mund hatte, führten zur völligen Selbstaufgabe und Resignation. Er war verloren. Und dann spürte er da noch ein seltsames Gemisch in seinem Körper, das ihm die Beherrschung seiner Worte schwer machte und den Widerstand in ihm brach. Er flüsterte ein einziges Wort: »Go …«

Er stemmte sich mit seinem Restwillen gegen die zweite Silbe. Ein Wort, das er bei seinem Leben geschworen hatte niemals jemandem zu sagen, außer seinem engsten Schüler, der die Linie der wahren Lehre fortführen würde. Ein Wort, das zugleich das größte Geheimnis war und enthielt, das es in Tibet gab. Ein Wort, das unter keinen Umständen jemals an die Ohren von Fremden gelangen durfte. Aber der Lama war nicht mehr in der Lage, seinen Geist zu kontrollieren. Er wusste, dass er sich selbst damit verfluchte und seine Seele für immer im leidvollen Leben gefangen bleiben würde. Niemals würde er ins Nirwana gelangen. Aber er konnte es nicht mehr verhindern. So sprach er es aus und verriet damit sich, seine Götter, den Dalai Lama und sein Land.

»… kang.«

Decker und Li Mai rückten näher an ihn heran. »Sag das noch mal.«

»Go … kang …«, kam es unter Qualen.

»Gokang?«

»Der Tempel des Schreckens …«, gurgelte der Schamane mit schmerzverzerrtem Gesicht. »Es ist ein … Gokang.«

Der Lama sah den Soldaten an. Im Gegenlicht und Rauch erkannte er ihn nur als Schatten. Aber er sah auch den roten Lichtstrahl, der von dem schwarzen Krieger ausging und ihn auf der Brust traf. Genau, wie es in den alten Texten stand und wie er es sich immer vorgestellt hatte. Seit Jahrzehnten. Und jetzt war es Wirklichkeit. Es war alles aus! Die Kriegsgötter waren hier. Bei ihm.

»Was ist der Gokang?«, fragte Decker ungeduldig.

Der Lama neigte langsam den Kopf hin und her. Sein Mund arbeitete, ohne dass er es verhindern konnte. »Der Gokang ist das Ende allen Seins. Im Gokang gibt es kein Licht. Die Kräfte sind aus dem Gleichgewicht ...«

Decker wusste, dass er keinen sinnvollen Vortrag erwarten konnte, aber es reichte nicht. »Gibt es noch einen Gokang?«, fragte er.

Der Lama sprach wie im Delirium. »Ja ...«

»Wo?«

Krämpfe schüttelten den Schamanen. Dann stammelte er: »Tief unter der Erde. Von dort können die bösen Geister nicht ausbrechen.«

»Sag uns, wo sich der Gokang befindet!«

»Überall und nirgends.«

»Verdammt. Das genügt nicht!«, zischte Decker angespannt.

Der Lama biss die Zähne zusammen. »Niemand weiß es.«

Li Mai hielt Decker am Arm. »Er kämpft gegen unser Serum, aber er weiß es wirklich nicht. In wenigen Minuten wird er kollabieren. Nutze die Zeit.«

Decker wandte sich dem Gefangenen zu. »Also gut. Erzähl mir mehr über den Gokang.«

Mit schwerem Atem, fast röchelnd stammelte der Lama: »Es ist der Ort der Verlorenheit. Ohne Gnade. Die Urkräfte wurden getrennt. Das Schaffen wurde von dort entfernt. Nur Geister hausen im Gokang. Nicht aber die Geister der Schöpfung. Das ist gefährlich. Niemand darf dorthin. Der Kosmos wurde aus dem Gleichgewicht gebracht. Man hat versucht, die bösen Dämonen einzusperren, in einem Verlies, weil man nur die guten Dämonen, die Beschützer auf der Welt haben wollte. Aber so ist das Leben nicht. Es gibt immer zwei Seiten. Man darf sie niemals trennen.«

Der Gokang war die Antwort! Die ganze tibetische Kultur war darin gefangen. Davon war Decker jetzt überzeugt.

»Ich frage noch mal, wo ist der Gokang?«

»Er existiert. Niemand darf dorthin. Sonst wird alles zerstört.«

»Es ist zu spät«, sagte Li Mai.

Aber Decker wollte nicht aufgeben. »Was genau ist im Gokang?«

Aus den Augen des Schamanen quollen Tränen hervor. »Blut. Schmerz. Tod. Krieg.«

Decker hätte den Kerl am liebsten gerüttelt, traute sich aber nicht, ihn anzufassen. »Was heißt das?«

Fast mitleiderregend sah der Lama Decker an. »Waffen aus unzähligen Kriegen. Waffen aus der Urzeit. Waffen, die älter sind als Tibet. Waffen, mit denen ganze Völker ausgelöscht wurden. Mächtige Waffen.«

»Was für Waffen?«, herrschte Decker ihn an.

»Totenschädel. Knochen und Masken. Die Reste der Feinde des Bön.« Der Tantriker kauerte sich verängstigt zusammen. »Und Finsternis. Ewiges Dunkel.«

Decker verlor fast die Beherrschung. »Das soll alles sein?«

Der Schamane nickte. Anscheinend wusste er es nicht besser.

»Aber was ist mit dem Buddhismus?«

Der Körper des Lamas bäumte sich auf. »Keiner von

uns hat jemals wirklich an den Buddhismus geglaubt. Wir sind Krieger. Wir sind zum Kämpfen verdammt. Der Buddhismus ist nur ein buntes Kleid. Aber darunter leben die alten Götter des Bön.« Mit diesen Worten brach der Schamane in sich zusammen.

»Das war's. Die Vorstellung ist vorbei.« Li Mai zog ihn fort. Decker war noch völlig in Gedanken. *Die alten Götter!* Er wusste jetzt endlich mit Gewissheit, was Hitler und Himmler in Tibet gesucht hatten. Zögernd folgte er den Chinesen aus dem Raum. Auf dem Weg nach draußen kamen sie wieder an dem Meditationsraum vorbei. Decker blickte sich erneut nach der rätselhaften Statue um. Er hatte inzwischen viele Abbildungen solcher Statuen gesehen, aber keine war so ergreifend wie diese. Und in den offiziellen buddhistischen Büchern tauchte sie nirgendwo auf. Natürlich nicht.

»Li Mai, sieh mal. In dieser Statue ist die gesamte Mythologie der tibetischen Kultur enthalten. Sie ist zeitlos ...«

»Wir müssen hier weg«, rief Li Mai. »Wenn sie dir so gefällt ...« – sie nahm die Statue kurzerhand vom Sockel und drückte sie Decker in die offenen Arme – »... nimm sie doch einfach als kleines Souvenir mit. Aber komm jetzt, wir müssen weiter.«

Draußen war die Lage unverändert. Die Mönche saßen immer noch im Kreis. Li Mai gab das Zeichen zum Aufbruch und sprang ins Cockpit. Die Soldaten positionierten sich in den offenen Hecktüren und hielten die Mönche weiter in Schach. Als der Hubschrauber abhob, standen sie schlagartig auf und rannten auf die Maschine zu. Li Mai drehte den Heckrotor in ihre Richtung, und sie schraken zurück. Sie lachte. Dann zog sie an der Pitch und der Helikopter stieg auf.

# 20

Während des Rückflugs wurde es langsam hell. Am Horizont schimmerten die Spitzen der schneebedeckten Achttausender rötlich im Licht der aufgehenden Sonne, und Decker schaute auf den Steuerknüppel.

»Darf ich mal?«, fragte er sehnsüchtig.

»Bitte sehr«, sagte Li Mai. »Solange du uns hier draußen nicht abstürzen lässt. Ich habe keine Lust, als Ehrenjungfrau in einem Kloster zu landen!«

»Keine Bange«, sagte Decker. »Das würde ich niemals zulassen.«

Er übernahm die Maschine und probierte ein paar kleine Manöver. Es dauerte nicht lange, bis er sich an die Maschine gewöhnt hatte. »Stark!«, sagte er, als er Richtung auf Katmandu nahm.

Plötzlich tippte ihn Li Mai an und sagte über die Interkom: »Ich habe gerade einen Funkspruch erhalten. Wir haben deinen Freund gefunden.«

Decker sah sie verblüfft an. »Was?«

»Den Jungen aus Frankfurt. Ich hatte vorhin im Hauptquartier angefragt. Mit dem ersten Licht des Tages haben unsere Satelliten seinen Wagen entdeckt. Es sieht so aus, als sei er unterwegs Richtung Tibet. Wir haben ihn gleich hier auf dem Bildschirm.«

Der Monitor in der Pilotenkanzel flackerte kurz, dann

erschien eine weiße Fläche. Ein schwarzer Punkt bewegte sich über den Schirm.

Der Jeep raste in wilder Fahrt die unbefestigte Schotterpiste hinauf. Patrick standen die Tränen in den Augen. Er sah kaum etwas. Er fuhr viel zu schnell auf der steinigen, engen Pass-Straße. In seinem Kopf vermischten sich die Bilder der Nacht mit den Träumen, die ihn hierhergebracht hatten.

Die Mönche hatten ihn betrogen. Ihm was vorgemacht. Sie hatten die Triebe gar nicht im Griff. Der tibetische Buddhismus war vielleicht eine einzige große Lüge. Der Schmerz seiner Seele übermannte ihn. Wozu sollte er jetzt noch leben? Er hatte sein altes Leben aufgegeben und hier dann alles verloren, woran er glaubte.

Das Leben war vorbei für ihn.

Mit einem lauten Krachen rammte der Jeep die Felswand an seiner Rechten. Patrick wurde aus seinen Gedanken gerissen und steuerte reflexartig gegen. Der Wagen geriet ins Schleudern, und Patrick versuchte ihn instinktiv abzufangen. Ein paar Mal pendelte der schwere Jeep von links nach rechts, stieß erneut an die Wand, sprang ein paar Meter durch die Luft und schlug dann hart auf. Patrick trat in seiner Angst in die Bremse. Das war das Schlimmste, was er tun konnte. Die Räder blockierten, und der Wagen schob sich geradewegs auf den Abhang zu. Patrick schrie auf, doch es war zu spät. Der Jeep schoss über die kleinen Begrenzungssteine am Rand hinaus und stürzte ab.

Decker schwenkte plötzlich nach Norden.

»Was hast du vor?«, fragte Li Mai.

»Wir holen ihn«, war Deckers Antwort.

»Das geht nicht. So viel Zeit haben wir nicht mehr.«

»Es muss.« Decker riss den Helikopter in eine scharfe Kurve und jagte ihn zurück in die Täler des Himalajas, vorbei an zerklüfteten Hängen und bizarren Felsformationen.

Er sah zu Li Mai, die erst noch zögerte, dann aber stillschweigend nachgab und ihren Soldaten einige Anweisungen zurief. In ihrem schwarzen Visier spiegelten sich die mittlerweile weißen Berge und das erste glasklare Stahlblau des Himmels. Die vier Soldaten in der Kabine schauten aus den großen Seitenfenstern hinab auf die dahinrasende Schneelandschaft. Und sie hielten Ausschau nach Patrick. Das gerettete Mädchen war in warme Decken eingewickelt und schlief.

»Sag mir genau, wo er sich befindet«, sagte Decker in das Helmmikrofon.

Li Mai glich die Daten des Satelliten mit dem Navigationssystem im Cockpit ab und zeigte dann auf die Karte im Monitor. »Er ist hier. Die Bilder sind schon ein paar Minuten alt, aber weit kann er nicht gekommen sein.«

»Wir müssen ihn finden. Er ist verzweifelt. Vielleicht tut er sich was an. Und ich hätte es verhindern können«, sagte Decker.

In wilden Kurven schoss der Helikopter durch die Täler. Berg um Berg bauten sich vor ihnen mit seinen Felsmassen auf. Immer höher und höher.

Die Luft war jetzt schon so dünn, dass alle Insassen über die Sauerstoffmasken atmeten. Es war auch nicht mehr weit bis zu der Höhe, in der die Turbinen nicht mehr arbeiten können und die Rotoren instabil werden. Hoffentlich war Patrick nicht jenseits der maximalen Flughöhe des Helikopters. Bergsteiger waren verloren, wenn sie am Mount Everest, am K2 oder an einem der anderen Felsriesen im Himalaja oberhalb dieser Grenze in Bergnot gerieten.

Patrick kam wieder zu sich. Er sah seinen Wagen tief unten im Tal liegen. Vollkommen zerstört. Anscheinend war er herausgeschleudert worden und lag jetzt auf einem Felsvorsprung kurz unterhalb der Straße und weit über dem Abgrund. Sein Körper tat höllisch weh. Aber er konnte aufstehen.

Patrick sah sich um. Er erblickte etwa hundert Meter über sich eine kleine, unberührte, von Schnee bedeckte Bergkuppe. Dort wollte er sein. Mit allerletzter Kraft zog er sich an Steinen Halt suchend und auf allen vieren kriechend den Hang hinauf, überquerte die Pass-Straße und begann, die Felsenanhöhe zu erklimmen.

Er bemerkte nicht, dass er blutete.

Weiter und weiter zwang er sich nach oben. Quälte sich eine ebene, leicht ansteigende Fläche hinauf. Er rannte. Er rannte davon. Vor seinen Erinnerungen. Seinen zerbrochenen Hoffnungen. Und dem Nichts.

Dann erreichte er den Fuß des kleinen Hügels mit dem schönen schneebedeckten Gipfel. Nur wenige Meter über ihm war sein Ziel.

Er weinte. Er zitterte. Die Kälte drang durch seine viel zu dünnen Gewänder. Getrieben von seinem Wunsch, allem zu entkommen, kämpfte er sich dennoch die Wand hinauf. Seine Hände krallten sich in die Felsritzen und er schaffte es, voranzukommen.

Er war erschöpft. Und verletzt. Innerlich und äußerlich. Als er die kleine Kuppe erreichte, sank er entkräftet zu Boden und nahm den Lotussitz ein. Es sollte seine letzte Meditation werden. Er saß einsam auf einem kleinen Felsen, umgeben von weichem Schnee. Um ihn herum in der Ferne ein spektakuläres Panorama der heiligen Berge. Wie viele Suchende hatten in diesem Land die Erleuchtung gefunden, hatten sich von allem irdischen Leid erlöst?

Die Morgensonne warf ihr gleißendes Licht auf die Eiskristalle.

Er war so weit gegangen. Er hatte alles hinter sich gelassen. Alles umsonst.

Er hatte nichts zu essen und trinken mitgenommen. Er konnte Schnee essen, mehr gab es hier nicht. Aber hier würde er nachdenken, hier in der unberührten Natur. Hier würde seine Seele den Körper verlassen und Erleuchtung finden. Patrick saß aufrecht, schloss halb seine Augen und verharrte lange in tiefer Meditation.

Was die Menschen aus der Religion gemacht hatten, war ein Verbrechen. Aber jetzt würde ihn nichts mehr ablenken und niemand würde ihn betrügen. Hier oben, wo die Welt ganz einfach und klar war, würde er finden, wonach er immer gesucht hatte: Erlösung.

Seine Knochen schmerzten, aber er ignorierte es. Die Luft war dünn. Sehr dünn, und sein Gehirn hatte weniger Sauerstoff, als es brauchte. Er merkte es nicht.

Die Kälte kroch in ihm hoch. Aber er besann sich auf die Erzählungen der Tibeter von der inneren Hitze. Und blieb sitzen. Tiefer und tiefer versank er im Dunkel der inneren Seele, immer auf den imaginären Lichtpunkt der Meditation konzentriert.

Der Kältetod begann sein schleichendes Werk. Sein Körper zog das Blut in den lebenswichtigen Organen zusammen, und die Glieder wurden eiskalt. Er fühlte sich schwer wie Blei. Sein Bewusstsein schwand mit den Minuten dahin. Er sehnte sich nach der inneren Ruhe.

Dem Frieden. Und er vernahm die Stille. Die magische Stille des Hochgebirges. Die Stille einer Seele auf ihrem letzten Weg in die Unendlichkeit.

Dann sackte er in sich zusammen und kippte vornüber in den weichen Schnee. Ein paar letzte Gedanken funkelten in der schwarzen Nacht, die sich in ihm ausbreitete.

Eine der Wahrnehmungen am Rande seiner Bewusstlosigkeit war sonderbar und gehörte hier nicht hin, nicht in diese Ruhe. Aber er konnte damit nichts mehr anfangen.

Für einen Augenblick bäumte sein Körper sich noch einmal auf, und er spürte Todesangst. Der Überlebenswille verlangte, er solle kämpfen. Aber die Kälte war schon weit fortgeschritten und lähmte die Gliedmaßen.

Von außen spürte er ein fernes Vibrieren in der Luft, während seine Ohren von feinen Schneeflocken zugedeckt wurden. Kaum wahrzunehmen. Dann verschwand das Geräusch. Kam wieder. Es schien irgendwo um ihn zu kreisen. Ein leises Brummen. Mal nah. Mal fern. Ein letzter Funken von Sehnsucht kam in ihm auf.

Hilfe!

Dann senkte sich die Nacht über ihn … und er gab seine Seele auf.

Seine Augen allerdings arbeiteten immer noch treu weiter, auch wenn ihre Signale von niemandem mehr aufgenommen wurden. Ein Auge sah nur den leuchtenden Schnee, in dem es ganz versunken war. Das andere übermittelte ein seltsames Bild.

Hinter dem Rand des kleinen weißen Hügels, nicht weit entfernt, stieg etwas Dunkles empor. Das Auge nahm es wie in Zeitlupe wahr. Zentimeter um Zentimeter wurde das Dunkle breiter. Es schien Mühe zu haben, höher zu steigen. Dann schwebte es in voller Größe über dem Hügel. Schnee wirbelte auf und erschwerte die Sicht. Aber das Auge erkannte noch etwas: Hinter spiegelnden Windschutzscheiben waren die Umrisse zweier Menschen erkennbar. Das Auge sah instinktiv dorthin, wo es den Kontakt zu anderen Augen sucht. Es sah aber nur schwarzes Glas, das zu ihm hinschaute. Dann sah das Auge, wie sich an der Seite des schwebenden Ungetüms eine Schiebetür öffnete und ein weiterer schwarzer Helm auftauchte. Der Mann sah prüfend unter sich. Das endgültig letzte Bild, das sein Auge nach innen sendete, war ein Mensch an einem dünnen Seil, der einige Meter von ihm entfernt zur Erde hinabsank … Dann stellte es seinen Dienst ein.

Aus der unendlichen Ferne des Nichtseins drang ein leichtes Turbinengeräusch an das versunkene Bewusstsein und drängte darauf, beachtet zu werden. Minutenlang, wie beim Erwachen aus tiefstem Schlaf, fand das Geräusch zu der Illusion dessen, was man Ich nennt. Und das den Namen Patrick trug. Er, der sich dem Tod ergeben hatte, verstand nicht.

Stimmen kamen hinzu. Eine davon kannte er. Dann schlug er die Augen auf. Das erste Bild, das die nun wieder arbeitenden Sinne ihm darboten, war das Gesicht von Decker. Er sah ihn mit warmen Blicken an. Zwei unbekannte Gestalten in schwarzen Kombis saßen daneben und schauten besorgt auf Monitore und Anzeigen und prüften Schläuche, die an seinem Arm hingen. Patrick war völlig umnebelt und kam nur schleppend zu sich. Widerwillig. Er glaubte ein Mädchen zu sehen, das dem aus dem Kloster ähnelte.

Der Schock kam zurück. Er wollte doch sterben. Oder? Und was war das jetzt hier? Er schloss verwirrt die Augen und schlief wieder ein.

Decker saß an seinem Schreibtisch und drehte den Dolch in seinen Händen. Einer der Soldaten hatte ihn als Trophäe nach dem Kampf im Kloster eingesteckt. Der Lama hatte versucht, sie damit zu töten. Jetzt schaute Decker sich diesen offenbar sehr alten Ritualgegenstand genauer an. Vor ihm lagen die Bücher aufgeschlagen. Li Mai saß ihm gegenüber. »Ist das so ein Ding, von dem der Stanford-Professor gesprochen hatte – wie hieß das doch gleich?«

»Purba. Oder auch Donnerkeil.« Decker zeigte auf eine der Abbildungen in den Werken über tibetisches Kunsthandwerk. »Es ist ein besonders schönes Exemplar dieser alten Schamanenwaffe. Im buddhistischen Ritual hat sie also tatsächlich eine neue Bedeutung erhalten. Wie Long es gesagt hatte. Vielleicht sollten damit böse Geister bekämpft werden. Das Wichtigste aber ist, die Illusion des Egos soll damit getötet werden. Ein Kerngedanke der Lehre.«

»Aber nicht nur symbolisch, wie wir nun selbst erfahren haben«, sagte Li Mai und dachte auch wieder an den toten Professor. »Übrigens, am Rande, sind dir der Geruch und die seltsamen Geräte in dem Raum des verrückten Schamanen aufgefallen?«

»Drogen«, sagte Decker und zuckte die Schultern. »Anscheinend haben die alten Tibeter bei der Suche nach Erleuchtung chemisch etwas nachgeholfen. Auch das hat ihre Kultur mit den Azteken und deren Götterpilzen gemeinsam. Die Beschreibung heutiger Lamas über den Zustand des Nirwana hat mich ohnehin an einen LSD-Trip erinnert, wie ihn Huxley mal beschrieben hat.«

»Soviel dazu«, sagte Li Mai.

»Oh, und noch was«, bemerkte Decker beiläufig, »wir wollen nicht vergessen, dass klinisch Verrückte mit ihren

Körpern die tollsten Sachen machen können. Das findet sich schon in den Berichten der alten Salpetrie in Paris. Die haben ihre Härtefälle im 19. Jahrhundert zur Belustigung der Passanten nackt im Schnee sitzen lassen – ohne dass diese krank wurden. Naja, und da Tibet eben keine Irrenhäuser hatte ...«

»... haben sie das als spirituelle Höchstleistung interpretiert«, ergänzte Li Mai. »Bravo.«

Dann besann sie sich auf ihren Auftrag. »Das Hauptproblem besteht immer noch«, sagte sie halb zornig, halb resigniert. »Wir wissen nicht, wo sich dieser verdammte Tempel des Schreckens befindet.«

»Der Gokang. Ja. Aber eine Quelle haben wir noch nicht angezapft. Und wenn es um die Bekämpfung des Bösen auf der Welt geht, dann ist das sicher die erste Adresse.« Decker schmunzelte und beugte sich zu Li Mais Ohr. »Damit der Teufel uns nicht auf die Schliche kommt, sag ich es lieber nur dir ...«

Li Mai runzelte die Stirn. »Das ist nicht dein Ernst. Deswegen wolltest du die Verbindung zum Vatikan! Aber werden sie uns wirklich helfen wollen?«

»Ich habe da so eine Idee. Vertrau mir. Aber wir werden vielleicht etwas Druck ausüben müssen.«

»Aber ich kann dir nicht garantieren, dass wir eine Verbindung kriegen. Der Vatikan ist vielleicht der einzige Ort auf der Welt, wo wir keinen Einfluss nehmen können.«

»Das brauchen wir wahrscheinlich gar nicht. Sag ihnen einfach, worum es geht. Wenn ich richtig liege mit meiner Vermutung, werden sie uns das Gespräch nicht verweigern.«

Li Mai blickte skeptisch und ging an ihren Schreibtisch. Decker drückte ihr die Daumen und sagte: »Inzwischen kümmere ich mich mal um unseren Patienten. Er ist bestimmt schon aufgewacht. Und ich habe eine kleine Überraschung für ihn.« Mit diesen Worten schaltete er die Hifi-Anlage ein und grinste fröhlich. *Shot down in flames …*

»Kannst du dir eigentlich nicht mal eine neue CD leisten?« Li Mai verdrehte die Augen und hängte sich wieder ans Telefon.

Patrick kam langsam zu sich. Das erste, was er wahrnahm, war leise Musik. Mit geschlossenen Augen lauschte er den vertrauten Klängen und fragte sich, wie dieser Sound in den Himalaja kam. Doch dann stiegen die Bilder der letzten schrecklichen Erlebnisse hoch und Tränen traten in seine Augen. Dann wieder diese Musik. Natürlich, nur einer konnte das sein … Dr. Decker. Jetzt fiel ihm alles wieder ein, und er öffnete vorsichtig die Augen.

Er lag in einem wundervoll weichen und warmen Bett. Neben ihm stand ein Arzt mit asiatischem Gesicht und las Computerausdrucke. Als er sich noch fragte, wo er wohl sein mochte, legte jemand eine warme Hand auf seine Schulter und begrüßte ihn mit den Worten: »Willkommen zurück im Leben!«

Patrick wusste nicht, ob er lachen oder weinen sollte, aber er fühlte sich besser. Er sah Decker mit Tränen in den Augen an. »Ich wollte nicht mehr.«

Decker schmunzelte: »Das wäre es nicht wert gewesen.«

»Was wissen Sie schon, Dr. Decker!«

»Mehr als Sie ahnen. Zum Beispiel, dass Sie Ihr Vajrajana nicht nur mit Diamant-, sondern auch mit Phallusfahrzeug übersetzen können und dass Sie in Ihrem Kloster etwas sehr Schlimmes gesehen haben.«

»Woher…« Patrick durchfuhr ein Schlag. »Was machen Sie überhaupt hier in Nepal?«

Decker zuckte die Achseln. »Das ist eine lange Geschichte. Die kann ich Ihnen bei einem guten Glas Wein erzählen, wenn wir wieder in Deutschland sind.«

Deutschland. Frankfurt. Der Gedanke schien so fern. Dann sah Patrick sich wieder um. »Was ist das alles hier?«

»Ein Flugzeug. Und im Augenblick Ihr Krankenzimmer.«

»Mit Holztäfelung, Ledersesseln, seidener Bettwäsche und goldenen Türgriffen?«

»Nun ja…« Decker war etwas verlegen. »Ich fürchte, auch das kann ich Ihnen nicht sagen.«

Patrick merkte, dass Decker es ernst meinte und dachte wieder an letzte Nacht. »Ich fürchte, ich habe Ihnen große Schwierigkeiten gemacht.«

»Oh, ganz im Gegenteil. Sie haben uns sehr geholfen.«

»Mann, Sie machen es ja geheimnisvoll. Jedenfalls habe ich einen Riesenfehler gemacht.«

»Ich weiß«, seufzte Decker. »Ich auch.«

Dann schaltete sich der Arzt in fließendem Englisch ein: »Sie werden noch einige Tage Ruhe brauchen, junger Mann. Aber Sie haben es gut überstanden. Noch ein paar Minuten länger da oben, und Sie wären erfroren. Danken Sie Ihrem Retter hier.«

»Ich habe nur einen Fehler wiedergutgemacht«, sagte Decker.

Patrick wusste nicht, was er sagen sollte, um Decker zu danken. »Was ist aus dem Mädchen geworden?«, fragte er stattdessen.

»Ihr geht es den Umständen entsprechend gut. Wir haben sie ins Krankenhaus in Katmandu gebracht, und die

Behörden kümmern sich um alles weitere. Sie war übrigens keine Ausnahme.«

»Keine Ausnahme?«, fragte Patrick. »Was soll das heißen?«

»Es gibt genug Frauen, die sich über die sexuellen Exzesse der tibetischen Lamas beklagen, die ihre Abhängigkeit ausnutzen.«

»Oh, nein!« In Patricks Kopf drehte sich alles.

»Hören Sie«, sagte Decker. »Sie brauchen keine Lamas. Sie brauchen auch niemanden, der Ihnen sagt, wie Sie zu leben haben, und irgendeine Erleuchtung verspricht. Finden Sie Ihren eigenen Weg.« Decker trat etwas näher an Patricks Bett heran und wirkte fast väterlich. »Schauen Sie doch mal wieder in die Bücher der guten alten europäischen Philosophen. Die haben auch viel über das Leben, das Leiden und die Flüchtigkeit allen Glücks nachgedacht.«

Patrick rümpfte die Nase. »Soll ich am Ende vielleicht auch noch Ihren blöden Freud lesen?«

Decker lachte. »Warum nicht? Der Junge war gar nicht so schlecht. Immerhin könnten Sie dann nachvollziehen, wo der Hauptfehler bei der ganzen Arie hier liegt und warum sich die Brüder im Himalaya seit über tausend Jahren die Zähne an der Realität ausbeißen.«

»Ach, tatsächlich?«, sagte Patrick verächtlich. »Und was wäre das Ihrer Meinung nach?«

Decker beugte sich langsam über Patrick, sah ihm fest in die Augen und sagte dann nach einem langen Moment des Schweigens: »Nicht unser Ego, sondern der tibetische Buddhismus ist eine Illusion.«

»Darf ich die Herren stören?« Li Mai klopfte an die offene Tür, trat ein und sah Patrick an: »Und, wie fühlen Sie sich, junger Mann?«

Patrick traf erneut der Schlag. Mein Gott, war diese Frau schön! *Decker wird mit ihr in diesem fliegenden Palast sicher jede Nacht ein paar wilde Stunden verbringen. Der Glückliche.*

»Patrick? Willst du nicht antworten?« Decker grinste und schien die sehr männlichen Fantasien des gescheiterten Mönchs zu erraten. »Ich dachte, Sie wollten drei Jahre ins Zölibat. Aber wie ich sehe, haben Sie ja jetzt schon Entzugserscheinungen.«

»Uff ...«, entglitt es Patrick.

»Nun, ich freue mich, dass es unserem Patienten offenbar wieder gut geht.« Li Mai grinste wohlwollend. »Im übrigen habe ich jetzt die gewünschte Verbindung nach Rom.«

# 21

»In ein paar Minuten haben wir Bild und Ton«, rief Li Mai quer durch die Kabine. Sie hatte ein hartes Stück Arbeit hinter sich und endlose Gespräche mit Peking und der chinesischen Botschaft in Rom. Die diplomatischen Verbindungen waren heiß gelaufen, und es war ebenso viel Verhandlungsgeschick wie Geschäftssinn nötig, bis der apostolische Stuhl zu einem Entgegenkommen bereit war. Decker konnte es sich nur ansatzweise vorstellen, was hinter den Kulissen gelaufen sein musste, um das hinzubekommen. Sie hatten eine Live-Schaltung in den Vatikan. Vielleicht war es ja auch ihr Glück, dass der jetzige Papst ein Deutscher war. Die Beziehungen des Vatikans zu Hitler waren ein heikles Thema und möglicherweise hatte der Heilige Vater sein Einverständnis auch deshalb gegeben.

Ihr Gesprächspartner war Kardinal Giallo, der für die auswärtigen Beziehungen des Vatikans zuständig war und der besondere Kenntnisse in der langen, nicht immer offiziellen Geschichte der katholischen Kirche besaß. Li Mai hielt Deckers Anliegen zunächst zwar für bloße Spekulation, aber sie mussten einfach alles versuchen, um an weitere Informationen über den Tempel des Schreckens zu kommen. Die Zeit lief bald ab, und es war vielleicht ihre letzte Chance, weiterzukommen. Und jetzt schien ihr Deckers Idee gar nicht mehr so abwegig.

Zu der Überzeugung war sie gelangt, nachdem sie und ihr Mitarbeiterstab neue Unterlagen aus den verfügbaren chinesischen Archiven hervorgeholt und analysiert hatten. Die Ergebnisse lagen vor ihr, und sie war äußerst gespannt, wie der Kardinal reagieren würde, wenn sie ihn damit konfrontierte. Es würde sicher kein einfaches Gespräch werden, und sie überlegte sich ihr Vorgehen genau.

»Du solltest dich vielleicht erst später einschalten«, sagte sie zu Decker, »ich kann mir vorstellen, dass der gute Mann ein Gespräch ablehnt, wenn er dich sieht. Immerhin ist dein Ruf als Kritiker von religiösen Institutionen ziemlich verbreitet.«

Decker lachte. »Da könntest du recht haben.«

Li Mai nahm wieder vor dem großen Plasmaschirm in der Sitzecke Platz, und Decker saß etwas abseits, außerhalb des Kamerabereichs. Aber er sah den Bildschirm gut. Sie mussten nicht lange warten, dann erschien der Kardinal auf dem Monitor. Sein Gesicht war angespannt.

»Pronto«, sagte er missmutig.

»Euer Eminenz«, begann Li Mai mit diplomatisch geschulter Höflichkeit, »zunächst einmal vielen Dank im Namen der chinesischen Regierung, dass Sie sich für uns Zeit genommen haben. Mein Land weiß das zu würdigen und steht tief in Ihrer Schuld.«

»Schon gut, schon gut«, wiegelte der Kardinal mit einer ungeduldigen Handbewegung ab. »Es ist mir ein Rätsel, wie Sie den Heiligen Vater dazu gebracht haben, diesem Gespräch zuzustimmen, und noch dazu in so kurzer Zeit.«

Das frage ich mich allerdings auch, dachte Decker.

»Aber bitte«, fuhr der Kardinal fort, »man hat mir gesagt, dass Sie sich für die gemeinsame Geschichte unserer beider Länder interessieren.«

Li Mai blickte in die Kamera und sagte: »Wir haben nur ein paar Fragen über Dinge, die weit in der Vergangenheit liegen. Nichts Besonderes.«

»Was wollen Sie wissen?«

Decker beobachtete den Kardinal genau. Etwas war seltsam an seiner Art. Das Gespräch schien ihm äußerst unangenehm zu sein. Warum? Li Mai schaute Decker an, aber dieser schwieg. Sie war die Diplomatin. Also sprach sie weiter. »Es geht weniger um China als vielmehr um das alte Tibet, genauer, um die Zeit vor dem 15. Jahrhundert ...«

Decker bemerkte, wie der Kardinal zusammenzuckte. Sie schien einen empfindlichen Nerv getroffen zu haben. Was Decker nicht sah, war das Entsetzen, dass sich mit einem Schlag im Kopf des Kardinals ausbreitete.

Li Mai fühlte es auch, zögerte kurz, und sagte: »Es geht um die Verbindungen oder Kontakte zwischen Christentum und dem tibetischen Buddhismus. Können Sie uns dazu etwas sagen?«

Das Unbehagen des Kardinals wurde jetzt offensichtlich. Er wirkte nervös. Dann sagte er mit gespielter Leichtigkeit: »Das ist doch absurd. Wie kommen Sie darauf, dass es zwischen Rom und dem entlegensten Land der Welt eine Verbindung gegeben haben könnte? Das ist völlig unmöglich.«

Li Mai erkannte, dass ihr Gegenüber aus irgendeinem ihr noch unbekannten Grund von vornherein abblocken wollte und dass es schwer werden würde, diese Mauer zu durchbrechen. Aber sie hatte keine Zeit für lange Diskussionen. Deshalb machte sie klar, dass sie sehr wohl wusste, was möglich war und was nicht: »Die Seidenstraße.«

Der Kardinal war ungehalten. »Aber ich bitte Sie. Das sind doch alles nur Spekulationen.«

Li Mai ließ ihm keinen Platz zum Ausweichen: »Oh, ich denke da an die Manichäer, um nur eines von vielen Beispielen zu nennen, die Sie sicher gut kennen.«

Diese Worte drangen wie ein Dolch in das Herz des Kardinals. Er versteinerte innerlich. Dann fasste er sich erneut: »Hören Sie, was immer Sie sich da zusammengereimt haben, das sind Spekulationen. Nichts davon ist haltbar. Nichts dokumentiert.«

Li Mai spürte seinen Widerstand. Aber auch, dass sie ihn in die Defensive drängen konnte. Sie wollte und musste ihn weichkochen. So zog sie die Daumenschrauben langsam an: »Was ist mit Marco Polo? Oder gewissen Mönchen in Karakorum?«

Der Kardinal rang nach Luft. »Ach, das meinen Sie. Das hat alles nichts mit uns zu tun. Das waren arme verwirrte Seelen, die sich in der Ferne verlaufen hatten.«

Li Mai und Decker sahen, dass er sich jetzt wie ein Aal am Spieß wand.

»Euer Eminenz«, fuhr Li Mai fort. »Ich sichere Ihnen absolute Diskretion zu. Dieses Gespräch hat nie stattgefunden, wenn Sie es wünschen. Wir bitten Sie um eine Auskunft, die nie wieder irgendwo auftauchen wird. Es geht nur um einen Nebenkriegsschauplatz aus unserer Sicht.«

*Aber nicht aus unserer Sicht*, dachte der Kardinal. Sein Ton wurde schärfer: »Ich weiß nicht, warum Sie sich dafür interessieren oder an was für Informationen Sie überhaupt gelangt sind. Soweit mir bekannt ist, gibt es darüber nichts Schriftliches.« *Außer in unseren geheimen vatikanischen Archiven. Und zu denen hat niemand Zu-*

*tritt. Jedenfalls würden solche Dinge niemals nach außen dringen.*

Li Mai versuchte weiterhin, die Abwehr des Kardinals zu knacken. »Nun, falls Sie an Ihr Archiv denken, der Vatikan ist nicht der einzige, der Aufzeichnungen macht. Und vergessen Sie nicht, dass es für uns ein Heimspiel ist. Wir haben Zugang erhalten zu den geheimen Chroniken der Tang und zu Fragmenten aus der legendären vermauerten Bibliothek.« Li Mai machte eine Pause und betrachtete den Kardinal genau. Er war ganz offensichtlich aufgewühlt und verstört. »Zudem haben auch die Mongolen und die Chinesen Historiker beschäftigt, denen so manches aufgefallen ist.«

»Hören Sie«, zürnte der Kardinal, beinahe aggressiv. »Tibet war jahrhundertelang völlig sich selbst überlassen und niemand war jemals da. Das ist doch allen bekannt.«

»Seltsam, wirklich niemals?«, erwiderte Li Mai mit gespielter Nachdenklichkeit. »Wir wissen aber, dass zum Beispiel die Nestorianer im 7. Jahrhundert eine Kirche in unserer damaligen Hauptstadt Chang'an gegründet haben.«

»Ach Gott, ein paar abtrünnige Idealisten. Unbedeutend«, sagte der Kardinal.

»So? Wir wissen auch, dass der besagte Manichäismus es im 8. Jahrhundert immerhin bis zur Staatsreligion bei den Uiguren gebracht hat, einer Region mit Tausenden von Grenzkilometern zu Tibet. Nennen Sie das auch unbedeutend?«

»Pah. Sekten. Damit haben wir nichts zu tun.«

Decker blickte Li Mai an. Der Kardinal wollte offensichtlich nicht reden.

Li Mai nahm ihre Notizen zur Hand und beschloss

nun, ihm unmissverständlich klarzumachen, dass sie ihm nicht glaubte: »Ihre Leute waren ebenfalls vor Ort, Eminenz, sogar mehrfach im Laufe der Zeit. Wir wissen, dass der Franziskanermönch Giovanni del Piano di Carpine im 13. Jahrhundert – also noch vor Marco Polo – beim mongolischen Großkhan zu Gast war.«

Der Kardinal erschrak und sein Körper schien zu beben.

Li Mai las weiter vor: »Danach war der flämische Mönch Wilhelm von Rubruk für viele Jahre am Hofe des Khans in Karakorum. Er ist immerhin im Auftrag von Innozenz IV. gereist, soviel uns bekannt ist, und war vermutlich der erste, der den Europäern etwas von Tibet erzählt hat – er oder der Franziskaner Oderich von Pordenone, der im frühen 14. Jahrhundert China und die Mongolei bereiste.« Sie machte wieder eine Pause und blickte den Kardinal an, der versuchte ein Pokergesicht aufzusetzen. »Warum waren die alle da, Eminenz?«, fragte sie ihn fast ungebührlich direkt. »Und wieso steht davon so gut wie nichts in europäischen Geschichtsbüchern?«

Decker sah Li Mai voller Staunen an. Sie hatte ihre Hausaufgaben wirklich gemacht. Und keinen Respekt vor dem Kardinal. Das gefiel ihm.

»Ach, die hatte ich ganz vergessen«, sagte dieser zuckersüß. »Es waren harmlose Missionare, die aus Übereifer in die Welt zogen. Weiter nichts. Das gab es immer schon.«

»Ach ja?«, fauchte Li Mai. »Wenn das alles so harmlose Aktionen auf eigene Faust waren, wie Sie sagen, dann frage ich mich, warum es über die nächsten drei Jahrhunderte überhaupt keine Informationen mehr gibt. Für mich sieht das nach bewusster Geheimhaltung aus.«

Decker glaubte, die Augen des Kardinals blitzen zu sehen, so als ob er etwas wie eine Chance zur Flucht erkannt hatte. Oder war es Angst?

Li Mai bemerkte es auch, hielt kurz inne und überlegte. Es war eine Gratwanderung. Wenn sie zu viel Druck ausübte, brach der Kardinal das Gespräch womöglich ab und sie gingen leer aus. Wenn sie zu leicht nachgab, ebenfalls. Sie beschloss, ihn mit Fakten in die Enge zu treiben. »Der nächste Kontakt war im 17. Jh der portugiesische Jesuiten-Pater Antonio de Andrage. Mit ihm gelangten zum ersten Mal Europäer nach Tibet hinein. Sie gründeten sogar in der westtibetischen Stadt Tsaparang eine Mission, die bis 1636 bestand. Ihm folgen die portugiesischen Jesuiten Patres Estevano Cacella und Joao Cabrai, die in Schigatse bis 1635 eine Mission unterhielten. Als nächstes tauchten wieder Jesuiten auf. Die waren anscheinend besonders neugierig. Johann Grüber und Albert d'Orville erreichten als erste Menschen aus dem Westen Lhasa. Wieso waren die ersten Entdecker Tibets nur Geistliche und darüber hinaus plötzlich nur noch Jesuiten? Ausgerechnet Jesuiten, mit denen der Vatikan ohnehin so seine Sorgen hatte.«

»Keine Ahnung«, erwiderte der Kardinal gespielt beiläufig.

Aber Li Mai gab nicht auf. Denn seltsamerweise hörte der Kardinal ihr immer noch zu. Vielleicht stellte das Thema ja eine Gefahr für den Vatikan dar, und der Kardinal ließ sich absichtlich vorführen, um zu erfahren, wieweit sie Bescheid wussten.

Wie auch immer, sie spielte ihre Karten ruhig weiter aus. »Ab dem frühen 18. Jahrhundert gab es eine Missionsstation der Jesuiten in Lhasa, in der zum Beispiel später auch Ippolito Desideri gearbeitet hat. 1745 wurde die Mission geschlossen. Aber interessanterweise nicht von

China und auch nicht von den Tibetern. Hat Rom das angeordnet? Immerhin hob 1773 Papst Klemens XIV. den Orden der Jesuiten ganz auf. Gibt es da einen verborgenen Zusammenhang mit der Mission in Tibet?«

»Das müssen Sie die Jesuiten fragen, nicht mich«, sagte der Kardinal.

Li Mai überlegte erneut. Es schien zwecklos. Ihr Ansatz führte nicht weiter, aber sie wollte nicht lockerlassen. Vielleicht landete sie ja einen Zufallstreffer. »Erst ganze hundert Jahre später, um 1846, erreichen wieder zwei französische Mönche, Evariste Huc und Joseph Gabet die Stadt Lhasa. Allerdings gab es bis dahin dann auch die ersten wirtschaftlichen und wissenschaftlichen Beziehungen zu Tibet, und Lhasa war kein unbekanntes Territorium mehr in Europa. Ich frage mich, wieso war gerade jetzt, wo es einfacher war als in all den Jahrhunderten zuvor, keine größere christliche Mission mehr vor Ort? Hatte der Vatikan plötzlich sein Interesse verloren?«

Decker schaute Li Mai sprachlos an. Nicht übel!

Auch der Kardinal war sichtlich erstaunt über das präzise Wissen der jungen Frau und wischte sich den Schweiß von der Stirn.

»Euer Eminenz?«, fuhr Li Mai mit fester Stimme fort. »Sie sehen, es gab regen Kontakt zwischen Rom und dem Schneeland. Vielleicht wären Sie so nett und würden jetzt Ihren Teil ergänzen? Was war zwischen dem 14. und dem 17. Jahrhundert, in der Zeit, für die wir merkwürdigerweise keine Unterlagen finden konnten?«

Decker überlegte immer noch, ob er sich einmischen sollte. Indirekt hatte Li Mai dem Kardinal bereits mehrfach gesagt, dass er ein Lügner sei. Warum ließ er sich das bieten und brach das Gespräch nicht einfach ab? Was konnte für ihn so wichtig sein, dass er sich dafür beleidigen ließ?

Decker fasste einen Entschluss. *Wir werden ja sehen.* Er stand auf und holte das Foto des toten Professors.

»Das kann ich Ihnen auch nicht sagen«, lamentierte der Kardinal.

»Vielleicht kann ich Ihr Gedächtnis etwas auffrischen.« Li Mai fixierte den Geistlichen mit ihren dunklen Augen. »Wie Sie vielleicht wissen, war der 6. Dalai Lama etwas aus der Art geschlagen und führte ein exzessives Leben. Nun, es gibt Gerüchte über diesen Gottkönig, die besagen, er hätte sich nachts heimlich mit den Weißmützen getroffen. Sagt Ihnen das etwas?«

Der Kardinal stellte sich weiterhin dumm und schüttelte den Kopf.

»Wie Sie sicher ebenfalls wissen, haben ausnahmslos alle tibetischen Orden immer nur gelbe oder rote Mützen getragen. Wir wissen nun auch nicht genau, ob Weißmützen sich in Lhasa aufhielten. Das bleibt wohl für immer ein Geheimnis. Aber da wir den Weg schon bis zum Manichäismus zurückverfolgt haben, ist uns bekannt, dass dessen Anhänger weiße Mützen trugen. Es gibt Höhlengemälde im alten Iran, auf dem das zu sehen ist. Was nun Tibet angeht, so haben die Manichäer sich dort an den nördlichen Grenzen niedergelassen. Wir haben ebenfalls Wandmalereien in Guge gefunden, die heilige Tibeter mit weißen Mützen zeigen. Und wir können annehmen, dass eifrige Missionare auch bis tief ins Innere von Tibet vorgedrungen sind. Den Rest überlasse ich Ihrer Fantasie.«

»Da diese Religion untergegangen ist, und die Stellvertreter Christi sich von ihr distanzieren, verfügt auch der Vatikan über keinerlei Unterlagen«, sagte der Kardinal trocken.

Li Mai überlegte. »Na schön, vielleicht werden diese Vorgänge auf dem Dach der Welt für immer unbekannt bleiben. Andererseits könnte ich mir vorstellen, dass es noch viel mehr christliche Aktivitäten dort gab. In dieser Zeit hätten viele Menschen in Tibet sein können, ohne jemals irgendwo erwähnt zu werden. Aber wir wissen, dass es im 12. Jahrhundert die Legende vom mächtigen Priesterkönig ›Johannes‹ gab, die ungezählte Seelen nach Asien lockte. Von den meisten hat man nie wieder gehört.«

»Tja leider.« Der Kardinal schien jetzt erleichtert. *Sie wissen es nicht.*

Aber jetzt zog Li Mai ihr Ass aus dem Ärmel. »Glücklicherweise gibt es aber einige Ausnahmen.«

Der Kardinal riss die Augen auf. *Bitte nicht.*

»Es gibt Aufzeichnungen aus der Zeit, um die es uns geht. Es sind Reiseberichte von christlichen Wandermönchen. Unbekannte Reisende. Die Dokumente sind nicht vollständig und nicht genau zuzuordnen. Aber es gibt sie.«

*Um Himmels willen.* Der Kardinal geriet wieder in Aufruhr.

Li Mai hob die Augenbrauen. »In diesen Schriften äußern die katholischen Mönche ihr Entsetzen darüber, dass christliche Messen abgehalten werden. Mitten in Tibet. Sie schreiben außerdem, dass die Lamas christliche Choräle singen. Und zwar wie die Teufel ...«

»Hören Sie auf!«, schrie der Kardinal. Das Blut schoss ihm in den Kopf, und er war außer sich. Decker und Li Mai sahen sich an. Wir haben ihn!

»Wieso auf einmal das Entsetzen, Euer Eminenz? Freut die Bekehrung Sie nicht?«, fragte Li Mai.

Der Kardinal stöhnte: »Das war keine Bekehrung, das war eine Entweihung!«

»Sprechen Sie weiter!«, verlangte Li Mai.

Der Kardinal sackte in sich zusammen. Mit schwerem Atem sagte er: »Irgendwer, ein Manichäer oder sonst irgendein übereifriger, auf eigene Faust handelnder Missionar hat anscheinend unseren Glauben abseits von allen Wegen und Städten in die völlig unzugängliche und verborgene Gebirgslandschaft Tibets gebracht. Und dort wurde die Lehre Jesu von Barbaren und Ketzern schrecklich entstellt.« Er lockerte sich den Kragen und bemühte sich um Haltung. »So, nun kennen Sie die Wahrheit. Ich habe Ihnen gesagt, was ich weiß. Und nun verraten Sie mir bitte, warum es Sie so interessiert.«

»Ich denke, Sie wissen es. Und es geht um mehr als ein paar misslungene Gottesdienste. Es geht um jemanden, der zwischen 1357 und 1419 in Tibet gelebt und Geschichte geschrieben hat. Er hat mitten in den inneren Unruhen und Religionskriegen, mitten in einer Zeit der Exzesse und Verfehlungen einen neuen Orden gegründet.«

»Wer soll das gewesen sein?«

»Ich rede von Tsongkapa und seinem Orden der Reformierten, den späteren Dalai Lamas.«

»Was ist daran so Besonderes?« Der Kardinal wurde zunehmend nervöser.

»Ich frage mich, ob er vielleicht von außen beeinflusst wurde.«

»Das ist doch lächerlich. Wir wussten ja kaum, dass es Dalai Lamas überhaupt gibt«, sagte der Kardinal und bereute seinen Ausrutscher sofort.

Li Mai sah, dass er wieder ausweichen wollte. Sie machte es kurz: »Das Zölibat!«

»Wie bitte?« Das erwischte ihn auf dem linken Fuß.

»Sie haben richtig gehört, das Zölibat. Niemals hätte in

einem wilden Land wie Tibet jemand von sich aus die absurde Idee gehabt, für Mönche das Zölibat einzuführen. Ich denke, eine solche Innovation kam nicht von Tsongkapa alleine. Sie kam von außen.« Li Mai wartete einen Moment mit dem nächsten Satz, denn der enthielt die ungeheure Behauptung, auf die es ihr ankam. Aber dann brachte sie ihn. »Wenn ich etwas deutlicher werden darf, Euer Eminenz, dann könnte man vermuten, dass der Orden, aus dem die Dalai Lamas hervorgingen, von christlichen Missionaren gegründet wurde.«

Der Kardinal lachte hysterisch. »Das ist doch verrückt. Nur weil ein paar zufällige Parallelen auftauchen?«

*Das können sie unmöglich herausgefunden haben.*

»Das wären aber viele Zufälle.« Li Mai spielte ihr Spiel weiter. »Kennen Sie das größte tibetische Fest?«

Der Kardinal versteinerte völlig und stotterte: »Ja, leider. Das Neujahrsfest.«

»Und wissen Sie, was da so alles passiert?

Der Kardinal fiel in sich zusammen. »Sicher, es geht zu wie Sodom und Gomorrha.«

»Aber da ist noch etwas ganz anderes, das so elementar biblisch ist, dass man es kaum übersehen kann.«

»Nein, schweigen Sie!«, stöhnte Giallo.

»Sie wissen also, wovon ich rede?«

»Jom Kippur. Der Sündenbock, das Versöhnungsfest.« Der Kardinal schien sich aufzugeben. »Oder die Farce, die daraus gemacht wurde.«

»Ja, genau das.« Li Mai war jetzt sehr bestimmt. »Vielleicht können wir das Versteckspiel jetzt lassen und zur Sache kommen. Wie kam dieses biblische Gleichnis nach Lhasa?«

Giallo stand kurz davor, endgültig zusammenzubrechen. Er wechselte gänzlich seine Tonlage und klang geradezu verzweifelt. »Die verzerrten Messen, die falschen Gesänge, der Sündenbock. All das ist ein Teufelswerk! Ein gottloses Teufelswerk. Luzifer machte aus unserem Glauben ein Possenspiel. Verstehen Sie?«

»Ehrlich gesagt, nein. Es war doch ein Werk der Missionare, oder nicht?«

Plötzlich sprudelten die Worte nur so heraus: »Nein! Das waren nicht wir. Satan hat uns übel mitgespielt. In Tibet wurde das Wort Gottes entweiht wie nirgendwo sonst und die Ehre der Jungfrau Maria mit Schmutz besudelt.« Er war den Tränen nahe und völlig aufgelöst. »Wir haben das nie so gewollt.« Er stützte seinen Kopf in die Arme. »Das müssen Sie mir glauben. Wir konnten es nicht verhindern.« Er blickte hilfesuchend um sich. »Was Sie erraten haben, wissen wir schon seit langem. Es ist eine Schande.« Er zitterte vor Zorn. Dann bekreuzigte er sich und sah mit panischen Blicken in die Kamera. »Meiden Sie Tibet! In Tibet herrscht das Böse.«

Li Mai sah Decker überrascht an. Decker hörte nur aufmerksam zu.

Der Kardinal fuhr fort: »Tibet ist das Reich der Verdammnis und – Gott steh uns bei – das Reich der Finsternis! Dantes Inferno. Das verlorene Volk. Verlassen Sie es, solange Sie können. Der ewige Schnee birgt ewiges Unheil.« Er klammerte sich an seinen Rosenkranz, sprach ein kurzes Gebet auf Lateinisch, dann verstummte er.

Decker und Li Mai sahen sich erneut an und schwiegen eine Weile. »Ob Sie es glauben oder nicht, Eminenz, aber da stimme ich Ihnen zu,« sagte Li Mai. »Und da wir endlich beim Thema sind, würde ich Ihnen an dieser Stelle gern jemanden vorstellen, der sich besonders für das Böse in Tibet interessiert.«

Li Mai winkte Decker vor die Kamera.

Als er Decker erblickte, entfuhr Giallo ein: »Sie? Sie glauben doch nicht, dass ich Ihnen auch nur eine Minute zuhören werde.«

»Euer Eminenz«, sagte Decker ruhig. »Ich freue mich auch sehr. Im übrigen helfen Sie gar nicht mir, sondern dem Vatikan selbst.«

»Wie bitte?«

»Sehen Sie hier...« Decker nahm das Foto des toten Professors zur Hand.

Li Mai war entsetzt. Der Vorgang war geheim. Was machte Decker da bloß?

»Kennen Sie diesen Mann, Eminenz?« Decker hielt das Foto vor die Kamera. »Dieser Mann ist Wissenschaftler. Er wurde vor kurzem in Tibet tot aufgefunden.«

»Heilige Mutter Gottes!« Der Kardinal erschrak. »Wo um alles in der Welt haben Sie das her?«

»Sie kennen ihn also?«, fragte Decker.

Li Mai verstand gar nichts mehr.

Der Kardinal schwieg. Was sollte er tun?

Nach einigem Zögen entschied er sich für die Wahrheit. Er wusste keinen anderen Ausweg mehr.

»Ja.«

»Er hat für den Vatikan gearbeitet, stimmt's?«

»Ja.«

Li Mai sah Decker völlig perplex an.

Der Kardinal senkte den Kopf und blickte traurig auf seine im Schoß gefalteten Hände. »Wir haben gestern von seinem Tod erfahren. Es war ein schwerer Schlag. Ein schrecklicher Unfall.«

Decker wartete ein paar Sekunden und sagte dann: »Das war kein Unfall. Das war Mord.«

»Jesus hilf uns!« Im Gesicht des Kardinals zeigte sich ernste Besorgnis.

Decker fuhr fort: »Er sollte den Tempel des Schreckens für Sie finden. Und er hat es geschafft. Dafür musste er sterben.«

»Gott stehe uns bei!« Der Kardinal hob seinen Kopf und bekreuzigte sich. »Sie dürfen ihr Ziel nicht erreichen.«

»Wer darf sein Ziel nicht erreichen?«

»Das kann ich Ihnen nicht sagen.«

»Brauchen Sie auch nicht. Wir wissen es.«

»Sie bluffen. Es gibt nur einen Mann in China, der das Geheimnis kennt. Und weder Sie, Herr Dr. Decker, noch – mit Verlaub – eine reizende junge Frau wie Miss Li haben Zugang zu solchen Informationen. Selbst wenn ich wollte, Sie dürften es gar nicht erfahren.«

»Ganz genau«, sagte Li Mai. »Dieser eine Mann in China ist der Präsident.« Sie machte eine Pause, um ihren Worten mehr Wirkung zu verleihen. »Und der Präsident ist mein Vater. Er hat mich ins Vertrauen gezogen und mit dieser Mission betraut.«

Decker riss den Kopf herum.

»So. Und jetzt wissen Sie auch«, erklärte Li Mai weiter, »warum der Papst zugestimmt hat. Ich kann Ihnen versichern, dass wir beide auf gleicher Geheimhaltungsstufe stehen, Euer Eminenz. Sie können weiterreden. Es würde mich freuen, wenn wir nun endlich offen zueinander sein könnten.«

Der Kardinal wog die Lage ab, während Decker völlig verstummt war. Damit hatte er nicht gerechnet.

»Ich weiß auch, dass es ums ›Dritte Reich‹ geht«, sagte Li Mai. »Und um die Verbindung Berlin – Lhasa. Ich weiß von Himmlers Geheimauftrag für die Tibet-Expedition, und ich weiß auch, dass es Verbindungen zwischen den Exil-Nazis in Argentinien und den Vorgängern meines Vaters gibt. Reicht Ihnen das als Beweis?«

Der Kardinal presste die Lippen zusammen und nickte.

»Dann wäre das ja geklärt«, sagte Li Mai, »und ich würde jetzt gerne wissen, warum Sie den Professor nach Tibet geschickt haben. In den sicheren Tod.«

Giallo sah betroffen auf den Boden. »Professor Weinberg war nicht unser Mann. Und er kannte die Gefahr. Wir haben den Auftrag an jemanden weitergereicht, der sich in der Bekämpfung solcher Sachen besser auskennt.«

»An wen?«

Der Kardinal wusste nicht mehr, wo er hinschauen sollte. In seiner ausweglosen Lage gestand er, worauf Li Mai niemals gekommen wäre: »An den Mossad.«

»Wie bitte? Sie haben den israelischen Geheimdienst mit der Aufgabe betraut?« Jetzt war Li Mai diejenige, die ratlos war.

»Ja. Die vermuten schon seit langem eine Verschwörung und hatten sich an uns gewandt. Wir konnten ihnen die theologischen und historischen Hintergründe liefern, die sie brauchten, um das Ziel zu finden. Und das hat der Professor offenbar auch geschafft. Sonst wäre er jetzt nicht tot.«

Decker stieß einen Pfiff aus. Bingo.

»Warum haben Sie das getan? Was war Ihr Interesse an der Sache?«

»Das Böse muss vernichtet werden.«

Je länger Decker nachdachte, desto mehr fielen verschiedene Puzzleteile an ihren Platz. Der Vatikan lenkte ja nicht zum ersten Mal aus dem Hintergrund die Geschicke der Welt.

»Aber Euer Eminenz! Das Dritte Reich ist tot. Es leben doch höchstens noch ein paar Fanatiker weiter. Welches Interesse verfolgt der Vatikan wirklich?«, fragte Li Mai.

»Was wollen Sie? Sind Ihnen die Nazis nicht schlimm genug?«

»Sie nehmen die Nazis als Vorwand«, fuhr Decker dazwischen. »Sie haben den Israelis nur die halbe Wahrheit gesagt. Ihr Kampf richtet sich in Wirklichkeit nicht gegen die Nazis – sondern gegen den tibetischen Buddhismus.«

»Unsinn! Das erfinden Sie nur, um mich zu ärgern«, sagte der Kardinal.

»Keineswegs. In Tibet sieht man das anders. Denn der Professor wurde nicht von einem Nazi, sondern von einem Buddhisten getötet.«

»Das kann gar nicht sein«, wehrte der Kardinal ab. »Wie Sie vielleicht wissen, dürfen und können Buddhisten doch gar nicht töten.«

»Euer Eminenz, Sie sollten doch inzwischen verstanden haben, dass Sie uns nicht für dumm verkaufen können. Wir wissen über die brutale Geschichte des tibetischen Buddhismus Bescheid. Wir wissen, was das für eine Religion ist. In Tibet sind die alten, grausamen Götter des Bön unterwegs. Das wissen Sie, und deshalb suchen Sie nach dem Tempel des Schreckens. Genauso wie wir.«

Bei diesen Worten zuckte Giallo zusammen. »Jesus Christus, was hast Du uns angetan? Sprechen Sie dieses Wort nicht in meiner Gegenwart aus!«

»Sie kennen den Tempel des Schreckens und seine Funktion. Und Sie wissen, wo er sich befindet. Verraten Sie uns seine Lage.«

»Nein, erst muss er vernichtet werden.«

»Moment«, rief Li Mai, »heißt das, es läuft da noch eine Aktion? Auf unserem Territorium? Ohne unsere Erlaubnis?«

»Es ist eine göttliche Mission. Sie werden den Tempel sprengen.«

»Euer Eminenz«, zischte Li Mai, »wenn jetzt in diesem Augenblick der israelische Geheimdienst oder irgendjemand sonst in Ihrem Auftrag eine Kommandoaktion in China durchführt, dann habe ich ein Recht, das zu erfahren. Und Ihnen sollte klar sein, dass Sie hier einen internationalen Zwischenfall provozieren.«

»Wir haben das nicht zu verantworten.«

»Sie haben noch viel mehr zu verantworten. Denn wo immer diese Aktion stattfindet, werden Ihre Leute vermutlich von zwei Profikillern erwartet. Sie schicken sie geradewegs in ihr Unheil.«

»O Gott, steh uns bei...« Der Kardinal hob die Hände.

»Euer Eminenz, wenn Sie uns nicht augenblicklich die Lage des Tempels verraten, kann Ihnen niemand mehr beistehen«, sagte Li Mai.

»Das geht nicht. Erst muss er zerstört werden. Und in wenigen Stunden ist es geschafft. Dann erfahren Sie es automatisch.« Der Kardinal presste die Lippen zusammen.

»Na schön, wie Sie wollen«, sagte Li Mai. »Ich denke, wir werden den Papst informieren müssen. Ich bin sicher, er hat keine Ahnung von dem, was seine Kardinäle hinter seinem Rücken treiben. Und ich glaube kaum, dass er es schätzen wird.«

»Gute Idee«, sagte Decker. »Ich bin sicher, wir werden uns glänzend verstehen. Ich bin zwar kein Fan von ihm, aber er ist ein sehr integrer und aufrichtiger Mann, der um das Wohl und den Ruf der Kirche besorgt ist.«

Li Mai grinste und griff zum Telefon.

»Nein!«, schrie der Kardinal. »Tun Sie das nicht!«

»Aha«, sagte Li Mai, »soll ich den Hörer wieder auflegen?«

»Bitte!«, flehte der Kardinal.

Li Mai legte auf und sagte: »Ich höre.«

Decker wurde ganz anders. Diese scheinbar so zerbrechliche Frau hatte gerade einen der höchsten christlichen Würdenträger erpresst! Das erlebte man nicht jeden Tag.

»Der Tempel des Schreckens ...«, der Kardinal stockte. Er rang mit sich. »Ich kann nicht. Die Mission muss ungestört ausgeführt werden.«

»Es sollte Ihnen doch klar sein, dass die Mission zum Scheitern verurteilt ist, wenn wir nicht eingreifen.«

»In Gottes Namen«, schluchzte der Kardinal, »das darf nicht passieren. Es geht um viel mehr, als Sie sich vorstellen können. Die Nazis sind für uns natürlich kein großes Problem. Die haben wir schon einmal ganz gut überlebt. Aber den Fluch des Kalachakras müssen wir brechen.«

»Das Kalachakra ist doch harmlos«, warf Decker ein. »Führen Sie uns schon wieder an der Nase herum?«

»Nein. Das Kalachakra ist die größte Gefahr für künftige Generationen. Mit seiner Hilfe will der Buddhismus die Weltherrschaft erringen und alle anderen Religionen auslöschen.«

»Sie scherzen. Der Dalai Lama selbst vollzieht doch regelmäßig dieses Ritual vor Tausenden in aller Öffentlichkeit.«

»Das ist ja das Schlimme. Die Menschen haben keine Ahnung, was dort geschieht. Und wenn wir es ihnen sagen würden, würden sie uns nicht glauben. Das Kalachakra ist ein uraltes dunkles Ritual, das mit der zweiten Einführung des Buddhismus in Tibet 1024 ins Land kam. Es bereitet die letzte Schlacht von Schambala vor.«

»Was?« Decker blickte den Kardinal ungläubig an.

»Es gibt eine tibetische Prophezeiung, wonach bis 2424 ein Heer von buddhistischen Reitern aus dem Himalaja herab die Welt erstürmen und dem Buddhismus zur Herrschaft verhelfen wird. Alle Ungläubigen werden vernichtet und ein neues Reich wird entstehen. Mit jedem Mal, wo der Dalai Lama das Ritual durchführt, werden in Wahrheit böse Geister beschworen und die Seelen der anwesenden Menschen für die letzte Schlacht gefangen genommen. Der Dalai Lama ist das Böse. Sehen Sie das denn nicht? Er nimmt Heinrich Harrer in Schutz. Er unterstützt den japanischen Massenmörder Asahara und trifft sich mit dem Hitler-Anhänger Miguel Serrano. Und er vollzieht immer wieder das Kalachakra. Er muss um jeden Preis gestoppt werden. Der Tempel des Schreckens spielt eine wichtige Rolle bis zu diesem Tag. Und Sie haben recht, er steht in Verbindung mit dem Bön und er bringt Unheil. Der Bön ist eine Religion der finstersten Dämonen. Das Böse muss vernichtet werden. Alles.«

Der Kardinal sah die beiden flehentlich an.

»Euer Eminenz«, sagte Li Mai. »Ihnen sollte klar sein, dass Ihre Aktion zum Scheitern verurteilt ist. Wir sind vermutlich die einzigen, die das noch verhindern können.«

»Also gut …« Der Kardinal biss sich auf die Lippen. »Aber eins müssen Sie zunächst wissen. Der Tempel des Schreckens wird von den Tibetern Gokang genannt.«

»Wissen wir. Aber was ist ein Gokang?«

»Ein Gokang existierte früher in mehreren buddhistischen Klöstern. Tief unter der Erde. Und nur der Großlama wusste von seiner Existenz und Bedeutung. Niemand außer ihm durfte dort hinein. Im Gokang lebt die dunkle Seite der tibetischen Seele weiter. Alles, was nicht zum leuchtenden Trugbild des Buddhismus passte, wurde hierhin verbannt. Die Vergangenheit eines Volkes, das einst nur aus blutrünstigen Kriegern bestand. Es ist ein Verlies für die grausamsten Schöpfungen, die jemals auf Gottes Erdboden ersonnen wurden. Ausdruck für die archaischen Kräfte der Vernichtung. Die urzeitliche Bedrohung für Zivilisation und Leben. Was genau alles in diesem Gokang lagert, übersteigt jede biblische Vorstellungskraft. Es sind Ausgeburten und Manifestationen der abscheulichsten Abgründe und Perversionen des Menschen. Aber die Wirkung ist bekannt. Wenn sie damit unvorbereitet konfrontiert würden, dann würde es in Ihrem Innern unbewusste Prozesse auslösen, die Sie den Verstand verlieren lassen. Ein Gokang ist eine seelische Folterkammer, die jeden zerbricht, der ihn betritt. Er besitzt die Macht, einen Menschen in ein rohes Triebwesen zu verwandeln. Sie würden als Wahnsinniger den Raum verlassen. Als gefährlicher Psychopat. Als unkontrollierbarer Unmensch. Als Schänder und Bestie.«

Decker erschauerte. Das also hatte der Schamane mit Waffe gemeint. Ein seelischer Umformer. *Das dürfte Hitler gut gefallen haben. Und der General mit dem Militärgeheimnis lag auch richtig.* »Aber wurden diese Orte des Schreckens nicht alle zerstört?«

»Nicht alle. Den größten und übelsten gibt es noch immer.« Giallo stammelte und schien Mühe zu haben, seine Gedanken zu ordnen.

»Unmöglich«, sagte Li Mai. »Es existieren doch nur noch Neubauten, die unter chinesischer Aufsicht entstanden. Da gibt es keine geheimen Räume mehr.«

Der Kardinal flüsterte nur noch: »Sie haben bei Ihrer Suche ein Kloster übersehen. Das älteste, wichtigste und größte von allen.«

»Das kann nicht sein, uns sind alle historischen Klöster bekannt. Ganden, Sera und wie sie alle heißen. Sie wurden ausnahmslos nach der Invasion durchsucht und unter Kontrolle gebracht«, sagte Li Mai.

»Eins nicht.«

»Dann wüssten wir es.«

»Sie finden es nur deshalb nicht, weil Sie es nicht gewohnt sind, es als Kloster zu betrachten.«

»Sondern?«

»Als Regierungssitz.«

»Sie meinen doch nicht etwa ...«

»Natürlich ... den Potala Palast.«

»Aber das ist doch wirklich ein Staatsgebäude.«

»Ja. Aber ein Staatsgebäude in einem Gottesstaat. Daher ist der Potala auch ein Kloster.«

Decker war fassungslos. Die ganze Zeit sollten sie das Ziel gesehen und ahnungslos drum herumgelaufen sein?

»Dort hat der Professor den Gokang gesucht und gefunden«, ergänzte der Kardinal. »Wo sonst sollte es denn noch einen alten Tempel des Schreckens geben? Es wurden ja wirklich, wie Sie sagen, alle anderen zerstört. Es gab auch schon einmal Pläne, den Palast und den ganzen Berg in die Luft zu sprengen. Wir hatten sehr gehofft, dass es dazu kommt. Aber dann hat man es nicht getan. Warum ist unklar. Offiziell heißt es, es sei auf Betreiben der UNESCO verhindert worden. Angeblich handelt es sich ja um ein Weltkulturerbe.« Der Kardinal lachte bitter.

»Aber ich habe gelesen, dass der ganze Palast mehrmals vollständig abgebrannt ist«, warf Decker ein.

»Ja. Die Tibeter glauben, es war Blitzschlag oder die Wirren der vielen Kriege. Professor Weinberg allerdings hat vermutet, dass es die Buddhisten selbst waren, die auf diese Weise die wichtigste Kultstätte des Bön aus der Welt schaffen wollten.«

»Warum auch immer, dann kann dort aber nichts mehr vorhanden sein.«

»Doch. Ein Teil blieb in all den Kriegen und Zerstörungen der Jahrhunderte hindurch unversehrt. Die Grabkammern von Weng Chen und von Schrongtsam Gampo. Sie liegen tief unter der Erde.«

»Da haben Sie recht. Aber sie sind öffentlich zugänglich. Dort ziehen jeden Tag Tausende von Pilgern vorbei. Glauben Sie, wir würden das zulassen, wenn dort etwas versteckt wäre?«, sagte Li Mai.

Jetzt mischte Decker sich ein. »Euer Eminenz, Sie müssen uns alles sagen! Wo genau ist dieser Gokang?«

»Es gibt eine Legende. Auf dem Berg, auf dem heute der Potala steht, hatte Schrongtsam Gampo bereits im 7. Jahrhundert seinen Regierungssitz. Man sagt, es gäbe dort tief im Inneren eine geheime Höhle, wo der König den alten Göttern des Bön huldigte – bevor und nachdem er den Buddhismus ins Land holte. Diese Höhle liegt irgendwo unter den öffentlich zugänglichen Grabkammern der Dalai Lamas und sogar noch unter der von Schrongtsam Gampo und Weng Chen. Sie wurde nie entdeckt. Es muss aber einen gut versteckten Zugang von der Kammer Schrongtsam Gampos aus geben. Vermutlich haben die alten Schamanen die Kammer irgendwann versiegelt und den Eingang vermauert. Aber sie existiert. Genau wie die vielen Geheimgänge in dem Berg, durch die der 6. Dalai Lama nachts zu seinen Frauen ins Dorf geschlichen ist. Der ganze Potala ist ein gewaltiges Mausoleum und steckt voller Rätsel, wie die Cheopspyramide.«

Decker schüttelte den Kopf. »Der Tempel des Schreckens befindet sich also unter dem angeblichen Palast des Friedens?«

Der Kardinal sah ihn an. »Das Böse im Gewand des Guten. Wieso nicht, die ehemaligen Gefängnisse und Folterkammern liegen doch auch noch dort in den dunklen Kellern.«

Decker überlegte. »Ist dieser Gokang unter dem Potala dann auch der Ort, an dem die vier Dalai Lamas umgebracht wurden?«

»Genau das war der Ausgangspunkt für die Überlegungen von Professor Weinberg. Bis ins 18. Jahrhundert muss es einen Eingang gegeben haben. Und den hat er anscheinend gefunden. Dafür musste er sterben.«

Decker sprach vor sich hin. »Der Palast des Lichts ist in Wahrheit ein Ort der Finsternis.«

Li Mai bemerkte: »Immerhin waren seine tausend Zimmer wohl Schauplatz für tausend Verbrechen.«

»Es sind keine tausend«, sagte der Kardinal. »Wenn man sie korrekt zählt, sind es nur 999. Sagt Ihnen diese Zahl etwas?«

»Nein.«

»Drehen Sie sie rum.«

»Rumdrehen?« *Wie das Hakenkreuz?*

»Stellen Sie sie auf den Kopf, dann ist es 666. Das Zeichen des Teufels!«

»Das ist doch Spinnerei«, sagte Li Mai.

»Meinen Sie?«, fragte der Kardinal herausfordernd. »Wissen Sie, wie viele Stockwerke der Potala Palast hat?«

»Das ist mir nicht präsent«

»Dreizehn.«

Decker war verblüfft.

»Es ist die Zahl des Unheils«, sagte der Kardinal. »Eine Legende besagt auch, dass der Berg ursprünglich nicht ganz so hoch war. Er wurde von den Buddhisten aufgeschüttet, bevor man den Potala darauf baute. Als wollte man das alte Verlies noch tiefer in die Erde verlegen und verhindern, dass die alten Dämonen ausbrechen können. Das Material dazu nahm man direkt vom Fuße des Berges. Dadurch entstand der kleine See vor dem Potala. Kennen Sie den Namen des Sees?

»Nein.«

»Er heißt Wongtang. Sie brauchen sicher nicht viel Fantasie, um die durch die Zeit und mündliche Überlieferung leicht entstellte Wurzel des Namens zu erahnen. Das ursprüngliche Wort musste nur wenig dem heimischen Sprachgebrauch angepasst werden.«

Decker überlegte einen Moment. »Ich erkenne nichts.« Doch dann: »Wotan!«

»Na bitte. Überzeugt?«, fragte der Kardinal.

Decker wurde regelrecht schwindlig.

»Glauben Sie an drei solche Zufälle?« Der Kardinal fuhr fort: »Die Wahrheit ist die: Der höchstgelegene Tempelpalast der Welt steht auf dem größten und wichtigsten Gokang von Tibet. Er ist nichts anderes als das Tor zur Unterwelt.« Der Kardinal sprach jetzt mit lauter Stimme wie ein Prophet: »Unter dem Potala hausen die Dämonen der blutigen Ur-Religion. Die Geister des Bön. Der Antichrist. Es ist die Quelle alles Bösen in der Welt. Der Eingang zu Satans Reich. Das Tor zur Hölle.«

Decker und Li Mai sahen, dass sich Todesangst auf dem Gesicht des Kardinals ausbreitete. Seine Augen weiteten sich, und er schien fast geistesabwesend zu sein, denn er hatte in seinem Innern zu beten begonnen: *Vater unser, der Du bist im Himmel …*

Mit scheinbar letzter Kraft fügte Giallo hinzu: »Deshalb tobt seit seiner Erbauung das Unheil in den Korridoren des Palastes und hat Tibet nur Leid gebracht. Und deshalb zieht der Potala die Mächte des Bösen aus der ganzen Welt an.«

Während er innerlich weiter betete, stand er auf und blickte ein letztes Mal in die Kamera »So, nun wissen Sie alles. Mehr kann ich nicht für Sie tun. Ich muss nun mit meinem Gott allein sein und ihn in dieser Stunde der Not um Beistand bitten. Tun Sie, was Sie für richtig halten …« Er ging.

Decker wusste in diesem Moment nicht mehr, was er glauben sollte. Aber falls der Kardinal recht hätte, dann war eines unübersehbar. Wenn der Tempel des Schreckens im Potala Palast existierte und wenn dieser geheime Tempel der Urreligion gleichzeitig die Quelle des Bösen und das Tor zur Unterwelt war, dann hatten ihn die Nazis mit Sicherheit und wie von Geisterhand geführt schon entdeckt!

Das Böse hatte zum Bösen gefunden.

## 22

Nach dem Gespräch mit Giallo hatten sie keine Sekunde gezögert und alle Vorbereitungen für den sofortigen Abflug nach Lhasa getroffen. Wenn sie das Unheil noch stoppen wollten, mussten sie den Potala Palast rechtzeitig erreichen und verhindern, dass der Tempel des Schreckens für immer verschüttet wurde. Mit Hilfe des Kartenmaterials der chinesischen Luftwaffe hatte Li Mai einen Weg durch die niederen Regionen des Gebirges berechnet, den der Helikopter schaffen konnte. Luftlinie zu fliegen, war technsich unmöglich. Ihre Reise würde aber trotz dieser kleinen Umwege nicht sehr lange dauern.

Während Li Mai konzentriert ihre vorgezeichnete Route auf dem Navigationsbildschirm nachflog, ergriff sie als erste das Wort. »Wie bist du eigentlich auf die Idee gekommen, dass der Professor mit dem Vatikan und dem israelischen Geheimdienst unter einer Decke steckt?«

Decker schaute skeptisch auf die oft nur wenige Meter neben ihm vorbeijagenden Felsformationen, die bis in den Himmel zu ragen schienen. »Seine Uhr.«

»Die auf dem Foto?«

»Ja. Sie wird von deutschen Kommandoeinheiten benutzt. Und sicher auch von anderen. Ich habe mich sofort gefragt, wie ein Archäologe an so eine Spezialanfertigung kommt. Jetzt wissen wir es ... zieh hoch!« Decker erschrak, als sie einen Grat so dicht überflogen, dass der Schnee aufgewirbelt wurde. »Hätten wir nicht doch besser den Jet genommen? Das wird alles ziemlich knapp hier.«

Li Mai blieb gelassen. »Und wie hätten wir dann die 90 Kilometer vom Flughafen in Lhasa bis zur Stadt geschafft? Außerdem kommen wir so direkt von oben am schnellsten in den Potala.« Sie drückte die Maschine im schnellen Wechsel in zwei kurz aufeinanderfolgende extrem enge Kurven. »Aber deshalb gleich zu vermuten, dass der Vatikan hinter den Kulissen in die Geschichte eingreift und Geheimdienstaktionen gegen Nazis unterstützt, erscheint mir doch arg verwegen.«

»Nicht unbedingt. Mir fiel während des Gesprächs mit dem Kardinal eine alte Geschichte ein. Es sind zwar nur Gerüchte, aber sie halten sich hartnäckig. Demnach hat der Vatikan bereits mehrfach im Laufe der Zeit sogenannte Assassini angeheuert und mit der gezielten Tötung von Feinden der Kirche beauftragt. Und eines ihrer Ziele war angeblich schon mal jemand, der auch in unseren Fall als treibende Kraft verwickelt ist, nämlich Heinrich Himmler.«

Mai Li blickte Decker an. »Der Vatikan soll einen Anschlag auf Himmler geplant haben?«

»Schau nach vorne!«, rief er und zeigte auf die weiße Wand, die auf sie zukam. Erst als sie vorbei war, fuhr er nervös fort. »Es wird sich nie beweisen lassen. Und er ist wohl auch fehlgeschlagen. Aber vielleicht hat Rom damals schon frühzeitig erkannt, dass Himmler die Bildung einer neuen Kriegerreligion vorantrieb. Und der Vatikan ahnte möglicherweise die Bedrohung, die davon ausging. Rom musste befürchten, dass Hitler eines Tages den Heiligen Vater und die ganze katholische Kirche vernichten würde. Um das zu verhindern, wollten sie die Schlüsselfigur bei der Bildung des neuen NS-Glaubens, Himmler, rechtzeitig beseitigen. Der Vatikan hätte also vorausschauend und aus Selbstschutz gehandelt. Nicht auf militärischem, sondern auf geistigem Gebiet. Das ließe sich vor Gott sicher vertreten.«

»Das ist doch Irrsinn.«

»Kann sein. Aber wenn man es mal eine Weile als Gedankenspiel zulässt, dann werden noch ganz andere Eingriffe des Vatikans in den Lauf der Welt denkbar.«

Li Mai sah Decker wieder an: «Woran denkst du?«

»Ich sagte, nach vorne schauen – Das wird schon wieder sehr knapp!« Er hielt sich am Sitz fest, während sie im Tiefstflug über eine Pass-Straße und durch ein Joch raste. »Ich denke an den Kardinal. Er verschweigt uns immer noch etwas.«

»So, und was ist das?«

»Nun, ich denke, die Kirche empfindet es als Schande, dass ihr Glauben in Tibet so verunstaltet wurde. Aber ich denke, es war kein Manichäer und auch kein einzelner Mönch, der auf eigene Faust losgezogen ist. Das wäre zu unwahrscheinlich. Der Kardinal wollte damit eine falsche Fährte legen. Er hat zwar gestanden, dass Missionare da waren und dass es Dokumente darüber gibt. Ich glaube aber, er verschweigt die wirklichen Hintergründe.«

»Ja, und welche wären das dann?«, fragte Li Mai. Gleichzeitig brachte sie den Helikopter über einem tiefen schwarzen Tal in den Sturzflug und fing ihn erst kurz über einem zugefrorenen Fluss ab, dessen Verlauf sie folgte. Decker schnappte nach Luft.

»Man könnte sich vorstellen«, sagte er, »dass der Vatikan ab dem 13. Jahrhundert gezielt Missionare, vielleicht aber auch Attentäter mit Geheimauftrag zu den Mongolen geschickt hat. Eine Art Kommandounternehmen wie in unserem Fall heute.«

»Wie kommst du denn darauf?«

Decker fragte sich, ob schonmal jemand den Grand Canyon nachts durchflogen hatte und ob derjenige noch lebte. »Li Mai, überleg doch mal, was damals in Europa los war. Vergegenwärtige dir einfach kurz die politische und religiöse Großwetterlage. Es ist tiefes Mittelalter. Aberglauben und Mystik beherrschen die Menschen. Religiöser Wahn schreibt Geschichte. Es gibt nur Gott und Krieg. Die Kreuzzüge. Die Pest. Die Menschen leben in vielfacher Angst und Schrecken über Jahrhunderte hinweg. Und schließlich kommen noch die Mongolen und wollen verwirklichen, was Pest und Glaubenskriege nicht vermochten: Europa steht vor dem Untergang.«

»Ah, du denkst wieder an diese berühmte Schlacht von Liegnitz.«

»Ja. Wenn man diese Ereignisse aus der Sicht des Vatikans betrachtet, wird es deutlich, was ich meine. In Rom treffen beängstigende Nachrichten von einer unbesiegbaren Armee der Finsternis ein. Niemand kann diesen Feind aufhalten. Die christlichen Heere sind vernichtend geschlagen, Europa liegt den Mongolen wehrlos zu Füßen. Die katholische Kirche muss befürchten, von diesen Barbaren überrannt und ausgelöscht zu werden. Der Tag des Jüngsten Gerichts scheint zu nahen. Rom erblickt in der Goldenen Horde die apokalyptischen Reiter. Also, was überlegt der Papst?«

»Wie man den Sieg des Antichrist verhindern kann?«

Decker wagte erneut den Blick aus dem Fenster. Sie waren über einem zugeschneiten Hochplateau. Eine bizarre weiße Märchenlandschaft schimmerte unter ihnen im Mondschein. Li Mai flog zum ersten Mal langsamer, wich behutsam den steil aufragenden Eissäulen aus. Decker spürte, dass die Maschine am Limit war und sie nach oben kaum noch Spiel hatten. Kein gutes Gefühl. Er sah besorgt zu Li Mai. »Genau. Er setzt die stärkste Waffe ein, die Europa besitzt: den christlichen Glauben. Er schickt Missionare los, um an der Quelle des Bösen, sprich in der mongolischen Hauptstadt, die Nächstenliebe zu predigen. Vermutlich schickt Rom die Missionare in den sicheren Tod, aber ich denke, die Mönche wussten, dass es eine Reise ohne Wiederkehr war, und wurden freiwillig Märtyrer. Rom versuchte also, die Lehre Jesu wie ein Virus in das System des Bösen einzuschleusen, um es dadurch von innen heraus zu schwächen und zu verändern. Die Liebe Gottes gegen die Zerstörungskraft des größten Reiches der Menschheitsgeschichte. David gegen Goliath. Der heroische Kampf des Guten gegen das Böse. Wie dramatisch kann das in ihren Köpfen damals ausgesehen haben?« Decker starrte gebannt auf die vielen Felsspalten um sie herum. Wenn sie hier notlanden müssten, wäre es das Aus.

Li Mai war mit der fast instabilen Maschine voll beschäftigt und erst nach einer kleinen Weile, als sie wieder in tiefere Regionen kamen, sagte sie: »Sie versuchten jedenfalls, nur durch das Wort und den Glauben zu erreichen, was die chinesische Mauer und die christliche Streitmacht nicht vermochten. Die Rettung ihrer jeweiligen Heimat. Das war doch eigentlich sehr clever und ehrenhaft vom Vatikan.«

»Stimmt. Es ist nur leider schiefgegangen. Die Tibeter waren schneller. Die Khane werden vor den Augen der christlichen Mönche plötzlich Buddhisten. Allerdings waren diese Buddhisten leider nicht friedlich, sondern dämonengläubige Krieger. Ich bin sicher, die Missionare Roms in Karakorum haben all die Schauergeschichten aus Tibet gehört. Die Grausamkeiten, die Kriege. Der Bön. Sie hörten von Kannibalismus, Menschenopfern und sexuellen Exzessen, von finsterem Geisterglauben und Okkultismus. Sicher erkannten sie, dass diese blutige und gewalttätige Religion in Zukunft eine treibende Kraft sein würde. Und die musste gestoppt werden. So drangen sie in geheimer Mission nach Tibet ein. Ich denke, Rom hat seine besten Männer geschickt, Mönche mit großem politischen Weitblick und Entschlusskraft. Und ich glaube, dass sie es auch waren, die in dem Chaos und dem Sittenverfall Tibets ihre Chance erkannten und die neue Schule gründeten. Den Orden der Reformierten.«

»Die Dalai Lamas.«

»Ja, die Gründung eines völlig neuartigen Ordens war Teil einer Strategie, über Tibet und den Buddhismus die Mongolen zu befrieden und damit Europa vor der Herrschaft Luzifers zu retten. Eine gewaltige, heilige Geheimdienst-Operation. Vielleicht haben sie das legendäre Lhasa auch damals schon für den Stammsitz des Satans gehalten. Aber das wichtigste Ziel war ein neuer Glaube in Tibet. Sie wussten, dass sie die Mongolen nur über den Umweg der tibetischen Religion kontrollieren und aus Europa heraushalten konnten.«

»Geniale Sache. Und das haben sie ja dann geschafft.«

»Ja, haben sie. Aber aus völlig anderen Gründen. Die Sache lief zunächst schief. Die Bekehrung klappte nicht. Im Gegenteil, der neue, von Christen geschaffene Orden zog jetzt selbst in den Krieg. Grausamer und blutiger als alle anderen vor ihm. Die Missionare müssen verzweifelt zugeschaut haben, wie ihnen alles aus den Händen glitt. Offensichtlich konnten auch das Kreuz und die Bibel diese Bestien im Himalaja nicht zähmen. Aber das Praktische daran war, dass sich nun die tibetischen Orden mit ihren jeweils alliierten Mongolenfürsten untereinander so zerfleischten, dass sie keine Zeit mehr für Europa hatten. Das war unsere Rettung.«

»Übernimm mal den Suchscheinwerfer«, sagte Li Mai und zeigte auf die Armaturen. »Aber wofür schämt sich dann der Vatikan und warum unterdrückt er das historische Material?«

Decker leuchtete eine enge Schlucht aus, durch die sie sich im Schritttempo vorantasteten. Er sah das Mondlicht am anderen Ende und erst, als sie es erreichten, sagte er erleichtert: »Keine Ahnung. Wahrscheinlich war es ihnen peinlich. Sie haben sich vor Gott schwer versündigt, weil sie seine Lehre in die Hände von Unmenschen gaben. Oder sie wissen, dass sie den Kampf gegen das Böse in Tibet nicht gewonnen haben. Der Glaube und das Gute haben hier völlig versagt. Wie sagte der Kardinal: Satan spielt mit uns. Das heißt, die Dämonen Tibets haben sich stärker erwiesen als die Heilige Schrift.«

»Dennoch«, unterbrach ihn Li Mai. »Ich finde, er übertreibt. Die Inquisition war auch nicht schön, und dafür haben sie sich sogar entschuldigt.«

»Die Inquisition ist vorbei. Tibet ist zwar auch lange her, aber es ist nicht vorbei. Es gibt ja noch Dalai Lamas.«

Li Mai riss die Augen auf, als sie plötzlich verstand. »Du glaubst …«

»Nicht was ich glaube, ist entscheidend, sondern was der Vatikan glaubt. Und in den Augen der Päpste sind die Dalai Lamas eine von ihnen ins Leben gerufene Schöpfung. Satan hat jedoch eine Spottgeburt daraus werden lassen und mit ihnen gemacht, was er wollte. Jedesmal, wenn ein Dalai Lama schrie und umgebracht wurde, hat Satan gelacht. Und Rom musste zusehen. Als der 6. Dalai Lama sich dem Suff und den Huren hingab, hat Satan gelacht. Und Rom bis auf die Knochen gedemütigt. Und dann kam das teuflische Finale. Er schickte die Missgeburt an ihre Heimatadresse zurück. Nach Europa.«

»Wie meinst du das?«, fragte Li Mai.

»Es ist bekannt, dass der Vatikan mit dem Dritten Reich kommunizierte. Wer weiß, was hinter verschlossenen Türen in Rom geschah, als Hitler sich für Tibet interessierte. Wie sah der Papst die Nazis und vor allem: Was dachte er, als die SS zum Sitz Satans gereist ist, also genau dorthin, wo der Vatikan so kläglich gescheitert war? Dachte der Vatikan an göttliche Rache und Vergeltung? Vielleicht hoffte der Papst ja, dass die Nazis die Hölle in Tibet zufrieren lassen und Satan aus seinem Sitz auf Erden verjagen würden.«

»Aber die Nazis planten ja wohl das genaue Gegenteil.«

»Richtig. Das muss ein Schock für den Vatikan gewesen sein. Satan und Hitler zusammen! Vielleicht hat Rom sie ja schon als Einheit und damit Armageddon am Horizont heraufziehen sehen.«

»Aber das sind doch nur Theorien. Das Dritte Reich ist untergegangen, Hitler und Himmler sind tot. Europa ist sicher vor ihnen.«

Decker ließ den Blick durch das Halbdunkel um sie herum wandern. Für den Augenblick schien der Weg frei. »Hoffentlich. Aber jetzt der krönende Abschluss. Das Dritte Reich geht zwar unter und mit ihm alle Hoffnung und Ängste. Doch dann kommt Ihr auf den Plan.«

»Die Chinesen?«

»Ja, und das Unfassbare geschieht: China besetzt den Sitz des Teufels. Und was macht er?«

»Er unterliegt. Sein Reich ist nicht mehr. Der Teufel hat verloren. Dank Mao!«

»Hat er das?« Decker grinste rätselhaft. »Sein Stammsitz wurde auf sonderbare Weise erhalten. Der Dalai Lama entkommt auf unerklärlichen Wegen. Und was macht er heute?«

Jetzt begriff Li Mai. »Du meinst doch nicht etwa, Satan ...?«

»Ist das so undenkbar? Unablässig bereist er die Welt. Kein Land hat er öfter besucht als ausgerechnet das relativ unbedeutende Deutschland. Warum wohl? In seinen Adern fließt das Blut der finsteren Armee von einst. Erinnere dich, er ist ein Kampa.«

»Aber er war doch auch schon im Vatikan!«

»Das muss das Schlimmste sein: Wenn dem Papst in seinen eigenen vier Wänden der Vertreter Satans direkt ins Gesicht grinst.«

»Dann könnte man die Reaktion des Kardinals ja durchaus verstehen.«

»Ja. Und die Schmach geht weiter, denn der Teufel hat den Spieß umgedreht und schlägt Rom höhnisch mit seinen eigenen Waffen. Denn jetzt missioniert der Dalai Lama in der christlichen Welt. Und er trifft den Vatikan dort, wo es am schmerzhaftesten ist: im Glauben und der Gemeinde. Er ist ein Medienstar und wird von der ganzen Welt verehrt – mehr als der Papst selbst. Er gewinnt neue Anhänger, die fast alle vom Christentum überlaufen. Tag für Tag werden es mehr.«

Li Mai schüttelte sich, als müsste sie etwas Klebriges loswerden. Sie holte tief Luft und sagte mit brüchiger

Stimme: »Sag mal, nimmst du das wirklich für bare Münze?«

Decker schaute aus dem Seitenfenster des Helikopters und zuckte die Achseln. »Wer weiß ...«

Sie flogen eine Weile, ohne miteinander zu reden. Unter ihnen zogen nun mit beruhigendem Abstand die majestätischen Berge des Himalajas und das tibetische Hochland vorbei. Li Mai meldete sich wieder: »Ich kann mir nicht vorstellen, dass du mit dem Vatikan recht hast.«

Decker überlegte. »Warum nicht? Es gibt so viele verborgene Seiten in der katholischen Geschichte. Denk doch mal an all die umstrittenen Themen wie diese Evangelien, die irgendwo gefunden wurden.« Decker durchschoss ein Gedanke. »Am Ende haben diese Missionare den Khan getötet und so Europa nach der Niederlage von Liegnitz vor dem Untergang bewahrt. Das wäre doch mal eine heiße Story.«

»Mir wird das langsam alles etwas zu viel«, sagte Li Mai. »Die spinnen doch alle.« Sie zuckte die Achseln und warf einen Blick auf die Uhr. Fast Mitternacht. Morgen früh musste sie mit ihrer Mission fertig sein. Das war die Deadline. Sonst wäre alles umsonst.

Nach einer Weile meldete sich Decker wieder bei ihr. *»Der Eingang bin ich zu den Ewgen Qualen.«*

»Was redest du da?«, fragte Li Mai.

»Eine Zeile aus Dantes ›Göttlicher Komödie‹, die mir in den Sinn kommt. Über die Hölle.«

»Wie kommst du jetzt darauf?«

»Der Kardinal hat es erwähnt. Ist dir eigentlich klar, dass wir vielleicht gerade die Hölle ansteuern? Oder das Tor zur Unterwelt?«

Li Mai dachte an das bisher Gehörte. »Irgendwie schon. Seltsam. Normalerweise suchen die Menschen in Tibet das Paradies und den Frieden.«

»So kann man sich irren. An einem Ort, wo Hitler nach Symbolen und Glaubensinhalten gesucht hat, findet man mit Sicherheit keinen Frieden, sondern die Hölle. Ich glaube, ich verstehe jetzt, wie er sich das im Einzelnen vorgestellt hatte. Der Kardinal hat mich darauf gebracht.«

»Du meinst, wie das mit der Nazireligion aussehen sollte?«

»Ja.«

»Lass hören.« Li Mai fand diesen Gedanken immer noch befremdend. *Die Hölle. Ausgerechnet in Tibet.*

Decker sammelte sich. »Hitler wollte das Tausendjährige Reich bauen. Das ist ein alter biblischer Ausdruck. In der Offenbarung des Johannes 20, 1-6 wird davon erzählt, dass Satan für tausend Jahre gebunden wird. Hitler wollte das umkehren und Satan für tausend Jahre auf die Welt loslassen. Er wollte einen Kontakt zur Hölle herstellen.«

»Warum sollte er das gewollt haben?«, fragte Li Mai.

»Weil er die Kraft der Hölle für seine Weltherrschaft brauchte. Militärische Eroberungen genügen nicht, um sich dauerhaft zu legitimieren. Deshalb arbeitete er an einer Religion, um seine globalen Machtansprüche auf göttlicher Basis zu festigen. Genau wie die Pharaonen im alten Ägypten oder zahlreiche andere Tyrannen. Nur dass all diese Gottkönige lange tot waren. Der Dalai Lama hingegen war der einzige und wohl mächtigste im 20. Jahrhundert noch lebende Gottkönig. Und er lebte in Tibet. Da Hitler in Tibet ohnehin den Ursprung der arischen Rasse vermutete, konnte er folglich annehmen oder zumindest behaupten, dass sich der Sitz der alten arischen Götter auch dort befindet.«

»Macht Sinn.«

»Finde ich auch. Abgesehen davon glaube ich, dass Hitler noch etwas ganz anderes in Tibet vermutete. Eine Art mythologisches Zentralkonstrukt. Je länger ich darüber nachdenke, desto wahrscheinlicher scheint es mir.«

»Was denn?«

»Es ist eigentlich logisch und konsequent. Hitler vermutete in Tibet die Hel.«

»Die Hel? Was ist das?«

»Die sagenumwobene, uralte germanische Unterwelt. Man könnte auch sagen, Hitler suchte in Tibet den Hades oder den Kerker für den gefallenen Engel Luzifer oder das Gefängnis der bösen Geister. Aus *hel* entstand übrigens das englische Wort *hell.*«

»Wozu sollte er das brauchen?«

»Hitler brauchte eine direkte Verbindung zur Unterwelt, der Hölle, um sich selbst als Gott etablieren zu können.«

Li Mai musste sich erst noch an den Gedanken gewöhnen. »Das ist doch Irrsinn.«

»Aber es hatte Methode. Richard Wagner hätte seine helle Freude an seinem Schüler gehabt: Hitler wollte quasi das Tor zur Hölle öffnen und die Schreckensgötter aus ihrem Verlies holen. Der Ritt der Walküren. Die ganze Welt eine einzige gigantische Bühne. Eine reale Götterdämmerung als die größte Inszenierung aller Zeiten. Der Führer wollte die alten Kriegsgötter der Arier heraufbeschwören und einer von ihnen werden. Die Nazis hatten ja die Hölle auf Erden bereits errichtet und brauchten jetzt nur noch den religiösen Überbau dazu. Und sie brauchten einen lebenden Führer, einen unantastbaren Kriegsgott. Das war es wohl, worum es ging: Adolf Hitler als die Menschwerdung Wotans!«

»Abgefahren!« Li Mai überprüfte den Navigationsmonitor. »Wir liegen gut in der Zeit.«

Decker machte eine Faust. »Ja. So muss es gewesen sein. Hitler wollte eine Inkarnation Wotans werden. Das war sein Plan. Dazu brauchte er die Tibeter. So wie all die Dalai Lamas vor ihm wollte er zum lebenden Gott gemacht werden. Allerdings kein Gott des Mitgefühls, sondern ein Kriegsgott.«

»Was für ein Spektakel!«

»Ja, nur dass dies keine Oper war. Es sollte grausame Wirklichkeit werden.«

Li Mai sah ihn fassungslos an.

»Hitler wollte erst die Welt und dann die Seelen der Menschen beherrschen. Und dabei konnte er keine Konkurrenz gebrauchen. Man kann also annehmen, dass er nach der Vernichtung des Judentums als nächstes das Christentum aushebeln und den Vatikan stürzen wollte. Er wollte der einzige sein, an den alle glauben. Ein arischer Urgott. Damit hätte Hitler alle Maßstäbe und Rekorde gesprengt. Hitler als Herr der Welt und Kriegsgott. Und kein Gott neben ihm. Das wäre dann der ultimative Größenwahn in Vollendung.«

Li Mai machte ein besorgtes Gesicht und schwieg. Dann überprüfte sie routiniert sämtliche Anzeigen. Decker sah ihr zu und nach einer Weile fragte er: »Und du bist also die Tochter des chinesischen Staatspräsidenten?«

Li Mai wusste, dass die Frage irgendwann kommen würde. »Ja. Aber nicht offiziell. Und das muss für immer so bleiben. Ein chinesisches Staatsgeheimnis, sozusagen.« Sie tippte auf dem Bordcomputer herum und sah ihn nicht an.

»Verstehe.« Decker blickte in die Nacht. *Das erklärt einiges.*

Li Mai driftete in ihre eigene Vergangenheit ab. Ihr ganzes Leben stand unter dem Schatten dieses Staatsgeheimnisses. Ihre Ausbildung zur Agentin, ihre diplomatische Laufbahn als Deckung. Nie war ihr Vater da gewesen, als sie ihn gebraucht hatte. Nie konnte sie wie die anderen ein normales Leben führen. Immer ging es um den Dienst an China. Die Pflicht.

Während draußen die Berge von Tibet unablässig wie ein stürmisches weißes Meer vorbeizogen, warf sie Decker einen prüfenden Blick zu.

»Meinst du wirklich, Hitler wollte eine Religion erschaffen und sich zum Gott erklären?«

»Ja. Das denke ich. Zunächst habe ich geglaubt, er wollte nur einen Kriegerkult für die Motivation und den Zusammenhalt der Truppe erschaffen. Dann kam mir der Gedanke mit der Apotheose. Erst erschien es mir auch absurd. Aber nach allem, was ich seitdem erfahren habe, glaube ich wirklich, er wollte ein Gott werden.«

Decker überlegte kurz. »Ich bin mir sicher. Hitler wollte das Tor zur Hölle öffnen und die Dämonen befreien. Ganz ungeniert. Er brauchte ja niemandem vorzumachen, er wolle Gutes tun wie die Dalai Lamas oder die Päpste. Die Nazis wollten genau diese alten Schreckensgötter erwecken, die die Buddhisten nie unterdrücken konnten. Sie suchten die Verbindung zur Ur-Religion der arischen Kriegerrasse.«

»Aber kann denn die Hölle auf der Erde liegen?«, wollte Li Mai wissen.

»Ja. In der Bibel liegt die Hölle auch direkt unter der Erde. Sie ist das Reich, in dem die Toten als kraftlose Schatten hausen, und ein Bereich der Finsternis und Öde.

Wie der Gokang. Und was passt besser, als von Berlin aus den entlegensten und unzugänglichsten Ort der Welt zu wählen: Tibet.«

»Aber es ist doch eher ein theologischer Ort, nicht ein geographisch lokalisierbarer auf diesem Planeten.«

»Muss nicht sein. Es gab durchaus die Vorstellung, dass die Hölle sich auf der Erde befindet. Man nannte sie Gehenna und glaubte eine Weile, sie sei im Hinnomtal, südlich von Jerusalem. Denn dort herrschte der Kult einer alles verschlingenden Macht, des Molochs. Hitlers Idee war also im christlich-jüdischen Gedankengut verankert.«

»Hältst du das für Realität?«

»Ich versuche nur, mich in die Nazis hineinzuversetzen.« Decker blickte bewundernd auf die militärischen Navigationsinstrumente. GPS ohne die zivile Streuung auf den Zentimeter genau. »Wir suchen die Hölle. Einen Geisterort. Allerdings hat er zwei Namen und zwei Funktionen: Hel und Gokang. Der Unterschied liegt nur darin, dass die einen diesen Ort sehnlichst suchen, und die anderen ihn ängstlich verbergen. Die Nazis wollten die Dämonen befreien und einen Gott schaffen. Und die Tibeter das Gegenteil, nämlich die Götter vernichten oder gefangen halten.«

»Absurd«, sagte Li Mai.

»Leider nicht. Immerhin haben beide Parteien genau deswegen Killer auf jeden angesetzt, der ihr Geheimnis gefährdet.«

»Dann werden wir sie wahrscheinlich bald treffen.« Sie sah auf eine der vielen Digitalanzeigen. »Wir sind kurz vor Lhasa.« Bei dem Gedanken wurde Decker flau im Magen. Er konnte nur hoffen, dass die vier Männer von der Spezialeinheit, die wie beim Klosterbesuch hinten in der Kabine saßen, auch mit dieser Aufgabe fertig wurden.

# 23

Nach über zwei Stunden Flug erreichten Decker und Li Mai die mystische alte Hauptstadt Tibets. Das nächtliche Lhasa lag im Dunkel unter ihnen. Es war ein Uhr morgens, und die Berge des Himalajas boten eine gewaltige Hintergrundkulisse im Mondschein. Ihr Ziel, der Potala Palast, war deutlich zu erkennen und ragte auf seinem Hügel als Monument einer versunkenen Welt über die Dächer um ihn herum. Ein böser Zauber schien den legendären Sitz der Götter gegen die moderne Stadt abzuschirmen.

Der Helikopter nahm Kurs auf den Palast und wurde langsamer. Sie suchten nach einem geeigneten Platz für die Landung. Dann hatten sie ihn. Den Garten auf dem Dach des Palastes. Die Maschine senkte sich, und kurz bevor die Räder den Boden berührten, sprangen die vier Soldaten heraus und sicherten den Landebereich. Ein widersprüchliches Bild: modernste Technik auf dem Sitz der Götter, in dem die Zeit still stehen sollte. Li Mai verkürzte den Abschaltprozess und ließ die Systeme so weit laufen, wie es für einen Alarmstart notwendig war. Dann legten sie die Helme ab und stiegen aus.

Fast spürte man, wie die Geister und Dämonen der Vergangenheit sie argwöhnisch dabei beobachteten, als sie in ihre Festung eindrangen. Es war, als lastete ein Fluch auf diesen Mauern, der die Seelen der Toten gefangen hielt. Ein Entkommen von hier schien nicht möglich. Ehrfurcht und innere Finsternis stiegen in Decker auf.

Sie suchten nach den Treppen, die vom Dachgarten in den Palast führten, und fanden sie, wie auf ihren Plänen verzeichnet. Als sie sich ihnen näherten, stolperten sie über irgendwelche Gerätschaften.

»Was ist denn hier los?«, fragte Decker und richtete seine Taschenlampe darauf. Die Sachen sahen fast wie eine Taucherausrüstung aus. Etwas weiter entfernt lagen drei Fallschirme.

»Jemand ist vor uns hier angekommen«, sagte Li Mai. »Das ist eine HAHO-Ausrüstung.«

»Eine was?«

»High Altitude – High Opening. Eine Spezialausrüstung für Fallschirmabsprünge aus größter Höhe. Wenn man aus einem Flugzeug in zehntausend Metern bei minus 50 Grad abspringt, braucht man Sauerstoffmasken und Wärmekleidung. So was wie das hier.« Sie zeigte auf die Ausrüstung. »Diese Technik erlaubt es, mit kleinen Flügeln an der Kleidung und einem Spezialfallschirm bis zu 50 Kilometer weit zu segeln. Der Absprung erfolgt also in großer Entfernung vom Ziel und man fällt plötzlich und unbemerkt aus den Wolken auf seinen Feind.«

»Mon dieu«, sagte Decker. »Das Sprengkommando des Mossads – im Auftrag des Vatikans.«

»Sieht ganz so aus. Sie sind vermutlich aus einer umgeleiteten El-Al-Maschine gesprungen. Das können wir nachher überprüfen. Der Trupp ist jedenfalls drei Mann stark. Und sie sind illegal in chinesisches Territorium eingedrungen«, sagte Li Mai. Sie befahl zwei Soldaten, das Dach zu sichern und ihr Fluggerät zu bewachen. Die beiden anderen sollten sie und Decker begleiten.

Die Tür ins Innere des Palastes war offen. Das Schloss war aufgebrochen. »Hier sind die Israelis rein«, sagte Li Mai. »Los, jede Minute zählt. Wenn es nicht schon zu spät ist.« Sie rannten die Treppe hinunter.

Viele Stockwerke weiter unten suchten die Spezialisten des israelischen Geheimdienstes ihren Weg durch das Labyrinth im tiefen Inneren des Potala Palastes. Sie hatten keinen Plan des Gebäudes wie Li Mai. Der enge Kegel ihrer Scheinwerfer konnte nicht jeden Winkel und jede Nische ausleuchten. So verloren sie viel Zeit und sahen den Mann in der schwarzen Uniform nicht, der im Dunkeln vor ihnen lauerte.

Aber er sah und hörte sie.

Als er die hebräische Sprache vernahm, verzog sich sein Gesicht zu einem hämischen, tödlichen Grinsen, und er entsicherte seine Waffe.

Decker und Li Mai versuchten ebenfalls in den endlosen Verzweigungen der Räume und Korridore ihren Weg zu finden. Sie kamen dabei schnell voran. Der Thronsaal und verschiedene Räume zogen an ihnen vorbei wie monumentale historische Filmkulissen. Decker hätte gerne mehr Zeit gehabt, die Atmosphäre dieses Gemäuers auf sich wirken zu lassen und die Zimmer in Ruhe zu studieren.

Er war an dem Ort, an dem all das geschehen war, was seine Gedanken und Fantasien seit Tagen in Atem gehalten hatte. Hier in diesem Palast wurden Sehnsüchte und Albträume wahr. Hier lebten Menschen in tiefster Verzweiflung. Oder in großer Hoffnung. Hier begann und endete die Geschichte eines Landes. Hier wurden Götter erschaffen und Menschen ermordet. Wie viele Seelen mögen hier aus den Fenstern hinausgeblickt und um Rettung aus ihrer Not gefleht haben? Wie viele hatten über Intrigen gebrütet?

Deckers Blicke wanderten andächtig an den kalten Steinen der Wände entlang. Mit seiner Lampe leuchtete er die reichen Verzierungen ab. Das Gebäude war ein Ort der Weltgeschichte, aber jetzt wirkte es wie eine verlassene Theaterbühne mitten in der Nacht. Was war hier nicht alles geschehen. Dramen und Tragödien. Heinrich Harrer war durch diese Gänge gewandert. Die legendäre Expedition der Nazis war hier gewesen. Die jungen Dalai Lamas schrien, als sie umgebracht wurden.

Sie kamen am Privatgemach der Gottkönige vorbei. Hier hatte der jetzige junge Dalai Lama mitten in all dem Ungeziefer nachts alleine wach gelegen. Von hier aus hatte er auf die aufständischen Kampas vor den Toren hinuntergeblickt. Von hier musste er sich für immer verabschieden, als er nach Indien floh.

Diese Mauern hatten viel gesehen.

Sehr viel.

Sie drangen tiefer in das Gebäude ein. Es war unheimlich wie ein Geisterschloss. Bizarre Verzierungen und grimmige Fratzen überall. Die farbenreiche tibetische Ausschmückung an Säulen und Wänden machte alles zu einem Traumbild. Einem Traum ohne Erwachen.

Ein Augenpaar im Dunkeln verfolgte jeden ihrer Schritte und beobachtete besonders den Deutschen.

»Vorsicht«, rief Li Mai. »Da liegt einer.« Vor ihnen lag ein Toter im Kampfanzug, um ihn herum eine Blutlache. Einer der chinesischen Soldaten drehte den Toten um.

Li Mai leuchtete auf ein Wappen auf der Brust des

Mannes. »Siehst du? Das Abzeichen der Sajeret Matkal«, sagte sie respektvoll. »Eine Spezialtruppe der israelischen Fallschirmjäger und der militärische Arm des Mossads. Man nennt sie auch einfach nur ›die Einheit‹. Seit der Operation in Uganda, bei der sie eine entführte Air France Maschine aus den Händen der PLO befreiten, sind sie berühmt. Das sind harte Jungs. So ähnlich wie die amerikanischen SEALS oder der britische SAS.«

Dann sah sie die Stichwunde hinten im Hals. »Da nützt auch keine Schussweste«, sagte Li Mai und inspizierte den Einstich. Sie wischte das Blut beiseite und blickte Decker an: »Mit chirurgischer Präzision genau zwischen den zweiten und dritten Genickwirbel. Sofortiger Tod. Und noch etwas. Die Stichwaffe hat drei Kanten. Er ist hier. Der buddhistische Mörder. Und wenn er es schafft, so einen Elitekämpfer zu töten, dann ist er wirklich gefährlich.«

Decker war alarmiert. Er riss sich aber zusammen und sagte: »Leuchte mal auf sein linkes Handgelenk.«

Li Mai tat es und sah sofort die Uhr.

»Na, schon mal gesehen?«, fragte Decker.

»Ja. Auf dem Foto. Du hattest recht. Der Professor war tatsächlich einer von ihnen.«

Einer der Soldaten blickte sich nervös um und gab Li Mai lautlos ein Zeichen.

»Was ist?«, flüsterte Decker.

»Wir sind nicht alleine«, sagte sie leise.

*Jemand ist hier.*

»Der Killermönch?« Decker bekam weiche Knie. Er wusste, wer das nächste Opfer sein sollte.

»Wir wissen es nicht«, antwortete Li Mai.

Die Soldaten suchten den Raum mit Infrarotsichtgeräten nach Körperwärme ab, aber sie fanden nichts. Unheimlich. Ihr Gegner war unsichtbar.

»Wir müssen höllisch aufpassen!«, sagte Li Mai und gab den Soldaten einen Wink. Sie gingen fast geräuschlos weiter. Mit jedem Schritt blickten sie um sich.

Nichts zu sehen. Aber es war ihnen, als bewegte sich jemand.

Sie waren nun in den unteren Stockwerken. Die beiden chinesischen Soldaten schlichen in einiger Entfernung lautlos voran und sicherten Raum um Raum, Flur um Flur. Plötzlich ertönte ein ohrenbetäubendes Geräusch, und noch ehe jemand aus der Vierergruppe ahnte, was passieren würde, stürzte ein Metallgitter von der Decke und grub sich mit einem donnernden Schlag in den Boden.

Li Mai und Decker waren damit von ihren Beschützern getrennt wurden. Dieses schwere Gitter würden die Soldaten ohne Ausrüstung nicht beseitigen können.

Mit einem Schlag waren sie jetzt auf sich gestellt. Ohne Waffen.

»Was sollen wir tun?«, fragte Decker. »Lass uns hierbleiben oder die anderen vom Dach holen.«

»Bis die uns finden, ist es zu spät. Wir müssen einen anderen Weg finden. Vielleicht geht es auch über eine zweite Treppe irgendwo in die Kellergewölbe.«

Sie irrten durch die Korridore auf der Suche nach Hinweisen, wo sie sich befanden. Weitere Abgänge in die Tiefen des Palastes waren nirgends zu sehen. Decker wollte gar nicht daran denken, in was für einer Lage sie sich befanden: Sie waren von ihren bewaffneten Beschützern abgeschnitten und alleine mit zwei extrem fähigen Killern hier eingeschlossen.

Das Böse war gut vorbereitet gewesen. Jetzt hatte es seine Arbeit begonnen.

Li Mai und Decker betrachteten die Skizze vom Bauplan des Palastes auf einem PDA und blickten dann wieder um sich. Sie bemerkten den Schatten im Dunkeln nicht.

Lautlos wie ein Gespenst schlich Dadul in seiner Kutte um sie herum. Der Mönch lauerte auf seine Beute. Den Purba, an dessen Klinge noch das Blut des anderen Soldaten klebte, hielt er stoßbereit in der Faust. Gleich würde er *Deckiy* töten und seinen heiligen Auftrag erfüllen.

»Ich glaube, wir müssen einen Umweg über eins der oberen Stockwerke machen«, sagte Decker gerade, dann sprang die Gestalt wie aus dem Nichts auf ihn zu.

Li Mai reagierte reflexartig und blockte den tödlichen Hieb auf Decker ab. Der Dolch erreichte sein Ziel nicht, aber die Wucht des gegen ihn prallenden Körpers riss Decker um. Der Mönch fiel auf die Füße und stieß sofort nach Li Mai. Für den Angreifer unerwartet, wich sie zur Seite. Ihr Sprung gehörte zur alten chinesischen Kampfkunst.

Dadul war darauf nicht gefasst gewesen, aber er besann sich und ging jetzt kaltblütig auf den Feind zu. Er würde diese Frau niedermachen und aufschlitzen.

Li Mai nahm konzentriert ihre Kampfhaltung ein. Und wartete ab.

Decker kam zu sich, wollte wieder aufstehen, sich instinktiv einmischen, aber sie gab ihm zu verstehen, dass er bleiben solle, wo er war. Er würde sie nur behindern.

Kurz vor Li Mai stoppte Dadul und sah sie an. Er musterte ihre Haltung und ihren schlanken Körper, schien daraus aber nichts entnehmen zu können. Sie hatte eine klassische Kung-Fu-Stellung eingenommen. Aber das störte den Angreifer nicht. Er war sich seiner Überlegenheit sicher und schien den bevorstehenden Sieg genießen zu wollen. Er lachte Li Mai hämisch an und überlegte, wo er zustoßen sollte. Hals oder Brust?

Decker stockte der Atem.

Dadul hob den Dolch.

Aber in der Sekunde, als der Mönch ausholte und Decker die Augen schloss, stieß Li Mai einen Kampfschrei aus und griff ihren Gegner an.

Verblüfft machte Decker die Augen wieder auf.

Es ging alles so schnell, dass er in dem Halbdunkel nur die Hälfte erfassen konnte. Mit blitzartiger Geschwindigkeit, wehenden Haaren und animalisch anmutenden Bewegungen umkreiste Li Mai den Tibeter.

Daduls Handgelenk war gebrochen. Der Dolch fiel aus seinen zitternden Fingern, und noch während er über den Boden rollte, wurde der Mönch von so vielen blitzschnellen Schlägen und Tritten getroffen, dass er nur noch als gelähmte Hülle dastand und torkelte. Er hatte nicht einmal Zeit gehabt zu kontern. Li Mai nahm Abstand, ging tief in die Knie und wartete. Sprungbereit wie ein Raubtier.

Dadul röchelte, konnte aber nicht mehr atmen und sackte ohnmächtig in sich zusammen. Halbtot lag er auf den Steinplatten und konnte sich nicht mehr rühren.

Decker starrte fassungslos auf Li Mai. Anmutig stand sie auf, verbeugte sich in strenger Etikette vor dem geschlagenen Gegner und zischte verächtlich: »Schöne Grüße aus Schaoling – du Bastard.«

Dann kam sie zu Decker zurück. »Alles in Ordnung?«

»Mir geht es wieder besser. Danke. Wo hast du denn das gelernt? So etwas habe ich noch nie gesehen.«

»Im ältesten Kampfkloster der Welt. China hatte schon hoch entwickelte Kriegskünste, als diese Barbaren noch in Fellhütten hausten und sich mit ihren Stöcken erschlugen. Ich wollte ihn gleich töten, aber ich dachte, er kann uns vielleicht noch etwas über seinen Auftrag verraten. Er wird bald wieder vernehmungsfähig sein. Aber seine inneren Organe sind so schwer verletzt, dass er in den nächsten dreißig Minuten auch sterben könnte.«

Decker sah den Mönch an und war sich da nicht so sicher. Aber immerhin hatte sie den ersten der beiden ominösen Killer ausgeschaltet.

Dann hörten sie plötzlich Geräusche irgendwo in den entfernten Gängen.

»Eine Menge Besucher hier heute Nacht«, sagte Li Mai. »Wollen wir sehen, wer es ist?«, fragte Decker.

»Hoffen wir lieber, dass der oder die uns nicht schon bemerkt haben und jagen. Los, weg hier!« Sie rannten davon.

»Was ist mit dem Mönch?« Decker drehte sich noch mal zu Dadul um.

»Vergiss ihn. Wir können ihn jetzt nicht verhören und auch nicht mitnehmen. Wir müssen vor den anderen am Ziel sein. Sieht so aus, als wären wir noch nicht zu spät dran. Vielleicht sind unsere ungebetenen Gäste hier im Haus bereits aufeinandergestoßen und mit sich beschäftigt. Das gibt uns einen Vorsprung.«

Sie drangen weiter und weiter in die schwarzen, unbekannten Tiefen des Potala vor. Treppe um Treppe gelangten sie hinab, und es war, als würden sie auch in der Zeit rückwärts schreiten. Sie waren jetzt bereits tief im Inneren des Berges und unterhalb der äußeren Palastgebäude. Hier gab es keine Fenster und kein Mondlicht mehr. Es roch nach Stein, Erde, Eisen und Rauch. Eine Friedhofskälte kroch ihnen in die Glieder.

Decker hatte schreckliche Angst.
Eine seltsame Ahnung beschlich ihn.
Er spürte die Nähe des Todes.

Dann öffneten sie eine schwere Tür. Sie standen in den Grabkammern der Dalai Lamas. Decker ließ den Lichtkegel seiner Lampe durch den großen Raum und über die meterhohen Statuen aus Gold wandern. Eine finstere Stimmung ergriff ihn, als er die gewaltigen Sarkophage betrachtete. Die Aura von Ewigkeit und Vergänglichkeit schwebte wie ein zeitloser Nebel in diesem Raum. Wiedergeburt und körperlicher Verfall. Wahnsinn und System. Die riesigen Monumente der Macht und der Herrschaft blickten mit halb geöffneten Augen auf sie herab.

Und auf die zwei Leichen vor ihrem Sockel.

»Die beiden anderen Jungs vom Mossad«, sagte Li Mai. Sie zeigte auf die Abzeichen an den zerfetzten Körpern. »Sie hatten nicht mal die *dead man's second.*«

»Was meinst du damit?«, fragte Decker.

Li Mai flüsterte ihm schnell zu: »Wenn normale militärische Geschosse einen Soldaten treffen, durchbohren sie ihn sauber, aber er ist nicht gleich tot und er fällt auch nicht sofort um. Er kann in der letzten Sekunde seines Lebens noch stehend seine Waffe abfeuern. Wenn aber ein Hohlspitzgeschoss seine volle kinetische Energie auf ihn abgibt, wird er nach hinten geschleudert und seine inneren Organe werden zerrissen. Dann geht sein Gegner auf Nummer sicher. Ihr Mörder war ein Profi und hielt nichts von der Genfer Konvention.«

Decker schluckte.

Li Mai fuhr fort: »Und das war offensichtlich nicht dieser Mönch. Das ist die Handschrift des anderen. Eines zweiten Killers. Er ist also auch hier. Und wartet auf uns, denn sonst sind jetzt hier unten wohl alle tot.«

Dann zeigte sie auf die umherliegende Ausrüstung. »Sie hatten genug Sprengstoff dabei, um den gesamten Palast zum Einsturz zu bringen und seine Rätsel für immer zu begraben. Aber dieser Killer hat sie in letzter Minute gestoppt. Sonst hätten diese beiden hier den geheimsten Raum der tibetischen Geschichte in Staub verwandelt. Wir können dem Killer eigentlich dafür dankbar sein.«

»Nur dass er es nicht für uns getan hat«, bemerkte Decker und dachte daran, dass dieser Killer jetzt nur noch ein Ziel hatte.

»Das klären wir alles später. Jetzt müssen wir den Tempel des Schreckens finden, bevor dieser Nazihenker uns findet.«

Sie suchten ein Weile und fanden dann die letzte Tür. Sie öffneten sie vorsichtig und waren nun im letzten und untersten Raum des Potala Palastes. Die legendären Grabkammern von Schrongtsam Gampo, dem Gründer des tibetischen Reiches, und seiner Frau, der chinesischen Prinzessin Weng Cheng.

Tiefer ging es nicht mehr. Und weiter zurück in der Zeit auch nicht. Hier hatte alles begonnen.

»Über tausend Jahre stehen hier vor uns«, sagte Decker und blickte sich um.

»Hier muss irgendwo der geheime Zugang zum Gokang sein«, durchbrach Li Mai die Stille.

Sie leuchteten den Raum aus.

Überall lagen Grabungsgeräte und modernste seismische Anlagen. »Das gehört dem Professor«, bemerkte Decker. »Weinberg ist also hier gewesen. Er hat versucht, hinter die Mauern zu blicken. Dazu hat er die Elektronik gebraucht: Um den verborgenen Raum zu finden. Er hat wie ein Geologe gearbeitet, der Gesteinsschichten, Hohlräume und Rohstoffvorkommen sucht.«

»Aber wo ist die geheime Tür, für die er gestorben ist?«

Sie tasteten die Wände ab und suchten nach einer Stelle, wo der Professor vielleicht mit Werkzeug gearbeitet hatte. Decker war aufgewühlt von diesem Augenblick. Nur wenige Meter trennten ihn und Li Mai von einer sensationellen Entdeckung und einem Mysterium der Geschichte. Ein Raum, der die Strebungen der menschlichen Seele umfasste und die Werke ihres Irrsinns bewahrt. Direkt neben ihnen lag ein Raum verborgen, der einen nie dagewesenen Blick in die Psyche und Leidenswege des Menschen zulassen würde.

Sie mussten ihn nur finden.

Fieberhaft klopften sie die Wände ab und suchten nach Ritzen oder Hinweisen für einen Durchgang. Aber sie stießen überall nur auf Felsen und massives Mauerwerk.

»Er muss hier sein!«, flüsterte Decker und schlug gegen die Wand. »Der Gokang ist hier. Bestimmt!«

»Aber wo?«, fragte Li Mai.

Beide knieten jetzt am Boden, um auch dort zu suchen. Ihre Finger wurden bereits kalt.

»Vielleicht können wir ja Weinbergs Geräte einschalten«, sagte Decker und griff nach einem der elektronischen Instrumente.

Plötzlich hörten sie ein Geräusch. Jemand war ihnen gefolgt.

»Er ist da.« Li Mai griff nach einer Eisenstange, ihrer einzigen und vermutlich nutzlosen Waffe.

»Wir sitzen in der Falle«, flüsterte Decker.

Li Mai überlegte: »Es gibt nur eine Möglichkeit zu entkommen. Wir müssten die Treppe hinaufstürmen und durch die Grabkammern hinausrennen. Das wird den Kerl überraschen; dann trifft er uns vielleicht nicht.«

»Haben wir eine Alternative?«

»Ja. Hier warten, bis er uns findet und erledigt.«

»Klingt nicht so gut.«

»Dann los!«, sagte sie leise.

Sie rannten die Treppe hinauf um ihr Leben. Decker wartete nur darauf, dass ihm die Kugeln um die Ohren fliegen würden.

Aber es geschah nichts.

Sonderbar.

Sie rannten, so schnell sie konnten. Dabei liefen sie im Zickzack, jede Säule als Deckung benutzend, immer den erwarteten Kugeln ausweichend.

Und dann verirrten sie sich.

An einer anderen Stelle im Palast kam Dadul wieder zu sich. Schwankend torkelte der Mönch durch den Raum, suchte Halt an einer Säule. Langsam erholte er sich. Seine Augen hatten jeden Rest von Menschlichkeit verloren. Er musste seinen Auftrag erfüllen. Bis zum letzten Atemzug kämpfen.

Schließlich fanden Li Mai und Decker sich in den gruseligen unterirdischen Verliesen wieder, die sie schon kannten. Ihre Karte hatten sie verloren. »Das müssen die alten Kerker sein. Wir haben uns verlaufen. Such du dort, und ich suche hier nach dem Ausgang.«

Sie trennten sich. »Sei vorsichtig, der Killer könnte

hier überall lauern«, flüsterte Li Mai und öffnete eine der beschlagenen Türen mit Gitterfenster. Vielleicht würde sie dort einen Weg finden? Sie ging hinein.

Der Mönch erschien aus dem Nichts, schlug die alte Eisentür zu und verriegelte sie. Li Mai konnte es nicht glauben, dass diese Bestie noch aufrecht lief. Sie trat mit all ihrer Kraft gegen die rostige Tür, aber sie wackelte nicht mal.

Aussichtslos. Sie saß in der Falle.

Und Decker war alleine da draußen. Mit dem Killermönch. *Oh, wenn ich dieses Mistschwein doch nur gleich getötet hätte,* dachte sie. Die Tür hatte ein kleines Fenster, durch das sie die Szene davor beobachten konnte.

Dadul stand vor Decker und hielt ihn mit dem Dolch in Schach. Diesmal hatte Decker Zeit, den Mönch zu betrachten. Er sah entsetzt auf die drei rasiermesserscharfen Klingen, die im Schein der Taschenlampe aufblitzten.

Und auf den Griff.

Das Blut gefror ihm bei diesem Anblick. In den Augen seines Feindes stand kein Wahnsinn, sondern kalte Berechnung und Fanatismus. Eine Monstrosität, die von den Toten auferstanden war, um dahin zurückzukehren. Mit Decker.

In dem nepalesischen Kloster hatten er und Li Mai ihre Beschützer dabeigehabt. Hier nicht. Und der Mönch dort war wohl eher ein bedeutungsloser, drogensüchtiger Schamane gewesen, der sich hauptsächlich für Sex interessierte. Aber dieser Mönch hier war aus einem anderen Holz geschnitzt. Er gehörte zur Elite und war für gefährliche Aufgaben ausgebildet. Zum Töten. Und dann sah Decker das Zeichen! Das Hakenkreuz.

Jetzt verstand er: Dieser Mönch im Gewand des tibetischen Buddhismus war ein Bön-Priester, der die alten Dämonen anbetete. Ein lebendes Relikt der alten blutigen Kriegerreligion stand leibhaftig vor ihm. Und würde ihn gleich nach alter Tradition umbringen.

Dann lebten sie also tatsächlich noch, die alten Götter. Und ihre Anhänger beschützten ihre letzten übriggebliebenen Tempel. Entkommen war aussichtslos, denn der Mönch versperrte den einzig möglichen Fluchtweg. Für einen Moment fragte sich Decker, ob er jetzt und hier sterben würde. Ein museumsreifer Tod. Wirklich nicht zeitgemäß, aber dafür mit einem gewaltigen historischen Hintergrund. In jedem Fall jedoch zu früh.

Dadul sammelte all seine Kräfte. Das Blut lief ihm aus Ohren, Mund und Augen. Langsam hob er die Ritualwaffe und stählte sich für den tödlichen Hieb. Decker konnte ihn flüstern hören.

Er murmelte ein Mantra. Er rief seine Götter herbei.

Der Mönch war offensichtlich sehr schwer verletzt, Li Mai hatte ihn fürchterlich zugerichtet. Decker überlegte, ob er ihn angreifen konnte, ob er eine Chance gegen ihn hätte. Er suchte den Raum nach irgendwelchen Geräten zur Verteidigung ab. Aber es gab nichts außer glatten Mauern. Keine Ketten, keine Waffen. Kein Entkommen.

Auch Li Mai hielt in ihrem Gefängnis den Atem an. Ohnmächtig vor Wut.

Decker blickte in die fanatischen Augen eines Menschen, der aus tiefer Überzeugung tötet. Aber Decker wollte nicht sterben. Zumindest nicht kampflos. Er entschloss sich mit dem Mut der Verzweiflung zum Angriff und machte sich bereit zum Sprung.

In diesem Augenblick erklang ein metallisches Pfeifen.

Der Mönch blieb regungslos stehen.

Decker verharrte ebenfalls. Es waren nur Sekunden, aber sie schienen wie eine Ewigkeit.

Dann neigte sich der Mönch auf Decker zu, und der Dolch senkte sich langsam in seine Richtung. Sehr langsam. Und irgendwie nicht zielgenau.

Zu langsam für einen tödlichen Stoß.

*Seltsam, was macht er?*

In diesen Millisekunden vor seinem möglichen Tod schien die Welt in Zeitlupe abzulaufen. Deckers Selbsterhaltungstrieb setzte ein. Instinktiv wich er aus.

Zu seiner Verwunderung blieb der Dolch auf seiner vorgegebenen Bahn. Aber nicht nur die Waffe bewegte sich nach unten. Auch der Angreifer selbst segelte lautlos an ihm vorbei und knallte mit dem Gesicht voran auf den Boden. Der Dolch klirrte über die Steine. Decker blickte zu Li Mai im Fenster und wieder auf den Mönch am Boden.

Dann Stille.

Totenstille.

Decker und Li Mai hörten nur ihren Atem.

Eine angenehme Stimme aus dem Dunkel erklang: »Die Dame hat recht. Er war wirklich ein Bastard.«

*Deutsch!*

Hier mitten in der Nacht im Potala sprach jemand Deutsch.

Dann trat ein hochgewachsener Mann aus dem Dunkel. In der Hand hielt er eine moderne High-Tech-Maschinenpistole mit Nachtsichtgerät und Schalldämpfer. Die berühmte MP 7. Ideal für diese Räumlichkeiten und vom Allerfeinsten, erkannte Li Mai. Und er hatte diesmal anscheinend präzise in den Hirnstamm geschossen. Sofortige Lähmung und Tod. Offensichtlich wollte er sein Opfer erst in allerletzter Sekunde sterben und Decker ein wenig zittern sehen. Er hatte wohl einen sadistischen Sinn für Dramatik.

Der Unbekannte kam mit aufrechtem, fast aristokratischem Gang näher, gab dem Toten einen verächtlichen Fußtritt und ging dann zu der verriegelten Tür.

Decker stand wie angewurzelt da. Er erkannte die Form der Mütze auch in dem schummerigen Licht der Taschenlampen sofort.

Der Unbekannte öffnete Li Mais Gefängnis und bedeutete ihr mit einer ruhigen Geste und einem kultivierten »Bitte«, sich neben Decker zu stellen. Sie blickten beide auf seine Waffe und spürten, dass sie dieser Art von Freundlichkeit besser nicht widersprechen sollten.

Als Decker und Li Mai zusammenstanden, nahm der Unbekannte Haltung an, schlug die Hacken zusammen, neigte den Kopf, ohne sie dabei aus den Augen zu lassen und sagte: »Major Li, Herr Dr. Decker – gestatten Sie, dass ich mich Ihnen vorstelle: Sturmbannführer Gunther Göritz. Abteilung Ahnenerbe der SS.«

Li Mai und Decker waren sprachlos.

Bisher war alles über das ›Dritte Reich‹ nur Geschichte gewesen.

Theorie und Spekulation.

Jetzt stand das alles leibhaftig vor ihnen.

Sie hatten jetzt plötzlich viel Zeit, ihr Gegenüber in Ruhe anzusehen. Kurze blonde Haare, wasserblaue Augen. Ein germanischer Recke, wie er im Buche stand. Decker schauderte.

Sie lebten also tatsächlich und waren noch immer aktiv.

*Das müssen ja inzwischen die Enkel sein,* dachte Decker. Seine Blicke wanderten ungläubig über die schwarze Uniform, die silbernen Totenköpfe, das Hakenkreuz und die Kragenspiegel mit den SS-Runen.

Hier und heute. Unfassbar.

Der Historiker in Decker konnte nicht umhin, eine gewisse Faszination zu verspüren. Dann besann er sich und sagte zu dem Mann in schwarzer Uniform: »Ich sollte Ihnen wohl danken, dass Sie diesen Killermönch gerade noch rechtzeitig umgelegt haben.«

Die Antwort kam in eisiger Kälte: »Keineswegs.«

»Heißt das, Sie werden jetzt uns töten?«

Gunther Göritz überlegte einen Moment.

Decker lief ein Schauder über den Rücken. Kaum war er dem tibetischen Mörder entkommen, stand er schon wieder vor seiner Hinrichtung. Er blickte auf die futuristische Waffe in der Hand des Killers und überlegte, wo der SS-Mann wohl hinschießen würde.

Auch Li Mai würde gegen diesen kaltblütigen Mörder nichts ausrichten können. Genauso wenig wie die isrealischen Fallschirmjäger, die er aus dem Hinterhalt abgeknallt hatte.

Decker verabschiedete sich von dieser Welt. Das war's dann wohl endgültig. Er dachte an Dantes »Lasset alle Hoffnung fahren« und bemerkte fast schon eine gewisse Lässigkeit bei sich. Man gewöhnt sich eben an alles.

Auch ans Sterben.

»Es wäre mir ein Vergnügen, Sie beide zu töten ...«, sagte der Sturmbannführer.

»Wäre ...?« Decker horchte auf. Hatte er *wäre* gesagt?

»... nur leider hat jemand aus einer übergeordneten strategischen Überlegung heraus entschieden, Sie beide leben zu lassen. Schade«, sagte der SS-Killer ohne jede Emotion.

»Wer hat das entschieden?«, fragte Li Mai unbeeindruckt. Decker hingegen sah hier unten plötzlich die Sonne aufgehen und konnte sein Glück noch nicht glauben. Er war gerade dem sicher geglaubten Tod von der Schippe gesprungen. Zweimal hintereinander. Er atmete innerlich auf.

Der Mann in der schwarzen Uniform lächelte nur kurz. Dann fuhr er fort: »Unwichtig. Aber Sie können sich für mein Entgegenkommen, Sie am Leben zu lassen, erkenntlich zeigen.«

»Und wie?«, fragte Decker, der nun gänzlich aus seinem Trancezustand erwacht war.

»Indem Sie uns keinen Grund geben, Sie doch noch zu exekutieren. Brechen Sie Ihre Suche an dieser Stelle ab«, sagte Göritz. »Daran wäre uns sehr viel gelegen.« Mit einer angedeuteten Geste seiner Waffe verlieh er seiner Aufforderung Nachdruck.

»Wer ist *uns*?«, fragte Li Mai.

Der Killer schwieg gelassen.

Decker verstand. Das war die Endstation der Reise. Keine Ausgrabung des Gokangs. Keine historischen Funde von unschätzbarem Wert.

Aber dafür sein Leben.

Er hatte wohl keine Wahl. Nun ja, es hätte anders ausgehen können.

Schlimmer. Viel schlimmer.

Tödlich.

Gleichzeitig dachte er: *Es ist alles wahr. Der Gokang ist hier im Gebäude! Hitler hatte hier etwas vor, und wir standen unmittelbar vor dem Beweis.*

Decker gingen tausend Gedanken durch den Kopf. Hier vor ihm stand ein Mann, der vielleicht alle Fragen beantworten konnte. Für diesen Mann ist all das selbstverständlich, was er sich in mühsamer Arbeit hatte zusammenreimen müssen. Die ganzen Vermutungen, Theorien, Annahmen, Querverbindungen und Thesen. Für diesen Mann waren sie gelebte Gewissheit.

Er musste ihn einfach zum Reden bringen. Es war eine perverse, aber einmalige Chance. Decker raffte seinen ganzen Mut zusammen. »Die Kriegerrasse. Die Religion. Das war der Plan. Der Tempel des Schreckens ist hier, stimmt's?«

Der SS-Mann sah ihn scharf an: »Sie haben ausgesprochen gute Arbeit geleistet, Herr Dr. Decker. Die beste seit über 60 Jahren. Vielleicht verdient das etwas Anerkennung.« Er überlegte kurz. »Nun, Sie werden verstehen, dass Sie von mir kein Ja oder Nein erhalten auf diese Frage. Aber ich möchte Ihnen ein wenig zu eigenen Schlüssen verhelfen. Sie wären aufgrund Ihrer guten chinesischen Kontakte, die übrigens noch nie jemand vor Ihnen hatte, eventuell auch von selbst dahinter gekommen.« Er kreuzte die Hände vor seinem Körper und hob leicht den Kopf an. »Wie Sie wissen, ist dies das einzige Kloster, das von den Chinesen nie zerstört wurde. Dafür wird es einen Grund geben.«

Decker überlegte und warf ein: »Ja. Die UNESCO. Sie hat den Potala Palast als Weltkulturerbe eingestuft und China aufgefordert, ihn nicht zu vernichten.«

Der Sturmbannführer spitzte etwas die Lippen und erwiderte mit einem zynischen Unterton: »Das war aber erst später. Was war denn vorher, als die anderen Klöster gebrannt haben?«

Decker überlegte: »Mao hatte Respekt vor der Geschichte. Vielleicht hat die UNO schon länger um Nachsicht gebeten.«

»Glauben Sie wirklich, das hätte Mao interessiert? Fragen Sie doch mal unsere Chinesin hier, warum der Palast heute noch steht.« Er blickte Li Mai provozierend an. Decker erinnerte sich an Li Mais Worte gegenüber dem Vatikan. Das chinesische Staatsgeheimnis.

Sie wollte gerade antworten, als Göritz den Zeigefinger auf den Mund legte und *schscht* machte.

Sie hörten es alle gleichzeitig.

Hubschrauber.

Sie kamen näher.

Decker war entsetzt. Die wenigen Minuten, die er hatte, um mit diesem Geist aus der Vergangenheit zu reden, wurden auch noch unterbrochen. Er schaute Li Mai an. »Hast du Sie gerufen?«

»Nein.«

Göritz grinste: »Gnädigste, die Zeit läuft uns davon. Wenn Sie dann bitte ...«, er deutete auf die Tür zum Verlies und gab ihnen zu verstehen, dass sie dort hineingehen sollten.

»Einen Moment noch. Warten Sie«, fiel ihm Decker ins Wort. Er durfte diesen Mann nicht einfach so ziehen lassen. Er musste eine Antwort haben. »Was wollten Sie eben andeuten?«

Göritz ließ für eine Sekunde von seiner Disziplin ab und zögerte. Decker glaubte, ihn bei seinem Stolz gepackt zu haben und hoffte auf sein Glück.

Und tatsächlich, mit etwas Arroganz fuhr Göritz fort: »Mao hasste den Klassenfeind. Glauben Sie, Genf oder irgendwer im Westen hätte da an seine kulturelle Verantwortung appellieren können? Nein. Der Potala-Palast gehörte dem Dalai Lama, dem Mann, der ihn bis zu seinem Tod in der internationalen Gemeinschaft anschwärzte und demütigte. Glauben Sie nicht, er hätte den Potala nur allzu gerne gesprengt?«

Decker sah Li Mai an und suchte in ihrem Blick einen Kommentar. Aber sie sah nur Göritz an.

Die Helikopter waren jetzt oben auf oder über dem Dach angekommen, und vermutlich waren die Sondereinheiten schon auf dem Weg zu ihnen hier unten. Alles, was sie einen Augenblick aufhalten könnte, war vermutlich das Fallgitter.

»Ich fürchte, wir müssen unsere kleine Unterhaltung jetzt wirklich abbrechen. Wenn Sie dann bitte in den Raum gehen würden. Ich möchte nicht gezwungen sein, Gewalt anzuwenden. Und Sie verstehen, dass ich nicht möchte, dass Sie mir folgen. Man wird Sie ja gleich befreien.« Göritz schwenkte seine MP 7 als Aufforderung, in den Raum zu treten. Durch die endlosen Korridore weiter oben hörte man eine Explosion und dann sofort Gebrüll und das Getrampel von Kampfstiefeln.

*Er will nicht, dass wir ihm zu dem alten Geheimgang folgen, durch den er diese Grabkammern betreten hat und durch den er sie auch wieder verlässt. Denn die regulären Ausgänge in den höheren Etagen könnte er jetzt schon gar nicht mehr erreichen.*

Aber Decker musste noch seine Antwort haben. Er konnte diese einmalige historische Quelle nicht gehen lassen. Noch nicht.

Er musste ihn noch ein letztes Mal in ein Gespräch verwickeln. So eine Gelegenheit kam nie wieder.

Jetzt kam Li Mai ihm zu Hilfe. Sie warf Göritz einen sehr weiblichen, hilflosen Blick zu und sagte: »Aber wer hätte die Macht gehabt, Mao umzustimmen? Wissen Sie das?«

Das wirkte. Göritz fühlte sich geschmeichelt. Der Gelegenheit, einer schönen Frau mit seiner Allwissenheit zu imponieren, konnte er nicht widerstehen. Er lachte und sah sie gönnerhaft an: »Es gibt etwas, das alle ideologischen Grenzen überwindet.«

Li Mai sah ihn mit großen Augen an und machte den Mund auf, ohne etwas zu sagen.

»Geld!«, sagte Göritz voller Triumph. »Oder noch besser: Gold. Mao brauchte viel Geld. Wir haben ihm da ein bisschen geholfen.«

Li Mai starrte ihn ungläubig an, und auch Decker staunte nicht schlecht.

*Der legendäre Nazi-Schatz. Sie haben ihn! Und sie haben Mao damit etwas abgekauft. Er sollte den Potala-Palast, ihre Hel, vor der Zerstörung bewahren.*

Li Mai war tief aufgewühlt. Das war also das Staatsgeheimnis, von dem ihr Vater immer gewusst hatte.

»So, meine Herrschaften, genug geredet.« Gunther Göritz deutete energisch auf die Tür.

»Aber das ist doch unlogisch«, rief Decker im Gehen. »Der ›Führer‹ war doch längst tot. Wozu sollte das alles noch dienen?«

*Dieser Blick von Göritz auf diese banale Bemerkung!* Decker durchlief ein Schauer. *Unheimlich.*

Der SS-Mann schürzte die Lippen. Für den Bruchteil

einer Sekunde sah es so aus, als wollte er sie womöglich doch noch erschießen.

Oder ihnen sagen, dass sie sich irrten.

Dass Hitler keineswegs tot war.

Was hatten sie da für ein Geheimnis berührt?

Noch während Decker den Gedanken verscheuchte, fing der Killer sich wieder.

»Unsere Zeit wird kommen«, sagte er. Und dann fing er schauerlich an zu lachen.

Decker überkam ein grauenhaftes Gefühl. Was sollte das heißen?

»Genug geredet. Vorwärts! Rein da!« Göritz wartete, bis beide in den Kerker gegangen waren. »Bis zur Wand!«, rief er. Dort erlaubte er den beiden, sich zu ihm umzudrehen. In einer einzigen perfekt einstudierten Bewegung nahm er Haltung an, knallte die Hacken zusammen, hob den rechten Arm und brüllte: »Heil Hitler!«

Damit schlug er die Tür zu und verschwand in Richtung der Grabkammern. Li Mai stand reglos und aufrecht da. Decker sammelte sich noch. Das war kein Spielfilm. Das war echt. Auch der Hitlergruß. Er kam sich wie in einer Zeitreise vor.

Für einen Moment wusste er nicht, ob er träumte oder wach war. In jedem Fall war der Spuk vorbei. *War er das denn wirklich?*

Die sonderbaren letzten Worte von Göritz gingen Decker nicht aus dem Kopf.

Nach einigen Minuten hörten sie das Gebrüll und die Schritte ihrer Befreier. Sie waren jetzt schon ganz nahe. Decker sah Li Mai voller Erleichterung an.

Er musste jetzt sogar lachen über die Ironie der Geschichte: »Wer hätte gedacht, dass mich mal ein SS-Killer vor einem buddhistischen Mönch retten würde?«

Tang Wu und seine Männer stürmten die Kerkerkammer und rissen die verschlossene Tür auf. Die roten Laserstrahlen ihrer Zielsucher schwenkten in der Dunkelheit aufgeregt hin und her. »Ist sonst niemand hier?«, rief Tang Wu.

»Schön, euch zu sehen«, sagte Li Mai. «Gebt euch keine Mühe. Hier ist niemand außer uns.«

Tang Wu trat ein und sah sich misstrauisch um. *Und hier war natürlich auch niemand, nicht wahr?Der tote Mönch da draußen hat euch eingesperrt. Hab ich recht?*

Li Mai schwieg. Es war besser, wenn Tang nichts von Göritz erfuhr.

Tang Wu bedrängte sie auch nicht weiter. Manche Dinge wusste man besser nicht.

»Sie sind unsere Rettung. Danke, Tang Wu.« Li Mai drehte ihren Kopf zu ihrem Vorgesetzten um. »Aber wer hat Sie gerufen?«

Der Chef des Geheimdienstes lächelte und schwieg. Auch seine prominente Untergebene brauchte nicht alles zu wissen.

Li Mai verstand. Da lief ein Deal im Hintergrund, den sie nicht kannte. Und da gab es noch eine Aufgabe, die sie erfüllen musste und von der Tang nichts zu wissen brauchte.

Sie spielten das Spiel der Spione. Beide waren schon eine ganze Weile in diesem Geschäft und kannten die Regeln: Leben und leben lassen.

Was Tang Wu in den Potala Palast gebracht hatte, war in der Tat ein wenig komplex: Stahlmann, der verschwiegene *Butler* des deutschen Botschafters, hatte von Gunther Göritz erfahren, dass eine Kommandoeinheit des Mossad überraschend in Lhasa gelandet war. Der Attaché hatte daraufhin umgehend Tang Wu kontaktiert und die sofortige Rettungsaktion im Potala im gegenseitigen Interesse empfohlen. Das Timing war also perfekt.

Und Stahlmann hatte dem Generalmajor auch einige gute Gründe genannt, warum die Aktion genauso ablaufen musste, wie er sie geplant hatte.

Erstens: Er, Stahlmann, würde dafür sorgen, dass der buddhistische Killer daran gehindert wurde, Decker und Li Mai zu ermorden. Die offizielle Version sollte sein, dass Tang Wu das deutsch-chinesische »Forscherteam« rettet. Das macht ihn zum Helden des Volkes. Dass es sich bei Li Mai um eine Tochter des Staatspräsidenten handelte, war noch eine besonders pikante Information nebenbei und machte die Sache noch wesentlich attraktiver.

Nicht ganz so attraktiv war die zweite Bedingung des *Butlers*: Alle Forschungsunterlagen werden vernichtet. Der Gokang hat nie existiert, und er wird auch nie wieder gesucht. Im Gegenzug wiederum bleibt der größte Fehler Tang Wus – die jahrelang versäumte Entlarvung des *Butlers* – unerwähnt. Das Arbeitslager bleibt ihm erspart – und dem Attaché selbst die Ausweisung.

Drittens: Das Büro in Paraguay werde das Verschwinden des Gesprächsprotokolls über die diplomatische Telefonleitung und die Nichterwähnung des Aufenthalts von Gunther Göritz heute Nacht im Potala Palast mit einem großzügigen Bargeschenk honorieren.

Viertens: Offiziell würde man bekannt geben können, dass Generalmajor Tangs Leute das israelische Sprengteam gestoppt und damit die Vernichtung des Weltkulturerbes Potala Palast verhindert hatten. Das würde dem von den Propagandaspezialisten des Dalai Lama gebeutelten Ansehen der Volksrepublik gut tun.

Ein kleiner Nebeneffekt dieses Deals war natürlich, dass damit das Heiligtum der Nazis erhalten blieb.

Leben und leben lassen.

So lief das Spiel eben.

Decker, der von alledem natürlich nichts ahnte, wandte sich an Tang Wu und sagte: »Wir müssten eigentlich zurück in die Grabkammern. Wir haben noch was zu erledigen, aber … wie soll ich es sagen …«

Der Kommandant unterbrach Decker und sagte mit einem kühlen Lächeln: »Selbstverständlich. Das wäre das Naheliegendste. Aber wollen Sie das wirklich?«

In diesem Moment, und so wie Tang Wu das betonte, war Decker klar, dass der Geheimdienstchef gar keine Erklärung von Decker brauchte. Seltsam. Er konnte doch nicht wissen, was der Killer als Gegenleistung für Li Mais und Deckers Leben verlangt hatte. Oder doch?

Das ist nicht meine Welt, dachte Decker. Er blickte Tang Wu prüfend an, fand aber in dessen Gesicht keine Antwort.

»Dann ist ja alles klar, und wir können jetzt zurück zu den Hubschraubern gehen«, sagte Li Mai, die angespannte Stille zwischen Decker und Tang Wu unterbrechend. Ihr lief die Zeit davon. Wenn ihre Mission noch gelingen sollte, dann mussten sie sofort aufbrechen. Der Tempel war jetzt egal.

»Ja«, sagte Tang Wu. »Alles ist klar. Gehen wir«.

Auf dem Weg nach oben dachte Decker über das eben Gehörte nach. Der Dalai Lama verdankte es also den Nazis, dass sein Palast noch stand. Wusste das Seine Heiligkeit eigentlich?

Nahm er Heinrich Harrer deshalb bis heute in Schutz? Unterhielt er deshalb Kontakte in die rechte Szene der Nazi-Bewunderer in Lateinamerika?

Decker wusste keine Antwort. Er wusste nur, dass er tief enttäuscht war, den Tempel des Schreckens nicht gefunden zu haben. Andererseits war er froh, noch zu leben.

Während die Gruppe schweigend durch die dunklen Gewölbe marschierte, kreisten Decker noch andere Gedanken im Kopf herum: Wieso brachen Li Mai und Tang Wu die Suche nach dem Gokang jetzt ab, wo sie doch keiner mehr aufhalten konnte hier unten? Wer stand alles hinter dem SS-Killer und hatte ihn letzten Endes gestoppt? *Für wen und wie lange hüten sie den Tempel wohl noch?*

# 24

Die Morgendämmerung tauchte Lhasa in ein magisches Licht, als sie auf den Dachgarten kamen. Decker atmete tief durch und begrüßte innerlich die klirrende Kälte. Er ließ seinen Blick durch die glasklare Höhenluft wandern – auf die weißen Gipfel des Himalajas. Sie türmten sich bis an die Sterne, die hier märchenhaft hell funkelten. Decker genoss dieses Bild der Reinheit und Weite.

Li Mai nahm im Cockpit Platz, startete die Turbine und winkte Decker herbei, der in Gedanken versunken an der Mauer stand. Er kam, schwang sich auf den Sitz und griff nach dem Steuerknüppel. »Gestatten, Frau Major?«

»Gern.« Li Mai lächelte und Decker spürte mit der gewaltigen Kraft der Maschine in seinen Händen wieder die Lebensgeister in sich aufsteigen. Er hob zunächst nur einen Meter ab, zog das Fahrwerk ein, trat leicht in die rechte Pedale, drehte damit langsam um die Hochachse und nahm noch einmal den Rundumblick durch die Windschutzscheibe in sich auf. Es waren seine letzten Sekunden im Bannkreis dieses mysteriösen Palastes. Er verließ ihn mit dem schmerzlichen Gefühl, unverrichteter Dinge abziehen zu müssen.

Der Potala hatte sein Geheimnis nicht preisgegeben. Der Tempel des Schreckens blieb ihnen verschlossen.

Dann zog er mit der linken Hand an der Pitch und stieg in die Höhe. Als er über das Dach hinausschwebte, drückte er den Steuerknüppel von sich weg und brachte die Maschine in den Vorwärtsflug.

»Geht's uns wieder gut?« Li Mai lächelte ihn an.

Decker nickte grinsend. Zum ersten Mal seit einer scheinbaren Ewigkeit erfreute ihn wieder Li Mais Schönheit. Dann nahm er Kurs auf ihr nächstes Ziel. Sein Auftrag war noch nicht ganz abgeschlossen.

Die ersten Sonnenstrahlen erreichten inzwischen den kleinen Flughafen von Lhasa. Vom Helikopter aus sah Decker den roten Jet auf dem Vorfeld stehen. In rasantem Bogen umflog er die Landestelle und setzte dann direkt daneben auf. Während Decker die Maschine abschaltete, schaute er Li Mai an: »Ich hätte jetzt nichts gegen einen guten Kaffee.«

Eine Stunde später, nach einer heißen Dusche und einem ausgiebigen Frühstück saß Decker wieder über seinen Unterlagen. Der Jet war auf dem Flug nach Peking, wo Decker und Li Mai bereits vom Präsidenten erwartet wurden. Der größte Teil der Arbeit lag hinter ihnen.

Aber zum Nachdenken und für nostalgische Gefühle hatte er jetzt noch keine Zeit. Decker bereitete seinen Bericht für die Übergabe vor.

Peking wollte eine klare, übersichtliche Gegenüberstellung der schriftlichen Aussagen des Dalai Lamas mit den historischen Realitäten. Stichpunktartig in Präsentationsform. Ebenso sollten die wichtigsten Zitate der journalistischen und politischen Anhänger besonders aus deutschen Reihen an den entsprechenden Platz gebracht und ebenfalls mit der Realität konfrontiert werden.

Am Ende passten Bilder, Fotos, Zeitungsartikel, Websites, Literaturliste und Quellenangaben, aber auch der gesamte ausformulierte Text der Befunde und Ergebnisse auf eine einzige CD-ROM.

Decker hielt die Scheibe andächtig in der Hand. Ein Stück Plastik mit genug Material, um einen Gottkönig vom Podest zu stürzen. Und um ein vergessenes Kapitel des Dritten Reiches zu beleuchten.

Eine Scheibe aus Plastik genügte, um weltweit gehegte Vorstellungen über den Haufen zu werfen. Eine Scheibe aus Plastik.

Die nie jemand erhalten wird.

Die nie an die Öffentlichkeit kommen würde.

Das war Teil der Abmachung. Was immer Decker auch aufgedeckt hatte, es musste im Dunkeln bleiben.

Die Welt würde nichts davon mitbekommen. Die Wahrheit nie erfahren. Keine Sensation. Keine Schlagzeilen.

Es gab keine Zeugen. Außer Li Mai. Aber Decker und sie mussten schweigen.

Er warf die CD wie ein Frisbee auf einen der Sessel, legte seine Füße auf den Tisch und verschränkte die Hände hinter dem Kopf. *Internationale Politik.* Manchmal war es einfacher, wenn man nicht alles wusste.

»Na, Clint Eastwood, Cowboystiefel auf dem edlen Lacktisch aus dem 16. Jahrhundert?« Li Mai kam in den Raum und setzte sich lachend Decker gegenüber. »Wenn das der Eigentümer sieht.«

Decker sah sie an. Sie trug ein dunkles Kostüm von Chanel, das ihre Figur an jeder Stelle dezent betonte. Was der Eigentümer wohl sagen würde, wenn er jetzt mit ihr noch ganz anderes auf diesem Schreibtisch anstellen würde? Sie blickte ihm tief in die Augen und es knisterte. Sollte er es wagen?

In dem Moment erklang die Stimme des Piloten aus dem Lautsprecher und riss ihn aus seinen Fantasien. »Wir beginnen mit dem Landeanflug auf Peking.« *Nicht schon wieder eine Unterbrechung*. Decker hätte verzweifeln können.

Auf dem Rollfeld wartete bereits eine schwarze Limousine mit Eskorte. »Oh, Staatsbesuch«, sagte Li Mai, die auch aus dem Fenster des Flugzeugs schaute. Kurz darauf betrat der Staats- und Parteichef der Volksrepublik China den großen Arbeitsraum, in dem Decker und Li Mai die letzten Tage und Nächte zugebracht hatten.

Decker stand auf und ging auf ihn zu. Der Chinese richtete ohne jede Gefühlsregung das Wort zuerst an ihn: »Herr Dr. Decker, es ist mir eine Ehre, Sie persönlich kennenzulernen. Ich bin bereits im Wesentlichen über den aktuellen Stand Ihrer Forschungen informiert.« Dabei warf er Li Mai einen Blick zu. »Aber ich bin ebenso gespannt darauf, die Einzelheiten zu lesen.« Sein Englisch war makellos.

»Die Freude ist ganz auf meiner Seite, Herr Präsident«, erwiderte Decker und gab ihm die CD. »Ich hoffe, Sie sind mit den Ergebnissen zufrieden.«

»Ich weiß, dass Sie hervorragende Arbeit geleistet haben. Sie haben damit unserem Land einen unschätzbaren Dienst erwiesen.«

»War mir ein Vergnügen.« Decker sah zu Li Mai.

»Wir wissen das zu würdigen.« Der Vorsitzende deutete auf die bequeme Couchecke. »Aber setzen wir uns doch.«

Sie nahmen Platz, und der Vorsitzende fuhr in aalglattem Tonfall fort: »Meine Tochter hat mich über die neue Honorarvereinbarung informiert. Wir haben uns daher erlaubt, Ihnen ein Konto bei der Rothschild Bank in der Schweiz einzurichten.«

Decker hob eine Augenbraue. Die legendäre Rothschildbank. Im 19. Jahrhundert war sie die größte Privatbank der Welt und ihr Vermögen betrug das 80-fache der englischen Krone. Sie hatte die Geschichte Europas im Hintergrund lange mitbestimmt. Ihr Gründer, Mayer Amschel Rothschild, lag auf dem alten jüdischen Friedhof in Frankfurt begraben. So ein Zufall.

»Wir denken, dass der Betrag in einem angemessenen Verhältnis zu der Größe des Dienstes für China steht. Zumal sie Ihr Leben dafür riskiert haben. Wir bedauern natürlich, dass Sie den Großteil des Materials nicht veröffentlichen können und Ihnen damit der akademische Ruhm entgeht.«

Nach einer Pause fuhr er aufrecht sitzend fort. »Deshalb habe ich mich nach Rücksprache mit meiner Tochter darum bemüht, Sie auch in diesem Punkt zu entschädigen. Da ich annehme, dass Sie sich aus Orden nichts machen, habe ich etwas anderes gesucht, um Ihnen eine kleine Freude zu machen. Wenn Sie dieses Dokument hier als Zeichen unserer Anerkennung und Wertschätzung annehmen würden, wäre mir das ein großes Vergnügen.«

Er griff in seinen Attachékoffer, holte eine Urkunde heraus und übergab sie Decker mit beiden Händen.

Decker rollte sie auf – und hatte große Mühe, die Fassung zu wahren. Die Urkunde war auf Chinesisch. Li Mai lachte.

Der Präsident jedoch blieb diplomatisch ernst und griff erneut in den Koffer. »Das hier ist die beglaubigte Übersetzung.«

Decker nahm sie entgegen und war ergriffen. Das

konnte man für Geld nicht kaufen. Es war die Vergabe einer Ehrenprofessur an der Universität Peking.

»Herr Präsident...« Decker war gerührt.

»Ich habe gehört, das fehlte noch in Ihrer Sammlung, und die westlichen Universitäten tun sich damit etwas schwer.« Er lachte, wie nur ein Mann mit nahezu unbegrenzter Macht lachen kann. »Sie haben natürlich das Recht, ihre Befunde über gewisse Teile der Religion und der Kultur Tibets für ihre wissenschaftlichen Vorträge zu verwenden. Sie werden wissen, was Sie im Rahmen unseres Abkommens nicht erwähnen sollten. Ich vertraue Ihnen. So wie Sie uns vertraut haben.« Er klang dabei ungerührt wie ein Nachrichtensprecher.

Decker blickte dem Präsidenten in die Augen. »Sie können sich auf mich verlassen.«

»Sollte Ihnen Europa einmal zu eng werden, steht Ihnen nun der Weg zu jeder chinesischen Universität offen. Sie können den Lehrstuhl in Anspruch nehmen, wann immer Sie wollen und wo Sie wollen. In Peking. In Kanton. In Hong Kong oder Schanghai.«

»Ein verlockendes Angebot. Wer weiß, wohin es mich eines Tages verschlägt«, sagte Decker. Li Mai lächelte ihn glücklich an.

»Darüber hinaus«, sagte der Staatschef mit monotoner Stimme, »erhalten Sie den Status eines Freundes von China. Und von mir persönlich. Wenn Sie irgendwo auf der Welt jemals in Schwierigkeiten geraten sollten, melden Sie sich und wir regeln das.«

Decker nickte. »Ich werde es hoffentlich nie in Anspruch nehmen müssen.«

»Das Leben ist lang und voller Überraschungen. Hier ist meine private Nummer. Sie steht Ihnen jederzeit zur Verfügung.«

Mit diesen Worten erhob sich der Präsident und reichte Decker zum Abschied die Hand. »Die nächste Verpflichtung wartet bereits. Auf Wiedersehen ...« Der bis dahin fast emotionslose Staatschef überraschte Decker mit einem Augenzwinkern. »... Herr Professor.«

Hätte Decker in diesem Moment etwas mehr aufgepasst, dann hätte er den sonderbar triumphalen Ausdruck im Gesicht des Präsidenten bei der Erwähnung der nächsten Verpflichtung bemerkt.

»Die Maschine wird Sie jetzt nach Hause bringen. Ich wünsche Ihnen einen guten Flug.«

Decker schüttelte etwas verwirrt über diesen Auftrtitt die Hand des Präsidenten. »Danke. Und auf Wiedersehen.«

Li Mai stand ebenfalls auf. Decker war enttäuscht. »Fliegst du nicht mit mir?«

»Nein. Aber ich habe auch ein Geschenk für dich.« Li Mai gab ihm ein kunstvoll gestaltetes Paket. »Es ist eine besonders wertvolle Ausgabe des I Ging. Das Buch der Wandlungen. Vielleicht kannst du das Geschehene damit aus anderer philosophischer Sicht betrachten. Es lehrt zudem, Veränderungen im Leben zu akzeptieren.«

Decker nahm den ältesten der klassischen chinesischen Texte ehrfurchtsvoll entgegen und sah sie sprachlos an. Li Mai drehte sich um und warf ihm ein vielversprechendes Lächeln zu. »Die Pflicht ruft. Aber wir sehen uns. Versprochen.« Damit verschwand auch sie aus der Tür.

Decker sah sie noch in die Limousine steigen und davonfahren. Er wendete seinen Blick vom Vorfeld ab und ließ sich tief in den Sessel sinken. *Tja, das war's dann wohl. Kurz und knapp.*

Der Pilot kam herein und blickte Decker an. »Sir, wenn Sie bereit sind für den Rückflug …«

»Nur zu.« Decker zuckte die Schultern.

»Wir fliegen nonstop nach Frankfurt«, sagte der Kapitän. »Sie haben also ein paar Stunden ungestört Zeit für sich.«

Mit diesen Worten ging er aus dem Raum und zog die Kabinentür hinter sich zu.

Decker saß zum ersten Mal ganz allein in dem großen Raum. Die Triebwerke wurden gestartet, und die Maschine rollte gleich darauf los. Decker blickte aus dem Fenster und ließ die Ereignisse Revue passieren. Als sie ihre Reiseflughöhe erreicht hatten, ging er zur Bar, genehmigte sich einen Whisky und schlenderte mit dem Glas in der Hand durch den Raum. Der Single Malt brannte angenehm und löste die Spannung. Erschöpfung und Müdigkeit stiegen in ihm auf. Decker ging ins Schlafzimmer und legte sich mit den Stiefeln aufs Bett. Es dauerte nicht lange, und er schlief ein.

Einige Stunden später wachte er auf. Die Gedanken und Erinnerungen kreisten in seinem Kopf. Er war unruhig. Was würden die Chinesen mit dem Dossier wirklich anfangen? Decker stand auf und ging in den Hauptraum zurück. Auf einem Monitor sah er die aktuelle Position des Flugzeuges. Er hatte lange geschlafen. Sie waren bereits über Europa und würden in weniger als zwei Stunden landen.

Er warf sich in einen Sessel und schaltete den Fernseher an. Eine Weile zappte er herum, dann blieb er bei einem deutschen Nachrichtensender hängen. Geistesabwesend hörte er dabei den verschiedenen Meldungen zu. Er hatte seit Tagen nichts mehr von der Welt mitbekommen.

»Mal sehen, was so passiert ist...« Mit mäßiger Neugier ging er zum Monitor zurück und verfolgte gelangweilt die Bilder. In Gedanken immer noch ganz woanders. Gerade wollte er sich wieder abwenden, als etwas seine Aufmerksamkeit erweckte.

Der deutsche Sprecher leitete die Auslandsnachrichten ein mit dem Wort: »China.« Decker setzte sich und schmunzelte. China war jetzt praktisch jeden Tag in den Nachrichten.

Doch mit dem ersten Bild und den weiteren Worten des Sprechers fuhr er plötzlich hoch und starrte wie gebannt auf den Plasmaschirm. Bilder des chinesischen und des deutschen Regierungschefs waren eingeblendet. Der Sprecher erklärte dazu: »Bereits zu Beginn des Gipfeltreffens in Peking zwischen dem deutschen Bundeskanzler und dem Präsidenten der Volksrepublik China...«

*Das deutsch-chinesische Gipfeltreffen!*

Decker wurde heiß und kalt. Das also war *die nächste Verpflichtung* gewesen.

Er konnte es sich zwar immer noch nicht zusammenreimen, aber er wusste intuitiv, dass sein Job mit dieser Meldung zu tun haben musste. Decker ging näher an den Bildschirm und machte den Ton lauter, um kein Wort zu überhören.

»...im Rahmen der mehrtägigen Gespräche wurden bereits in der ersten Verhandlungsrunde umfangreiche Verträge zwischen Vertretern der deutschen und der chinesischen Industrie geschlossen. Die Produktion von Volkswagen und der Ausbau des Transrapid in Schanghai wurden als Beispiele genannt, ebenso wie der Bau des Airbus A 320 in Tianjin. Der volle Umfang der Abkommen ist nicht bekannt. Die Chinesen begrüßten dabei die überaus kooperative Haltung der Deutschen. Zu heftiger

Kritik aus seiner eigenen Partei, der Grünen, hat der Umstand geführt, dass der Bundeskanzler nicht wie angekündigt die Tibetfrage zur Sprache gebracht hat. Über die Gründe dafür sind sich die Experten noch nicht schlüssig ...«

Decker schaltete den Ton ab. Mehr brauchte er nicht zu wissen. Sprachlos hatte er die Worte vernommen. In seinem Kopf tobten Einsichten und Erkenntnisse.

Es ging um Investitionen. Um Handelsbeziehungen der Zukunft. Um die strategische Zusammenarbeit zwischen Europa und China.

Angesichts dieser Dimensionen blies Decker die Luft in einem halben Pfiff aus sich heraus und blickte zu seinen Büchern. Geschichte, Kultur und Religion waren nicht das primäre Ziel.

Es ging um Milliarden. Es ging um Chinas Ansehen in der Welt. Es ging um die Zukunft einer Supermacht. Nur am Rande ging es auch um die Bedrohung durch irrationale, gefährliche Mächte, die in den Köpfen der Menschen herumspukten.

Decker nahm einen großen Schluck aus seinem Glas und fügte das Puzzle zusammen. Bei diesem Spiel hing alles miteinander zusammen, politisch und wirtschaftlich. Die Chinesen hatten der deutschen Delegation offenbar gezeigt, was da oben im Potala Palast lauerte. Und wer der Dalai Lama wirklich war.

Mit seinem Dossier.

Daher der Zeitdruck.

Daher auch die unbegrenzten Mittel.

Und der Kapitalist im Hintergrund.

Jetzt verstand er.

Ehrfurchtsvoll und zugleich auch geschockt über die Erkenntnis und seine Rolle dabei blickte Decker auf den Monitor. Er hatte den Ton immer noch abgestellt und sah nur die Gesichter der Experten, die nun nacheinander zugeschaltet wurden und sich in Spekulationen über die Hintergründe der überraschenden Wendung ergingen. *Wenn die wüssten ...*

China hatte die Gunst des Augenblicks abgewartet und genau abgepasst. Der Plan war genial. Und die Grüne Partei war der ideale Angriffspunkt für die Chinesen.

Vor langer Zeit in Frankfurt als wilder Haufen gegründet, hatten die Grünen China mehr als alle anderen angegriffen und mit dem Dalai Lama zusammen gegen Peking gehetzt. Das konnten sie auch, denn jahrzehntelang waren sie ja nur in der Opposition. Sie hatten nichts zu entscheiden.

Aber dann geschah das Undenkbare. Zum ersten Mal in der Geschichte kam mit den Grünen eine Umweltpartei an die Regierung. Peking aber hatte die Angriffe nicht vergessen – und die Chance zum vernichtenden Gegenschlag gewittert, als der tote Professor Weinberg gefunden wurde. Jetzt hatten sie etwas in der Hand, um den Deutschen endlich zu zeigen, mit wem sie sich da eingelassen hatten.

Es war schon eine Ironie der Geschichte, dass der deutsche Kanzler auch noch der Parteichef der Grünen war, und seine Wirtschaftsministerin sowie der Außenminister zu den engsten Freunden des Dalai Lama gehörten.

*In der Haut der beiden Minister möchte ich nicht gesteckt haben, als die Schlacht heute Morgen begann. Der chinesische Präsident hat die Deutschen vermutlich in Grund und Boden gestampft.*

Die Stimmen der heftigsten Kritiker waren damit fürs Erste verstummt, und die Chinapolitik Europas kehrte zurück zur Vernunft.

Was für ein Coup!

Und die Deutschen, insbesondere der Kanzler und seine Partei, dürften allen Grund haben, die Sache nicht öffentlich werden zu lassen. *Die Delegation aus Berlin ist wahrscheinlich vor Scham im Boden versunken.* Die deutsche Wirtschaft und den Steuerzahler würde die dilettantische Einmischungspolitik der Regierung wahrscheinlich noch teuer zu stehen kommen. Aber das sollte ihn, Decker, nicht kümmern. Er hatte sein Bestes getan.

Er blickte auf die vielen Bücher und Notizblöcke. Die Worte des chinesischen Generals über Sun Tzu fielen ihm wieder ein:

*Kämpfen und erobern in allen Kriegen ist nicht höchste Brillanz. Höchste Brillanz besteht darin, den Widerstand der Gegner zu brechen, ohne zu kämpfen.*

Das hatten die Chinesen gerade zeitgemäß und in Vollendung vorgeführt. Decker konnte nicht umhin, eine gewisse Bewunderung für sie zu empfinden. Die alten Strategen waren am Werk gewesen und hatten für ihr Land einen historischen Sieg errungen. Auf Jahrzehnte hinaus.

Als sich der Schock langsam löste, ärgerte sich Decker über sich selbst. Der Botschafter hatte das Gipfeltreffen ja gleich beim ersten Gespräch im *Inside* erwähnt. Aber Decker hatte es nicht in Zusammenhang mit seinem Auftrag gebracht. *Aber hätte ich es denn ahnen können?*

Dann fiel ihm noch etwas ein. *Ich habe Peking die*

*Mittel gegeben, die Bundesregierung und die deutsche Großindustrie dezent zu erpressen. Ich hoffe nur, mein Name taucht nirgendwo auf, sonst kann ich Deutschland verlassen.* Vielleicht war das der Zeitpunkt für einen Lehrstuhl in China? Der Präsident hatte es offensichtlich vorausgesehen und ihm ein Schlupfloch gelassen. Und Li Mai hatte es auf ihre Art vorbereitet. Er sah auf das Buch der Wandlungen.

Dann dachte er an das Konto. Was stand auf dem Spiel? *Das Ansehen des größten Volkes der Welt. Investitionen in Milliardenhöhe.*

Was war wohl eine angemessene Vergütung in so einem Fall?

Decker griff zum Telefon. *Mal sehen.*

Es dauerte nicht lange, und die Stimme eines Bankiers drang an sein Ohr. In angenehmem Französisch. Sehr diskret. Kein Small Talk. Decker erkundigte sich nach dem Kontostand.

Der Bankier schwieg.

Decker wurde unruhig.

Dann sagte der Schweizer mit sonderbarem Erstaunen für einen Bankier dieser Liga: »Monsieur, hatten Sie vor, sich mit einer eigenen Position in der Außenhandelsbilanz der chinesischen Volksrepublik zu verewigen?«

»Wie kommen Sie darauf?«, fragte Decker, der sich auf diesen Kommentar keinen Reim machen konnte.

»Sie wissen, dass wir uns nicht dafür interessieren, wie unsere Kunden ihr Geld verdienen. Aber in Ihrem Fall gestatten Sie eine Frage?«

»Ja, bitte?«

»Haben Sie vielleicht einen der DAX-Konzerne an China verkauft?«

»So etwas in der Art, glaube ich«, sagte Decker und holte tief Luft.

»Nun, solche Summen werden selbst bei uns nicht jeden Tag eingezahlt.«

»Können Sie mir nicht einfach den Kontostand sagen?«

Der Bankier nannte den Betrag. Decker fiel der Hörer aus der Hand.

Er erhob sich halb taumelnd und gönnte sich noch einen Whisky. Das Aroma der Highlands und des Atlantiks stiegen aus dem Glas auf und umnebelten angenehm seine Sinne. Dann stand er nur da. Er fühlte sich ein bisschen wie Faust, der um der Erkenntnis willen einen Pakt mit dem Teufel geschlossen hatte. Nur hatte Decker nicht seine Seele verkauft. Oder doch irgendwie?

Sei's drum. Der Besuch in der Hölle von Tibet hatte sich jedenfalls gelohnt. Und wie!

Er gönnte sich noch ein Glas. Dann legte er AC/DC ein, hörte das Gejubel im Hintergrund und den Klang der Gitarren. Er sog es in sich auf und bekam eine Gänsehaut. Als Bon Scott zu singen anfing, überwältigte ihn ein irres Triumphgefühl. Er drehte voll auf und grölte laut mit: *»Hell ain't a bad place to be ...«*

# 25

Einen Tag später saß Decker in Erinnerungen versunken vor seinem Kamin, blickte in die Flammen und in sein Glas. Plötzlich spürte er Vibrationen. Es bildeten sich winzige Wellen auf dem Whisky. *Was ist denn jetzt los?* Dann hörte er die typischen Geräusche eines Helikopters. Gedämpft durch die dicken Scheiben des Hochhauses. Aber eindeutig ganz aus der Nähe. Er blickte suchend aus dem Fenster. Das konnte nicht sein.

Doch dann sah er die Maschine an der anderen Seite des Raumes, direkt vor dem Fenster! Und er kannte auch die Pilotin. Li Mai winkte ihm zu und deutete nach oben. Dann stieg die Maschine hoch und verschwand. Decker rannte ins Treppenhaus und über die Versorgungstür auf das Dach. Sie wird doch nicht ...?

Li Mai setzte sanft auf dem Deck auf und nahm den Helm ab. Decker half ihr aus dem Cockpit. Sie sah atemberaubend aus und ihr Kleid war höchst elegant. Unter dem linken Arm trug sie eine kleine Holzkiste. Sie legte Decker die Hand auf die Schulter und küsste ihn zur Begrüßung.

Er nahm ihr die Kiste ab und hob eine Augenbraue. »War unten nichts frei oder klappt's bei euch Frauen einfach nicht mit dem Einparken?«

Sie zeigte ihm den schönsten Mittelfinger, den er je gesehen hatte. Dann blickte sie zum Helikopter. »Erkennst du das Modell?«

»Sicher. Welcher Flieger würde so eine Maschine vergessen? Außerdem haben wir ja einiges mit ihr erlebt.«

Li Mai schaute Decker mit einem breiten Lächeln an. »Gefällt sie dir noch?«

»Klar.«

»Dann gehört sie jetzt dir. Kleine Nachzahlung, weil dein Dossier so wunderbar funktioniert hat. Die Farben passen sogar zu deinem Porsche.« Sie hielt ihm den Schlüssel hin.

Decker nahm ihn, spielte den Ungerührten, hob eine Augenbraue und sagte: »Und was ist mit dem Strafzettel für die Verletzung des Frankfurter Luftraums? Nicht mal die Deutsche Bank hat eine Genehmigung für einen Heliport auf dem Dach der Zentrale bekommen.«

Li Mai winkte ab. »Schick das Knöllchen an euren Außenminister und sag, er wäre von uns. Berlin drückt sicher ein Auge zu.«

Decker nickte. »Kann ich mir vorstellen.« Ihm wurde heiß und kalt bei dem Gedanken daran, dass Berlin in dieser Staatsaffäre jetzt mit Sicherheit eine Verbindung zu ihm herstellen würde. Vielleicht sollte es einfach so sein. Vielleicht sollte er sich schon mal nach einem Luxuspenthouse in Hongkong umschauen. Damit nahm er Li Mai in den Arm und führte sie in seine Wohnung.

Sie standen in Deckers Suite. Wie schon einmal. Das Licht der Abenddämmerung erfüllte den Raum mit einem romantischen gelb-roten Schimmer.

»Wir hatten noch gar keine Gelegenheit, das Ende der Mission gebührend zu feiern«, sagte er, ging zur Bar und holte den Dom Perignon aus dem Eisfach.

»Ich hatte bis gestern noch ziemlich zu tun.«

»Das Ergebnis habe ich im Fernsehen gesehen.«

Li Mai grinste. »Da siehst du, wie gut die Go-Taktik in der Wirklichkeit funktioniert.«

»Steinchen durch den Raum schmeißen?« Decker erinnerte sich an ihr langes Gespräch am Spieltisch und fragte sich, ob sein Stein noch immer in der Vase im Flugzeug lag.

»Nein.« Sie lachte. »Den Gegner besiegen, ohne ihn zu vernichten. Es geht beim Go darum, wer am Ende die meisten Gefangenen gemacht und das größere Territorium besetzt hat.«

»Na, dann.« Decker gab ihr ein Glas. »Champagner zum Abschluss?«

Sie sah ihn herausfordernd an. »Ja, gerne.«

Decker füllte die Gläser. »Wie sagt ihr Militärs immer bei solchen Gelegenheiten?«

*»Mission accomplished«*, sagte Li Mai in zackigem Ton.

»In diesem Sinn …«

Sie ließen die Gläser klingen.

»Was hast du da eigentlich für eine Kiste mit angeschleppt?«

»Mach sie auf.«

»Für mich?«

»Kleine Überraschung. Du hast sie im Heli vergessen.«

Decker stellte sein Glas ab, ging zu der Kiste und betrachtete sie neugierig.

So wurden wertvolle Kunstwerke verpackt und transportiert.

Nachdem er sämtliche Polsterungen und Schutzumhüllungen entfernt hatte, stellte er das Stück auf den Tisch, trat zurück und blickte es an.

»Die Statue aus dem Kloster. Der Yamantaka«, flüsterte er.

»Unsere Experten schätzen ihn auf das 17. Jahrhundert. Ein besonders seltenes und schönes Exemplar. Das Museum hat so ein Kunstwerk nie zuvor im Haus gehabt. Sie haben gesagt, sie würden dich darum beneiden.«

»Das ist ein wundervolles Geschenk. Diese Statue wird mich lange und intensiv beschäftigen«, sagte er feierlich.

»Ach ja?« Li Mai kam näher, und er nahm ihr Parfüm wahr. »Vielleicht können Sie mir die Bedeutung ja etwas näher erklären, Herr Professor?«

Decker musste schmunzeln. »Interessiert sie dich wirklich?«

»Sehr.«

Decker ahnte, was kommen würde, und spürte seine Erregung aufsteigen. »Nun, wir sehen hier Mann und Frau, die sich stehend im Akt befinden ...«

»Wie aufregend ...«, hauchte Li Mai.

»In dieser Pose kosmischer Vereinigung erreichen beide die höchste Erkenntnis von allem Sein. Eine zentrale Doktrin des Buddhismus besagt ja, dass die Einsicht in das Wesen der Dinge eintritt, wenn die Illusion vom Ego aufgehoben wird. Das kann meditativ oder eben auch im ... na ja ... im Orgasmus geschehen. Übrigens glauben viele Religionen, dass sich das Ichgefühl im rituellen Höhepunkt auflöst und man für Sekunden eins wird mit dem Universum.«

»Ist das so?«

»Nun, physiologisch betrachtet, spricht nichts dagegen. Der menschliche Höhepunkt ist in der Tat ein sehr ... wie soll ich sagen ... energiegeladener und bewegender Vorgang. Für einen Augenblick taucht man in die

Sphäre zwischen Traum und Wirklichkeit. Das Ich entschwindet darin. Ein Moment der Transzendenz, des metaphysischen Einswerdens mit dem Absoluten, dem Nichtsein.«

»Wie dramatisch. Aber ich weiß nicht, ob ich Sie ganz verstehe, Herr Professor«, sagte Li Mai und berührte ihn wie beiläufig an seiner empfindlichsten Stelle.

»Nun, so ist das leider mit der Philosophie«, sagte Decker und schloss für einen Moment lang die Augen.

Sie ließ ihre Finger über die Statue gleiten und ging Richtung Flur. »Vielleicht könnten Sie mir das mal in der Praxis demonstrieren, Herr Professor?«, flüsterte Li Mai und öffnete ihre Haare.

»Sie denken an ein Experiment im Dienste der Wissenschaft?«

»Erkenntniserweiterung durch angewandte Philosophie, würde ich sagen.« Sie verschwand durch die Tür und Decker hörte, wie Seide auf den Boden fiel.

»Klingt interessant«, sagte er und folgte ihr in sein Schlafzimmer...

Mitten in der Nacht wachte er auf. Li Mai lag schlafend neben ihm. Durch die Fenster sah Decker in die Sterne.

Er stand leise auf und schlenderte durch die Zimmer.

Die Statue.

Er betrachtete sie genau. Im Mondlicht schien sie fast lebendig zu werden. Sie enthielt all das, was er in seiner Talkshow über den Menschen gesagt hatte. Sexualität und Aggression. Eros und Thanatos. Die zwei elementaren Kräfte der menschlichen Psyche.

Geschaffen aus Angst vor der Entfesselung der beiden Urgewalten. Angst vor der Aggression. Und Angst vor unkontrollierbarer Lust.

War der Wille des Menschen denn frei?

Kann er über Gut und Böse entscheiden?

Oder wird er von den Trieben gelenkt?

Wollen wir überhaupt überleben?

Die Buddhisten haben das Nirwana mit der Auslöschung aller Wünsche umschrieben. Das ist nach der Lehre des Buddhas das höchste Glück. Weil keine Reize, weder von innen noch von außen, die Seelenruhe mehr stören.

Erlischt dann aber auch der Wunsch zu leben?

Wir wurden aus toter Materie geschaffen. Und wir kehren dorthin zurück.

Gibt es entgegen aller Vernunft eine übermächtige unbewusste Todessehnsucht? Eine Lust an der Vernichtung?

Decker ließ die Talkshow noch mal Revue passieren und das Gespräch mit Li Mai über Massenpsychologie. Die alten Tibeter waren wohl zum gleichen Ergebnis gekommen. Ahnten die unbekannten Schöpfer dieser wundervollen Statue vielleicht, dass auch ihr Reich zum Untergang verdammt war? Welche zeitlose Grundwahrheit über das Drama Menschsein und die Tragödien der Geschichte steckte dann in diesem mystischen Yamantaka. Decker faltete die Hände und presste sie wie zum Gebet an die Lippen. Er konnte nicht anders, er sank auf die Knie.

Tief bewegt ging Decker zurück ins Schlafzimmer und zu Li Mai. Er legte sich neben sie und grübelte.

»Du schläfst nicht?«, fragte sie plötzlich.

»Ich denke an die Statue. Ich glaube, ich kann nie wieder mit einer Frau schlafen, ohne an diese Mysterien zu denken.«

Li Mai setzte sich auf. Dabei rutschte ihr das Laken herunter. »Ich glaube, jetzt erzähl ich dir mal was über chinesische Philosophie.«

»Du?« Decker sah im Mondschein auf ihre wohlgeformten Brüste.

»Ja. Mir scheint, du hast da mit Yin und Yang noch nicht alle Aspekte berücksichtigt.«

»Ach, tatsächlich?«

»O ja. Du denkst zu viel nach. Du siehst die Dinge zu pessimistisch. Worum geht es denn bei alledem? Um die Harmonie von Körper und Geist. Es geht um Gesundheit, um ein langes Leben. Und in letzter Instanz um die Unsterblichkeit.«

»Hast du Unsterblichkeit gesagt?« Ein Blitz durchfuhr Decker.

»Ach, vergiss es.« Sie sah in durchdringend an. »Ihr Europäer hängt doch fest mit eurem Aristoteles und damit, dass etwas nur A oder B sein kann. In Asien können die Dinge A und B zugleich sein. Das macht es oft etwas einfacher. Tao ist die Kunst, die Gegensätze zu vereinen.« Sie fuhr sich durch ihre Haare, wodurch sich ihr Busen nach oben stellte. Decker sah es und nahm ihre Worte kaum wahr. »Und es geht in der chinesischen Philosophie darum, im Einklang mit sich und der Welt zu leben. Das umfasst auch das Gleichgewicht der Geschlechter. Da seid ihr im Westen ein bisschen rückständig.« Sie drehte sich weiter zu Decker, sodass ihr Laken ihre schlanken Hüften entblößte.

»Erzähl mir mehr ...«, hauchte er.

»Nicht jetzt, nicht hier.« Sie schob ihre Hand an ihm herunter und streichelte ihn. Decker holte tief Luft. Dann sagte sie etwas auf Chinesisch.

»Ich verstehe nicht.«

Sie sagte es noch einmal.

»Zitierst du nun auch noch Konfuzius?«, fragte Decker und genoss ihre schamlosen Liebkosungen.

»Nicht ganz. Es ist Tao für Anfänger. So, dass auch ein ungeübter Europäer es verstehen kann.« Sie sagte es noch einmal und umfasste ihn dabei.

Deckers Erregung wuchs. »Nun sag schon, was heißt es? Ich verstehe es nicht.«

Sie lachte leise und flüsterte ihm zu: *»Nimm mich, Herr Professor!«*

*Die Geister, die ich rief, werd ich nicht mehr los.*

Johann Wolfgang von Goethe

# Epilog

Wenige Tage später saß Decker entspannt in seiner Bibliothek und schwenkte seinen Wein im Glas. Einen Lafite Rothschild. Er lächelte zufrieden bei dem Namen und räkelte sich in den weichen Kissen des Sofas. Die Bowers & Wilkins High End Lautsprecher mit ihren knallgelben Kevlarmembranen verwandelten den Raum in einen Konzertsaal und mussten ausnahmsweise nicht unter AC/DC leiden. Er hatte sich eine neue CD gekauft, und es erklang Verdi. *La donna è mobile …*

Decker dachte an den Abschied von Li Mai. Es war, als hätte ihn jemand ins kalte Wasser gestoßen: Sie wurde von der Maschine abgeholt, die er nur allzu gut kannte. An der Treppe fragte er noch: »Sehen wir uns wieder?«

Sie hatte ihm einen langen Kuss gegeben und ging dann schweigend die Treppe hinauf. Aber – sie hatte sich noch einmal umgedreht, bevor sie im Inneren verschwand. Decker blickte ihr sprachlos hinterher und dachte verzweifelt: Frauen sind nicht dazu da, dass man sie versteht – sondern dass man sie liebt.

Was für eine Frau! Er dachte an den Taoismus, an die

Harmonie der Geschlechter. Und daran, dass ihm eigentlich etwas in seinem Leben fehlte.

Aus der Entfernung und aus der Sicherheit seiner Wohnung gestattete er sich einen innerlichen Ausflug zurück nach Asien und zu seinen Erlebnissen. Das ein oder andere Bild kam hoch. Erinnerungsfetzen zogen wie Wolken am Himmel vorbei. Er wollte zur Ruhe finden aber wurde statt dessen unruhig. Etwas in ihm hielt die Räder am Laufen.

Selbst jetzt noch.

Auf dem Weg ins Schlafzimmer fiel Deckers Blick auf den Dom. Hier fanden die Wahlen zu den Kaisern des Heiligen römischen Reiches deutscher Nation statt. Eine der wenigen Fälle der Geschichte, in denen ein König nicht einfach seinen Sohn auf den Thron setzen konnte. In der Nacht wachte Decker auf. Es arbeitete in seinem Unbewussten.

Er hatte etwas übersehen. Das fühlte er. Die ganze Zeit hindurch war es latent vorhanden gewesen. Aber es fand nicht seinen Weg an die Oberfläche.

Jetzt wurde es eine Ahnung: Es war noch nicht vorbei. Es fehlte noch der Schlussstein des Ganzen. *Das letzte Teil im Mosaik des Unvorstellbaren.* Es musste so ungeheuerlich sein, dass es einfach undenkbar war. Dabei lag es vielleicht seit dem ersten Tag auf der Hand.

Er stand auf, ging an den Schreibtisch und machte die kleine Lampe an. Die Fragmente seiner Gedanken und Ideen kreisten umeinander, bildeten Paare, Dreiergruppen, Strukturen und fielen wieder auseinander, um neue Verbindungen einzugehen. Es gab eine Möglichkeit, die Fragmente alle zu einem Ganzen zusammenzusetzen, das drängte sich ihm auf. Das wusste er. Aber wie?

Deckers Blicke wanderten über die langen Reihen der

Bücher. Es ist alles da. *Es steht hier irgendwo und ich weiß es. Aber ich erfasse es nicht im Zusammenhang.* Als ob man wie beim Tangram Puzzle mit bekannten und gleichen Teilen nur eine neue Figur erstellen müsste.

Ein Schaudern überkam ihn. Ein leichtes, kaltes Grauen stieg aus den Tiefen seiner Seele empor. Ein Hauch von Ohnmacht und Todesangst. Die Ahnung des Bösen. Er spürte, dass er davor zurückschreckte. Vor was?

Er schaltete seine Laptops ein, öffnete etliche Bücher, die auf den Tischen herumlagen, verstreute Fotos und Landkarten. *Es ist hier. Es grinst mich an und ich sehe es nicht.*

Seine Blicke wanderten umher. Er hatte den gesamten tibetischen Buddhismus inhaltlich auseinandergenommen. Er hatte seine Verwendung als politisches Instrument aufgezeigt. Er hatte Hitlers Absichten erkannt, in der alten Bön-Religion seine Wurzeln zu finden und einen neuen Kult zu erschaffen, der ihn in den Mittelpunkt stellte. Richard Wagner hatte ihn auf die Idee gebracht, mit seiner Verherrlichung der germanischen Sagenwelt, bis zur Identifikation mit Wotan, bis zur Gottwerdung Hitlers. Die Hölle in Tibet. Die Kriegerrasse. Den Ursprung der Arier und der Wahnsinn der menschlichen Seele. Es passte alles so weit.

Und dennoch fehlte noch etwas Entscheidendes. Warum war dieser SS-Mann bereit gewesen, noch heute zu morden, sieben Jahrzehnte nach dem Ende des »Führers«?

Aus der endlosen Reihe der Erinnerungen kamen Worte des chinesischen Generals und drängten sich von irgendwoher in den Vordergrund: *Sie fanden den verstorbenen Dalai Lama im Enkel des Altan Khan wieder.*

Was steckte in diesem Satz?

*Übertragung.*
*Die Wiederkehr des Verdrängten.*

Er blätterte in den Geschichtsbüchern, scrollte endlose Texte über die Monitore, sah die Bilder an.

*Wagner.*
*Hitler.*
*Dalai Lama.*

Sie waren sich nie begegnet. Was war diesen Männern gemeinsam? Die Antwort konnte nur im Geist liegen. Aber wo?

Plötzlich kam Decker ein völlig absurder Gedanke. Wagners Werke waren bekannt und tausendmal interpretiert worden. Jeder wusste, dass er fest in der abendländischen Kultur und im christlichen Denken ruhte. Und wenn, nur mal angenommen, genau hier der Denkfehler lag? Sollten Hitler und Wagner mehr als nur ihren Antisemitismus und ihre Liebe zu Parzival gemeinsam haben?

Decker wühlte in seinen Büchern. Im schummrigen Licht der gedämpften Lampen und Monitore suchte er nach einer Spur. Und fand sie dann mehr durch Zufall in den Tagebüchern von Cosima Wagner. Ihr Ehemann Richard habe bestimmte Bücher über Buddha gehabt, las er. Sie hätten oft darüber gesprochen.

Aber was hieß das denn wirklich? Dass Richard Wagner sich intensiv mit dem Buddhismus befasst hatte!

Decker schlug in seinen Lexika nach und googelte »Wagner/Buddhismus«. Er wurde sofort fündig. 1856 hatte Wagner ein Musikdrama mit dem Titel »Der Sieger« entworfen. Es wurde nie auf die Bühne gebracht, aber es handelte eindeutig von Buddha. Auch Wagners

»Lohengrin« und sogar »Parsifal« waren vom Buddhismus durchdrungen und ohne ihn nicht zu verstehen.

Decker war fassungslos. Dann rasten seine Gedanken. Nahmen Gestalt an. Es war schrecklich schön. Und es passte.

Richard Wagner.
Adolf Hitler.
Der Dalai Lama.

Alle drei hatten etwas gemeinsam, und das führte zum letzten Geheimnis der Nazis.

Wie um es sich selbst zu erklären oder eine intuitiv gefundene mathematische Gleichung nochmals durchzurechnen, ging er die einzelnen Schritte im Geiste langsam durch.

Die Apotheose, die Gottwerdung Hitlers. Hitler als Wotans Inkarnation. Die Schaffung einer neuen Religion und die Verdrängung des Christentums. Bis dahin war Decker gekommen.

Den nächsten Schritt hatte er nicht gemacht. Weil er dachte, Wagner sei Christ. Das war der Fehler in seinem System. Er sah wieder auf das Buch mit Cosimas Briefen und das Lexikon. Es gab keinen Zweifel. Er hatte es nicht gewusst. *Wagner war in Wirklichkeit Buddhist.*

Decker legte das Lexikon aus der Hand, schüttelte den Kopf und fühlte sich dem Wahnsinn nahe. Er hätte hysterisch lachen können.

Richard Wagner war Buddhist!
Wie Hitler.
Und der Dalai Lama.

Decker konnte es einfach nicht fassen, dass er das übersehen hatte.

Aber das Interesse Wagners an Buddha war nicht das eigentlich Entscheidende. Etwas anderes ließ ihn erschaudern. Viel wichtiger war, dass Tristan oder der Fliegende Holländer noch einen anderen, untrennbar mit dem Buddhismus verbundenen Glauben enthüllten: *die Seelenwanderung.*

Da lag das Unvorstellbare verborgen. Wenn Hitler vielleicht auch nicht die gesamte Philosophie des Buddhismus durchdrungen hatte. Diesen einen Gedanken hatte er sicher verstanden: *die Wiederkehr.*

Die Dalai Lamas und Hitler hatten etwas gemeinsam. Sie waren Herrscher über gewaltige Reiche. Aber sie hatten auch ein Problem: Der tibetische Gottkönig lebte im Zölibat. Hitler hatte Syphilis. Kinder konnten beide nicht haben.

Beide mussten aber irgendwann die Macht übergeben.

Und sie wollten das selbst steuern.

Das war es, was Decker die ganze Zeit nicht sehen wollte oder nicht konnte. Das war der letzte Grund, warum Hitler sich für den tibetischen Buddhismus interessierte. Es war das einzige System der Welt, das sein Problem lösen konnte.

*Hitler brauchte eine Regelung für seine Nachfolge.*

Er hätte natürlich einfach, wie ja auch anfangs geplant, per Erlass Göring, Hess oder Himmler zu seinem Thronfolger machen können. Aber Deutschland, die Wehrmacht und die SS waren auf ihn, den Führer, eingeschworen. Er war die Lichtgestalt und die Leitfigur. An ihn glaubten alle und für ihn starben sie. Nur er war der charismatische Herrscher, dem alle ergeben waren.

Dieses Charisma, seinen Geist, musste Hitler dem Nachfolger übergeben. Und es musste so geschehen, dass es alle Welt akzeptierte. Dafür gab es nur einen Weg: den Weg der Dalai Lamas:

*Die Reinkarnation.*

Und zwar die bewusste und zielgenaue in vorher ausgewählte Personen. So wie die Auswahl des nächsten Dalai Lamas politisch gelenkt war. Decker blickte tief in Gedanken aus dem Fenster – auf die erleuchtete Alte Oper.

Es ging um eine Wiedergeburt.

Decker erschrak.

Hitler musste weit vorausgeplant haben. Er suchte ein widerspruchfreies System für seine steuerbare Wiedergeburt und damit für die unantastbare Machtübergabe. Und er hatte es auf eine geradezu geniale Art und Weise gefunden.

In der Religion der Dalai Lamas.

Deshalb hatte er die SS nach Tibet geschickt. Er wollte in seinem Reich einen Glauben einführen, der die Re-Inkarnation – seine eigene Wiedergeburt – zur Grundlage hatte. In Lhasa suchte er nach der gewaltigsten Bühne der Welt, aber eben nicht nur zu Lebzeiten, sondern auch für seine künftigen Auftritte. Er wollte die Götterdämmerung im Himalaja inszenieren, aber eine mit Fortsetzung. Er wollte nicht einfach nur unsterblich oder nur ein Gott werden. Er wollte wie alle Tyrannen der Welt am Ende noch etwas: sein Reich in gute Hände legen. Und zwar wieder in seine eigenen. Und dafür suchte er einen Weg: *die leibhaftige und immer neue Wiederkehr Wotans.*

Decker dachte an die uralte tibetische Prophezeiung über ein bevorstehendes dunkles Zeitalter. Die letzte Schlacht um Schambala. Der Krieg der Welten. Wenn alle Zivilisationen sich gegenseitig vernichtet haben, wird aus der Asche der Ruinen ein neues Reich entstehen. Ein finsteres Reich, in dem das Böse herrscht, in dem es keine mitfühlenden Buddhas mehr geben wird. Die apokalyptischen Reiter kehren zurück. Aber es wird kein buddhistisches Heer sein. Was hatte der SS-Mann gesagt, als er in den Tiefen des Potala Palastes verschwand?

*Unsere Zeit wird kommen.*

Jetzt verstand Decker.

Irgendwo auf der Welt im Verborgenen.

Lebt er.

Die Wiedergeburt.

Beschützt von Getreuen. Das war ihre Aufgabe, deswegen haben sie nach dem Ende des ›Dritten Reiches‹ weiter gemacht. Deswegen gibt es sie noch heute.

Sie haben ihn in ihrer Mitte.

Hitlers Geist.

Den Nachfolger.

Die Wiedergeburt Adolf Hitlers.

Und nach ihr kommen weitere. Der Geist des Führers durchwandert die Körper und wird weiter leben. Wenn es sein muss, jahrhundertelang. Bis er eines Tages mitten im Feuer hervortreten kann, um das Werk zu vollenden. Die Geschichte wird sich wiederholen.

Wenn die Zeit gekommen ist. *Unsere Zeit.* Die Zeit von Göritz und seinen Leuten. Sie warteten also immer noch auf den globalen Endsieg.

Auf das erste wirkliche Weltreich der Menschheit.

Ein Reich des Bösen.

Das Vierte Reich.

Decker wurde blass. Ohne es zu ahnen, hatte er ein gewaltiges Phantom gejagt. Ein Wunder, dass er noch lebte. Vielleicht hatte ihm der chinesische Präsident deshalb Schutz zugesagt. Er sah verstört hinunter auf die menschenleeren Straßen der Nacht.

## Qiu Xiaolong im dtv

»Oberinspektor Chen macht ebenso süchtig wie Commissario Brunetti.«
*Christian von Zittwitz im ›Focus‹*

**Tod einer roten Heldin**
Kriminalroman
Übers. v. Holger Fliessbach
ISBN 978-3-423-20740-9

Shanghai 1990. Aus einem Kanal vor den Toren der Millionenmetropole wird die Leiche einer jungen Frau gefischt. Die Tote war Leiterin einer Kosmetikabteilung und ›Heldin der Arbeit‹. Zur Überraschung aller findet man in ihrem Kleiderschrank Reizwäsche und ein Bündel erotische Fotos …

**Die Frau mit dem roten Herzen**
Kriminalroman
Übers. v. Susanne Hornfeck
ISBN 978-3-423-20851-2

17 rituelle Axtwunden: Ist der Tote, den Oberinspektor Chen im Shanghaier Bund-Park gefunden hat, dem Geheimbund der Triaden zum Opfer gefallen? Kaum im Kommissariat, soll sich Chen jedoch auf Geheiß des Parteisekretärs um eine amerikanische Kollegin kümmern. Gemeinsam sollen sie die hochschwangere Wen finden, deren Mann in New York als Kronzeuge gegen einen gefürchteten Triaden-Boss vor Gericht steht …

**Schwarz auf Rot**
Kriminalroman
Übers. v. Susanne Hornfeck
ISBN 978-3-423-20964-9

In einem traditionellen Shanghaier Mietshaus geschieht ein rätselhafter Mord. Eine Frau ist in ihrer winzigen Kammer mit einem Kissen erstickt worden. Als sich herausstellt, dass die ehemalige Rotgardistin einst die Geliebte eines verfemten Dichters war und nach dessen Tod einen vielbeachteten und rasch verbotenen Roman geschrieben hatte, ahnt Oberinspektor Chen, dass die Schatten der Vergangenheit die Tote eingeholt haben …

**Rote Ratten**
Kriminalroman
Übers. v. Susanne Hornfeck
ISBN 978-3-423-21128-4

Kapitalismus und Korruption in China: Oberinspektor Chens neuer Fall hat bereits einen Polizeikollegen das Leben gekostet, nun gerät er selbst in Gefahr, als er das Netzwerk der »Roten Ratten« – korrupte Beamte und schmiergeldzahlende Neokapitalisten – zerschlagen soll.